HEARTCRAFT

HEARTCRAFT

Anny Thorn

YOU color MY soul

LIEBESROMAN

©2022 Heartcraft Verlag
Landwiese 21, 35085 Ebsdorfergrund
1. Auflage
Covergestaltung: Heartcraft
Text: Anny Thorn
Buchsatz: Falkenfeder Design
Bildlizenzen:
Natalie Hof – **stock.adobe**.com
Anny Thorn

ISBN: 978-3-98595-572-5
Bestellung und Vertrieb: Nova MD GmbH, Vachendorf
Druck: PRINT GROUP Sp. z o.o. , Polen

Bibliografische Information der Deutschen Nationalbibliothek:
Die Deutsche Nationalbibliothek verzeichnet diese Publikation in der Deutschen Nationalbibliografie; detaillierte bibliografische Daten sind im Internet über http://dnb.d-nb.de abrufbar.

Für dich.
All die Liebe in diesem Buch ist nur für dich, denn du hast sie verdient. Jeden Satz, jede Silbe.
Versprochen.

Für Vanessa, die Farbe in meinem Leben.
Wir sind eine Naturgewalt.

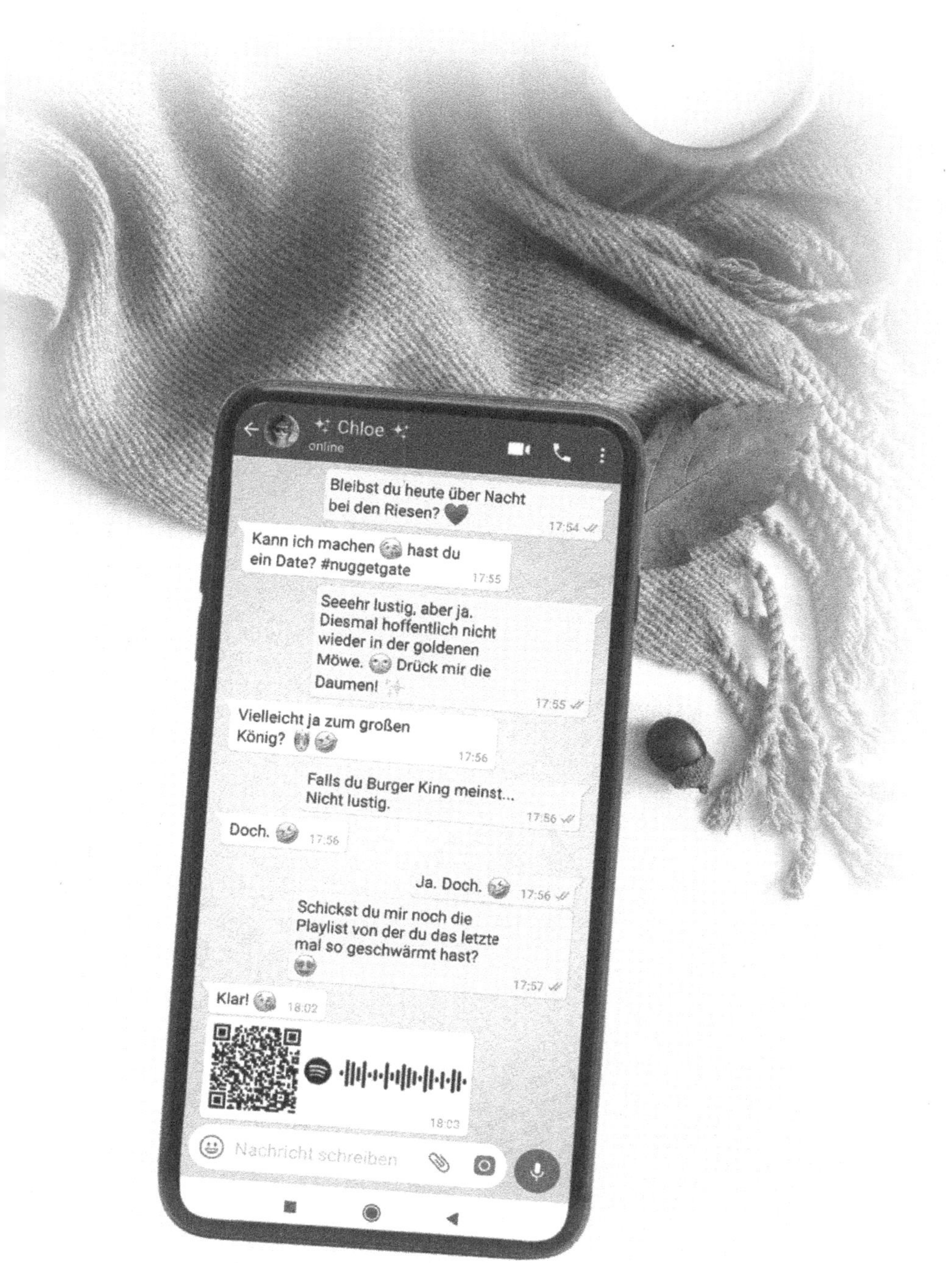
Chloe
online
Bleibst du heute über Nacht bei den Riesen?
17:54
Kann ich machen hast du ein Date? #nuggetgate
17:55
Seeehr lustig, aber ja. Diesmal hoffentlich nicht wieder in der goldenen Möwe. Drück mir die Daumen!
17:55
Vielleicht ja zum großen König?
17:56
Falls du Burger King meinst... Nicht lustig.
17:56
Doch.
17:56
Ja. Doch.
17:56
Schickst du mir noch die Playlist von der du das letzte mal so geschwärmt hast?
17:57
Klar!
18:02
18:03
Nachricht schreiben

Prolog

Ich bin nicht genug.
Ich muss mich mehr anstrengen.
Ich darf keine Fehler machen.
Ich muss die Kontrolle haben.
Ich muss perfekt sein.
Ich muss der Beste sein.
Und bin trotzdem niemals genug.

ES SIEHT AUS WIE EIN *Otter.*

1

Eli

»Wie viele Dates muss man in einem Leben überstehen, bis man jemanden findet, der wenigstens annähernd gut zur eigenen Bettwäsche passt?« Das letzte Wort glich einem resignierten Seufzer in Chloes Richtung, mit dem ich mir gleichzeitig eine widerspenstige Locke aus dem Gesicht blies.

»Oje.« Sie hievte den Korb voller Kastanien in ihren Armen ein Stück höher, schnaufte dabei. »So schlimm gestern?«

»Wenn du wüsstest.« Mehr sagte ich nicht, mehr konnte ich gerade auch gar nicht über meine Lippen bringen. Da schrie nur ein einziges Wort in mir – Vollkatastrophe. Und das im Dauerton.

»Eli!« Die kleine Madison riss die Tür des Bastelraums derart schwungvoll auf, dass ich fürchtete, wir würden bald eine neue benötigen. Und dafür war das Budget unserer Einrichtung *Little Giants* viel zu ausgereizt. *Leider.*

Madison stellte sich auf Zehenspitzen, versuchte, zu erkennen, was wir da bei uns hatten. »Sind das Kastanien?«

Chloe strahlte und schlängelte sich einen Weg durch die Kinder. »Kastanien? Nein, das sind ganz viele kleine Tiere, die darauf warten, von euch Beine und Arme zu bekommen.«

Luke drängelte sich an Madison vorbei, griff an den Rand des Korbes und zog ihn zu sich auf die Augenhöhe eines Fünfjährigen herab, wobei einige Kastanien der Erdanziehungskraft nachgaben und nun über die dunklen Dielen rollten. »Jap.« Er nahm eine zwischen seine Finger, kniff ein Auge zu und betrachtete sie eingehend. »Braun, rund. Ganz sicher eine Kastanie.«

Ich umfasste seine Schultern, schob ihn weiter in unser Bastelzimmer herein. »Du wirst es bald verstehen, kleiner Kunstbanause.«

»Was ist ein Anause?« Noch keine zwei Sekunden im selben Raum und schon begann Noah mit seiner Fragerei. »Wer ist Anause?«

»Ich!« Luke trommelte auf seiner Brust. »Ich bin einer. Du nicht!«

Noah zog die Augenbrauen zusammen, bis er aussah wie ein kleiner 80-Jähriger, der den letzten Zuckergussdonut nicht bekommen hatte. Süß und lustig zugleich. »Will ich auch gar nicht sein!«

Okay, eine Streiterei brauchten wir jetzt nicht. Ich umgriff sanft ihre Köpfe und drehte sie in eine viel spannendere Richtung. »Schaut mal, was Chloe und ich für euch haben.«

Wie auf mein Kommando schüttete sie den Korb voller Kastanien aus. Sie rollten über den alten Dielenboden bis an die Kanten der vielen bunten und wild verteilten Teppiche, versteckten sich zwischen Stuhlbeinen und unter Tischen.

»Wow!« Madison schrie auf, rannte den kleinen, braunen Kugeln hinterher und sammelte so viele auf, wie in ihre Hände passten Keine Sekunde später begannen auch die anderen die Kastanien aufzuheben und in provisorischen Taschen, geformt aus ihren hochgezogenen T-Shirts, zu verstauen.

»Damit«, ich schnappte mir eine, die Noah fallen gelassen hatte, und reckte sie in die Luft, »basteln wir jetzt Kastanientiere.«

Ein gemeinsames Raunen erfüllte den Raum und auch mein Herz. Wir hatten uns bewusst einen Vormittag nur mit den *großen* Kindern genommen. Vincent und Jessica kümmerten sich um die kleineren, vor allem um die Säuglinge, während wir zusammen mit den Fünfjährigen bastelten.

Und irgendwie wurde ich das Gefühl nicht los, dass viele von ihnen das erste Mal eine Kastanie bewusst in der Hand hielten. Ihre glitzernden Augen, ihr strahlendes Lächeln, überschattet von dem, was den kleinen Riesen fehlte. Ihre Eltern.

»Wie?« Luke legte den Kopf schräg.

»Mit besonderem Werkzeug.« Ich griff in die kleine Kiste auf der halbhohen Kommode neben mir, bis ich die rostigen Kastanienbohrer fand. »Hiermit müsst ihr ganz vorsichtig Löcher hineinbohren und dann …«

»Damit Beine und Arme bauen«, vervollständigte Chloe meinen Satz und zog aus ihrer Tasche eine Schachtel Zahnstocher.

Wir legten alles auf den Boden, die Kinder schütteten die Kastanien daneben und gemeinsam setzten wir uns im Schneidersitz drumherum. Das große Basteln konnte beginnen.

Es sah wundervoll aus, wie Madison ihre Zunge zwischen die Zähne steckte, ganz vorsichtig ein Loch nach dem anderen bohrte. Wie Luke die Zahnstocher durchbrach, als wäre es die oberste Staatsaufgabe. Oder wie Noah die Kastanien und ihre Rundungen förmlich studierte. Absolute Stille, volle Präzision. Jedenfalls so, wie das mit fünf Jahren wohl möglich ist.

»Erzähl.« Chloe stieß mich mit dem Ellenbogen an, wackelte so sehr mit ihren Augenbrauen, dass ihre Piercings zu klimpern begannen. »Dein Date gestern … auf einer Skala von eins bis fünf?«

»Wie schlimm?« Meine Schultern sackten herab. »Dreizehn?«

»Wow.« Sie fuhr sich durch ihre schulterlangen Haare, die diesen Monat petrolfarben waren. »Das übertrifft dein nacktes Date am See.«

»Kann man wohl sagen.« Geistesabwesend griff ich nach einer Kastanie, strich mit meinem Daumen über die glatte und doch gewellte Oberfläche und wünschte, dass ich auch die Erinnerung an den splitterfasernackten Typen bei dem romantischen Picknick-Date einfach wegwischen könnte. Immerhin glich das Ding doch irgendwie einem Hirn. So fast. »Erinnerst du dich an das Restaurant, das er vorgeschlagen hatte?«

»Klar.« Sie rieb ihre Lippen aneinander, wobei ihr Unterlippenpiercing immer wieder in ihrem Mund verschwand. »Irgendwas mit Gold?«

»Goldene Möwe. Genau.« Allein damit hatte die Katastrophe bereits ihren Lauf genommen. »Stell es dir weniger als Möwe und eher als …«, ich hob die Hände, wollte es symbolisieren, aber mir fiel beim besten Willen nicht ein, wie ich das darstellen sollte, »ein … M vor.«

»Ein M?«, wiederholte sie und ihr Blick zuckte kurz zu den Kindern, die sich für einen Moment um die Zahnstocher stritten. Gab ja auch nur 5.412 Stück dort in der Mitte, da konnte die Sache wirklich eng werden.

»Ein großes, gelbes M«, murmelte ich und rollte die Kastanie zurück zu den anderen.

Luke hob den Kopf. »Wie McDonalds?« Wenigstens war damit der Zahnstocherkrieg beendet.

»O mein Gott!« Chloe sah ganz langsam in meine Richtung, den Mund weit, weit offen. »Sag, dass sich der Kleine irrt!«

»Ich bin groß!«

Chloe schnalzte. »Ja, ja. Sag es schon, Eli!«

Ich würde es gern, aber … konnte nicht. »Der kleine große Luke hat recht.« Ich vergrub mein Gesicht in den Händen, was meine kupferroten Haare dazu veranlasste, um mich herumzufallen. »Die ganze Fußgängerzone in der Innenstadt lang erzählte er von seinem tollen Job, von seinem Auto, von seinem Haus. Und dann bestellten wir Nuggets.«

»Nuggets?«

»Nuggets.«

Chloe konnte nicht länger an sich halten. Trotz zusammengepresster Lippen platzte das Lachen förmlich aus ihr heraus. »O Gott! Der Nackte hatte wenigstens einen guten Wein dabei.«

»Hmm.« Ich versuchte zu grinsen, scheiterte jedoch auf ganzer Linie. Nichts daran war irgendwie lustig. »Die Nuggets durfte ich sogar selbst bezahlen, er hat sein …«

»Nein!« Sie schlug die Hände vor den Mund. »Er hat nicht sein Portemonnaie vergessen!«

Ich atmete tief ein und wesentlich tiefer aus. »Doch.«

»Das ist …« Sie öffnete und schloss ihren Mund immer wieder, fand aber keine Worte. Wie sollte man das auch?

»Genau«, stimmte ich ihr zu und griff erneut nach einer der braunen Kugeln. Vielleicht stellte ich mir die ganze Zeit das falsche Kastanien-Hirn vor, vielleicht …

Ich strich mir meine Mähne zurück, griff zu dem einsamen Bohrer neben mir. »Er laberte mich eine Stunde lang über irgendwas zu …« Mit voller Kraft drückte ich die Spitze in die harte Schale, drehte das rostige Ding, bis ein Loch entstand. »… führte mich in eine Fastfood-Kette aus …« Und noch ein Loch. »Nur um mich dann zahlen zu lassen und …«

»Es gibt ein *Und*?« Wieder stand ihr der Mund offen.

Oder immer noch? Keine Ahnung.

Ich durchlöcherte die Kastanie zum dritten und vierten Mal, als könnte ich diesen Bohrer in den Brustkorb meines Fastfood-Dates rammen. »Es gab einen …« Ja, wie zur Hölle sollte ich es nennen? »Gutenachtkuss?«

Madison schaute breit lächelnd zu uns herüber. »Gibt mir Jessica auch immer.«

Nicht deine Mama, wie es sein sollte.

Madi stand auf, hielt ihre Kastanie samt den fünf Zahnstochern, die darin steckten und in alle erdenklichen Richtungen abstanden, in die Höhe. »Ein Maulwurf!«

Chloe und ich legten beinahe gleichzeitig den Kopf auf die linke Seite, betrachteten das Kunstwerk. »Schön.«

»Der sieht genauso hässlich aus wie der von Eli.« Luke – so aufbauend wie eh und je.

Ich senkte den Blick zu meiner durchlöcherten Kastanie, steckte vier abgebrochene Zahnstocher als Beine rein und stellte das unförmige Etwas vor mir ab. Zu meiner eigenen Überraschung stand es sogar. »Es ist …«

»Schrecklich.« *Wow, Noah, du auch noch – danke!*

»Nein!« Madison kam näher, stieg auf Zehenspitzen über die Kastanien und einen Bohrer, bis sie direkt vor mir und meinem Monster stand. »Es sieht aus wie ein …« Dramatische Pause. »… Otter!«

»Otter?«, entfuhr es mir und Chloe gleichzeitig.

Wie kam sie denn bitte auf sowas?

»Ja! Wusstest du, dass die einen Lieblingskiesel haben?« Madison wartete unsere Reaktion erst gar nicht ab, bückte sich zu meinem Tier und nahm es hoch, als würde es ihr wirklich jeden Moment entgegen … piepsen? Wimmern? Wie machte so ein Otter? »Wenn sie jemanden ganz doll liebhaben, dann schenken sie ihm den Stein. Du solltest die Kastanie deinem Lieblingsmenschen geben.«

Oh, Madison.

Ich schluckte den harten Kloß in meinem Hals herunter. Noch einen Satz aus diesem kleinen Mund und ich würde heulen. »Das klingt sehr schön.«

»Denkst du …?« Sie schaute von dem Otter zu mir. »Denkst du, meine Mama schenkt *mir* irgendwann einen Kiesel?«

Okay. Ich korrigiere es, noch ein Wort!

Chloe hielt Madison eine Hand hin, zog sie auf ihren Schoß und schloss ihre Arme um sie. »Wir können morgen Kiesel sammeln gehen und verschenken sie dann unter uns kleinen Riesen. Wie gefällt dir das?«

Madi nickte.

Und genau das war es. Sie nickte, lächelte nicht dabei, malte sich nicht aus, wie viele Steine sie wohl finden oder wem sie einen geben würde. Sie nickte einfach nur, denn sie verstand es. Dass Papa in einer Bandenschießerei ums Leben gekommen war und Mama mehr trank als drei Alkoholiker zusammen. Sie wusste, dass sie hier nur auf eine Pflegefamilie wartete, dass spätestens in zwei Jahren ihre Zeit bei uns – den *Little Giants* – vorbei war.

Wenn nicht sogar früher. Wenn nicht endlich …

Okay, das waren zu viele miese Gedanken auf einmal! Weg damit!

Das beschloss wohl auch Madison, die von Chloe herunterkrabbelte, sich ganz eng neben Luke setzte und ein weiteres Kastanientier bastelte. Die beiden … sie stritten mehr als alle anderen, waren aber trotzdem auf wundersame Weise unzertrennlich.

»Er hatte noch Reste seiner Nuggets an der Zunge«, flüsterte ich durch die schwere Stille in unserer Mitte.

Chloe schrie beinah auf, zügelte sich jedoch blitzschnell. »Ugh!«

»Ich dachte … ich könnte ihn wenigstens mit nach oben nehmen und … du weißt schon.« Ich rutschte zu ihr heran, schmiegte mich an ihre Schulter. »Aber eher nicht, nein.«

»Das klingt wirklich nach einer Dreizehn.« Sie legte ihren Kopf auf meinen. »Oh, Süße.«

»Also, wie viele noch, bis endlich einer vor mir steht, der irgendwie …« Der mich interessiert? Der abends mit mir X-Faktor schaut und mich dann nachts auf Toilette begleitet, weil ich Angst vor Geistern habe? Der mit mir über die Avengers philosophiert? Der Bücher liebt, ferne Welten und … die ein oder andere *Sache* akzeptiert. »Ich weiß doch auch nicht.«

Chloe strich mir ein paar meiner Locken zur Seite, küsste meine

Schläfe. »Dein Prinzchen wird kommen. Und bis dahin hast du uns.«

»Und das hässliche Kastanientier.« Luke konnte es wirklich nicht lassen.

»Du kleiner …« Ich wollte kühl klingen, aber mein Grinsen verdarb alles. »Wir klären das gleich draußen auf dem Spielplatz.«

»Komm doch und …« Weiter kam er nicht.

»Der Otter braucht noch einen Kopf!« Madison schaute mehr als nur ein bisschen grimmig zwischen mir und Luke hin und her. »*Jetzt.*«

»Zu Befehl.« Ich nahm den Bohrer wieder an mich, schnappte mir den … *Otter* und legte los. »Wäre doch gelacht, wenn ich nicht … Fuck!«

»Sagt man nicht!« Noah ließ vor Schreck seine Kastanie fallen, aber das war nebensächlich.

Ich war abgerutscht, hatte mir den rostigen Bohrer direkt in die Handfläche geschlagen und mir die Haut aufgeritzt und … blutete. *Blu–te–te!*

»Alles gut?« Chloe lehnte sich zu mir, ihre Finger auf meinem Knie. »Eli?«

O nein, o nein, o nein!

»Atme tief durch.« Sie wedelte mir Luft zu. »Es ist nur Blut, Liebes.« Nur?

»Rotes. Dickes. Warmes. Blut!« Luke war ein kleines Monster!

Doch er hatte recht. Es rann an mir entlang, eroberte in dieser unverkennbaren satten Farbe meinen Unterarm, tropfte hinab auf den alten Dielenboden, benetzte den Teppich und …

Ich kippte um.

ENTWEDER SIE LASSEN MICH IHNEN HELFEN ODER SIE

sterben

AN EINER

Kastanie.

2

Daniel

Ich hasste es, in der Notaufnahme zu arbeiten. Der einzige Vorteil, den man dort hatte, war, dass man – wenn alles gut lief – lang genug keinen Notfall reinbekam und irgendeine der Schwestern Zeit hatte, vor mir zu knien.

So wie jetzt.

Melindas Lippen schlossen sich um meine Härte, saugten mich tief in sich. Ich beobachtete ihren Kopf mit dem akkurat zusammengebundenen Zopf, während er sich immer wieder vor und zurück bewegte. Wie ihre kleine gierige Zunge um meine Länge leckte, wie sich ihre Hände um meine Hoden schlossen.

Es war gut, nicht perfekt, aber ausreichend. Nicht erfüllend oder gar atemberaubend, einfach nur … annehmbar.

So wie alles in meinem Leben. Vor allem seit Lucy nicht mehr bei mir war, sondern irgendeine Frau, die auf jämmerlichste Weise um meine Aufmerksamkeit buhlte.

»Doktor Harrison«, hauchte Melinda gegen meine Spitze.

Dachte sie gerade wirklich an mich? Oder an meinen Vater Doktor Harrison? An meinen Großvater Doktor Harrison? An irgendeinen dieser genialen Ärzte? Oder tatsächlich … an mich?

Pah, an dich? Ganz sicher nicht.

Das Ergebnis meiner Gedanken kochte mir wie heiße Lava durch die Venen. Wie konnte ich auch nur ansatzweise auf die Idee kommen, sie würde mich wollen und nicht meinen Namen? Mein Geld? Meinen … *Cousin*?

Sieh ihn dir an, wie viele Auszeichnungen er bereits erhalten hat. Ein Wunder, dass Lucy nicht viel früher …

Nein!

Ich wickelte mir ihren Zopf um die Faust, dirigierte ihre Bewegungen in einem wesentlich schnelleren Tempo. Die begrenzte Zeit sollten wir effizienter nutzen und nicht mit ihren durchschnittlichen Blowjob-Aktivitäten vergeuden.

Ich zog ihren Kopf zurück, umschloss mit meiner freien Hand selbst meine Härte. »Mund auf.«

Natürlich gehorchte sie sofort. Etwas anderes hatte ich gar nicht erwartet.

Frauen wie sie sind dazu gemacht, zu knien, sie sind dazu gemacht, nach Erfolg zu lechzen und dafür alles zu tun. Wie deine Mutter.

Wie meine Mutter.

Wie Lucy.

Wie einfach alle!

Meine Spitze gegen ihre Zunge gedrückt fuhr ich an mir selbst auf und ab. Immer schneller, die Faust fest um mich geklammert. Sie wollte etwas von mir in ihrem gierigen Rachen? Bitte, das konnte sie haben. Mehr aber auch nicht.

Nie wieder bekommt jemand mehr.

Es dauerte nur wenige Bewegungen, bis ich ihr meinen Samen auf die Zunge spritzte, er über ihren Mund lief und sie sofort die Lippen um mich legte. Sie saugte an mir, leckte alles sauber und schloss am Ende sogar noch meine Hose.

Als würde sie das jeden Tag hier im Bereitschaftszimmer machen. Dafür war es nicht mal sonderlich geil gewesen. Es war schlicht *befriedigend* gewesen.

»Danke, Doktor Harrison.« Gott, jetzt bedankte sie sich auch noch.

Ich nickte ihr zu, schaute auf meine Armbanduhr, würdigte sie nicht eines Blickes. »Ich habe weitere zwei Stunden Notdienst, dann eine OP.«

»Oh.« Sie legte mir ihre Hände um den Nacken. »Keine Zeit mehr für *mein* Vergnügen?« Ihre Lippen streiften meinen Mund, ihre Brüste drückten sich an meinen Oberkörper und selbst durch den Stoff ihrer Kleidung konnte ich ihre erregten Brustwarzen spüren.

War mir nur absolut egal.

Ich schob sie von mir. »Nein.« Das war nie geplant gewesen. »Man sieht sich.«

Ohne sie zu Wort kommen zu lassen, drückte ich mich in dem kleinen Zimmer an ihr vorbei und betrat den Krankenhausflur. Es war, als würde ich in eine andere Welt eintauchen. Klebte dort drin noch immer der Geruch von mittelmäßigem Sex an den Wänden, so roch hier draußen jeder Winkel nach Desinfektionsmittel, Leben und Tod. Krankenschwestern huschten an mir vorbei, grüßten mich kurz und eilten weiter.

Alle beachteten mich, aber niemand schien mich zu *sehen*.

Natürlich. Für wen hältst du dich?

Ich rieb mir über die Stirn, ging hinüber zum Empfangstresen der Notaufnahme, hinter dem der wohl einzige Mensch saß, bei dem ich nicht alles um mich herum zu Kleinholz verarbeiten wollte. Auch wenn ich mich fragte, welche Wette er diesmal verloren hatte, um am Empfang sitzen zu müssen. »Was Neues?«

»In fünf Minuten kommt ein Rettungswagen rein.« Liam schaute mit seinen grünen Augen zu mir hoch, fuhr sich durch seine dunklen Haare. »Na, Sonnenschein, wie war Melinda? Die Sache mit der Zunge, ich sag dir …«

»Durchschnitt.« Ich legte den Kopf schräg und ignorierte sein Seufzen. »Meinst du diese Zitteraal-Bewegungen? Ich hatte eher Angst, sie bekäme einen epileptischen Anfall.«

Er zuckte mit den Schultern. »Stelle ich mir recht spannend vor.«

»Natürlich.« Ich drehte mich um, lehnte mit dem Rücken gegen den weißen Tresen. »Was kommt rein?«

»Junge Frau, Ende zwanzig, hat sich …« Die Tastatur klimperte, aber ich hielt es nicht für nötig, mich ihm zuzuwenden oder gar selbst die Akte zu lesen. »Sie hat sich beim Kastanienbohren verletzt.«

»Gott bewahre.« Sowas hatte ich jetzt auch noch gebraucht. »Setz sie in Raum drei, ich komme dann rein und kleb ihr ein Pflaster drauf.«

»Sie ist bewusstlos gewesen, mittlerweile aber ansprechbar.« Liam stand hinter mir auf, fasste um mich herum und drückte mir das Tablet, auf das er die Akte geladen hatte, gegen die Brust.

»Der ganz normale Notaufnahmen-Wahnsinn.«

Ich brummte irgendwas Zustimmendes und nahm die elektronische Krankenakte an mich.

Normaler Wahnsinn? Genau aus diesem Grund arbeitete ich sonst nicht hier. Ich ertrug es nicht, die Fehler der anderen ausbügeln zu müssen. Sie sollten einfach besser aufpassen, sich informieren, bevor sie planten, ein Haus zu bauen oder ohne Helm auf ein Gerüst zu steigen. Sie sollten weniger Fehler machen! *Perfekter sein!*

Deshalb verkroch ich mich in der Neurochirurgie. Das Gehirn war so komplex, so perfekt und besonders. Jeder Nerv, jede Synapse. Wie viele Köpfe hatte ich schon geöffnet, wie viele Hirne vor mir gesehen? Aber nie auch nur einen einzigen Gedanken, einen heimlichen Wunsch entdeckt. Das allein zeigte, wie wundervoll dieses Organ arbeitete. Etwas, das man nicht sah, konnte einen ganzen Menschen zerstören. Das wusste ich nur allzu gut.

»Alles klar.« Liam hämmerte den Hörer seines Telefons förmlich auf die Station und holte mich zurück zu sich. Genau im richtigen Moment. »Patientin Kastanie liegt in Schockraum vier. In drei ist jemand mit … ach, ist schon gut. Du willst nicht wissen, was Doktor Fields ihm gleich aus dem Hintern ziehen muss.«

»Stimmt.« Es interessierte mich nicht das kleinste bisschen. Wieder nur ein weiterer Beweis für die absolute Fehlbarkeit der Menschen.

Wie kann man Perfektion verlangen, wenn man selbst der reinste Fehler ist?

Ich stieß mich vom Tresen ab, lief den Flur entlang. Der weiße Boden strahlte beinahe unter mir, die hohen, hellen Wände leuchteten mir entgegen und schrien mich an, brüllten mir die Reinheit mitten ins Gesicht. Ich konnte es kaum erwarten, wieder im OP zu stehen. Oder gar zu Hause zu sein. Allein.

Ich drückte die Klinke von Raum vier herunter und …

»O nein!« Patientin Kastanie schrie mich an. Der Tag wurde wirklich immer besser. »Sie können direkt wieder gehen.« Mit ihrem Finger und dem dunklen abgeblätterten Nagellack darauf deutete sie auf die Tür, in deren Rahmen ich noch immer stand.

»Schmeißen Sie gerade Ihren Arzt raus?« Ich schloss die Tür

hinter mir, lehnte mich an die Wand daneben.

»Ich nicht, aber mein Bankkonto.« Noch während sie sprach, fiel sie wieder mit dem Rücken zurück auf die Behandlungsliege. Ein Wunder, dass sie überhaupt so laut werden konnte. Ihr Gesicht war kreidebleich und ihre kupferroten Locken standen in wilden Strähnen in alle möglichen Himmelsrichtungen von ihr ab.

Nur verstand ich absolut nicht, was ihr Konto hiermit zu tun hatte. Ich öffnete die Akte … nein, keine Schmerzmittel. »Haben Sie Drogen genommen?«

»Wie bitte?« Sie verengte die Augen, als würde sie abwägen, ob sie es schaffte, mich von ihrer Position aus anzuspringen und in Stücke zu reißen, was meine Rauschmitteltheorie nur verstärkte.

»Sie reden wirres Zeug.« Warum bei einer solchen Patientin nicht gleich zum Punkt kommen?

»Wirres Zeug?«, wiederholte sie meine Worte. Nur wesentlich lauter und schriller.

Vielleicht war sie auf den Kopf gefallen? »Ihr Bankkonto …«, griff ich ihre Ausführen von vorhin auf, damit sie diesen endlich Sinn verleihen konnte.

»… ist nicht für einen Chefarzt gedeckt!« Sie richtete sich auf, pustete sich die viel zu vielen Locken aus dem Blickfeld. »Ich habe keine Krankenversicherung und erst recht kein Geld für …« Hilflos gestikulierte sie mit ihren Händen auf und ab. »… Sie.«

»Für mich?« Welche Drogen hatte die genommen?

»Na, schauen Sie mal in den Spiegel.« Ihre Augen wanderten an mir entlang. »Blonde, akkurat geschnittene Haare. Einen Dreitagebart, der garantiert nicht eine Sekunde älter als 72 Stunden ist, und Ihre Augenbrauen – die zupfen Sie doch im Leben nicht selbst.« Sie lehnte sich ein wenig nach vorn. »Sie sind kein Assistenzarzt, der mir nur den halben Monatslohn für ein Pflaster berechnet. Sie wollen mein *Jahresgehalt*!«

»Bitte«, ich legte mir eine Hand an die Stirn, rieb kreisförmig meine Schläfen. »Bitte sagen Sie mir, dass Sie Drogen genommen haben.« Alles andere wäre eine Misshandlung der Menschheit.

»Nein.« Sie zog das Wort unnötig in die Länge, setzte sich gerade auf. »Jedenfalls heute und gestern nicht.« Ihre Füße baumelten im Freien hin und her. »Also nicht, dass ich jemals irgendwelchen Kontakt mit Drogen gehabt hätte.« Sie presste die Lider zusammen. »Okay, erwischt. In der High School, na ja … da schon. Aber kommen Sie, wer nicht, oder? Drogen, Sex, Alkohol und …« Sie stockte, nur um im gleichen Moment weiterzureden. »Ich bin kein schlimmes Kind gewesen, falls Sie das denken! Es war eine freie Jugend, eine wilde Zeit. Und von mir aus auch später noch. Ganz eventuell wurde es letzte Woche mal kurz wild, aber es war nur …«

Holte sie überhaupt mal Luft? »Ich beginne jetzt die Untersuchung«, unterbrach ich ihren Redeschwall, um hoffentlich bald wieder diesen Raum verlassen zu können.

»Nein.«

Ich fand nicht mal in meinen Gedanken Worte für diese Frau! Ignorieren! Wird das Beste sein. »Sie sind …« Üblicherweise glich ich jetzt den Namen auf meinem Tablet mit dem Patienten ab, aber … sie führte sich nicht nur unmöglich auf – sie hieß auch so.

Sie reckte das Kinn, als hätte sie jeden meiner Gedanken hören können. »Nayeli Dandelion.«

Die Chance stand fifty-fifty – Stripperin mit schlechtem Pseudonym-Geschmack oder verrückte Eltern mit Sinn für Mobbing-Namen.

Ich schaute von dem Bildschirm in meiner Hand zu ihr auf, versuchte, in ihrem intensiven Blick die Wahrheit zu erkunden. Sie war nicht hässlich und unter all dem gelockten Haar verbarg sich ein schönes Gesicht mit roten Lippen und gerader Nase. Mit Nasenring, selbstverständlich. Ihre Haut war hell, über und über mit Sommersprossen versehen, und ihre braunen Augen … sie hatten irgendwie was von Karamell oder Bernstein. Etwas Warmes, natürlich Schönes.

Allerdings sah ihre Kleidung eher so aus, als wäre sie in einen Second-Hand-Laden voller XXL-Wollpullover und Leggings eingebrochen oder überhaupt gar nie wieder herausgekommen.

Egal, zurück zum Namen. »Ist das ein … Künstlername?« Meine Neugierde gewann. Warum auch immer.

Sie zog eine Augenbraue nach oben, biss sich kurz auf die Unterlippe. »Ist das ein echtes Stethoskop um Ihren Hals?«

Okay, warum versuchte ich überhaupt, mit so einer Person zu sprechen? Ich warf mein Tablet auf den Schreibtisch hinter mich. »Also, Miss Dandelion, wo haben Sie sich verletzt?«

Sie streckte mir ihre Hand entgegen. »Hier, Doktor ...« Ihre Augen verengten sich, als könnte sie die *sehr* große Schrift auf meinem Namensschild an der Brust nicht erkennen. »Harrison?« Sie sah zu mir auf. »Ist das ein Künstlername? Wundert mich, dass da nicht Doktor Grumpy steht.«

Oh, wirklich? »Lachen die Menschen sonst in Ihrer Gegenwart?«

»Lachen Sie jemals?« Sie neigte den Kopf, ihre Locken fielen zur Seite. »Im Keller vielleicht?«

»Ich habe keinen Keller.« Wieso redete ich mit ihr? Egal. Ich griff nach ihrer Hand, doch sie zog sie blitzschnell weg.

»Anfassen kostet garantiert extra. Können Sie keine ...« Sie schaute zur Decke und dann wieder zu mir. »... Ferndiagnose stellen? So aus einem Meter Entfernung? Wahlweise auch zwei oder drei?« Ihr Blick glitt an mir vorbei. »Wie viele Meter gibt der Raum her?«

Ich schloss die Augen, atmete so tief durch, dass der Sauerstoff wie ein Sturm in meiner Lunge tobte. »Entweder lassen Sie mich Ihnen helfen oder Sie ...« *Ruhig, Daniel.* »... sterben an einer Kastanie.«

»Ich sterbe?« Sie verschluckte sich beinahe an diesen einfachen zwei Worten.

»Wenn ich nicht nachsehen darf, möglich.« Die Hoffnung bestand, dass es zumindest ihre Stimmbänder killte. »Zeigen Sie mir jetzt Ihre Verletzung?«

»Gut.« Sie legte ihre Hand in meine, drehte sie herum, bis ich ihre Handinnenfläche sehen konnte. »Es war mehr ein rostiger Nagel, den wir benutzt haben, als ein richtiger Bohrer, wissen Sie? Er war schon sehr alt, früher war er sicher mal ein waschechter Kastanienbohrer, aber heute? Na ja.«

»Aha.« Ich wollte nicht wissen, warum sie sowas tat oder gar mit wem. Nayeli Dandelion, Kastanien, rostige Nägel – es reichte. Ich griff neben mich, zog mir selbst erst einen Stuhl zum Sitzen und dann den kleinen Schrank auf Rädern heran. »Es ist nicht sonderlich tief. Ich reinige es und werde es verbinden.«

Sie seufzte. »Chloe hätte keinen Krankenwagen rufen müssen.«

Ich brummte zustimmend. Für so einen Blödsinn hätte sie weiß Gott nicht hierher gemusst. Aber gut, so waren Menschen wie sie nun mal.

Du meinst voller Unzulänglichkeiten wie du?

Ich griff zu dem Desinfektionsmittel.

»Wissen Sie«, wieder pustete sie mit vorgeschobener Unterlippe in die Höhe und ließ einige Locken aus ihrem Gesicht fliegen. Nervig. »Ich kann kein Blut sehen und bin deshalb … heilige, verfickte Scheiße!«

Sie hielt ja nicht mal die Klappe, wenn Desinfektionsmittel in ihrer Wunde brannte!

»Wir werden nie – nie, nie, nie – wieder Kastanientiere basteln.« Zischend atmete sie ein, wollte mir ihre Hand entreißen, doch ich hielt sie an ihrem Gelenk fest.

»Nur einen Moment noch.« Wieder griff ich zu dem Wagen, holte etwas Verbandszeug heraus und wickelte es um ihre Hand.

»Gott!« Sie legte den Kopf in den Nacken, fluchte auf irgendeiner Sprache, die ich nicht verstand.

Drehte die jetzt völlig durch? Vielleicht sollte ich weniger an Drogen und mehr an einen Exorzisten denken.

Mit der freien Hand fuhr sie sich von der Stirn aus durch ihre Haare. »Das nächste Mal können die Kinder die Kastanien zeichnen! Auf Papier! Mit Stiften!«

»Ich fürchte, Sie könnten sich selbst mit einem Buntstift verletzen«, murmelte ich vor mich hin, während ich das letzte Mal den Verband um ihre Hand schlang und alles mit einem Pflaster befestigte.

Sie lehnte sich zu mir herunter. »Machen Sie sich gerade lustig über mich?«

Lustig? Ich? Gott, nein.

Ich schaute von ihrer versorgten Wunde auf und … verdammt, warum war sie mir so nahe? Ihr Atem, der eindeutig nach süßen, klebrigen Bonbons roch, schlug mir förmlich ins Gesicht. »Nein.« Ich ließ ihre Hand los, stieß den Wagen wieder zur Seite des Raumes und stand auf.

Ihr Blick folgte mir. »Im Ernst, Doktor Harrison, lachen Sie jemals?«

Das Leben war nicht lustig, warum sollte ich dann lachen? Über irgendwelchen albernen Unsinn oder absichtlich begangene Fehler, nur um andere zu bespaßen? Wortspiele oder Witze? Nein danke.

»Ich fülle das hier für Ihren Arbeitgeber aus.« Ohne sie weiter zu beachten, ging ich an den Schreibtisch des Behandlungszimmers und holte das entsprechende Formular heraus. »So wie es klang, war es ja scheinbar ein Arbeitsunfall. Dann brauchen Sie nicht mal eine Krankenversicherung, denn Ihr Arbeitgeber …«

»Schon gut«, unterbrach sie mich und sprang von der Liege. Mit ihrer gesunden Hand versuchte sie vergeblich, ihre Haare zu richten, und selbst dieses ständige nervtötende Pusten machte es nicht einen Deut besser. »Ich bin quasi mein eigener Chef, also …«

Ich musste meine Neugier unter Kontrolle bringen, doch diese Frau als Boss einer Firma? Noch bevor ich darüber nachdenken konnte, warum genau ich das Tablet wieder zum Leuchten brachte und durch ihre Daten scrollte, hörte ich bereits meinen Vater. Wie so oft.

Neugierde ist was für Kinder, was für Träumer! Nicht nach links oder rechts schauen, nicht ablenken lassen. Anders wirst du nie die Nummer eins.

Die Sätze schrien förmlich durch meinen Kopf, brachten mich dazu, die Akte zu schließen. Es stand ohnehin kein Arbeitgeber drin.

»*Little Giants.*«

»Was?« Ich faltete das Formular einmal in der Mitte und warf es in den Mülleimer neben mich. Das meinte sie nicht ernst?

Sie kam zu mir, setzte sich auf einen der Stühle vor dem Schreibtisch. »*Little Giants*, meine Arbeit. Danach haben Sie doch gerade gesucht, oder nicht?«

»Ja.« Die Frage war aber nicht auf eine schlechte akustische Leistung meines Gehörs zurückzuführen, denn das war schlicht perfekt. »Sie arbeiten bei den kleinen Riesen?«

Wieder wanderte ihre Augenbraue in die Höhe. »Überrascht Sie das?«

Ehrliche Antwort? O ja! Die *Little Giants* waren eine privat geführte Einrichtung für Kinder von null bis sechs Jahren, die aufgrund verschiedenster Probleme auf eine Pflegefamilie warteten oder auf das Ende der Gerichtsverhandlung ihrer Eltern. Sie führten sich komplett allein, hatten nichts mit dem staatlichen System zu tun, das mehr als nur ein wenig schieflief. Und diese Frau hier vor mir … wie zur Hölle organisierte die sich *selbst*?

»Wenn das so ist …«, ignorierte ich ihre Frage, da ich ohnehin nur eine provozierende Antwort übrighatte. Und tatsächlich verdiente jemand von den *Little Giants* das nicht. »… werden Sie innerhalb des Pro-bono-Programms meiner Schwester«, ich räusperte mich, »… ich meine, Doktor Claire Harrison – kostenlos behandelt.«

»Claire ist Ihre Schwester?« Ganz langsam schob sie ihre Hand vor den Mund, um gerade noch rechtzeitig ihr bellendes Lachen zu verdecken. »Oh, Sie sind ihr absolut nicht ähnlich! Der Name, klar, da hätte ich direkt draufkommen müssen, immerhin ist sie als unsere Kinderärztin mega oft vor Ort. Aber alles andere?«

»Höre ich öfter.« Ich griff wieder in eine der Schubladen, holte nur diesmal die richtigen Formulare heraus und schob sie zu ihr herüber. »Nehmen Sie das und gehen Sie vorn an den Empfang. Dort wird Ihnen jemand alles erklären und schon hatten Sie Ihre gratis Behandlung von Doktor *Grumpy*.« Und ich hoffentlich wieder einen leeren Schockraum.

»Danke.« Ihr Lachen verebbte, doch ein Grinsen blieb, und als sie mit ihrer Hand nach den Papieren griff, konnte ich es richtig sehen. Nicht nur das mehr als ehrliche und genau wie ihre Augen warme Lächeln, sondern auch ihre Grübchen, die sich unter ihre Sommersprossen mischten.

»Hmm.« Es wäre gelogen, würde ich behaupten, dass mir ein: *›Gern‹*, auf der Zunge lag und ich es einfach unterdrückte. Ich war heilfroh, dass diese Frau endlich das Zimmer verließ. Wenn auch winkend und kurz vor der Tür stolpernd. Immerhin fand sie die Klinke.

Möge man sich nie wieder sehen.

EIN BISSCHEN
Gallseife
UND ES SIEHT AUS WIE NEU.

3

Eli

»Und dann hast du ihn wirklich Doktor Grumpy genannt?« Chloe lachte laut auf, schloss sogar kurz die Augen, was ihren goldenen Eyeliner nur noch mehr zum Schimmern brachte.

»Verdammt! Schau auf die Straße, wenn du fährst.« Ich klammerte mich an den Haltegriff ihres Oldtimers und zu meiner eigenen Überraschung hielt das Ding und landete nicht einfach in meiner Hand. Der VW Käfer oder *Astrid*, wie wir sie liebevoll nannten, war eben robust. »Nochmal will ich nicht in die Notaufnahme zu diesem … diesem …« Mir fiel partout keine passende Beschreibung ein. »… furchtbaren Kerl.«

»Furchtbar hin oder her.« Chloe setzte den Blinker und bog rechts in eine Seitenstraße ein. »So wie du ihn mir beschrieben hast, sah er gut aus.«

Mehr als nur gut. Er sah *leider* sehr, sehr gut aus. Diese dunkelblonden, kurzen Haare, seine hellblauen Augen. Selbst der grimmige Blick stand ihm irgendwie und betonte nur noch mehr sein markantes Gesicht und … Egal! »Außen hui, innen pfui. Klare Sache.« Ich lockerte meinen Klammergriff und lehnte den Kopf an die kühle Fensterscheibe von *Astrid*. »Können wir den Tag gestern einfach vergessen?«

»Genau deshalb entführe ich dich heute in dein Lieblingscafé.« Sie zwinkerte mir zu und sah damit mal wieder nicht nach vorn. »Wir holen uns einen *Pumpkin Spice Latte*, gehen nachher mit den Kindern Blätter sammeln und halten uns so weit wie möglich von Kastanien fern.«

Ich schaute zu ihr, zu meiner besten Freundin, zu ihren petrolfarbenen Haaren, die nächste Woche wieder pink sein könnten, ihren zig Ohrringen und Ketten. *Hach, ich liebe sie.* »Das klingt wunderbar.«

»Natürlich. Ist ja auch mein Plan.« Sie grinste breit, betätigte erneut den Blinker und bog links in meine absolute Lieblingsstraße ab.

Nicht, weil die Gebäude sonderlich schön waren oder die Leute mir zuwinkten, sobald sie mich sahen. Es waren auch nicht die hohen Bäume, die diese Straße in Buelton säumten und in deren orangenen und roten Blättern sich die Herbstsonne glitzernd brach, unter die man sich legen wollte, stundenlang und … okay, eventuell die doch ein bisschen. Aber da gab es noch *so* viel mehr. Die kleinen privaten Läden, die ihre Schilder herausstellten und ihre gestreiften Markisen ausfuhren.

Doch das warme Gefühl in meinem Bauch kam allein wegen *Rosie's Bakery*. Niemand, absolut *niemand*, konnte so tolle Törtchen zaubern, schaffte es, einen derart genialen Kaffee zuzubereiten, drei Kunden auf einmal zu bedienen und trotzdem mit einem breiten Lächeln hinter der Theke zu stehen. Rosie war ein Goldstück durch und durch. Was sie mit ihren goldigen Haaren irgendwie auch tatsächlich verkörperte.

Kaum parkte Chloe die alte *Astrid* am Straßenrand, öffnete ich bereits die Tür und eilte nach draußen. Diese Woche hatte vielleicht doof angefangen, aber ab jetzt war Schluss damit! Ein Latte macchiato mit Sahnehaube und *Pumpkin-Spice*-Aroma konnte alles – wirklich alles – retten.

Und wenn nicht? Dann müsste Chloe nachher noch mit mir shoppen gehen, ganz einfach. So war das Leben nämlich: Einfach, solange wir es zuließen.

Wäre doch gelacht, wenn ich den Glitzer nicht wieder zurück in diese Woche bringen könnte!

Chloe folgte mir, griff nach ihrer Handtasche. »Warte auf mich!« Sie schloss *Astrid* ab, schulterte ihre Tasche und rannte auf mich zu. »Wie süchtig kann man nach Kaffee sein?«

»Sehr?« Ich lachte auf. »Beeil dich lieber, anstatt mir solch merkwürdige Fragen zu stellen. Es stehen jetzt schon so viele an.«

Wie immer. Rosie war halt *leider* kein Geheimtipp mehr.

Chloe hakte sich bei mir unter, zog mich über den Gehweg bis zu dem kleinen Café. »Wenn du weiter so drängelst, dann lade ich dich *nie* wieder ein.«

Ich schnalzte mit der Zunge. »Und so schnell geht unsere Freundschaft den Bach runter.«

»So ist es.« Sie grinste, öffnete die Glastür mit dem riesigen weißen Muffin darauf und sofort ertönten die drei hellen Glöckchen am Türrahmen. *So klingt Glück!* »Nach Ihnen, Miss Dandelion.« Sie neigte den Kopf, deutete eine Verbeugung an.

»Ich danke Ihnen, Miss Miles.« Ich reckte das Kinn, warf meine Haare zurück und stolzierte förmlich an ihr vorbei … direkt ans Ende der Schlange. Das durfte nicht wahr sein!

Ich kam nicht mal dazu, den Zauber des Cafés in mich aufzusaugen. Die weißen Holzmöbel zu bewundern, die alle benutzt und doch so wundervoll aussahen. Die weichen Sofas am Rand des Raumes, die Regalbretter voller Pflanzen darüber, die sich mit ihren dicken Blättern bis auf den Boden schlängelten. Selbst die Glasvitrinen mit den schönsten Kuchen, frischesten Croissants und dampfenden Broten interessierten mich nicht. Es drang mir ja nicht mal der zuckrigsüße Duft in die Nase, als wäre mein Nasenring ein natürlicher Schutzschild vor zu guten Gerüchen.

Gott! Vor mir stand die halbe Stadt, alle auf der Suche nach einem Kaffee.

»Wow.« Chloe legte ihr Kinn auf meine Schulter. »Heute ist besonders viel los.«

»Kannst du laut sagen«, murmelte ich ironischerweise leise und sah von einem wartenden Kunden zum anderen.

Rosie lächelte gerade einer Frau mit viel zu großem Hut entgegen. »Ich hätte gern drei Cappuccino, vier Milchkaffee und haben Sie auch Hafermilch da?«

Oh, wirklich? Wenn jede der Bestellungen so riesig war, würden wir niemals in diesem Leben rechtzeitig bei unseren kleinen Riesen ankommen. Frühstens zu ihrer Schuleinführung.

Ich drehte mich zu Chloe um. »Vielleicht verschieben wir es auf morgen?«

»Oh.« Sie schob ihre Unterlippe vor. »Aber du hast dir nach dem Schock gestern einen *ordentlichen* Kaffee verdient.«

»Dann wohl aus der guten alten Filtermaschine.« Ich tippte auf ihre schmale Nase. »Halb so wild. Komm heute Abend doch ins *Shakesbeer* und wir trinken was zusammen nach meiner Schicht?«

»Was?« Sie riss so dramatisch den Mund auf und zuckte zurück, dass sogar die Ketten um ihren Hals klimperten. »Die Kneipe voller Glitzer-Bierflaschen und reichen Snobs? Nein danke.«

»Jetzt hör mal!« Ich schubste sie leicht von mir, wobei ihre Tasche auf den Boden fiel und ich einen Schritt zurücktreten musste. »Ich arbeite immerhin dort und das *Shakesbeer* ist … oh, fuck!«

Chloe riss die Augen auf. »Eli!« Noch bevor sie mich an den Schultern packen konnte, stieß ich mit dem Rücken gegen etwas Hartes. Und Nasses.

»Was zur Hölle?« O nein, diese tiefe brummige Stimme kam mir erschreckend bekannt vor. »Haben Sie keine …? Das darf nicht wahr sein. *Sie* schon wieder!«

So langsam wie nur irgend möglich drehte ich mich herum. In der Hoffnung, es würde ihm tatsächlich irgendwann zu lange dauern und er würde schulterzuckend das Café verlassen. Schlagartige Langeweile oder so. Mensch, man durfte ja wohl noch hoffen!

Außerdem wollte ich echt nicht sehen, was ich angerichtet hatte. Wollte nicht sehen, dass … Scheiße, verdammte. »Es tut mir *so* leid!« Ich stürzte mich förmlich auf die geblümten Servietten in dem ebenfalls blumigen Gefäß auf der Vitrine neben mir. All die Törtchen, Muffins und Kuchen darunter waren sowas von egal. Vor mir befand sich immerhin die neue Vollkatastrophe des Jahres. *Nein – was sag ich da? – des Jahrzehnts!*

Den To-go-Becher hielt Doktor Grumpy weiterhin fest in der Hand, und würde er noch eine Weile derart viel Druck ausüben, könnte er ihn direkt mit seiner bloßen Kraft zu Staub recyceln. Sein ursprünglich weißes Hemd hatte nun ein neues Upgrade erhalten – *Kaffeefleck de luxe*. Kurz unter dem aufgeknöpften Kragen setzte es an, zog sich in dunkelbraunen Sprenkeln hinab, bis es beinahe seine Hose erreichte.

»Wollen Sie Ihr Kunstwerk noch etwas länger anstarren oder

geben Sie mir endlich wenigstens eine der Servietten?« Seine Tonlage als kühl zu bezeichnen, wäre die Untertreibung des Jahrtausends. Selbst der eisige Herbstwind da draußen wirkte wie ein warmes Karibiklüftchen im Vergleich zu ihm.

»Entschuldigen Sie, wir haben nicht …«, versuchte es Chloe, doch ich unterbrach sie.

»Sorry, Doktor Grum– … Harrison!« Wie eine Putzfrau auf LSD begann ich, mit den rosageblümten Servietten die Flecken auf seinem weißen Hemd wegzurubbeln. Oder eher zu erschlagen. »Ich bezahle Ihnen natürlich die Reinigung und …« Fuck! Färbten diese doofen Servietten gerade ab? Das war doch jetzt ein Scherz!

Die ersten Kunden drehten sich zu uns um, beobachteten meine Misere, und ich wünschte, ich könnte einfach zwischen den Kirschen auf dem Muffin da drüben verschwinden. So ungefähr für immer. *Ist sicher auch ganz lecker.*

»Ich gehe sofort einen neuen Kaffee holen.« Mit vielen leisen: *›Entschuldigung‹*, und: *›Sorry‹*, auf den Lippen marschierte Chloe nach vorn zu Rosie, die uns ebenfalls mit großen Augen und roten Wangen anstarrte.

Ich werde hier nie wieder einen Fuß reinsetzen können.

»Nehmen Sie endlich die Hände von mir.« Doktor Grumpy umfasste meine Handgelenke, drückte sie von sich. Der Kaffee aus den Servietten tropfte zwischen uns auf meine Schuhe. »Die Reinigung für dieses Hemd kostet sicher so viel wie Ihr gesamter Monatslohn, also …«

»Quatsch, ein bisschen Gallseife und es sieht aus wie neu.« Als ob man das in eine teure Reinigung bringen musste. Das konnte ich selbst! Kurz einweichen, vielleicht ein wenig Essig. Wäre doch gelacht.

Ich bückte mich zu Chloes Tasche, hob sie hoch und wühlte darin herum. Irgendwo musste … hier! »Das ist meine Nummer.« Ich griff nach seiner Hand – oder genauer gesagt nach seinem Hemdärmel –, straffte den Stoff und setzte den schwarzen Filzstift an. »Rufen Sie mich an und wir einigen uns sicher über …« Schrieb ich gerade meine Handynummer auf sein Hemd? Mit einem …? Ich drehte den Stift noch während des Schreibens ganz leicht zur Seite, ahnte bereits, was auf dem grauen Plastikteil stehen würde, und … was war in dieser Woche bloß los? Geschweige denn mit mir?

Ich schaute auf. »Wie viel … kostet ein neues Hemd?« Mein Hals wurde eng, meine Lunge verweigerte jeglichen Sauerstofftransport. Ich saß ganz tief in der Scheiße.

Seine hellblauen Augen fixierten mich unter fest zusammengezogenen Brauen. Die wirklich *verdammt* akkurat waren. »Ist das ein Textilstift?« Er klang so monoton und resigniert, dass ich aufseufzen musste. Aber wenigstens atmete ich damit durch und starb nicht. *Positiv denken, positiv denken!*

Ich biss mir auf die Unterlippe. »Kann sein?«

Er schloss die Augen, atmete mehrere Male tief ein und aus, was ihn nicht wirklich zu beruhigen schien. »Miss Dandelion, ich werde Sie niemals anrufen und dieses Hemd …« Seine Lider öffneten sich wieder und er schaute an sich hinab, nur um erneut verdammt oft tief durchzuatmen.

Ich könnte ihm einen guten Yogakurs empfehlen, bei diesen ganzen Atemübungen, oder … Wow, sein Blick ließ sogar meine Gedanken verstummen.

»Das Hemd werde ich wegschmeißen. Schönen Tag.« Ohne mich noch einmal anzusehen, drückte er mir seinen beinahe leeren und leicht verbeulten Becher in die Hand, stürmte an mir vorbei und hinaus auf die Straße.

»Sie haben keine Jacke und draußen ist es …« Die Glöckchen läuteten, die Tür hinter ihm schlug zu. »… kalt«, murmelte ich leise, sah ihm durch das große Schaufenster nach. Seine dunkelblonden Haare wehten zurück und er strich durch sie hindurch, was sie nicht viel ordentlicher machte. *Doch nicht so perfekt, Doktor Grumpy.* Noch bevor ich wirklich realisierte, dass ich ihm dümmlich hinterherstarrte und was hier überhaupt gerade geschehen war, verschwand er bereits aus meinem Blickfeld.

Hatte ich ihm tatsächlich sagen wollen, dass er eine Jacke brauchte? Vielleicht sollte ich auf seinen Tipp mit den Drogen zurückkommen. Ich schmiss den Becher und die Servietten neben mir in den Mülleimer. Konnte man da auch direkt seine ganze Woche hineinschmeißen und auf Reset drücken?

»Ist er jetzt einfach weg?« Chloe trat hinter mich, nahm mir ihre Tasche ab.

Ich nickte. »Warum hast du einen Textilmarker dabei?«

»Madison und ich haben gestern … Moment, wieso fragst du mich nach der Aktion eben sowas?« Sie verengte ihre Augen.

»Ich habe Doktor Grumpy nicht nur seinen Kaffee übergekippt, sondern auch noch mit einem Textilstift meine Telefonnummer auf sein Hemd geschrieben.« Ich drehte mich zu ihr um und wäre ihr am liebsten in die Arme gefallen, um mich so lange unter ihnen zu vergraben, bis dieser Vorfall aus meinem Gedächtnis gelöscht gewesen wäre. Allerdings hielt sie ja den neuen Kaffee in der Hand und ein Kunstwerk am Tag reichte völlig aus. »Warum bin ich manchmal so?«

»Wie?« Sie legte ihren freien Arm um meine Schultern, führte mich aus *Rosie's Bakery* heraus. »So liebenswert chaotisch, charmant und zuckersüß wie drei solcher Törtchen da drüben?«

Die Glöckchen über uns ertönten erneut, als wir den Laden verließen. Ohne meinen Gute-Laune-Macchiato, dafür garantiert mit einem pechschwarzen Koffein-Killer vom Grumpy. »Du hörst dich wie meine Mutter an.«

»Kluge Frau.« Chloe prostete mir mit dem vollen Kaffee zu. »Und«, sie zog das Wort unnötig in die Länge, drückte mir den Becher in die Hand, »wir haben einen großen Cappuccino mit *Pumpkin Spice*. Das hatte Doktor Sexy nämlich bei Rosie bestellt.« Sie zwinkerte und schloss *Astrid* auf. »Ist ja fast wie dein Macchiato. Milch mit Kaffee.«

Wie bitte? Meine Handflächen wurden warm, während mir der so wundervoll vertraute Geruch meines zweitliebsten Heißgetränks in die Nase stieg. Abgesehen davon, dass Chloe absolut keine Ahnung von dem Genuss der verschiedenen Kaffeevariationen hatte. *Das* hatte *er* bestellt? Irgendwie passte das nicht zu diesem ernsten Typen und seiner eiskalten Stimmung. Und wie hatte ihn Chloe bitte genannt? »Er heißt Doktor *Grumpy*, meine Liebe. Oder eigentlich Harrison.« Diskutierten wir gerade seinen Spitznamen aus? »Aber *Sexy* auf kei…«

»*Jeden Fall* wolltest du sagen, nicht wahr?« Chloe stieg in ihren Wagen ein, startete bereits den Motor und nach ein bis zwei Explosionen aus dem Auspuff schnurrte *Astrid* vor mir wie ein Kätzchen.

Sexy? Ich schaute die Straße hinab, in deren Richtung er verschwunden war, als könnte ich noch immer einen Schatten von ihm erkennen.

Vielleicht ein bisschen gutaussehend. Aber auch eine gehörige Portion grumpy.

pumpkin
Spice

LEUTE, DIE *Wein*

TRINKEN, SIND *Spießer.*

4

Daniel

»Gott, Mum, bitte.« Ich rieb mir über die Stirn, als könnte ich so all ihre Sätze aus meinem Hirn wischen. Wenn dieses Organ auch nur ansatzweise so arbeiten würde, könnten sich Therapeuten eine Menge Zeit sparen. »Können wir nicht später …?«

»Daniel Christopher Harrison.« Sollte mich mein voller Name irgendwie beeindrucken? »Interessiert dich deine Familie denn gar nicht?«

Wieso fragte sie so etwas, wenn sie die Wahrheit ja eh nicht ertragen könnte? Und wo blieb ein Notfall, wenn man ihn mal brauchte? »Mich *interessiert* nicht, was Maxwell macht.« Eher, warum der Zeiger meiner Uhr förmlich stillstand und nicht weiter Richtung Feierabend tickte.

»Er ist dein Cousin!« Ihre Atmung rauschte durch die Leitung wie der Atem eines Marathonläufers. »Er gehört zur Familie. Streitet euch nicht wegen dieser Frau.«

»Diese Frau …« Und jeden Tag aufs Neue. »… war meine *Verlobte*, von der mein Cousin nicht die Finger lassen konnte.« Wie immer. Es gab keine Freundin – besser Ex-Freundin – die nicht auf kurz oder lang im Bett dieses Arschlochs gelandet war. Und Lucy … sechs Jahre war es gutgegangen und dann war sie wie all die anderen billigen Wichtigtuerinnen geendet.

»Das ist mittlerweile vier Monate her. Steh deinen Mann und such dir halt jemand Neues. Liebeskummer ist albern, Schatz.« Sie dämpfte ihre Stimme. »Mach es wie dein Vater. Nimm eine der Krankenschwestern. Sie kennt deinen Job, die damit verbundenen Arbeitszeiten und Schichten …«

Ich schaltete ab. Der Hörer drückte zwar gegen mein Ohr, aber alles, was meine Mutter gerade herunterzitierte, drang nicht zu mir durch.

Und doch viel zu sehr. Viel zu laut. Viel zu schrill.

Du brauchst eine gute Frau an deiner Seite.

Komm über Lucy hinweg.

Du bist ein Mann, benimm dich auch so.

Männer haben keinen Liebeskummer.

»... also hör auf, in deinem Selbstmitleid zu versinken. Maxwell ist einfach unheimlich erfolgreich, der Beste seines Jahrgangs und in wenigen Wochen erhält er seine dritte Auszeichnung in der Neuromolekularbiologie.« Sie gab ein merkwürdiges Geräusch von sich, was ich nicht deuten konnte. »Kein Wunder, dass Lucy und er nun zusammen sind. Sie ist ja auch eine Klasse-Frau. Perfekt für Galas, Empfänge, kleine Partys ...«

»Was?« Meine Finger krampften um das Telefon. Nicht unbedingt, weil Mum mir die Schuld daran gab, dass ich betrogen worden war. Es war dieses eine kleine Wort, das sich wie ein Messer in meine Brust bohrte und erst zum Stillstand kam, als es mein Herz erreichte. *Zusammen*. Lucy und Maxwell? Nein, nein, nein!

»Wie was?« Sie schnalzte mit der Zunge. »Daniel, mein Lieber. Du bist nur der Drittbeste in deinem Jahrgang gewesen. Und bisher gab es auch noch keine Auszeichnungen und ...«

»Mum, das meinte ich nicht!« Immerhin kannte ich diesen Vortrag in- und auswendig und war mir durchaus bewusst über meine Stellung in der Familie. »Lucy und Maxwell sind ein Paar?« Der Satz brannte wie Säure auf meiner Zunge.

»Ja.«

Ich würde gern etwas anderes behaupten, aber dieses Wort, diese simplen zwei Buchstaben, rissen mir den Boden unter den Füßen weg. Es war, als würde ich fallen. Tiefer und tiefer, ohne auch nur im Entferntesten den Abgrund zu sehen, auf dessen Boden ich jämmerlich zerschellen würde. Auf dem ich mich zusammenkauern, verbluten und verrecken würde. Gemeinsam mit dem Messer in meiner Brust.

»Alles gut, Daniel?« Meinte sie das ernst? »Liebling, es war ja nun wirklich nur eine Frage der Zeit. Wie gesagt, eine Krankenschwester wäre doch was. Denen fällt auch nicht auf, dass du nur halb so gut bist wie dein Cousin.« Es machte wenig Unterschied, ob sie auf mich einschlug oder so mit mir sprach.

Die Wahrheit kann wehtun, mein Junge.

»Außerdem«, sie betonte es derart komisch, dass es nichts Gutes heißen konnte, »gehört es sich auch nicht, ohne Begleitung auf die Hochzeit der eigenen Schwester zu kommen. Fünf Wochen noch, Daniel. Such dir gefälligst jemanden.«

Natürlich. Das Thema musste auch an die Oberfläche geholt werden. »Ich muss los.« Ohne weiter auf sie einzugehen, legte ich auf.

Und war allein.

Allein und leer.

Nicht nur, dass ich hier einsam in meinem großen Büro mit dem ach so tollen Ausblick saß. Nein, in mir drin herrschte Leere. Als würde sich nicht mal mehr das Blut trauen, zu fließen, als hätte mein Herz Stopp gedrückt und als würde mein Hirn einfach auf Standby stehen. Notbetrieb, um den jämmerlichen Zustand des Lebens aufrechtzuerhalten. Nicht mehr und nicht weniger.

Meine Ex-Verlobte war mit meinem Cousin zusammen. Es glich einem … einem schlechten Scherz, einem … Verrat des Schicksals!

Quatsch! Komm aus deinem Selbstmitleid heraus.

Mum hatte recht! Warum sollte Lucy auch bei mir bleiben, wenn sie jemanden wie den perfekten Maxwell bekommen konnte? Ich war nur dritte, maximal zweite Wahl. Aber nie die erste, nie Nummer eins.

Weil ich es nicht kann.

Weil ich nicht genug bin.

Weil ich mich einfach mehr anstrengen muss.

Weil ich …

»Dan?« Liam steckte seinen Kopf in mein Büro. »Bist du so weit?«

Um endgültig mich selbst und die Menschheit zu hassen? Absolut.

Keine Ahnung, warum Liam unbedingt in *diese* Kneipe wollte. Meine Schwester hatte mir das ein oder andere Mal vom *Shakesbeer* berichtet und es klang genau so, wie es eben auch aussah. Als hätte ein Hipster beschlossen, eine Bar zu eröffnen und sämtliche Klischees seiner modernen Hippie-Bewegung ausgelebt.

»Und das hat dir deine Mutter einfach so nebenbei erzählt?« Liam schnaubte und deutete weiter ins Innere des *Shakesbeers*, wo nur noch ein einzelner Tisch frei war.

Oder eher ein halbes Bierfass aus Holz mit einer Tischplatte drauf. Links und rechts befanden sich zwei sehr rustikale Stühle und die Kerze in der grünlichen Bierflasche sollte wohl *hip* wirken. Zur Krönung stand diese Tisch-Hipster-Gruppe auch noch neben einem Raumtrenner aus – natürlich – weiteren Bierflaschen in sämtlichen braunen Glastönen, die es gab.

Liam bezeichnete es als Charme, ich als peinlich.

Er ließ sich auf einem der Holzstühle nieder und griff nach der Karte, die absolut modern auf einem Klemmbrett befestigt war. Wo hatte er mich nur hingebracht? »Lass Lucy ruhig machen. Auf dass Maxi sie betrügen wird.«

Ich setzte mich ebenfalls, faltete die Hände vor mir auf dem Fass … Tisch … was auch immer … zusammen. »Sie hatte damals gesagt, dass es eine einmalige Nummer war. Und jetzt sind die beiden ein Paar? Pff.«

»Für wie lange? Eine Woche?« Er schob die Karte zu mir herüber. »Kumpel, sie wird heulend vor deiner Tür stehen. Ich geb ihr …« Kurz neigte er den Kopf, verengte die Augen. »… drei Tage.«

»Hmm.« Mehr als ein Brummen brachte ich nicht raus, fixierte lieber diese Getränkekarte, die man locker auch als Bierkarte bezeichnen konnte.

Alles wie immer. Du bist nur die zweite Wahl für die Klasse-Frau Lucy.

Ein Kellner trat an unseren Tisch und fragte nach der Bestellung.

»Wir nehmen ein Guinness und …« Liam schaute erwartungsvoll zu mir.

»Irgendeinen Wein.« Ich schmiss die Karte vor mich auf dieses Fass. »Sollte sowas *hier* zu finden sein.«

»Aber klar doch.« So schnell, wie die Bedienung gekommen war, verschwand er auch wieder. Hauptsache, er würde mit der gleichen Geschwindigkeit unsere Getränke bringen.

Ich lehnte mich in dem Stuhl zurück, schloss meine brennenden und müden Augen. Die Schicht war zu lang gewesen, zu hart. Der Hirntumor-Patient aus Zimmer 462 war eine Stunde vor seiner OP mit mir verstorben. Eine andere geplante Operation um 10.00 Uhr hatte auf den späten Nachmittag verschoben werden müssen und dann waren auch noch zwei Notfälle mit Schädel-Hirn-Trauma nach schweren Autounfällen hereingekommen, weshalb ich gemeinsam mit Doktor Meyer hatte operieren müssen. Und – nicht zu vergessen – das Kaffee-Desaster am Morgen.

»Wie geht's Claire?« Liam brachte mich nicht nur dazu, ihn anzusehen, sondern aktivierte sogar meine zuckenden Augenbrauen. Müsste er die Frage nicht besser beantworten können?

»Mitten in den Hochzeitsvorbereitungen.« Ich wusste nicht genau, warum er mich fragte, und verdrängte auch die Gedanken daran. Es ging mich nichts an, wen sie heiratete und mit wem sie in der Kiste landete. Sie war kein Kind mehr, auf das ich aufpassen musste.

Dafür kochte ein ganz anderes Problem in mir hoch. »In fünf Wochen findet das große Spektakel der Harrison-Familie statt und ich bin Single. Du kannst dir vorstellen, was meine Mutter davon denkt.« Ich rieb mir die Schläfen. »Vielleicht sollte ich mich vom Klinikum stürzen, bevor sie mir nochmal klarmachen kann, dass ich auf keinen Fall ohne Begleitung erscheinen darf.«

Liam lachte auf, so frei und offen, wie ich es schon lange nicht mehr getan hatte. »Du bist scheiße reich, kauf dir halt eine für den Tag.«

»Escort?« Ich verzog das Gesicht. Allein der Gedanke daran, dass sie das jede Woche für jemand anderes tat, dass sie mich nur anlächelte, weil sie 150 Dollar die Stunde bekam … nein danke. »Ein bisschen Selbstachtung habe ich dann noch.« Außerdem gab es da ja Lucy, die … na ja, die ich eben genauso und doch ganz anders kennengelernt hatte.

»Oh, wirklich?« Wieder dieses freie Lachen, um das ich ihn irgendwie beneidete. »Und Melinda im Bereitschaftszimmer zu vögeln, bestätigt dein geringes Selbstwertgefühl?«

Touché. »Du …«, weiter kam ich nicht, denn da trat bereits wieder der Kellner zu uns heran, um uns die Getränke zu reichen und … »Das darf nicht wahr sein.« Der Satz war einfach aus mir herausgeschossen. Wieso zur Hölle stand Dandelion vor mir?

Sie riss die Augen auf, starrte mich an wie ein Reh in die Scheinwerfer eines Autos. Die Haare trug sie diesmal zusammengebunden, weiß Gott, wie sie das bei all den Locken hinbekommen hatte. Aber so kam ihr Gesicht besser zur Geltung, vor allem ihre rotgeschminkten Lippen.

»Oh.« Ihr Mund verharrte in der Position, scheinbar hatte ihr Hirn nun endgültig die Arbeit aufgegeben. Lief bei all ihrer Unzulänglichkeit wahrscheinlich eh immer nur im Sparmodus.

»Ja, oh.« Ich konnte mir ein Augenrollen nicht länger verkneifen. »Geben Sie uns einfach die Getränke und den anderen Kellner zurück.« Ich wandte mich wieder Liam zu, ignorierte sie und irgendwelche Antworten, die garantiert kommen würden. »Wo waren wir?«

»Moment.« Er schaute zwischen mir und ihr hier hin und her, wobei sie immer noch in Schockstarre und mit geschürzten Lippen neben uns stand. »Kennt ihr euch?« Mir entging nicht, wie er sämtliche Körperregionen von ihr abcheckte. Wenn er nur wüsste, was sie für eine Frau war! Laut, unbeholfen, voller Fehler.

»Leider. Frag nicht nach. Thema beendet.« Ich wünschte, ich hätte einfach nein sagen können.

Dandelion schnaubte und erwachte nun doch noch aus ihrem eingefrorenen Zustand. »Ach, kommen Sie.« Sie stellte das Tablett auf den Tisch, gab Liam sein Bier. »Die Sache mit dem Kaffee heute Morgen tut mir sehr leid. Es war keine Absicht und Sie können mir wirklich das Hemd vorbeibringen.« Sie neigte den Kopf. »Schlimmer als erbrochener Karottenbrei kann's nicht sein und den bekomme ich aus jedem noch so strahlendweißen Body.« So fest ihre Stimme auch klang, ihre zitternden Finger, die nach meinem … Was zur Hölle sollte das sein? »Schon vergessen? Ich arbeite den ganzen Tag mit Babys und Kindern. Da werde ich Sie doch unter Kontrolle kriegen.« Ein Ruck erfasste ihren gesamten Körper. »Ihr Hemd, ich meine natürlich Ihr *Hemd*. Sie an sich sind mir absolut egal.

Also nicht ganz egal, ich meine, man hat ja zu jedem Menschen gewisse Gefühle. Was ich nicht romantisch meine.« Sie lachte auf, wobei wieder ihre Grübchen zum Vorschein kamen. »Ich kenne Sie ja gar nicht, aber Wut, Hass, Abneigung. Sind ja alles Gefühle oder auch …«

»Wie lange arbeiten Sie schon hier?«, unterbrach ich ihren Redeschwall. Die Worte bisher reichten voll und ganz, um mich daran zu erinnern, warum ich kein Gespräch mit ihr beginnen sollte, geschweige denn wollte. Ich stellte das Bierglas, welches sie halbvoll mit irgendeinem Wein gefüllt hatte, wieder zurück auf das Tablett. »Was soll das sein?«

»Rotwein?« Es war eher eine Gegenfrage als eine Feststellung. »Vielleicht auch ein älterer Rosé? Das hatten Sie doch bestellt, oder nicht?«

Hatte ich. In einer Hipster-Bar voller Bierflaschen. Wäre ich nicht absolut genervt von ihrer Anwesenheit gewesen, hätte ich mir ja fast selbst die Schuld für diese Gräueltat an der Menschheit gegeben. »Haben Sie *jemals* Wein aus einem *Bierglas* getrunken?«

»Wissen Sie …« Sie stellte das Glas wieder vor mir ab, wobei sie demonstrativ den gläsernen Henkel daran benutzte. Ihre bernsteinfarbenen Augen leuchteten, als hätte ich ihr die wichtigste Frage ihres Lebens gestellt, und sie nahm das Tablett hoch, um es an sich zu drücken. »Ich habe noch *nie* Wein getrunken. Einmal wollte ich es. Es war auf irgendeiner Party, fragen Sie nicht weiter nach. Ich habe keine Ahnung mehr.« Sie grinste, tauchte offensichtlich tief in diese Erinnerung ab. »Aber dann gab es da doch Cocktails und irgendwie … kam es halt nicht dazu.«

»Sieht man«, murmelte ich. »Und das nicht nur an ihrer Glasauswahl.«

»Was?« Ihr Kopf fiel zur Seite, ein paar Locken, die sich aus dem Zopf gelöst hatten, folgten der Bewegung. Sie senkte den Blick, nur um ihn dann wieder an mir heraufwandern zu lassen. »Natürlich.« Mit einer Hand auf dem Tisch abgestützt lehnte sie sich zu mir vor. »Immerhin kostet Ihr Hemd ja so viel wie mein Monatslohn, nicht wahr?« Den gespielt zuckersüßen Ton in ihrer Stimme konnte sie stecken lassen! »Wie konnte ich davon ausgehen, dass Sie mir auf Augenhöhe begegnen?« Ihre Augenbraue wanderte in die Höhe. »Wollen Sie wissen, warum mir klar war, dass Sie den Wein bestellt haben und nicht Ihr äußerst attraktiver Begleiter?«

Nein, aber das war wohl eh egal. Sie würde es so oder so sagen.

Sie neigte sich zu mir. »Leute, die Wein trinken, sind Spießer. Und die, die sich über das Glas aufregen, sind der Inbegriff der absoluten inneren *Unzufriedenheit.*« Ihr Atem schlug mir ins Gesicht. »Also ja, man sieht ganz offensichtlich, dass ich *keinen* Wein trinke.«

Bitte? Für wen hielt die sich gerade? Die Kleine ohne Krankenversicherung mit zwei Jobs und dem Kleidungsstil einer Obdachlosen. Ausgerechnet *die* wollte mir sagen, was Zufriedenheit bedeutete?

»Wir zahlen«, presste ich zwischen zusammengebissenen Zähnen hervor. Und das war das Netteste von dem, was mir wirklich im Kopf herumspukte.

»Gern«, erwiderte sie genauso bissig, stieß sich vom Tisch ab und … es überraschte mich ja nicht mal!

Ihr Ellenbogen rammte das Bierglas, brachte es zum Wackeln, bis es auf die Seite fiel. Dandelion schaute stumm der nächsten Katastrophe zu, öffnete den Mund, atmete stoßweise aus, aber nichts hielt die rote Flüssigkeit davon ab, sich auf dem ganzen Fass zu verteilen und direkt auf Liams Hose zu laufen.

Liam – den ich irgendwie fast vergessen hatte. Obwohl der Wein in seinen Schoß tropfte oder eher in kleinen Bächen lief, grinste er uns breit an. »Ich glaub, ich brauch eine Serviette.«

»Fuck, fuck, fuck!« Sie sprang förmlich von uns weg, rannte vor zum Tresen und kam mit gefühlt dreihundert schwarzen Papiertüchern wieder zurück. Immerhin könnten die auf seiner dunklen Hose keinen bleibenden Farbfleck anrichten. »Das tut mir *so* leid!«

»Schon gut.« Liam lächelte schief, wollte ihr die Tücher abnehmen, doch da kniete sie bereits neben ihm, tupfte und rubbelte auf seiner Hose herum. »Obwohl.« Er lehnte sich zurück, betrachtete sie, als hätte sie gerade nicht seine Jeans ruiniert, sondern eher … Gott, Liam! »Das ist sogar ziemlich gut, würde ich sagen.«

»Hmm? Oh!« Erst jetzt schien sie zu bemerken, in welchen Regionen sie den Rotwein trocknen wollte, und riss ihre Hände so schnell zurück, dass man denken konnte, Liam stünde in Flammen.

»O Gott.« Ihre Stirn fiel an die Armlehne seines Stuhls, was den Anblick nicht viel besser machte. Ganz im Gegenteil.

Er grinste, griff nach einer ihrer kupferfarbenen Locken und wickelte sie sich um den Finger. »Ich trinke übrigens auch keinen Wein, Süße.« Er flirtete jetzt nicht wirklich mit ihr?! Das hielt ich nicht eine Sekunde länger aus.

»Aufstehen.« Mir war völlig egal, wie kalt ich klang oder dass ich ihr gar einen Befehl entgegenblaffte. »Geben Sie ihm einfach die Servietten und benehmen Sie sich wie eine rational denkende Erwachsene.« Wie konnte es ein Mensch schaffen, zweimal am Tag den gleichen Fehler zu begehen? Zweimal! Ich stand auf, griff zu meinem Portemonnaie und warf einen Schein auf den Tisch. »Können Sie das Wechselgeld selbst berechnen oder soll *ich* das für Sie übernehmen?«

»Geht's noch?« Endlich erhob sie sich, ließ allerdings die nassen Servietten in Liams Schoß liegen. »Was ist Ihr verdammtes Problem?«

Meins? »Das könnte ich Sie genauso fragen. Sie führen sich wie ein menschlicher Wirbelsturm auf!« Oder noch schlimmer. »Egal wann Sie da sind, es herrscht das pure Chaos.«

Sie lachte freudlos auf. »Sie kennen mich überhaupt nicht und haben nur …«

»An mehr habe ich absolut keinen Bedarf«, unterbrach ich sie, bevor sie mal wieder in ihren nervigen Plauderton verfallen konnte. »Sie sind …«

»Ich hab's verstanden.« Ihr Ring in der Nase bewegte sich, als sie eben diese rümpfte. »Doktor Grumpy umgibt sich nur mit *perfekten* Menschen.«

»Doktor Grumpy?« Liam lachte laut auf, schlug sich mit einer Hand auf den Oberschenkel. »Herrlich.« Wirklich?

Um ihn würde ich mich später kümmern, jetzt war die Pusteblume vor mir dran. Sie wollte es wissen? Sich mit mir anlegen? Bitte! »Sie liegen absolut richtig und genau aus diesem Grund geben Sie mir sofort das korrekte Wechselgeld, sonst …«

»Schieben Sie sich ihr Geld quer in den Arsch!« Sie trat einen Schritt auf mich zu, was glatt als Stampfen durchging. »Bin ich weniger wert, weil meine Augenbrauen nicht symmetrisch sind?

Weil mein Kontostand …«

»Schon wieder Ihr Konto.« Ich drehte mich um, ließ sie einfach stehen und ging Richtung Ausgang. Scheiß auf das Wechselgeld! »So niedrig wie ihr *Kontostand* sein muss, lohnt es sich doch gar nicht, dauernd darüber zu sprechen. Also lassen Sie … Aua!« Irgendwas traf auf meinen Hinterkopf, hinterließ einen leichten dumpfen Schmerz.

»Das … das wollte ich eigentlich nicht.« Die Hände vor ihren roten Mund gepresst, schaute sie zu mir.

Mein Blick wanderte von ihr zum Boden vor meinen Füßen, wo die Ursache meiner Schmerzen lag. »Haben Sie …«, ich schloss die Augen, atmete tief durch, »… haben Sie gerade Ihren Bestellblock samt Kugelschreiber nach mir geworfen?«

»Ich … also …«, stotterte sie vor sich hin, starrte mich noch immer mit ihren großen, runden Bernsteinaugen an.

»Zeit, zu gehen. War nett mit dir, Darling.« Liam küsste sie doch tatsächlich auf die Wange, zwinkerte ihr zu und legte einen Arm um meine Schultern. Er zog mich mit sich nach draußen, weit, weit weg von Dandelion und ihrem Block, ihrem Wein, ihrem … Gott! Wie konnte ein einzelner Mensch nur so sein?

Fragst du dich das gerade wirklich, mein Junge? Ausgerechnet du?

Kaum hatten wir die Bar verlassen und die kühle Herbstluft füllte unsere Lungen, zündete sich Liam eine Kippe an. »Eins muss man ihr lassen.«

Oh, darauf war ich jetzt aber besonders gespannt.

Er zog an seiner Zigarette, blies den Qualm hinauf in den dunklen Himmel. »Wenn du so eine Frau zu Claires Hochzeit mitbringst, dann will deine Mutter, dass du auf *ewig* Single bleibst. Scheiß auf Escort, die Kleine würde deine ganze Familie sprengen.« Er lachte, zog wieder an der Kippe und schüttelte den Kopf, als könnte er die Bilder von Dandelion inmitten meiner Familie bereits sehen. »Deine Mutter … Gott, deine Mutter!«

Sein Lachen drang nicht zu mir durch.

Gerade hatte ich die dümmste Idee meines Lebens.

DIE KINDER SPIELEN HIER,
LERNEN, *lieben*.

5

Eli

Luke rannte hinter Madison her, die wiederum versuchte, Noah zu fangen. Das Herbstlaub raschelte unter ihren Füßen und die Sonne tauchte den ganzen Spielplatz in ein goldenes Licht, sodass selbst die rostigen Spielgeräte in dem Garten auf der Rückseite unseres Hauses wundervoll aussahen. Die kleine Liz fest im Arm legte ich meine Wange auf ihre Wollmütze.

»Miss Dandelion, alles hier sieht so toll aus«, sagte Miss Fletcher von der *National Fire Protection Association*, als würde sie meine Gedanken lesen können. Sie schaute an der Fassade empor. »Aber Sie wissen es selbst, diese Villa ist alt.«

»Ja.« Natürlich wusste ich das. Wir *alle* wussten es. Doch als vor wenigen Jahren dieses riesige Haus zum Verkauf gestanden hatte, da hatten wir zuschlagen *müssen*. Wie lange hatten wir auf diese eine Chance gewartet? Auf einen Ort, an dem wir den Kindern wirklich helfen konnten, weit weg vom staatlichen System und ganz nah bei uns. Ganz nah bei so viel Liebe, wie es nur ging. Egal wer sie waren oder woher sie kamen.

Ich ließ den Blick wieder zu Madison, Luke und Noah schweifen, die sich mittlerweile mit buntem Laub beschmissen.

Zu Chloe, die eine dicke, pinke Pudelmütze trug und alles lächelnd beobachtete. Sie hatte damals keine Sekunde überlegt, als ich ihr von meinem verrückten Plan erzählt hatte. Als ich mit Feuer in der Brust von meiner Idee geschwärmt hatte, hatte sie lediglich gefragt, wo sie unterschreiben müsse.

Sie verbrachte die meisten Nächte hier mit den Kleinen und ich könnte mir keinen besseren Menschen an meiner Seite vorstellen.

Vielleicht sollte ich ihr den Otter schenken? Nein, sie alle bräuchten einen!

Auch Vince, der einfach jede noch so kleine Aufgabe übernahm. Dinge reparierte, mit den Kindern an einem Auto schraubte oder Serviettentechnik auf Blumentöpfen ausprobierte. Phoebe mit ihrer unermüdlichen Geduld und ihrem sagenhaften Fingergeschick. Margret, die das beste Essen der Welt für all die kleinen Riesen zauberte und … Aua!

Liz brabbelte irgendwas, zog an meinen Haaren, bis die Locke in ihrer Hand eine lange Gerade bildete und nicht mal mehr annähernd schwungvoll wirkte. Warum hatten Einjährige so viel Kraft?

»Lass das, du kleine Maus.« Ich zog ihr meine Strähne weg, küsste ihre Nase. Was sollte aus all den Kindern werden, wenn wir schließen mussten?

Acht Kinder für das System. *Verloren.*

Miss Fletcher schien schon wieder meine Gedanken lesen zu können. Oder ich sah genauso traurig aus, wie ich mich fühlte. Tief atmete sie durch, ließ eine weiße Wolke vor ihrem Mund tanzen. »Ich gebe Ihnen zwei Wochen. Wenn Sie bis dahin wenigstens mit dem Bau einer neuen Feuertreppe beginnen, dann können die kleinen Riesen geöffnet bleiben.«

Zwei Wochen. Für sie klang das unheimlich großzügig, doch für uns? Es war nichts weiter als eine erneute Galgenfrist und ganz sicher diesmal auch die letzte. »Wir versuchen es.« Liz schmiegte sich an mich, kaute auf meinem Schal herum. »Das kostet alles verdammt viel Geld und …«

»Ich weiß«, unterbrach sie mich herzlich, aber bestimmt. »Dennoch haben Sie keine andere Wahl.« Mit diesen Worten unterschrieb sie irgendwas auf ihrem Klemmbrett und reichte es mir.

Mit meiner freien Hand griff ich danach, las mir die ersten Zeilen durch … nein! Liz' Finger schlangen sich um das Brett, zogen es an sie heran. Beherzt biss sie in das Papier, weichte die Seiten mit ihrer Babyspucke ein. »Oh, nein, nein, nein.« Ich riss daran, versuchte das gesamte Klemmding wiederzubekommen, was nur dazu führte, dass Liz die Unterlagen zerknüllte. Selig vor sich hin schmatzend, sah sie zu den anderen Kindern rüber.

Das war alles nicht wahr! Vielleicht sollte ich Claire fragen, wie schädlich es wäre, wenn ein Kleinkind Papier essen würde – absolut theoretisch und hypothetisch natürlich.

»Ich …« Miss Fletcher machte große Augen und blickte zwischen mir und Liz – die weiterhin genüsslich kaute – hin und her. »… gehe dann mal wieder.«

»Moment!« Es reichte mir. Ich setzte Liz auf den Boden, immerhin trug sie eine Matschhose und rief nach Luke. »Luke? Pass bitte kurz auf Liz auf.«

Luke nickte feierlich, rannte zu mir und ließ sich vor Liz fallen und auch Chloe gab mir ein Zeichen, dass sie die beiden im Blick hatte. Gut.

»Ich bringe Sie raus.« Wir gingen gemeinsam die wenigen Stufen der Veranda hinter der Villa empor. Die Dielen knarzten unter uns und die Terrassentür quietschte, als hätte sie noch nie in ihrem Leben Öl gesehen. Ganz toll! »Das hier ist alles, was die Kinder haben.« Ich drehte mich mit ausgebreiteten Armen im Inneren des Hauses im Kreis. »Sie spielen hier, lernen, lieben.« Ich senkte den Blick, weg von all den selbstgemalten Buntstiftbildern, den Kastanientieren, meinem Otter, den kleinen Stühlen und Tischen. Nur die bunten Teppiche unter meinen Füßen erfüllten noch mein Blickfeld. Doch auch diese farbenfrohen Muster konnten unser Konto nicht füllen. »Ich weiß, wir retten hier nicht die Welt. Aber jede einzelne Kinderseele, die wir hier aufpäppeln können, die wir zu einem gesunden und selbstbewussten Erwachsenen erziehen können, ist es wert.« Tränen schossen mir in die Augen. Gott! So unprofessionell! »Bitte …«

»Ich sollte jetzt wirklich gehen.« Miss Fletcher stürmte an mir vorbei, als könnte sie es selbst kaum ertragen. Die Tür fiel hinter ihr ins Schloss, so überlaut und deutlich, dass ich zusammenzuckte.

»Alles gut?« Chloe schlich sich ins Haus. »Vince und Phoebe passen draußen weiter auf die Kinder auf.«

»Wir haben zwei Wochen.« Ich ließ mich einfach auf den Boden sinken, streckte die Beine vor mir aus. »Selbst mit super mega vielen Extraschichten im *Shakesbeer* kann ich nicht genug Geld besorgen.«

»Der letzte Spendentag hat auch nicht gereicht.« Sie setzte sich neben mich, ihr Kopf fiel an meine Schulter.

Natürlich nicht. Die Leute sahen nicht die Kinder, sie sahen die Eltern und für die wollte niemand groß spenden. Ich hörte sie noch immer, die ach so klugen Nachbarn.

Sind selbst schuld! Sie wurden doch nicht gezwungen, Drogen zu nehmen!

Das war alles, was sie bemerkten. Die gewalttätigen Frauen und Männer, die Drogenabhängigen, die Alkoholiker. Aber keiner schaute genau hin, blickte hinter die Kulissen, ganz weit nach hinten, wo kleine Seelen kauernd auf dem Boden saßen, die Knie bis zum Kinn. Weinend. Schluchzend. Allein.

Wer sollte ihnen helfen, wenn nicht wir? Wer sollte ihre Stimme sein, wenn wir nicht für sie schreien durften?

»Und Claire?« Chloe sah kurz zu mir auf. »Sie ist doch unsere Pro-bono-Kinderärztin. Wollte sie nicht was zusätzlich spenden?«

Ich nickte, legte meine Wange an ihren Scheitel. »Hat sie. Aber durch den verdammten Denkmalschutz des Hauses kostet der Anbau der Feuertreppe mehr als die Treppe an sich. Es reicht vorn und hinten nicht.«

Und Claire konnte nicht mehr spenden, warum auch immer. Sie kam wie Grumpy aus dieser scheiß reichen Harrison-Familie und doch hatte ich die Wahrheit in ihren Augen erkannt. Sie wollte uns so sehr das Geld geben, aber konnte nicht.

»Wie viel … fehlen uns denn?«, fragte Chloe zögernd und griff nach meiner Hand, als wüsste sie, wie schwer mir die Antwort fallen würde.

»Noch 20.000 Dollar.«

pumpkin
Spice

MÄNNER HABEN KEINEN *Liebeskummer.*

6

Daniel

Keine Ahnung, wonach ich genau suchte oder ob ich überhaupt was suchte. Seit einer halben Stunde scrollte ich durch die digitale Akte von Nayeli Dandelion, um … ja was wusste ich denn?! Bisher lag nur ihre Handynummer auf einem Zettel aus ihrer Krankenakte vor mir. Die Zahlen schrien mich förmlich an, sprangen sicher beinahe gleich selbst in mein Handy.

Liam hatte garantiert nicht diese Idee in mir entfachen wollen, aber nun war sie halt da. Und warum auch nicht? Warum nicht mit der wohl schlimmsten Frau in einem Umkreis von fünfhundert Meilen – das war definitiv untertrieben – bei meiner Familie auftauchen und dafür sorgen, dass mich nie wieder jemand dazu drängte, eine Beziehung zu führen? Eventuell würde ja sogar Lucy ein wenig eifersüchtig werden und es würden sich Dinge ergeben, die alle Probleme lösten.

Sie wieder bei mir.

Mach dich nicht lächerlich. Sie hat Maxwell aus einem guten Grund erwählt und dich abserviert.

Fokus auf den Plan!

Irgendwas mussten die Pusteblume und ich gemeinsam haben, irgendeine Kleinigkeit, um sie wenigstens nach einem Date fragen zu können. Nur vier Wochen, ein paar Treffen und die Hochzeit meiner Schwester und schon wäre die Sache erledigt. Also wo war unser Schnittpunkt?

Dass ich sie optisch bereits überzeugt hatte, stellte ich nicht mal ansatzweise in Frage. Immerhin spielte *sie* ja offensichtlich nicht in *meiner* Liga. Nur unsere Aufeinandertreffen waren bisher eher … grenzwertig gewesen. Wie sollte ich da noch das Ruder rumreißen?

Es klopfte an meiner Bürotür und ich schloss, so schnell ich konnte, all die geöffneten Ordner, Bilder und Dateien. »Ja?« Seit wann zitterte meine Stimme und warum reagierte mein PC nicht mehr? Das verdammte Bild ihres Führerscheins vergrößerte sich jetzt auch noch, anstatt zu verschwinden!

»Hey!« Claire lächelte mich an und schloss die Tür. »Was machst du da?« Schneller als ich handeln oder eher als mein PC sein Problem lösen konnte, trat sie hinter mich und blickte auf meinen Bildschirm. »Das ist doch Eli, nicht?«

Eli, interessant.

»Keine Ahnung.« Endlich war das Bild verschwunden. »Ich habe sie letzte Woche in der Notaufnahme wegen einer kleinen Verletzung behandelt.« Dass es absolut unnötig war und sie mehr Drama als alles andere gemacht hatte, erwähnte ich lieber nicht. Claire war empfindlich, wenn es um die *Little Giants* ging.

»Ach so.« Sie ließ sich auf einen der Stühle vor meinem Schreibtisch fallen. »Dachte schon, du bist ein verrückter Stalker, Bruderherz.« Breit grinsend schlug sie ihre Beine übereinander, faltete die Hände auf ihrem Knie.

»Oh, glaub mir, mein Interesse an dieser Frau ist gedeckt. Ich habe nur …« Ja, was hatte ich nur?

»Schon gut, du musst nicht mehr sagen.« Sie hob die Hände vor die Brust. »Eli und ich kennen uns von den *Little Giants* und, meine Güte, sie wäre null Komma null dein Fall.« Leise lachte sie auf, schaute an mir vorbei zum Fenster heraus. »Sie hat ein riesiges und gütiges Herz, aber auch den Hang zu … kleinen Katastrophen.«

»Was du nicht sagst.« Und genau deshalb wäre sie perfekt für den verrücktesten Plan jemals.

»Aber«, Claire stellte beide Füße wieder auf, schaute zu mir zurück. »Sie hat zurzeit viel zu tun, falls du sie nach einem Date fragen willst.« Ihr Zwinkern ließ mich die Nase rümpfen. »Die *Little Giants* stehen kurz vor der Schließung. Sie brauchen dringend Geld, um eine neue Feuertreppe zu bauen.«

»Spende doch welches?« Das konnte ich gerade nicht verstehen.

Diese Organisation lag meiner Schwester derart am Herzen, wieso half sie ihnen dann nicht aus?

»Wie du weißt, Bruderherz, komme ich erst an mein Geld, wenn ich dreißig bin. Nicht mit achtundzwanzig. Und Jason …« Sie senkte den Blick. »Er findet das Ganze albern. Wir haben *gemeinsam* gegeben, was wir konnten. Oder eher, was er erlaubt hatte.« Sie nuschelte den letzten Teil nur noch, ließ ihn beinahe zwischen einem Seufzen verschwinden.

Doch mich brüllte es an, so laut, dass meine Ohren klingelten. Es war widerlich, dieses ganze Theater mit ansehen zu müssen. Meine eigene Schwester durfte nicht so leben wie ich, nur weil sie keinen *Penis* hatte. Ich hatte bereits mit fünfundzwanzig mein Vermögen bekommen, konnte damit tun und lassen, was ich wollte. Und sie?

Oh.

Sie servierte mir gerade die Lösung des Problems auf einem gut polierten Silbertablett. Warum unmögliche Gemeinsamkeiten suchen, wenn auch ein Handel im Raum stehen konnte? Ein professionelles Geschäft?

Ich sah meine Schwester an, die mittlerweile wieder aus dem Fenster schaute. Ihre blonden Haare hatte sie in einem losen Dutt zusammengebunden, ihre hellblauen Augen verrieten, dass sie mit ihren Gedanken weit weg war, und selbst ihre Haut war blasser als sonst. Ich konnte ihr und mir helfen, eine Win-win-Situation.

»Wie auch immer.« Sie blinzelte mehrere Male, bis sie wieder im Hier und Jetzt war. »Tatsächlich sitze ich deshalb hier, Daniel. Sie brauchen diese Feuertreppe, sonst müssen sie schließen und … spende sie. Bitte.«

Noch bevor sie sich zu mir beugte, nach meiner Hand greifen wollte, nickte ich. Nicht nur, weil mir die Sache in die eigenen Karten spielte, sondern auch, weil ich wusste, was ich tun musste. Für meine Schwester, die wohl einzig normale Person in meiner Familie.

»Ich werde mich noch heute darum kümmern.« Und wie ich das tun würde.

Claire atmete tief durch, als würden ihr tausend zentnerschwere Steine von der Brust rollen. »Danke, Daniel. Du weißt nicht, wie …«

»Schon gut«, unterbrach ich sie, denn in der hintersten Ecke meines Hirns meldete sich mein schlechtes Gewissen. Wenn sie wüsste, was ich noch plante … »Willst du heute Abend vorbeikommen?« Ein jämmerlicher Versuch, die plagenden Gewissensbisse zu beseitigen. »Sag Jason, du bleibst über Nacht, bekomm etwas Abstand.« Zu ihm.

Niemand sprach es aus, auch ich nicht. Doch sie und dieser Börsenmakler … das war keine Liebe, keine Anziehung, das war arrangiert. Nicht mehr und nicht weniger. Irgendwas empfand sie sicher für ihn, aber wollte sie wirklich jemanden heiraten, der ihr nicht mal einen Antrag gemacht hatte, sondern einfach nur unseren Vater gefragt hatte? Wohl eher nicht.

Vielleicht solltest du mich aber öfter fragen, mein Junge. Vielleicht wärst du dann endlich perfekt. Die Nummer eins.

»Ja und nein.« Claire biss sich auf ihre Unterlippe und ihre Wangen glühten auf. »Ich sag es Jason, bin aber eventuell … woanders?« Sie seufzte. »Ich weiß, zwei Gefallen an einem Tag. Es ist viel und du musst nicht lügen, es ist nur …«

»Ich bin gern dein Alibi, Claire.« Sollte ich erwähnen, dass Liam mir heute Abend auch abgesagt hatte, oder wusste sie das nicht eh schon längst? Doch selbst dieser Knallkopf mit der viel zu großen Klappe war mir lieber als der schmierige Jason. »Alles klar. Wahrscheinlich bin ich aber heute im *Shakesbeer*. Sollte ich deinen Verlobten sehen, dann sag ich ihm, dass du bei mir einen Film schaust und ich keine Lust mehr auf diese romantische Komödie hatte.« Die waren eh nie lustig.

»Das klingt absolut nach einem Abend von uns beiden. Danke.« Sie stand auf, stützte sich auf meinem Schreibtisch ab und lehnte sich zu mir herüber. »Und dir viel Glück im *Shakesbeer*.« Wieder zwinkerte sie, Gott! Hatten alle in meinem Umkreis Probleme mit ihren Augenlidern?

Und überhaupt. Was meinte sie? »Hmm?«

»Na, dass du Eli triffst.« Und noch ein Zwinkern. Was sollte das?

»Ich … darum geht's mir nicht, ich …«

»Spar dir das Stottern, Dan.« Sie ging Richtung Tür, hielt bereits die Klinke in ihrer Hand. »Liam hat mir alles erzählt und du weißt doch, Gegensätze ziehen sich …«

»Raus, Harrison!«, unterbrach ich sie schreiend, was sie wiederum nur zum Lachen brachte.

Die Tür hinter ihr schloss sich und ihr lautes Gegacker wurde endlich leiser. Auch wenn ich froh war, dass sie überhaupt mal lachte, aber hallo? Liam hatte ihr alles erzählt? Was war denn bitte *alles*?

Tief atmete ich durch. Egal. Sollte der Spinner denken, was er wollte. Ich musste mir über ganz andere Dinge Gedanken machen. Mein Plan war eine absolut dumme Idee, aber wenn sie den Vorschlag annehmen würde, dann … eine einmalige Chance auf allen Seiten.

Ich griff in die Tasche meines weißen Kittels, holte mein Smartphone heraus und entsperrte es.

Lucy lächelte mir entgegen, mein Arm um ihre Schultern. Ihre Augen strahlten, selbst meine Mundwinkel waren oben. Etwas, das schon lange nicht mehr klappte.

Sie waren eingefroren, in dem Moment, als die Kälte meinen Körper ergriffen hatte. Als Lucy mit Maxwell in unserem Bett gelegen hatte. Als das Licht aus meinem Leben verschwunden war.

Die dichten Gedanken vernebelten mein Hirn, tauchten mich in schwarzes Pech und ließen mich verklebt am Abgrund meines Selbstmitleides liegen.

Sieh dich an! Männer haben keinen Liebeskummer, geh und such dir jemanden in deiner Klasse. Du bist eben nicht so gut wie Maxwell, mein Junge. Wirst du nie sein.

Scheiß drauf. Ich tippte Elis Nummer von dem Zettel vor mir ab, schrieb ihr eine SMS. Viel schrecklicher konnte das Jahr doch eh nicht mehr werden.

ERLEIDEN SIE GERADE EINEN *Schlaganfall?*

7

Eli

Wann haben Sie heute Feierabend im Shakesbeer?
Grüße
Daniel

Seit die Kleinen um mich herum eingeschlafen waren und ich die Wache im Schlafraum übernommen hatte, las ich mir diese kurze Nachricht durch. Also seit ganzen zehn Minuten, und trotzdem kam ich immer wieder zum gleichen Schluss. Wer zur Hölle war Daniel?

Ich tippte auf den Bildschirm und antwortete ihm.

Woher hast du meine Nummer? Ich kenne keinen Daniel! Halt dich von mir fern, mein Vater ist bei der Polizei!

Okay, das klang irgendwie wie die Nachricht einer Zwölfjährigen, aber einen Stalker wollte ich weiß Gott nicht haben. Hmm. War ja keine Lüge, also … egal. Senden.

Daniel, Daniel, Daniel … Nein, ich hatte nicht den blassesten Schimmer, wer das sein sollte! Aber irgendwoher wusste er vom *Shakesbeer* und meine Nummer hatte er auch. Was, wenn es ein kranker Psycho war, der nur darauf wartete, zu mir Kontakt aufnehmen zu können, während er frisches Benzin in seine Kettensäge tankte oder …? Noch eine SMS.

Daniel Harrison

»Wie bitte?« Sofort presste ich mir eine Hand auf den Mund, erschrocken darüber, dass ich es tatsächlich laut ausgesprochen hatte. Hatte mir gerade wirklich Doktor Harrison alias Grumpy eine SMS geschrieben? So eine richtige, mit einer Frage, die irgendwie andeutete, dass er wissen wollte, wann ich eventuell Zeit hätte? Nein! Oder? Ah!

Was sollte er von mir wollen? Vor allem nach seinem Auftritt vor ein paar Tagen? Wieder vibrierte mein Handy. Wie ungeduldig war er bitte?

Hallo?

Was wollen Sie von mir?

Reden. Heute Abend im Shakesbeer.

Was? Ich meinte: Was?!

Nur, wenn Sie wollen.

Oh, wirklich? Kramte er jetzt sein letztes bisschen Anstand heraus? Das würde ich ihm im Leben nicht abkaufen. *Na warte!*

Um Sie selbst zu zitieren: kein Bedarf!

Fühlte ich mich kindisch? Ein wenig. War da trotzdem so etwas wie Triumph in mir zu spüren? Und wie! Das war es wert und jetzt konnte er mich … wieder vibrierte es.

Es geht um die kleinen Riesen.

Wie oft sollte ich heute noch mein Handy absolut ungläubig anstarren? Was hatte er denn mit uns zu tun? Das alles machte doch sonst seine Schwester Claire. Sie war die Kinderärztin für unseren

Bereich und … oh, bitte nicht! Sie heiratete ja bald, was, wenn sie selbst schwanger war? Das wäre natürlich wundervoll und supertoll, keine Frage. Aber dann würden wir jemand anderes brauchen, immerhin würde sie ja sicher erstmal voll und ganz Mutter sein wollen und … nein! *Lieber Gott, lass ihn nicht unseren neuen Kinderarzt werden.*

Meine Fingerspitzen fühlten sich wie Eiswürfel an, als ich ihm erneut antwortete.

23.00 Uhr im Shakesbeer. Habe bis 24.00 Uhr Pause.

Super! Freu mich.

Als ob.

Abwarten.

Abwarten? Stand da ernsthaft *abwarten*?

Ich sperrte mein Handy wieder, steckte es zurück in die Hosentasche. Was wollte er von mir? Und wesentlich wichtiger: Was wollte er von den *Little Giants*? Wirklich ein neuer Kinderarzt oder … die Spende! Was, wenn Claire mit ihm gesprochen hatte? Das wäre … der Wahnsinn! Der oberhammermegasupertolle Wahnsinn!

Meine Hände fühlten sich immer noch viel zu kalt an, alles fühlte sich verdammt eisig an. Gott! Die Stunden bis 23.00 Uhr würden sich sicher wie Kaugummi in die Länge ziehen und Geduld war wirklich nie eine meiner Stärken gewesen. Aber vielleicht musste ich ja auch gar nicht geduldig sein. Immerhin freute er sich doch, mich bald sehen zu können, oder nicht?

Ich komme jetzt ins Krankenhaus. Bin zu neugierig.

Was? Nein! Ich habe die letzten drei Stunden operiert und bin müde.

Super! Freu mich.

Das glaub ich Ihnen sogar.

Wieder steckte ich das Handy ein, stand auf und schlich durch den dunklen Raum bis zur Tür. Ich öffnete sie nur einen kleinen Spalt, rief flüsternd meine Kollegin zu mir. »Phoebe?«

»Ja?« Sie schlüpfte zu mir in den Schlafraum. »Alles gut, Eli?«

»Kannst du übernehmen?« Ich schob mich an ihr vorbei. »Hab einen wichtigen und äußerst spontanen Termin.« Sie nickte, murmelte noch etwas, aber ich war bereits draußen im Hellen.

Und auf dem Weg zu Doktor Grumpy. Freiwillig. Wer hätte das gedacht?

»Nayeli Dandelion, richtig?«

Wow, es beeindruckte mich ein wenig, dass der Freund von Daniel – wie Grumpy offensichtlich mit Vornamen hieß – meinen Namen komplett fehlerfrei aussprechen konnte.

»Richtig«, ich lehnte mich an den weißen Tresen am Empfang des Krankenhauses. »Und wie heißen Sie?«

»Oh, nach der Sache im *Shakesbeer* dachte ich schon, dass wir uns eher duzen würden.« Er grinste, stand auf und reichte mir die Hand. »Liam Sprouse, sehr erfreut. Für gewöhnlich sitze ich eher im OP als am Empfang, aber sagen wir einfach, ich habe wenig Glück im Spiel und auch nur Pech in der Liebe.« Die leicht angedeutete Verbeugung und seine durchaus lustige Vorstellung brachten mich augenblicklich zum Grinsen.

»Die Freude ist auf meiner Seite.« Ich ließ seine Hand los und schaute den Krankenhausgang entlang. »Ich suche Doktor …«

»Grumpy?« Liam griff zu einem der vier Telefone vor ihm auf dem Tisch, wählte drei Nummern. »Dani?«

Wie viele Spitznamen hatte dieser Mann?

»Hier unten steht jemand … alles klar.« Sein Grinsen wurde noch breiter, als er auflegte. »Er scheint dich zu erwarten. Einmal in den Fahrstuhl steigen, Etage fünf, Zimmer am Ende des Ganges mit der Nummer 507.«

Okay, das klang nur ein ganz klein wenig nach verlaufen. »Danke.« Gerade als ich mich umdrehen wollte, stand Liam wieder auf.

»Was genau willst du denn von ihm?« Er verschränkte die Arme vor sich auf dem Tresen, beugte sich nach vorn.

Puh, das war eine sehr gute Frage. »Keine Ahnung.« Ich drehte mich endgültig um, ging Richtung Aufzüge. »*Er* hat *mich* kontaktiert.«

Das Geräusch aus Liams Kehle, gefolgt von einem heftigen Hustenanfall, glich absolut den Gedanken, die ich bei der Sache hatte. Warum schrieb er mir? Wieso sollte ich zu ihm kommen? Ausgerechnet zu *ihm*?

Ich drückte auf den silbernen Knopf und die Fahrstuhltüren glitten auf. Gut, Etage fünf. Die verspiegelte Kabine schloss mich ein, beförderte mich herauf, um hoffentlich bald im Zimmer 500 … fünf? Sechs? Oder war es sieben? Fuck! Warum war mein Hirn manchmal wie ein verdammtes Sieb? Eine leise Stimme verkündete die fünfte Etage und schmiss mich förmlich raus.

Gut. Ein Fuß vor den anderen.

Da stehen ja sicher Namen an den Türen, ist doch immer so. Nur nicht die Nerven verlieren.

Hier oben war nichts los und die vielen Zimmer, welche den Weg vor mir säumten, wirkten eher wie Büros und weniger wie Krankenzimmer oder OP-Säle. Lag vielleicht auch daran, dass sie alle aus hellem Eichenholz bestanden und die Türklinken wie der Schmuck um Chloes Hals funkelten.

Konzentration. Was hatte Liam gesagt? Am Ende des Ganges? Meine verdammt langsamen Schritte quietschten auf dem hellen Boden und ich ignorierte die Stimme meiner Mum, die jetzt wohl lachend gerufen hätte, dass ich die Schuhe offensichtlich nicht bezahlt hatte – *die quietschen noch.*

Zurück zur Sache: Welche Zimmernummer hatte Liam mir genannt?

Am Ende des Ganges angekommen befanden sich drei Türen. Es glich einem Horrorfilm, bei dem ich entweder Freiheit fand oder sterben würde. Wie lächerlich! Niemand brachte mich um, weil ich im falschen Zimmer stand. Sicher würde man mich dann zu Daniel bringen. Immerhin stand sein Name in ziemlich großen Buchstaben auf dem Haus des Klinikums drauf. So richtig hollywoodmäßig.

Also, links, rechts oder die goldene Mitte? Namensschilder! Meine Augen zuckten zu den weißen Schildern und … ernsthaft? Dreimal Harrison? Das war doch ein mieser Scherz? Wer kam auf so eine idiotische Idee und schrieb nicht mal den Anfangsbuchstaben mit dazu? Selbst die Kindersachen beschrifteten wir cleverer!

Na gut. Ene, mene, miste, es rappelt in der Kiste … Zimmer 506.

Ich trat vor das glatte Türblatt, hob die Faust …

»Sie wollen ganz sicher nicht zu meinem Vater.« Ich wirbelte herum. Daniel stand im Türrahmen von Zimmer 507 und sah mit seinen hellblauen Augen von mir zu meiner geballten Faust und wieder zurück. »Außer, Sie haben Herzprobleme, dann nur zu.«

Herzprobleme? Ganz sicher nicht. Mein Puls schoss zwar gerade durch mich hindurch wie ein Ferrari auf der Rennstrecke, aber das lag nicht an meiner Gesundheit, sondern vielmehr an dem Mann vor mir. Also nicht direkt an Daniel, dem dieser weiße Arztkittel erschreckend gut stand, eher an … es musste einfach so kommen, wie ich es mir ausmalte. Bitte, bitte, bitte.

Er könnte unsere Probleme lösen. Die Kinder retten.

»Hallo! Die Schilder hier sind doof.« Ohne auf eine Einladung zu warten, drückte ich mich an ihm vorbei, streifte seinen gesamten Körper mit meinem – was für eine verdammt enge Tür – und stand endlich in dem *richtigen* Büro. »Also, was wollen Sie?«

Er schloss die Tür hinter uns, ging zu einem schwarzen Schreibtisch mit riesigem Lederstuhl dahinter und setzte sich. Nichts hier wirkte, als würde er oft hier sein. »Fallen Sie immer mit der Tür ins Haus?«

»Menschlicher Wirbelsturm? Sie erinnern sich?« Ich öffnete meine Jacke, zog die Mütze vom Kopf. Mit den Fingern versuchte ich all die Locken zu sortieren, doch so wie Grumpy seine Augenbrauen nach oben riss, brachte es wohl absolut gar nichts. Auch egal, so war es nun mal bei Mützenwetter, da sah keine Frisur perfekt aus, und lieber hatte ich warme Ohren! »Wir sollten direkt zur Sache kommen, Sie wollen doch nicht unnötig Zeit mit mir verbringen.«

Er legte den Kopf schräg, schürzte ganz leicht die Lippen. »Jetzt, wo Sie es ansprechen, ich möchte Sie …«

»Ja, ja, sagen Sie mir einfach, was Sie für die *Little Giants* tun wollen.« Ich rieb die Hände aneinander, knetete die einzelnen Glieder. Und das nicht, weil es hier drin minus zehn Grad hatte.

Er zuckte mit den Schultern, als würde er jetzt endlich meinem Gesprächstempo zustimmen. »Ich will Ihrer Einrichtung eine Feuertreppe spenden.«

O.

Mein.

Gott.

Nichts in mir existierte mehr, da war nur noch dieser eine Satz, den er so felsenfest aussprach, als wäre das gerade wirklich sein Ernst. So richtig tatsächlich und wahrhaftig!

»Die brauchen Sie doch, oder nicht?«

Meine Zunge trocknete langsam aus, fühlte sich wie ein tauber Klumpen mitten in meinem Mund an, weil mein Kinn irgendwo zwischen Bauchnabel und Brust hing. Aber ich hatte keine Kontrolle darüber, in mir spielten sich nur noch lebensnotwendige Dinge ab, während alle anderen Zellen damit beschäftigt waren, Saltos zu schlagen, zu feiern, zu jubeln, zu schreien.

»Erleiden Sie gerade einen Schlaganfall?« Beinahe klang er amüsiert, doch seine Mundwinkel zuckten nicht mal einen Moment in die Höhe.

»Das …« War unsere verdammte Rettung! Ich konnte nicht anders und ich wusste, er würde es hassen. Aber ich rannte trotzdem um den Schreibtisch herum und schmiss mich an ihn. Meine Arme um seinen Oberkörper gespannt, meine Wange fest an seine gepresst.

Sein Körper ein einziger Stein. Egal.

»Danke«, flüsterte ich und versuchte, die Tränen zu schlucken, die ganz sicher gleich aus meinen Augen laufen würden. »Ich … danke, danke, danke!«

»Sie …« Er gab spuckende Geräusche von sich, schmatzte sogar ein wenig. »Bitte … Ihre Haare!«

Ups! Ich löste mich von ihm, ließ meine Hände jedoch auf seinen Schultern liegen. »Keine Ahnung, warum Sie es tun. Aber Sie retten damit acht wundervolle Kinder, Daniel.«

»Das *Warum* kann ich Ihnen gern erklären.« Kurz hielt er inne und ich nickte ihm auffordernd zu. Nur raus mit der Sprache. Egal, was es war, nichts war zu teuer für die Kinder, sie waren alles wert. Und immerhin konnte sich der Mann Feuertreppen leisten, was sollte er schon von mir wollen? Meine Wangen taten bereits weh vom übermäßigen Dauergrinsen.

Endlich atmete er tief ein, setzte zum Sprechen an. »Sie sind für die nächsten vier Wochen meine feste Freundin.«

Meine Mundwinkel fielen so schnell herab wie die Kastanien von den Bäumen. »Was?« Hatte er gerade *feste Freundin* gesagt? Nein, ich musste mich verhört haben. Niemals würde er etwas Derartiges sagen. Ich war immerhin weder ein Escort noch eine Prostituierte und …

»Sie … tun mir weh.« Er schaute links und rechts auf seine Schultern und somit auf meine Finger, die sich tief in seinen Kittel krallten.

»Sorry.« Ich ging einen Schritt zurück, konnte mir ein hysterisches Kichern nicht länger verkneifen. »Aber ich dachte gerade … also ich dachte gerade wirklich, dass Sie etwas … etwas richtig Dummes und echt Lustiges gesagt haben, denn …« Ich holte hörbar Luft, die, aus welchem Grund auch immer, meine Lunge nicht erreichte. »Aber ich irre mich sicher. Oder nicht?« Atmen, Eli, atmen. Vielleicht etwas langsamer und nicht hyperventilierend! »Ich irre mich, Daniel!«

»Geht es Ihnen gut?« Er erhob sich, kam auf mich zu, doch ich ging einen Schritt zurück.

Er widersprach mir nicht.

Ich wiederhole: Er widerspricht mir nicht!

Was war er? Ein schwerreicher Stalker, der auf Fake-Beziehungen stand und mich dann im Keller zerstückelte? Er ist Arzt! Gott! So fangen doch Krimis an. Die meisten Täter haben chirurgisches Wissen und der hier vor mir hatte sowas garantiert!

»Lassen Sie mich in Ruhe.« Mein Rücken stieß gegen die Fensterfront in seinem Büro und gerade klang es gar nicht so schrecklich, von hier aus in diesen Park zu fallen. »Was auch immer das für kranke Fantasien sind, aber …«

»Fantasien?« Er rieb sich seufzend über die Stirn. »Hören Sie mir doch erstmal zu. Meine Schwester – Claire – sie heiratet in vier Wochen und meine Freundin ist … weg.« Seine Finger kreisten auf den Schläfen. »Meine Familie nervt tierisch mit dem Thema, und wenn ich ohne Begleitung komme, dann … keine Ahnung.« Seine Schultern fielen herab, seine ganze Körperhaltung sackte in sich zusammen. »Sie brauchen etwas, ich brauche etwas. Ich dachte, Sie sind …«

»Keine Hure!« Die Worte waren schneller draußen, als ich darüber nachdenken konnte. »Sie geben mir eine Feuertreppe und ich Ihnen meinen Körper!«

»Nein!« Er ging wenige Schritte rückwärts, setzte sich mit halbem Hintern auf seinen Schreibtisch. »Sie würden mit zu den Familienessen kommen, mir meine Mutter damit vom Hals halten, eventuell würde meine Ex eifersüchtig werden und …« Wieso war seine Ex denn mit bei den Familientreffen?! »… so tun, als würden Sie *mich* wirklich mögen.«

Er sagte das so, als gäbe es niemanden, der ihn mochte. Oder als glaubte er das jedenfalls. Warum empfand ich jetzt Mitleid? »Wieso?«

Er rieb sich einmal über das Gesicht. »Lernen Sie meine Familie kennen, dann erübrigt sich die Frage.«

»Nein, ich meinte eher … warum ich?«

Wieder zuckten seine Schultern. »Wir wollen beide etwas und können es einander geben. Keine weiteren Hintergedanken.«

»Ich …« Er meinte das ernst. Dieser Typ, der mir mehr Beleidigungen als alles andere an den Kopf geworfen hatte, der mich ansah, als wäre ich der menschliche Beweis einer Naturkatastrophe, der fragte mich gerade ernsthaft, ob ich seine Freundin spielen würde? »Das ist …«

Lehne ich ab, dann müssen die Giants schließen.

Stimme ich zu, bin ich eine Prostituierte. Wenn auch ohne Sex. Aber das Prinzip ist das Gleiche!

Was sollte ich tun? Wo war mein Telefonjoker Chloe und überhaupt … das war zu viel, viel zu viel!

»Tschüss.« Die Überforderung übernahm die Steuerung meines Körpers, verleitete meine Beine zu einer rasenden Bewegung. Ich rannte aus dem Raum heraus, zum Fahrstuhl, drückte auf die Taste für das Erdgeschoss und fuhr herunter.

Ich musste hier raus. Raus und weit weg.

Bevor ich die wohl dümmste Entscheidung meines Lebens treffe.

pumpkin
Spice

MÄNNER, DIE SO VIEL UND GERN ÜBER SICH REDEN, HABEN DOCH MEIST PROBLEME SÜDLICH DER *Gürtellinie.*

8

Daniel

Die verspiegelten Wände des Aufzugs in meinem Penthouse gaben alles wieder, nur nicht das, was sich in mir abspielte.

Sie hatte nicht abgesagt.

Aber auch nicht wirklich zugesagt.

So mies es war, ich musste mir eingestehen, dass ich einen Plan B brauchte. Schlimm genug, dass Dandelion mein Plan A war. Doch welche Möglichkeiten gab's da noch? Als Single auf die Hochzeit und zwischen all dem Glück der anderen, zwischen Lucy und Maxwell, zwischen all dem Licht als dunkler Fleck zu sitzen und meiner Mutter dabei zuzuhören, wie beschämt sie war, dass ihr Sohn allein kam? Oder mein Vater, der … der …

Junge, ich erwarte gar nicht, dass du mir entsprichst. Denkst du echt, dass ich immer noch darauf warte, dass ich stolz auf dich sein kann?

Vielleicht fiel ich ja spontan ins Koma.

Der Aufzug hielt oben an, gab den Blick auf meine Wohnung frei, die wiederum alles wiedergab, was sich in mir befand. Es war bereits spät, die Sonne lange untergegangen, doch das war es nicht, was jeden Zentimeter hier in eine dunkle Atmosphäre tauchte. Es waren eher die hohen schwarzen Wände, die spärliche LED-Beleuchtung an den Decken. Die dunkelgraue, offene Metalltreppe, die hinauf in mein Schlafzimmer führte. Alles war in den dunkelsten Tönen gehalten, selbst das Sofa, der Esstisch, die Schränke neben mir. Nur die Fensterfront öffnete sich dem Licht, um außen die beleuchtete Stadt zu zeigen und hier drinnen die tiefe Finsternis einzuschließen.

Ich schmiss den Autoschlüssel in eine Schale auf der Kommode. Wieder einmal hatte mich die lange Schicht geschlaucht, meine Finger schmerzten, mein Kopf brummte im Takt meines Pulses und ich wollte nichts sehnlicher, als meine Augen zu schließen, mich auszuruhen, mich …

Weniger ausruhen, mehr anstrengen. So wird man der Beste.

Tief atmete ich durch, ging Richtung Treppe, Richtung Bett. Hier wartete ja eh niemand auf mich. Hier fragte keiner, wie es mir ging.

Das war mittlerweile meistens okay, immerhin konnten die anderen ja nichts für meine geringe Belastungsgrenze, für meine Mittelmäßigkeit, die alle auf kurz oder lang dazu brachte, sich von mir abzuwenden. Doch heute …

Heute suhlst du dich mal wieder im Mitleid!

Vielleicht.

Mein Handy vibrierte in der Hosentasche und ich zog es heraus. Wenn jetzt noch ein Notfall reinkam, dann würde mein Kopf implodieren – oder schlimmer, ich würde …

Treffen Nayeli Dandelion – 23.00 Uhr – in 10 Minuten

Ich starrte diese Erinnerung in Grund und Boden. Das war die dümmste Idee gewesen, die ich je gehabt hatte, und wahrscheinlich war es nur zu meinem Besten, dass sie so reagiert hatte.

Sicher?

Gott! Sie war meine einzige Chance. Ohne Begleitung zu erscheinen, wäre für meine Mutter das reinste Staatsverbrechen. Die Gäste würden sich zerreißen, darüber tuscheln, dass sich Lucy von mir abgewandt hatte und zu Maxwell ins Bett gestiegen war. Mein Vater würde durchdrehen, wahrscheinlich nicht mal mit mir sprechen aus purer Scham! Ob ich es wollte oder nicht, ich brauchte Dandelion und keine andere!

Weil meine Familie mich in Ruhe lassen soll.

Weil meine Familie mich mein Leben leben lassen soll.

Weil diese Frau so schrecklich schlecht zu mir passt, dass sie die Erste wäre, die sie loswerden wollen würden, die ich *loswerden sollte.*

Weil ich Besseres verdiene, einmal. Nur ein einziges Mal bräuchte ich etwas Besseres.

Aber sie hatte derart überreagiert, dass ich wohl kaum eine Zusage von ihr erhalten würde. Allein ihr Blick, wie sie mich fixiert hatte und dann einfach davon gestürmt war. Ein Wunder, dass sie nicht direkt mit dem Kopf durch die Tür gerast war. Aber vielleicht …

Du hast dich nicht genug angestrengt!

Du musst härter arbeiten!

Du musst mehr für deine Ziele tun!

Du bist immer nur Durchschnitt!

Die Stimme meines Vaters fraß sich durch sämtliche meiner Gehirnwindungen, schnitt wie ein Messer an meinen Eingeweiden herum, bis die Spitze tief in mich drang, mich drehend an jedes einzelne Wort erinnerte.

Mehr tun.

Mehr tun.

Mehr tun.

Gut, dann ging es wohl jetzt in die Offensive.

»Was machen Sie hier?« Elis Augen weiteten sich, als ich kurz nach 23.00 Uhr das *Shakesbeer* betrat. Und ehrlicherweise fragte ich mich genau das Gleiche.

»Wir hatten doch ein Date, oder nicht?« Ich öffnete meine Jacke, ließ den Blick über den halbleeren Innenraum der Bar schweifen. »Und offensichtlich gibt es noch freie Plätze.«

Sie rieb ihre Lippen, die diesmal nicht rötlich geschminkt waren, aneinander. »Ich …« Sprachlos, das kam sicher nicht oft bei ihr vor.

»Nur fünf Minuten, versprochen.« Bettelte ich gerade wirklich? Wie nötig hatte ich es?

Sie legte den Kopf in den Nacken, starrte empor zur Decke, als würde ihr eine der leuchtenden Bierflaschen sämtliche Wahrheiten des Lebens offenbaren. »Gut. Setzen Sie sich einfach, ich muss noch einen Tisch abkassieren, dann komme ich zu Ihnen.«

Das war doch schon mal ein Anfang. »Alles klar.« Ich ging an ihr vorbei, setzte mich wieder an das Tischfass, an dem ich vor wenigen Tagen mit Liam gesessen hatte. Die Kerze in der Bierflasche brannte diesmal nicht und der Weinfleck, den Eli verursacht hatte, schimmerte noch immer rötlich auf dem Dielenboden.

Ich zog die Jacke vollends aus, legte sie auf den leeren Stuhl mir gegenüber und wartete. Auf eine Zusage, auf den Beginn eines absolut verrückten Handels, auf den Korb meines Lebens – worauf auch immer.

»Wen haben wir denn da?« Na super, auf den hatte ich *ganz sicher* nicht gewartet.

»Maxwell.« Ich schaute auf, nickte ihm zu. Alles an ihm sah wie immer aus, die dunklen strähnigen Haare, die er mit einer Menge Gel nach hinten gekämmt hatte, seine eisblauen Augen, die sich förmlich in jeden hineinbohrten. Wie sein jämmerlicher Schwanz.

Er setzte sich auf den freien Stuhl und damit einfach auf meine Jacke, zerknitterte den guten Stoff. Arschloch. »Wie geht es dir? Ich habe gehört, dass du dieses Jahr wieder keine Auszeichnung in der Neurochirurgie bekommen hast.« Sein schmieriges Lächeln widerte mich an. »Dabei gab es doch kaum wirklich ernstzunehmende Konkurrenz.«

Was erwartete er von mir? Dass ich losheulen würde? *Ach, komm schon.* »Hat dir meine Mutter sicher alles bereits erzählt, also sparen wir uns das Geplänkel doch einfach und du gehst dahin, wohin auch immer du eigentlich wolltest.«

»Zu Lucy, wenn du mich schon fragst.« Natürlich. Er stützte die Arme auf dem Tisch zwischen uns ab, beugte sich zu mir herüber. »Kommst du denn zu meiner Verleihung? In knapp zwei Wochen bekomme ich die dritte Auszeichnung im Bereich …«

»Nein, ich komme nicht.« Und es war mir auch völlig egal, was er da erhielt. Oder wann. Oder warum. Wieso. Weshalb!

»Eifersüchtig, Dani?« Er lehnte sich noch weiter zu mir und sein Atem stank nach … nach nichts! Und das machte mich rasend. Dieser Typ müsste nach purer Verwesung stinken, nach Gülle, nach verdammt nochmal ekelhafter … was auch immer!

Doch stattdessen schüttelte ich ruhig den Kopf. »Worauf, Maxi? Auf dein …«

Mitten im Satz brach er in schallendes Gelächter aus, schlug mit seiner Faust auf den Tisch, ließ die Bierkerze kippeln. Er holte tief Luft, japste auf und lachte, lachte, lachte. Andere Gäste drehten sich bereits zu uns um, doch er war noch lange nicht fertig. »Worauf? Du fragst mich worauf?« Er wischte mit dem Handrücken über seine Augen. Was für ein Schauspieler und dazu scheinbar auch wieder ein Besserer als ich. Alles wie immer. »Vielleicht auf die Urkunden an meinen Wänden, auf die Auszeichnung für den Jahrgangsbesten im Studium oder«, mit dem Finger deutete er direkt auf mich, »auf die Frau in meinem Bett, die so köstlich liebevoll meinen Namen stöhnt.«

Lucy.

Mein Pokerface brach, wurde durch eine zuckende Augenbraue zerstört, die ihn nur breiter grinsen ließ. »Eins kannst du mir glauben, ihre flüsternde Stimme, kurz bevor ihr ganzer Körper verkrampft, sie ihre Fingernägel in meinen Rücken gräbt … Gott, das will ich nie wieder missen.«

Ich schwieg, konnte nichts sagen, meine Zunge war ein tauber Muskelklumpen. Wie mein Herz.

»Deine Ex-Verlobte …« Natürlich musste er es erwähnen, musste nochmal mit voller Wucht auf mich einschlagen. »… und ich sind so glücklich. Endlich hat sie einen Mann gefunden, der die Nummer eins ist, der der Beste ist, immer der Erste.« Er legte den Kopf schräg. »Immer und überall, wenn du verstehst, was ich meine.«

»Erster im Bett muss die gute Lucy aber ziemlich scheiße finden.« Hände legten sich von hinten auf meine Schultern. »Und überhaupt, wie viel musst du bitte kompensieren?« Eli trat um mich herum, ließ sich auf meinem Schoß nieder, eine Hand um meinen Nacken gelegt. »Männer, die so viel und gern über sich reden, haben doch meist Probleme südlich der Gürtellinie. Tut mir auch sehr leid, wenn du deine Freundin immer nur in Missionar nimmst. Sicher ganz nett mit den Kratzern auf dem Rücken, aber puh – auf Dauer? Ich weiß ja nicht.«

»Wie bitte?« Maxwells Wangen färbten sich rot, seine Augen

zuckten zwischen mir und Eli hin und her.

Was zur Hölle tat sie da?

Sie schnalzte mit der Zunge, sah zu mir und der Ausdruck in ihren Augen ließ mich blinzeln. Sehr, sehr oft. »Schatz, wer ist dieser schwerhörige Typ auf meinem Platz?«

Schatz? Hieß das …

»Deine Freundin?« Das war eine sehr gute Frage, die Maxwell da hatte und die ich mir exakt genauso stellte.

Eli drehte sich ein wenig, sodass sie ihre Arme ebenfalls auf dem Tisch abstützen konnte. »Ich bin anwesend. Die höfliche Version deiner Frage wäre, ob wir zusammen sind.« Maxwell holte Luft, um etwas zu erwidern, doch dazu kam er nicht. Sie wandte sich wieder mir zu, schlang beide Arme um mich und … küsste mich!

Ihr Mund streifte meinen, ganz sanft, als würde sie sich selbst fragen, was sie hier gerade tat. Und bei Gott, keine Ahnung, was wir hier machten. Doch das hier sollte realistisch wirken, musste es! Dieser Maxwell sollte es glauben, sollte es Lucy erzählen, also …

Eine Hand um Elis Hinterkopf und die tausenden Locken gelegt, drückte ich sie an mich, erwiderte den Kuss.

Meine Zunge glitt an ihren weichen Lippen entlang, was sie tatsächlich zum Lächeln brachte, ohne dass sie die Berührung zwischen uns unterbrach. Und dann spürte ich auch schon ihre, wie sie meine umspielte, wie wir einander kennenlernten, ohne vorher überhaupt mal das Du benutzt zu haben.

Meine freie Hand wanderte von ganz allein an ihre Taille, vergrub sich in dem weichen Stoff ihres viel zu großen Wollpullis, während ihre Finger meinen Hals emporstrichen, durch meinen kurzen Bart, bis sie auf meinen Wangen zum Ruhen kamen. Ihr Körper drückte sich an meinen und sie schob ihr Bein zur Seite, um vollends in meine Richtung zu sehen, um enger …

»Ähm?« Maxwell. Den hatte ich glatt vergessen.

Meine Lippen stellten sämtliche Bewegungen ein, meine Hände krampften aus ganz anderen Gründen an Eli. Hatte sie mich … also hatten wir uns gerade …

Sie hauchte einen letzten Kuss auf meinen Mundwinkel,

noch immer halb rittlings auf mir sitzend. »Vielleicht …« Ihr Blick zuckte zwischen meinem Mund und meinen Augen hin und her. »Vielleicht heben die sich irgendwann ja mal«, murmelte sie so leise, dass nur ich sie verstehen konnte.

»Vielleicht.« Vielleicht. Ich schaute an ihr vorbei zu Maxwell. »Wie du siehst, bin ich gut beschäftigt.«

Anstatt dass der Mistkerl jetzt endlich gehen würde, sodass ich die Sache auch mit Eli klären konnte, verschränkte er die Arme vor der Brust. »Lasst uns morgen gemeinsam brunchen. Ich würde gern deine liebreizende Freundin näher kennenlernen.«

»Gern.« Eli antwortete schneller, als ich reagieren konnte. Wie konnte sie dazu ja sagen? Wir hatten ja nicht mal über irgendwelche Rahmenbedingungen gesprochen! »Mein Name ist übrigens Eli. Falls das noch Platz in deinem Hirn neben all den Auszeichnungen hat.«

Wieder grinste Maxwell. »Ich mag dich.« Natürlich.

»Das ist jammerschade.« Sie lehnte sich zu ihm herüber, öffnete den Mund, um etwas zu sagen, doch ihr Handgelenk streifte die Bierflaschenkerze, stieß sie um. Sie griff nach dem rollenden Ding, fasste aber jedes Mal ins Leere, bis sie ohne einen Ton weich auf Maxwells Schoß landete. Zum Glück war die Kerze aus. Obwohl …

Er stand auf, knallte die Kerze direkt vor sie auf den Tisch. »Das wird ein Spaß mit uns beiden. Du scheinst …«

»Maxwell, du solltest gehen«, schnitt ich ihm das Wort ab. Ich hatte langsam genug von dem Typen und Dandelion musste nicht heute schon das volle Ausmaß meiner Familie kennenlernen.

»Nicht so bissig, Dani.« Er stand auf, winkte uns im Vorbeigehen zu. »Bis morgen.«

Abwarten. Noch hoffte ich auf eine spontane globale Katastrophe, um diesen Brunch zu umgehen!

Eli sah Maxwell nach, atmete schwallartig aus, als endlich die Tür hinter ihm ins Schloss fiel. »Was ist das denn bitte für ein Arsch?«

Das war die erste Frage, die ihr in den Sinn kam? Wirklich? Da hatte ich eine ganz andere. »Was ist das denn bitte gewesen?«

WIR WERDEN
NICHT ZUSAMMEN
duschen
GEHEN!

9

Eli

Hatte ich ihn gerade geküsst?

Ich wiederholte es gern: Hatte ich ihn gerade *geküsst*? Meine Lippen kribbelten und sein Geschmack nach einem viel zu scharfen Pfefferminzkaugummi war noch immer mehr als deutlich in meinem Mund vorhanden. Okay, das bedeutete nur eins: Ich hatte ihn geküsst! So richtig. Mit Zunge. *Mit Zunge!*

»Willst du dich vielleicht rüber auf den freien Stuhl setzen?« Jedes Wort traf direkt auf meine Wange und für einen Moment war es beinahe so, als hätte ich sogar seinen Mund gespürt.

Ich schaute zu ihm herüber, was unsere Lippen wieder viel zu nah aneinander brachte. »O ja, klar.« Wie eine absolute Vollidiotin saß ich noch immer auf seinem Schoß. Rittlings!

Wie hatte ich mich darauf einlassen können? Wie hatte ich nur so dämlich sein können? Oder mich in diesem Kuss so gehen lassen können? Wie verrückt war dieser Handel, wie absolut durchgedreht und …?

»Eli?«

Verdammt! Ich sprang förmlich von ihm, knallte mit dem Rücken gegen die Platte auf dem Fass und ließ die Bierkerze erneut zu Boden fallen. Na ja, wenigstens saß ich nicht mehr auf Grumpy drauf.

Ich ging um den Tisch herum, hob die Bierdeko auf und setzte mich auf den freien Stuhl. Was hatte ich nur getan? Das Gesicht in meinen Händen verborgen schüttelte ich immer und immer wieder den Kopf. Das war dumm, so, so dumm!

»Eli, du …«

Zwischen zwei Fingern schielte ich zu ihm herüber, bereit,

das wohl peinlichste Gespräch meines gesamten Lebens zu führen – immerhin hatte ich einen *fremden* Mann geküsst! *Mit Zunge!* Das war … wieso sah er mich so komisch an? So mit gepressten Lippen und schmalen Augen? Wollte er mir gleich erzählen, dass der Kuss nicht gut war? O bitte! Ich habe seine Reaktionen weiß Gott gespürt! *Und meine.*

Ich ließ die Hände sinken. »Was?«

»Meine Jacke.« Er stand halb auf, griff zu mir herüber und zog an dem Stück Stoff unter mir. »Kann ich …« Ich hob den Hintern an. »… danke.«

»Du machst dir nicht wirklich gerade Gedanken um deine Jacke, nachdem wir uns *geküsst* haben?« Das war nicht sein Ernst, ganz sicher nicht.

Er zog den Bierkerzenständer weiter zu sich und somit aus meiner Reichweite. *Sehr witzig!* »Die habe ich mir schon vorher gemacht. Die ist aus Kaschmir-Strick und …«

»Gott.« Ich konnte mir ein Augenrollen keinen Moment länger verkneifen.

Er atmete tief durch, unterdrückte ganz offensichtlich eine Bemerkung und hängte die Jacke über seine Stuhllehne. »Ich nehme an, dass Sie … *du* mein Angebot annimmst.«

Ich zuckte mit den Schultern, wusste nicht, was ich dazu sagen sollte. Eine kleine Ewigkeit lang hatte ich mich bei Chloe über sein unverschämtes Verhalten aufgeregt, doch am Ende waren wir uns einig gewesen. Es waren nur vier Wochen und bei den *Little Giants* ging es um viel mehr – um Leben.

Außerdem hatte ich diesem Maxwell lang genug zugehört, um ihn am liebsten auf den Mond schießen zu wollen. So ohne Rückfahrticket! Daniel schien eine echt schwierige Familie zu haben – und diese Lucy! Ich freute mich jetzt schon darauf, diese Frau *kennenzulernen*. Also ja, ich war wohl offiziell verrückt und Daniel Harrisons Freundin.

»Lass uns ein paar Regeln festlegen.« Ich eilte zum Tresen und holte einen Notizblock und Kuli.

»Solange du niemanden *damit* angreifst.«

Ich sah nicht zu ihm hoch, tat einfach so, als wäre nie

etwas gewesen. In großen Druckbuchstaben schrieb ich *Daniel + Eli* auf das Papier, unterstrich es einmal. Zweimal. Dreimal. Viel zu oft. Aber das hielt mich davon ab, darüber nachzudenken, was wir hier drunter schreiben sollten.

»Regeln sind wichtig.« Er lehnte sich nach vorn, um auf das Blatt schauen zu können. »Du hast auch mal gute Ideen, Dandelion.«

Ich schielte zu ihm herauf. Jetzt wusste ich genau, was ich dringend notieren musste. »Erstens, wir begegnen uns auf Augenhöhe.«

Er nickte und ihm war ganz sicher nicht klar, wie weit unter Augenhöhe – nein, was sagte ich da? – wie weit unter der Gürtellinie er mit mir bisher umgegangen war. »Zweitens.« Er wartete, bis ich ihn ansah. »Wir sagen es niemandem.«

»Oh.« Ich tippte mit dem Kuli auf das Papier. »Um direkt eins klarzustellen: Ich hab's Chloe gesagt und das tut mir nicht leid! Ich sage ihr alles, verstanden? So alles, alles. Selbst als ich einmal auf dem Klo …«

»Dandelion! Schon gut.« Er rieb sich über die Stirn, und ja … Gott sei Dank hatte er mich unterbrochen. »Dann eben fast niemandem. Liam würde mir die Sache auch nicht abkaufen, immerhin …«

»Augenhöhe«, erinnerte ich ihn, neigte den Kopf.

»Dann sollte ich den Satz besser nicht beenden.« Er ließ sich wieder in seinen Stuhl zurückfallen. »Was ist mit dem Körperlichen? Küssen ist für dich ja scheinbar sehr in Ordnung.«

Scheinbar. »Das war eher ein …« Versehen? Ausrutscher? Geistige Umnachtung? »… keine Ahnung.« Mein Gesicht wurde nicht nur warm, es fing verdammt nochmal Feuer. »Außerdem ist das sicher unausweichlich. Welches Paar küsst sich nicht in der Öffentlichkeit?«

Seine Augenbrauen zuckten kurz in die Höhe. »Meine Ex und ich.«

Das war ein Scherz! »Ähm … so wie ich das verstanden habe, war sie doch sogar deine Verlobte.« Wie kann man sich da niemals küssen?

»Nach außen hin sollte man sich gut präsentieren und wer sieht beim Küssen schon professionell aus?« Er senkte den Blick. »Du hast mich damit sehr überrumpelt und ich wette, wir sahen nicht unbedingt ansprechend dabei aus.«

Meine Augen brannten, so weit offen standen sie. Das klang nicht einen Moment nach einer tollen Beziehung oder gar einem erfüllten Liebesleben. Außerdem wettete ich dagegen! »Drittens, wir küssen uns, wann und wo immer wir wollen.« Der Stift war schneller, als ich nachdenken konnte. »Also auf den Mund. Das *Wo* ist absolut auf den Ort bezogen. Nicht auf die Körperregion. Wobei die Wange oder eventuell der Hals, die Stirn alles erlaubte Bereiche sind.« Jedes Wort ritt mich tiefer in den Schlamassel. »Es war die Location gemeint. Ob bei dir, bei mir, bei deinen Eltern, auf irgendwelchen Hochzeiten, in der Dusche … Moment.« Dusche? Was zur Hölle? »Wir werden nicht zusammen duschen gehen!« Tief atmete ich durch, ordnete die Gedanken in meinem durchgeschleuderten Hirn und versuchte, auf den wohl bekannten springenden Punkt zu kommen. »So eingesperrt führe ich keine Beziehungen.« *Abgesehen davon, dass ich in letzter Zeit eh keine führe. Oder führte.*

»Alles klar.« Es klang irgendwie amüsiert, aber seine Mundwinkel bewegten sich nicht im Geringsten. *Ob er mich jemals anlächeln wird?*

»Viertens.« Ich setzte den Kuli an, schrieb die Ziffer auf. Dieser Punkt drehte und wendete sich die ganze Zeit in meinem Hirn und musste nun endgültig raus. *Komm schon, Eli!* »Keinen Sex.« Gab es eine Weltmeisterschaft im Schnellsprechen, dann hätte ich diese eindeutig gewonnen.

Daniels Augenbrauen zogen sich zusammen, und erst als ich es fast aufgeschrieben hatte und nur noch das X fehlte, schien er verstanden zu haben, was ich gesagt hatte. Hörbar atmete er aus. »Du dachtest nicht wirklich, dass zwischen uns jemals mehr als das eben passieren würde, oder?« Sein Blick wanderte an mir auf und ab, während seine Augen immer größer wurden. »Das kannst du streichen, das ist quasi das Selbstverständlichste und …«

Was bildete sich dieser Typ ein? »Fick dich.« Ich schmiss den Kuli auf den Tisch, der abprallte und natürlich direkt gegen meine Stirn flog. Wohin auch sonst?!

Ich ignorierte das Brennen zwischen meinen Augenbrauen, fasste nicht mal hin – was echt die Selbstbeherrschung des Jahrhunderts erforderte – und stand auf. »Wie konnte ich denken, dass *du* es auch nur eine Stunde schaffst, dich an die erste Regel zu halten? Arschloch!« Ich brauchte keine Antwort oder sonst irgendwas! Ohne abzuwarten, ging ich an ihm vorbei, ließ den ganzen Scheiß einfach vor ihm liegen.

»Eli.« Er griff nach meinem Handgelenk, hielt mich mitten im Gehen auf und ich dankte allen Göttern dieser Welt, dass ich nicht ins Stolpern kam, um am Ende noch in seinem Schoß zu landen. Bei meinem Glück wären wir beide dann noch vom Stuhl gefallen.

»Warte.« Seine Hand löste sich von mir und stattdessen zog er den Notizblock zu sich heran, vervollständigte selbst die vierte Regel. »Keinen Sex.«

Wenn das so ist. Jetzt ließ ich mich sogar freiwillig auf ihn fallen, was einen erstickten Laut aus seiner Kehle lockte. Mir egal. »Also, Doktor Grumpy, wie lange darf ich mich an deinen Hals werfen?« Ich zwinkerte ihm zu und die Art und Weise, wie er krampfhaft versuchte, die Hände bei sich zu behalten, aber dennoch irgendwo abzulegen, ohne mich unsittlich zu berühren, war lustiger als erwartet.

Vielleicht machte es ja sogar Spaß die nächsten Wochen. Die kleinen Riesen bekamen ihre Feuertreppe und ich reagierte all meine angesammelte Wut an Familie Harrison ab. Nicht, dass es da viel gab, aber na ja. Jeder brauchte mal ein Ventil. Klang doch alles gar nicht so schlecht.

»Bis zu Claires Hochzeit«, beantwortete er meine Frage. »Da ist unser letzter Auftritt, also in vier Wochen.« Endlich rang er sich ab und legte eine Hand auf meinen Rücken und die andere auf den Tisch vor sich. »Die Feuertreppe wird in 15 Tagen geliefert und montiert.«

»Was?« Das ging aber schnell. »Ich habe dir eben erst zugesagt und die brauchen doch sonst länger und …«

»Ich weiß.«

Wollte er mir gerade sagen, dass er sie dennoch gespendet hätte? Wow … dann könnte ich mir das hier doch auch sparen, oder nicht? Aber ein Deal war ein Deal. Vielleicht schlummerte unter dieser grumpy Hülle irgendwo ein weicher Kern.

Vielleicht.

LASS SIE DOCH SCHIEF GUCKEN, LASS SIE MIT DEN AUGEN ROLLEN. DU WIRST DIE MEISTEN VON IHNEN

nie wieder

SEHEN, ALSO WARUM SOLLTEST DU DANN

dein Leben

NACH DENEN AUSRICHTEN?

10

Daniel

Eli wohnte am anderen Ende von Buelton und damit in unmittelbarer Reichweite der *Little Giants*. Natürlich war ich rechtzeitig losgefahren und hielt so zehn Minuten vor der verabredeten Zeit neben ihrem … Haus? Es glich eher einem viel zu hohen Mehrfamilienhaus mit einer derart rostigen Feuertreppe an der Außenwand, dass sie da sicher auch bald Spenden brauchte. Graue Balkone zogen sich an dem Gebäude empor, mischten sich zwischen verwitterten Markisen und viel zu viel Laub in den Regenrinnen. Es sah nicht heruntergekommen aus, aber auch nicht unbedingt wohlhabend. Na ja, was hatte ich erwartet?

Ich nahm mein Smartphone, schrieb ihr eine kurze Nachricht, dass ich da war. Vielleicht konnten wir dann auch von hier aus überpünktlich los.

Nur Versager kommen zu spät.

Das hatte mir Dad oft genug gesagt, um es mir nicht nur ins Hirn, sondern wahrscheinlich auch auf die Seele zu brennen. Ein ewiger Stempel, neben so einigen anderen.

Und doch immer nur Dritter. Höchstens Zweiter.

Mein Handy vibrierte und ich brauchte nur eine Sekunde, um zu verstehen, was ich da sah. Nein, wir kamen hier im Leben nicht pünktlich weg. Eli schickte mir doch tatsächlich ein Selfie, mit einem pinken Handtuch umwickelt und klitschnassen Haaren. Das Grinsen konnte sie vergessen, wenn ich mit ihr fertig wäre, dann … Ja, was wusste ich denn!

Ich stieg aus, schloss den Wagen ab und rannte bereits auf die vergilbte weiße Eingangstür mit den gefühlt dreihundert Briefkästen zu, als Eli herauskam. Mit dem gleichen Lächeln wie auf dem Foto, nur diesmal in voller Wintermontur mit Mütze und einem riesigen Bommel obendrauf, einem Schal, der mehr aus Fransen als aus Schal an sich bestand, und – natürlich – hellgrauen Handschuhen, die wie Samt schimmerten. Dabei war erst Herbst.

»Wollte nur deine Reaktion checken.« Sie zwinkerte mir zu – was mich durch und durch nervte – und ging an mir vorbei. »Wo hast du geparkt? Hier ist manchmal die Hölle los. Das nächste Mal … was ist das?«

Ich folgte ihr. »Mein Wagen.«

»Das sehe ich, aber …« Wow, hätte nicht gedacht, dass ich es schaffen würde, ihr glatt zum zweiten Mal die Sprache zu verschlagen. »Was dein Cousin mit Worten kompensiert, verballerst du mit einem Auto. Gratuliere.«

So viel zur Sprache verschlagen. »Steig ein, Pusteblume. Ich will pünktlich sein, verstanden?«

»Hast du mich gerade Pusteblume genannt?« Ihre behandschuhten Finger verknoteten sich beinahe.

Es war mir gleich aufgefallen, als es mir rausgerutscht war. Aber zum Zurücknehmen war es offensichtlich zu spät. »Na, das bedeutet doch dein Nachname.«

»Ja, schon, es ist nur …« Ihre Augen zuckten in sämtliche Richtungen, ihr ganzer Mund glich einem einzigen Krampf. Da war kein Lächeln, keine Grübchen, da war … etwas Dunkles, das so absolut nicht in ihr Gesicht passte und das ich nicht benennen konnte. »Sag es einfach nicht, okay?«

Ich war in ein Fettnäpfchen getreten. Und zwar offensichtlich mit einer großen Menge Anlauf. Es sollte mir egal sein, es sollte …

Du hättest aufpassen müssen. Auf die Gefühle anderer, auf deine Wortwahl. Es ist wie immer, jeder fühlt sich in deiner Gegenwart unwohl, weil du schlicht unvorsichtig bist. Super, mein Junge. Und dann erwartest du Stolz? Pah!

Die Stimme meines Vaters drehte sich wie ein Nagel durch mein Hirn, und selbst als ich den Kopf schüttelte, konnte ich es nicht abstellen. Vor allem, wenn Eli mich weiterhin so ansah. Mit ihren Augen wie Bernstein und der verlorenen Wärme darin.

»Tut mir leid.« Mehr kam aus mir nicht heraus, stattdessen drückte ich auf den kleinen Knopf meines Autoschlüssels, was die Lichter am Wagen aufleuchten ließen.

Eli straffte ihre Schultern. »Schon gut, wirklich.« Sie griff zur Klinke der Beifahrertür, zog sie zu sich. »Was zur Hölle?« Die Flügeltür glitt leise zischend nach oben, was sie offensichtlich nicht erwartet hatte. Sie ging einen Schritt zurück, noch einen und … fiel über ihre eigenen Füße. Rückwärts stolpernd flog sie förmlich den kleinen Gehweg entlang, bis die Erdanziehungskraft gewann und sie … in meinen Armen landete. Ihre Hände krallten sich in meine Jacke, zogen sie an mich, bis ihr Körper an meinem zum Ruhen kam.

Ich war derart fasziniert von der Anziehungskraft der Katastrophen eines Menschen, dass ich gar nicht bemerkt hatte, wie meine Füße mich zu ihr getragen hatten. Wenigstens hatte sie ihre Haare unter einer Mütze versteckt, ansonsten würden sie mir mal wieder im ganzen Gesicht hängen.

»Flügeltüren.« Ich nickte in Richtung meines Lamborghini Reventon. »Fand ich letztes Jahr noch sehr ansprechend.«

Sie musste zu mir aufsehen, dachte scheinbar nicht mal dran, mich loszulassen, und da waren sie wieder, die Grübchen auf ihren Wangen. »Du kompensierst aber wirkliche eine *ganze* Menge.«

»Offensichtlich.« Ich richtete uns gemeinsam auf und wollte sie gerade einen guten Meter von mir schieben, als meine Bewegung schlagartig gestoppt wurde. Was war das denn? Sie … Oh. Eine der tausend fusseligen Fransen aus ihrem Schal hing verheddert zwischen den Zähnen meines halbgeöffneten Reißverschlusses und hielt uns eng beieinander.

Die Hände auf meiner Brust liegend sah sie kurz zu mir auf. »Sorry! Moment, das habe ich gleich.« Wie auf der stärksten Partydroge der Welt versuchte sie den Schal von mir zu lösen, fummelte wie eine Verrückte an dem Stoff und den Zacken meines Verschlusses, doch ihre Finger zitterten derart, dass sie absolut gar nichts damit hinbekommen würde. Dabei trug sie Handschuhe!

»Warte.« Ich nahm ihre Hände, schob sie zur Seite. »Lass mich.« Ausnahmsweise protestierte sie nicht, ließ ihre Arme sinken.

»Tut mir wirklich leid. Die Sache mit der Tür und dem Schal jetzt.« Ihr Atem roch wieder so süßlich nach irgendwelchen Bonbons, dabei hatte sie bei unserem Kuss ganz anders geschmeckt. Eher nach … keine Ahnung. Darüber sollte ich mir auch keine Gedanken machen.

Ich zog an dem Schal, löste einen Knoten und noch einen. Wie viele gab es hier?

Eli schaukelte auf den Fußballen auf und ab, was die Sache echt nicht leichter machte. »Meine Mutter hat mir den Schal gestrickt. Sie ist Künstlerin und lebt mit meinem Stiefvater in Seafield. Weißt du, wo das liegt? Sicher. Jedenfalls hat sie mir den geschenkt. Ende der Geschichte.« Ihre Stirn fiel nach vorn auf meine Hände. »Sorry, wenn ich nervös bin, dann bin ich eine wandelnde Labertasche. Ich weiß auch nicht, was dann passiert, aber die Worte – puh – die sprudeln einfach aus mir heraus.«

Ich schielte zu ihr, konnte meine Augenbraue jedoch nicht daran hindern, in die Höhe zu wandern. Nur wenn sie nervös war? Sie hielt irgendwie nie ihren Mund! »Du liegst auf dem Knoten.«

Sofort zuckte sie auf und ich konnte die letzte Schleife in Angriff nehmen. Sie schwieg, sagte nichts und selbst das Wippen ihres ganzen Körpers hörte auf – und aus irgendeinem Grund sollte es *so* nicht sein. Nach der Pusteblumen-Nummer sollte sie sich nicht wieder *so* fühlen. Nicht wegen mir.

»Wenn ich nervös bin, dann …« Warum erzählte ich ausgerechnet das? »… gehe ich in meinem Kopf Rezepte durch.«

Endlich waren wir getrennt und sie trat einen Schritt zurück. »Die du an dem Tag als Arzt ausgestellt hast?«

»Nicht ganz.« Ich kratzte mich am Hinterkopf, deutete zum Auto, damit sie einsteigen würde und wir das Thema dann einfach wieder vergaßen. »Rezepte von Gerichten, von Essen.« Sie ließ sich auf den Beifahrersitz fallen und vorsichtshalber schloss *ich* die Tür.

Ich ging um den Lambo herum und stieg ebenfalls ein, darauf bedacht, nicht zu ihr herüberzusehen. Ihr Blick brannte auch so schon auf mir, aber sie hielt immerhin den Mund.

Der Motor vibrierte unter uns auf, ich setzte den Blinker und fuhr los. Es dauerte nicht lang und wir waren aus ihrem Viertel raus und auf dem Weg in die Innenstadt Bueltons, wo …

Sie sah mich an. Ignorieren!

Gut, also … wir wären nicht überpünktlich, aber auch nicht zu spät, wenn nicht …

Warum sah sie mich an?

… viele Ampeln auf Rot wären! Ich könnte auch die andere Route nehmen, die …

Wenn sie nicht bald woanders hinsehen würde oder wenigstens das Lächeln abstellte, was doch mittlerweile in ihren Wangen brennen musste, würde ich explodieren.

Sie lehnte sich ein Stück zu mir rüber, eine Hand auf die Mittelkonsole gelegt, und wenn mich mein Seitenblick nicht täuschte, zitterten ihre Lippen.

Ich seufzte. Und kapitulierte. »Sag es schon. Sonst platzt du sicher gleich.«

»Du kochst?!« Sie fiel zurück auf ihren Sitz. War sie etwa nicht angeschnallt?

»Schnall dich an.« Ich klang etwas überfürsorglich, aber das war mir egal. »Jetzt.«

»O verdammt! Wie konnte ich das vergessen?« Sie tat wahrscheinlich das erste und letzte Mal das, was ich sagte, und schaute die restliche Fahrt nach draußen. Wenigstens sprach sie nicht mehr das Koch-Thema an.

»Soll ich dir aufmachen?« Ich schaute zu Eli herüber, die beinahe ihre Nase gegen die Fensterscheibe drückte.

»*Hier* brunchen wir?« Sie schnaubte. »Brunchen. Auch so ein Wort, was nur Schwerreiche mitten in der Woche in den Mund nehmen.«

Damit hatte sie wahrscheinlich nicht unbedingt unrecht. Doch das hier war nicht irgendein Restaurant, um überteuertes Frühstück zum Mittag zu sich zu nehmen, es war viel mehr. »Warst du schon mal im *petite bouchée*?«

Ihr Kopf ruckte so heftig zu mir rum, dass selbst ihre Locken unter der Mütze umherschleuderten. »Die Frage meinst du nicht ernst, oder? Als ob ich hier jemals einen Tisch kriegen könnte.«

Stimmt. »Ich mach dir auf.«

Sie nickte und blieb tatsächlich sitzen, bis ich selbst ausgestiegen war und zur Beifahrerseite trat. Ich öffnete ihre Tür, reichte ihr meine Hand.

»Mensch, wusste gar nicht, dass ein Gentleman in dir schlummert.« Sie grinste, umschloss meine Finger mit ihren und zog sich hoch.

»Hier ist ein Bordstein und, na ja, wir kennen dein Talent.« Ich half ihr heraus, bis sie sicher vor mir zum Stehen kam.

»Ah, verstehe. Du bist jetzt im Katastrophenschutz tätig.« Eli richtete mit fest zusammengepressten Lippen ihren Schal, schaute am *petite bouchée* auf und ab. »Ich hoffe, die haben Pancakes. Ich würde gerade töten für ein paar dieser kleinen fluffigen Dinger.« Sie legte den Kopf in den Nacken, seufzte auf. »Pancakes mit Sahne, Zimt und dazu einen *Pumpkin Spice* Latte macchiato.« Sie sah wieder zu mir. »Daniel, der Koch wäre mein persönlicher Held.«

Gut zu wissen.

Ich versuchte so lässig wie möglich zu reagieren, zuckte mit den Schultern. Vielleicht etwas zu kräftig. »Du bist mit mir hier. Sie bereiten dir alles zu, was du möchtest.« Außerdem hatte Mason sicher Mehl, Eier, Zucker und Milch da. Mehr brauchte man dafür ja nicht und zur Not würde ich selbst in die Küche gehen. Die Eier trennen, Eiweiß steifschlagen, den Zucker …

»Na dann.« Sie wandte sich zu mir um. »Showtime, Grumpy.« Was für ein liebevoller Kosename. Ihre Hand fuhr an meiner entlang, legte sich in meine Handinnenfläche, drehte sich ganz leicht und verschränkte die Finger ineinander. Alle einzeln, nach und nach.

Das war … warum tat sie das?

»Schau nicht so.« Sie drückte meine Hand fester. »Ich bin nicht nur deine Freundin, du bist ebenso *mein* Freund. Und mit dem halte ich Händchen. Wo, wann, wie, warum auch immer.«

Ich schaute von unseren verschlungenen Händen zu ihr auf. »Das Warum interessiert mich tatsächlich.«

Sie blinzelte, trat sogar noch einen Schritt an mich heran.

»Nähe, den anderen fühlen.« Ein Lächeln legte sich um ihre Lippen. »Mehr nicht.«

Mehr nicht? Na ja.

Eli wandte sich ab, zog an mir und konnte es scheinbar keinen Moment länger aushalten, draußen in der Kälte zu stehen. Obwohl, nein, das konnte bei ihrer Wintermontur nicht der Grund sein.

Aber mir egal, ich konnte es selbst nicht erwarten.

Kaum betraten wir das *petite bouchée,* füllte sich meine Lunge mit dem reinsten Sauerstoff, den es für mich nur geben konnte. Die Gerüche des Essens, der vertraute Duft nach Heimat, selbst die leisen Geräusche aus der Küche beflügelten meine Sinne, blendeten die Gäste um mich herum aus, bis ich mir beinahe einbildete, Mason tatsächlich hören zu können. Hier erdrückte mich nichts, hier lastete nicht das kleinste bisschen auf meinen Schultern, hier war ich kein Harrison. Hier war ich Daniel, der viel zu viel Zeit hier verbrachte und …

»O mein Gott.« Ohne sich von mir zu lösen, drehte sich Eli hin und her, als versuchte sie allein mit ihren Blicken alle Eindrücke einzufangen.

Vielleicht war das ja unsere unmögliche Gemeinsamkeit. Mit dem gleichen Ausdruck im Gesicht war auch ich das erste Mal in dieses Lokal getreten und würde sicher nie wieder woanders so empfinden können, wie hier.

Hier zwischen all den Erinnerungen und des Glücks.

Die Wände im *petite bouchée* waren über und über mit goldenen Bilderrahmen versehen, darin lächelte ein prominenter Gast nach dem anderen. Politiker, Schauspieler, Sänger – hier kam irgendwie jeder früher oder später zum Essen her. An den Decken hingen große runde Glaslampenschirme, die im rötlichen Licht schimmerten, darunter Eichenholztische mit einfachen hellen Stühlen, einer roten Tischdecke und einem kleinen Kerzenständer, der durch seinen Kristallschliff ein wunderschönes Muster aus Licht und Schatten auf den Tisch malte. Auf den ersten Blick wirkte alles so schlicht, so nüchtern. Doch wenn man hinsah, wenn man *wirklich* richtig hinsah, dann gab es in den tausend kleinen Details so unheimlich viel zu entdecken. Und zu lieben.

Wie immer.

Wenn man genau hinsah, jemanden wahrnahm, ohne Oberflächlichkeiten, dann erkannte man *immer* mehr.

Fokus auf das Ziel, nicht auf die Steine am Rand des Weges. Noch ein Beweis für deine albernen Versuche, 150 Prozent zu geben! Du bist ein Träumer. Und Träumer können nie Sieger sein.

Dad war mal wieder pünktlich im Kopf anwesend. Sehr gut.

Eli nahm auch meine andere Hand, drehte sich zu mir. »Niemals hätte ich gedacht, dass Nobeldinger so schön sein können.« Ihre Wangen waren gerötet, passten sich ihren Lippen an. Und erst jetzt fiel mir auf, dass sie geschminkt war. Ihre Lider in einem leicht dunkleren Ton als ihre Haut, ihre Wimpern in einem tiefen Schwarz, was ihre Augen … also, sie sah … ich blinzelte mehrere Male.

»Ja«, ich räusperte mich, doch dieses kurze Wort kratzte dennoch durch meinen Hals.

»Alles okay?« Jetzt legte sie auch noch eine Hand auf meine Brust. »Du musst nicht nervös sein, mit Maxwell komm ich locker klar, der wird nichts bemerken von unserer Abmachung und … mein Gott.« Sie rieb mit ihren Fingern über mich, als würde sie irgendein Tier streicheln. »Dieser Kaschmir-Strick ist scheiße weich.«

Meine Wange zuckte, als wollte ich … ja, was? Lächeln? Seit wann das denn? Was auch immer mein Körper da eben versucht hatte, er scheiterte. Dafür schien mein Hirn erneut auszusetzen – ich sprach schon wieder einfach drauflos. »Vorhin … ich hätte dir auch ohne Bordstein aus dem Auto geholfen.«

»Danke.« Ihre Grübchen kamen zum Vorschein und aus irgendeinem Grund freute mich das.

Das muss die Atmosphäre vom *petite bouchée* sein.

Wir saßen gerade mal zwei Minuten am Tisch, da kam bereits Maxwell herein. An seiner Hand … Lucy.

Sie lächelte, legte eine Hand um seinen Nacken, ihre Lippen

auf seine Wange. In mir fielen alle Schalter um, alles befand sich in Standby. In einem einzigen Tunnelblick starrte ich dieses Szenario an, beobachtete es, während jede meiner Zellen schrie.

Es widerte mich an.

Es machte mich krank.

Es war falsch!

»Starr sie bitte nur halb so oft an, ja? Immerhin sitze ich neben dir.« Eli lehnte sich zu mir, ihr Atem streifte mein Ohr. »Du willst deine Fake-Freundin nicht eifersüchtig machen.«

Ich drehte mich zu ihr, versuchte, den Anblick von Lucy und meinem verdammten Cousin zu verdrängen. »Wäre sicher ein spannender Auftritt.«

»Ein Drama in drei Akten, Grumpy.« Sie schielte kurz zu den beiden rüber, die gerade nach unserem Tisch fragten. »Zuerst müsste ich zickig tun, dann ausrasten und das Finale: Du bekommst eine Ohrfeige.«

Jedes ihrer Worte traf direkt meinen Mund. »Dann spielen wir lieber die Schwerverliebten.«

»Ganz genau.« Sie legte eine Hand auf meine Wange, zog mich an sich, doch … nein! Wir waren hier unter Leuten!

»Eli, nicht hier. Was sollen die anderen Gäste denken?« Ich wollte zurückweichen, doch sie umfasste den Kragen meines Hemdes, hielt mich an Ort und Stelle.

»Lass sie doch schief gucken, lass sie mit den Augen rollen. Du wirst die meisten von ihnen nie wiedersehen, also warum solltest du dann dein Leben nach denen ausrichten?« Ihre Nase traf meine, fuhr sanft daran auf und ab. »Außerdem … wolltest du nicht genau das? Andere von deiner Beziehung überzeugen?«

Klar, aber doch nicht so! »Ich will …«

»… eine eifersüchtige Lucy.« Mit einem Finger unter meinem Kinn schloss sie den Abstand endgültig zwischen uns, küsste mich.

Hier. In der Öffentlichkeit. Meine Fake-Freundin.

Neuster Tiefpunkt des Jahres erreicht, würde ich sagen.

Eli lächelte, selbst als meine Lippen auf ihren lagen, rutschte mit ihrem Stuhl weiter zu mir auf und aus unerfindlichen Gründen verirrte sich meine Hand auf ihre Wange. Es fühlte sich nicht fremd an, eher warm und … Sie zuckte kurz zusammen, als sich Maxwell lautstark setzte, mit den Armen auf den Tisch schlug.

»Daniel«, schrie er förmlich durch das Restaurant. »Ich hoffe, ihr musstet nicht allzu lang auf uns warten.«

Ich wollte mich von Eli und dem Kuss lösen, allein aus Anstand und um … Aua! Sie krallte ihre Fingernägel in mein Bein, die sich wie kleine Nadeln in mich bohrten. Was sollte das und seit wann lag bitte ihre Hand auf meinem Oberschenkel?

Erst als das unverkennbare Geräusch eines weiteren Stuhls auf dem Marmorboden ertönte, atmete Eli scharf ein, als müsste sie ihre gesamte Kraft aufwenden, um sich von mir abzuwenden, küsste dann sogar noch meine Wange. »Wir sollten das lieber später fortsetzen.« Sie zwinkerte, wie so verdammt oft. Diesmal jedoch ließ es nicht mein Frontalhirn protestieren, ganz im Gegenteil. *Clever, Dandelion.*

Sie wandte sich von mir ab, schaute zu Maxwell und Lucy herüber. »Hallo!« Halb im Stehen ging es wohl jetzt ans Händeschütteln und direkt unter Elis Arm standen Kerzenständer.

Noch.

LIEBESKUMMER IST FÜR
ALLE MIT EINEM
Herzen
UND DU HAST EINES.

11

Eli

Der Kuss kribbelte noch immer auf meinen Lippen. Und eventuell auf meiner ganzen Haut.

Daniel war ein viel zu guter Küsser, um ihn nicht in der Öffentlichkeit zu küssen. Gott, was die arme Lucy alles verpasst hatte. Vor allem, wenn er mit seiner Zunge … okay. Das war auch egal. Aber für einen Fake-Freund hatte er ganz gute Qualitäten und man konnte ja mal darüber nachdenken. Dafür, dass er eher verklemmt wirkte, machte er die körperlichen Dinge sehr gut, also musste er hinter verschlossener Tür … Okay! Das reichte jetzt wirklich!

Maxwell nahm meine Hand, schüttelte sie, was ich nur halb mitbekam. Der Kerzenständer unter unserer Begrüßungsaktion schrie förmlich nach einer Eli-Katastrophe und die konnte ich gerade nicht gebrauchen. »Maxwell, Daniels Cousin. Schön, dich wiederzusehen.«

»Ach, na ja. Schön ist es, wenn wir uns wieder verabschieden, glaub mir.« Ich freute mich vielmehr auf jemand anderen. Mein Blick glitt zu Lucy. »Du musst Lisa sein, Daniel hat mir mal von einer Ex erzählt.«

»Lucy. Ich heiße Lucy.« Ihre rosageschminkten Botoxlippen versuchten, einen verbissenen Eindruck zu machen, aber sie sahen genauso aus wie vor zwei Sekunden – ausdruckslos.

Ich setzte mich wieder, schürzte die Lippen. Und ha! Es war *nichts* umgefallen. »Hmm, nein, dann muss er von einer anderen erzählt haben. Na ja, Ex-Frauen sind sowieso absolut unwichtig.«

»Wir waren fast sieben Jahre zusammen, als *unwichtig* würde ich das nicht bezeichnen.« Ihre schmetterlingsartigen Wimpern wippten aufgeregt auf und ab. »Wir waren sogar verlobt.«

»Du sagst es ja selbst. Das Unwichtige liegt im Präteritum. Das ist die Vergangenheit, falls du nicht …«

»Weiß ich«, zischte sie dazwischen, was mir absolut egal war. Die Vorstellung war noch nicht zu Ende.

Ich griff nach Daniels Hand, zog sie auf den Tisch, damit jeder sehen konnte, wie mein Daumen über seine Haut strich. »Die Gegenwart zählt.«

»Ganz genau.« Er sah zu mir und in diesem rötlich-goldschimmernden Licht, konnte man fast denken, dass zwischen dem Hellblau seiner Iriden einige grüne Punkte tanzten. Vielleicht lag es aber auch daran, dass seine Augen zuckten wie verrückt.

Er war nicht nur aufgeregt, er war scheiße nervös, was der Haargel-Verkäufer Maxwell sicher gleich bemerken würde. »Pancakes.« Ich drückte seine Hand. »Weißt du, was man dafür braucht?« Keine Ahnung, warum ihn sowas beruhigte, aber ich hatte es nicht vergessen und irgendwie … wollte ich ihm helfen.

»Ja.« Er atmete ruhig ein und aus, als würde er mit jedem Atemzug eine weitere Zutat heraufbeschwören. Schon viel besser.

»Wollt ihr nachher selbst einkaufen gehen, oder was?« Maxwell strich durch seine vom Gel nassen Haaren, die er nach hinten gekämmt hatte. Fehlte nur noch ein Pullover über seinem Hemd und er könnte direkt in so einem Millionärsfilm den Snob spielen. *Und überhaupt, können wir bitte mal kurz darüber reden, wen er jetzt alles mit diesen klebrigen Fingern antatschen würde?*

Lucy lächelte, ihre Wangen röteten sich. »Daniel ist sehr begabt in der Küche.«

Wirklich? Versuchte sie mit ihm zu flirten? »Ich weiß.« Oder auch nicht. Immerhin wusste ich nur, dass er kocht, aber nicht unbedingt, was. Man konnte ja auch Drogen kochen oder … mehr fiel mir nicht ein. Super!

Daniel schielte zu mir herüber, doch ich ignorierte seinen fragenden Ausdruck. Sollte ich als Freundin nicht so reagieren? Ach, keine Ahnung! Meine letzte Beziehung war lange her und die zwei vor mir machten mich wütend.

»Dann wohnt ihr zusammen?« Lucy senkte den Blick, nur um von unten mit dem süßesten Hundeblick durch die längsten Wimpern der Welt zu Daniel zu schauen.

Und der legte doch gerade tatsächlich den Kopf schräg, als würde er den kleinen Welpen jeden Moment auf seinen Schoß zerren wollen! Vergaß er, dass sie mit seinem Cousin hier saß? Sowas hatte er nicht nötig, sowas hatte niemand nötig.

»Ja«, schoss es aus mir heraus. Und ja, ich dachte erst jetzt darüber nach.

Daniel verschluckte sich an seiner eigenen Spucke, hustete sich neben mir jeden Moment die Lunge aus dem Leib, und auch sein wildes Klopfen auf seinen Brustkorb machte es nicht besser. Na ja, dann konnte er wenigstens nicht protestieren.

»In deinem neuen Appartement nehme ich an?« Maxwell lehnte sich zurück, beobachtete erst Daniel, dann mich.

Fuck, wo und vor allem wie wohnte Grumpy?

»Penthouse«, presste er hervor, schluckte mehrere Male fest, bis er sich wieder beruhigt hatte. »Das Alte habe ich verkauft.«

Lucy sah zu mir und, ganz ehrlich, die trug doch garantiert Kontaktlinsen. Niemand hatte so helle blaue Augen. »Und? Gefällt dir die Farbgebung?«

Die was? Darüber unterhielten sich Snobs? »Total. Ich liebe all die Farben und den Stil, der …«

»Ich brauche dringend einen Kaffee, wer noch?«, unterbrach Daniel mich und seinem Gesichtsausdruck nach hatte ich definitiv was Falsches gesagt. Woher sollte ich bitte wissen, wie sein verdammtes Haus, Wohnung, was auch immer aussah?

»Gute Idee, Dani.« Maxwell winkte einen Kellner heran, der uns die Speisekarten mit edlem Ledereinband und goldener Schrift überreichte. Der Name des Restaurants – den ich garantiert falsch aussprechen würde, sollte ich es nur versuchen – war in einer wundervollen Handschrift hineingeprägt und irgendwie ließ es mich von einem leidenschaftlichen Koch träumen, der genau so das erste Mal den Namen seines eigenen Lokals aufgeschrieben hatte. Hach.

Lucy nahm direkt zwei der Karten an, reichte eine davon zu Daniel herüber. »Bitte sehr.« Sie beugte sich zu ihm, ihr Ausschnitt war so schon etwas gewagt, aber jetzt kämpften sich Hanni und Nanni ein wenig zu forsch in ihre Freiheit.

Daniel griff danach, legte seine Hand auf ihre. Sein Ernst? Ich war nicht eifersüchtig, um Gottes Willen. Er konnte vögeln und auch lieben, wen er wollte. Aber so lange ich hier diese Scharade mitmachen sollte, hatte er mich auch wie seine Freundin zu behandeln. Und überhaupt. Sie war jetzt mit seinem Cousin zusammen, das war … heftig! Vor allem, wenn der notgeile Bock einem auch noch gegenübersaß und grinste wie der Teufel.

Ich nahm meine eigene Speisekarte hoch. Man musste sich diesen Autounfall ja nicht länger als nötig geben und … warum zur Hölle stand da alles auf Französisch? Meine Augen flogen von einem Wort zum anderen. Hier sah nichts auch nur annähernd wie das Wort Pancakes aus. Wie hießen die Dinger in Frankreich? Die setzten dort doch sonst einfach nur Apostrophe über die Buchstaben. Páncáké? Oder Pâncàkè? Oh, verdammt …

Lucy legte als Erstes die Karte wieder vor sich hin. »Ich nehme die *variante du petit-déjeuner*. Bestellst du die für mich, Liebling?«

Daniel versteifte sich neben mir, während Maxwell irgendwas auf Französisch sagte, was ich natürlich nicht verstand, aber Lucy zum Kichern brachte. Eben noch bei Daniel und jetzt wieder bei Maxwell. Diese Frau war … Chloe würde ein geeigneter Begriff einfallen, nach dem ich ihr ganz sicher die Zunge putzen müssen würde.

»Gott sei Dank kann ich für mich selbst bestellen«, murmelte ich vor mich hin, dabei konnte ich nicht mal allein die Karte lesen.

»Du bist eine emanzipierte Frau, Eli.« Maxwells Blick glitt an mir entlang, als könnte er jede noch so kleine Rundung unter meinem Wollpulli nackt vor sich sehen. Wie ekelhaft war der Typ?

»In deiner Welt ist es ganz sicher emanzipiert, wenn man für sich selbst spricht.« Ich neigte den Kopf. »In welchem Zeitalter lebst du? 50er?«

Maxwell grinste nur, ließ seine Augenbrauen auf und ab wackeln. Bäh.

»Eli?« Daniel legte den Arm um mich, lehnte sich zu mir herüber. Sollte er mir jetzt eine Standpauke ins Ohr flüstern, würde ich ihn tatsächlich ohrfeigen! »Lächle, als würde ich dir etwas Schönes sagen.«

Ähm, okay? Ich tat, was er sagte, kam ihm sogar entgegen, bis sein Atem mein Ohr streifte. »Bestell Crêpes.«

Die Art und Weise, wie absolut trocken und ernüchternd er mir das ins Ohr sagte oder eher hauchte, damit auch wirklich *niemand* es verstand … O Grumpy! Es brachte mich unweigerlich zum Lachen. Ich prustete los, eine Hand auf meinen Mund gepresst, und doch konnte ich es einfach nicht stoppen. Maxwell und Lucy sahen zu uns auf, doch Daniel küsste lediglich mein Ohr, oder eher meine Haare, und ließ dann wieder von mir ab.

Gut gespielt! Und auch wenn ich darüber lachte … er hatte mich ein kleines bisschen gerettet.

Der Kellner kam erneut zu uns und wie erwartet bestellte Maxwell für sich und Lucy, wobei Daniel und ich getrennt unsere Bestellung aufgaben. Kaum war er wieder weg und mein Bauch mitsamt der nervösen Ameisen darin zur Ruhe gekommen – immerhin hatte ich das erste Mal in meinem Leben Crêpes richtig aussprechen müssen –, ergriff Maxwell das Wort. *Der hört sich echt zu gern reden.*

»Wie lange seid ihr schon zusammen?« Er legte einen Arm um Lucy, die allerdings wie ein Stein neben ihm saß. Ein leichtes Lächeln auf den Lippen, den Rücken gerade. Ich wollte es nicht zugeben, aber sie sah perfekt aus. Als wäre sie aus einem modernen Gemälde entsprungen.

»Ein paar Wochen.« Daniel tat es ihm gleich, wie so ein Neandertaler, und umschloss auch meine Schultern mit seinem Arm. Ich lehnte mich an ihn, gab meinem geraden perfekten Rücken nicht mal eine Chance.

Maxwell lachte auf. »Und dann wohnt sie schon bei dir? Keine halben Sachen, was?« Er lehnte sich zu Lucy, als würde er ihr einen Scherz erzählen wollen. »Pass auf, nächste Woche macht er ihr einen Antrag.«

Lucy reagierte absolut nicht auf ihn, sah einfach nur zu Daniel, als würde sich bei dieser Tatsache wirklich etwas in ihr regen. Und was tat mein toller Freund? Erwiderte ihren Blick.

»Glaub ich kaum.« Ich zuckte mit den Schultern, was Grumpy dazu brachte, mich anzusehen. »Ich will nicht heiraten.«

»Was?« Lucy legte ihre blonden Haare zurück. »Jede Frau will heiraten, den Nachnamen des Mannes annehmen. Vor allem einen so schönen wie Harrison.«

Sie hatte *reich* vergessen. »Frauen wie du, sicherlich.« Fuck, das ging unter die Gürtellinie, aber die ganze Situation machte mich rasend. Sie nutzte Daniels Schmerz und Maxwells Ego, nur um am Ende von irgendeinem der beiden diesen einen Namen zu erhalten? »Ich mag meinen Nachnamen und würde ihn nicht aufgeben.«

»Aufgeben?« Sie schnalzte mit der Zunge. »Dir ist nicht klar, was für ein Geschenk ein solcher Name wäre.«

»Dir ist nicht klar, welches Geschenk *mein* Name ist. Ich liebe nicht der Abstammung oder des Geldes wegen.« Ich griff in meine Locken, legte sie mir alle gebündelt auf die rechte Seite. Oder wenigstens ein paar, die gütig genug waren, zu tun, was ich wollte. »Liebe sollte keine Standards haben.«

Lucy schaute von mir zu Daniel, der sicher garantiert wieder … mich ansah. Als würde er ein Ufo sehen, blinzelte er ein paar Mal, wandte sich jedoch nicht einen Moment von mir ab. Wenigstens hielt er sich an Regel eins und ersparte mir seine abwertenden Bemerkungen.

Maxwell räusperte sich, scheinbar gefiel ihm die Glotzerei von Lucy nicht sonderlich. »Wie habt ihr euch kennengelernt?«

»Im Krankenhaus.«

»Bei *Rosie's Bakery*.«

Sehr gut! Im Chor sprechen funktionierte einwandfrei, nur die Infos hatten wir beide nicht ganz so gut drauf. Vielleicht hätten wir sowas auch vorab besprechen sollen.

»Eli kam als Patientin in die Notaufnahme, da haben wir uns das erste Mal gesehen.« Daniel fixierte wieder Lucy. »Und ich wusste direkt, dass sie etwas *ganz* Besonderes ist.«

O ja, das glaubte ich ihm sofort. »Im *Rosie's*«, ich lehnte mich auf dem Tisch nach vorn und versuchte, irgendwie Lucys Aufmerksamkeit zu bekommen, doch scheiterte kläglich. Ihre kristallklaren blauen Fake-Augen hingen an Daniel. »Dort trafen wir erneut aufeinander und es glich einer … Explosion.«

»Wortwörtlich«, murmelte Daniel und küsste meine Stirn. Vollprofi, der kleine Grumpy! »Eins kam zum anderen und eine Feuertreppe später gehörte Dandelion mir.«

Oh, er war wirklich ein Neandertaler! »Kann man so sagen.«

»Dandelion?« Lucys Augenbrauen wollten sich zusammenziehen, aber ich konnte die beiden förmlich ächzen hören. Zu viel Botox. »Das ist ein eigenartiger Kosename. Sowas magst du doch gar nicht.«

»Es ist mein Nachname, den ich *geschenkt* bekam.« *Dünnes Eis, Blondie, sehr dünnes Eis.* »Und Daniel gibt mir dauernd irgendwelche Kosenamen. Du kennst ihn nicht so gut, wie du glaubst.«

»Dein Nachname?« Maxwell grinste. »Das ist doch gelogen. Niemand heißt Pusteblume.«

»Bis eben hatte ich auch gedacht, dass niemand *so viel* Haargel verwenden kann.« Ich zuckte mit den Schultern. »Man lernt nie aus.«

Er lachte auf, lehnte sich zu mir und gerade bereute ich es, ebenfalls gefühlt halb auf dem Tisch zu hängen. Rauchte der Zigarre? »Dandelion ist ...«

Gott sei Dank kam der Kellner wieder zu uns und unterbrach all die netten und freundlichen Gespräche. Mein Nachname ging niemanden etwas an! Ich ging niemanden etwas an. Das waren alles nur reiche Schnösel, die glaubten, etwas Besseres zu sein, dabei waren sie schlimmer als jegliche Vorurteile gegenüber einer Randgruppe.

»Qui a commandé les crêpes?« Warum sprach der Kellner jetzt auch noch Französisch? Wollten die mich verarschen? Da auf diesem Teller eindeutig dünne Pfannkuchen lagen, hob ich die Hand. Der junge Mann trat hinter mich, reichte mir mein Essen nach vorn, als auch ich danach griff und die ganz natürliche Katastrophe ihren Lauf nahm.

Mit dem Ellenbogen rammte ich seinen Arm, was ihn tatsächlich dazu veranlasste, alles panisch loszulassen. Lucy und Maxwell starrten aus großen Augen zu mir herüber, während der Teller an meiner Schulter vorbeiflog, immerhin richtig herum landete und scheppernd auf dem Tisch vor mir aufkam. Jackpot! Nur ein Crêpe lag daneben und der nicht mal auf der Tischdecke.

»Entschuldigen Sie vielmals.« Der Kellner wollte schon wieder nach dem Teller greifen, doch ich zog mein Essen zu mir heran.

»Nichts passiert.« Ich warf den verlorenen Crêpe zurück zu den anderen. »Es sieht köstlich aus, danke.«

»Ist es wirklich in Ordnung?« Er sah von mir zu Daniel, wieder in meine Richtung und, na ja, am Ende natürlich zu Daniel.

»Ist es. Sie müssen meine *männliche* Begleitung nicht um Erlaubnis bitten, wenn ich es Ihnen sage.« War hier überhaupt jemand im 21. Jahrhundert angekommen?

Stotternd und mit hochrotem Kopf verschwand er, servierte das restliche Essen. Dann konnten wir also endlich zuschlagen! Es duftete so herrlich nach Zimt, Äpfeln und Rosinen. Ich hätte mich reinlegen können, direkt zwischen die Crêpes, die Beine auf eine der Zimtstangen gelegt.

Alle aßen, sprachen mal nicht und irgendwie genoss ich die Ruhe. Diese Stille in diesem wunderschönen Restaurant mit der magischen Atmosphäre. Nachher musste ich Chloe unbedingt alles erzählen und vielleicht konnte Daniel ja sogar einen Tisch für uns beide reservieren? Sie würde es lieben, da war ich mir sicher!

Und apropos Daniel. Immer wieder sah er kurz zu mir herüber, bis er endlich Luft holte und sagte, was ihn bedrückte. »Der Kellner … er bat nicht um meine Erlaubnis.« Sein Ellenbogen stieß gegen meinen. »Jedenfalls nicht als dein *Freund*. Es ist so, dass …«

»Sie weiß es nicht?« Lucy legte ihr Besteck beiseite. »Sehr interessant.«

Daniel sah zu ihr auf und was immer er sagen wollte, Maxwell kam ihm zuvor. »Sie wohnt bei dir und du erzählst ihr nichts von deiner heimlichen Leidenschaft?«

Uh, jetzt war ich neugierig. »Heimliche Leidenschaft?«

»Na, aber sicher doch, Süße.« Ugh.

Lucy lächelte mich schief an. »Dabei kennst du deinen Daniel doch so gut. Na ja, fragt sich, warum er dir sowas nicht erzählt.«

»Sag mal …«, begann ich, aber Daniels tiefe Stimme schnitt mir das Wort ab.

»Es reicht, ich lasse mich nicht hier an diesem Ort von euch vorführen.« Er sah zu Maxwell. »Frage ich dich, ob Lucy dir bereits gesagt hat, dass sie einen eher zwielichtigen Job hatte? So mit Rotlicht drumherum?«

Oh. Von heimlicher Leidenschaft zu dunkler Vergangenheit in weniger als zwei Sekunden. Aber zu meiner Schande: genauso spannend.

Lucy atmete empört ein, richtete ihren Rücken noch gerader auf. Gruselig. »Du bist sehr unhöflich.«

Daniel schnaubte. »Interessant, dass du sowas sagst. Wie höflich ist es denn, mit dem Cousin des Verlobten im gemeinsamen Bett zu vögeln?«

»Wie bitte?« Ich fiel förmlich nach vorn auf den Tisch, meine flachen Hände auf die Platte abgestützt. Vergiss die heimliche Leidenschaft, das hier war … ich war sprachlos! »Du hast was? Wow!«

»So war das nicht.« Ihr Pokerface bröselte nicht eine Sekunde. »Wir haben …«

»Sein Schwanz steckte von hinten in deiner Pussy. An deinen Brüsten baumelten Nippelklemmen.« Daniel verengte die Augen. »Was genau habe ich *daran* falsch verstanden?«

»Nippelklemmen?« Oh, fuck! Hatte ich das eben laut gebrüllt?

Daniel – und ein paar fremde Gäste – schauten zu mir, seine Augenbraue nach oben gezogen. »Wenn ich dir jetzt noch von dem Ball in ihrem Mund erzähle, dann …«

Ich konnte nicht mehr, nicht einen Moment länger konnte ich all meine Gedanken in der Kehle zurückhalten. »Was bist du bitte für ein Miststück? Sowas einem Mann anzutun, den man liebt? Das ist erbärmlich.« Und das hatte Daniel nicht verdient. Egal wie arschig er manchmal war.

Maxwell stand auf, hämmerte mit seinen Fäusten auf den Tisch. »So sprichst du nicht von meiner Freundin.«

Ich winkte ab. »Wundert mich nicht, dass ihr beiden zueinandergefunden habt. Ihr verdient euch.«

»Wir gehen.« Lucy erhob sich, schaute von oben auf mich und Daniel herab. »Du kannst dich ja melden, wenn du dieses zottelige Etwas los bist.«

»Zottelige Etwas?«, wiederholte ich, stand ebenfalls auf und, bei Gott, ich würde ihr diese verdammten Extensions rausreißen!

Daniel stellte sich neben mich, eine Hand um meinen Unterarm, als könnte er meine Gedanken lesen. »Ich melde mich gar nicht mehr. Eli und ich sind sehr glücklich und jetzt hau ab.«

Oh, hatte nicht erwartet, dass dieser Satz alles in ihr zum Einsturz brachte. Doch ihre Mundwinkel fielen hinab und selbst ihre Botox-

Mimik verriet die Trauer in ihrem Gesicht. »Daniel, das meinst du nicht …«

Maxwell zog an ihr und was auch immer sie von sich geben wollte, es blieb unausgesprochen. Nur wenige Sekunden später waren sie aus dem Restaurant verschwunden.

Daniel ließ sich neben mir wieder auf seinen Stuhl fallen, rieb sich über die Stirn. »Das lief ja super.«

»Tut mir leid, wenn ich … ach, keine Ahnung.« Ich setzte mich zu ihm. »Aber sie macht mich rasend, sie ist so eine schreckliche Frau.« Ich rutschte samt Stuhl zu ihm herüber. »Ich wollte nicht, dass du dich unwohl fühlst oder …« Das eventuell das halbe Lokal stumm zu uns sah.

»Nein.« Er schüttelte den Kopf. »Das hatten die beiden nötig. Es ist nur … sie zu sehen mit … ihm.«

»Es tut dir weh.« *O Daniel.* Mir doch egal, was er von der öffentlichen Präsentation oder was weiß ich was hielt. Ich stand auf, setzte mich auf seinen Schoß und nahm ihn in den Arm. Meine Hände ruhten auf seinem Rücken, mein Kinn auf seiner Schulter, während er steif meine Umarmung über sich ergehen ließ. »Das darf weh tun. Ist okay. Liebeskummer tut immer weh.«

»Liebeskummer ist nur was für Frauen und Weicheier.«

Kaum war der Satz raus, drückte ich ihn noch fester an mich. Ein Mittag mit seinem Cousin samt Ex hatten gereicht, um einen kleinen Einblick in seine Familie zu bekommen. Irgendetwas in mir flüsterte leise und doch überdeutlich, dass dies nicht seine Worte waren.

»Liebeskummer ist für alle mit einem Herzen. Und du hast eines.«

Für einen Moment war er weiterhin ein einziger kalter Stein, an den ich mich schmiegte. Ein Klotz, eine hohe Mauer. Doch als seine Wange an meine fiel, sich seine Arme um meine Taille schlangen, da fühlte es sich beinahe wie ein kleines Beben in seinem Brustkorb an. Ein tiefer erstickter Atemzug, der in den Unmengen meiner Haare verschwand und für immer nur zwischen uns blieb.

Ein stummes Geheimnis, das ich bewahren würde.

pumpkin
Spice

DIE FEUERTREPPE
RETTET UNS DEN
Arsch
UND SEIN EIGENER IST ECHT
heiß.

12

Eli

»Und das ist wirklich eine gute Idee?« Chloe öffnete einen weiteren Reisekoffer, warf ihn auf mein Bett.

»Gut? Nein, auf gar keinen Fall.« Absolut und überhaupt nicht! Ich seufzte tief auf. Zum einen, weil mein Kleiderschrank irgendwie sehr leer war, und zum anderen … ein stummes Schuldbekenntnis? »Ich hab ja selbst gesagt, dass ich bei ihm wohne.« Was mir eine Menge grummelige Worte von Grumpy höchstpersönlich eingebracht hatte. Kaum hatten wir wieder in seinem Auto gesessen, war es losgegangen. Ich konnte ihn noch förmlich in mir hören.

Wie kommst du darauf, so etwas zu sagen? Maxwell wird garantiert vorbeikommen und nachsehen! Oder einfach meine Putzfrau – ja, hatte mich auch kurz irritiert – *fragen, wie viele Zahnbürsten bei mir stehen oder ob eine Frau durch meine Wohnung stolziert.*

Über das letzte Wort musste ich ja irgendwie schmunzeln. Stolzieren? Hach, Grumpy. Na ja, jedenfalls hatte er es dann eingesehen: Ich musste zeitnah zu ihm ziehen, so wenig uns beiden das auch gefiel. Vor allem wegen dem Haargel-Fetischisten und seinen nachbohrenden Fragen. »Sein Cousin war irgendwie komisch …«

Ich schlug die Türen des Kleiderschranks zu, bediente mich direkt aus dem Wäschekorb. Gott sei Dank musste man Wollpullis nicht bügeln. Einen nach dem anderen schmiss ich Chloe zu, die sie grob faltete und in den Koffer quetschte.

»Meinst du, er vermutet etwas?« Sie stopfte den senfgelben Pulli in eine Lücke zwischen zwei Hosen.

Ich zuckte mit den Schultern, einerseits wegen ihrer Frage,

andererseits, weil ich nicht wusste, ob ich mein Kürbis- oder Eichhörnchen-Schlaf-T-Shirt mitnehmen sollte.

Chloe neigte den Kopf. »Kürbis.«

Ich warf es ihr zu. »Maxwell ist ein schmieriger Typ. Er würde jede Chance ausnutzen, um Daniel eins reinzuwürgen – auch spontane Stippvisiten, um meine Anwesenheit zu checken. Und wenn ich mir Lucy so ansehe …« Ich senkte den Blick, bildete auf dem Gesicht des Eichhörnchens unzählige Falten. Ein Opa-Eichhörnchen. »Sie ist das absolute Gegenteil von mir, weißt du? Daher denke ich schon, dass Maxwell das alles komisch findet.«

»Das ist es doch!« Sie entriss mir das T-Shirt, legte es zurück in die Kommode. »Warum macht dieser Daniel das?«

»Puh«, ich ließ mich neben den Koffern auf mein Bett sinken. »Ehrliche Antwort?«

»Gib mir die schonungslose Wahrheit, Süße.« Sie legte sich zu mir.

»Ich glaube, er hat echt Probleme mit seiner Familie. Diese Lucy, mit der er fast *sieben Jahre* zusammen war, ist – nett ausgedrückt – schrecklich. Und Maxwell? Der denkt nur an Auszeichnungen und daran, der Beste zu sein.« Ich trommelte mit den Fingern auf dem Koffer herum. »Das sind nur zwei Leute seiner Familie und ich könnte jetzt schon alle in eine Therapie schicken. Seine Eltern sollen noch schlimmer sein und …« Nachdem was er da gesagt hatte, mit dem Liebeskummer, mit dem Mannsein … irgendjemand musste es ihm *beigebracht* haben. »Ich glaube, er hatte es nie leicht.«

»Hmm.« Chloe richtete sich auf, legte sich halb auf den Koffer zu mir herüber. »Das klingt nach einer anstrengenden Kindheit, aber nicht nach einem Grund, eine Fake-Beziehung zu führen.« Sie grinste. »Versteh mich nicht falsch, die Feuertreppe rettet uns den Arsch und sein eigener ist echt heiß. Doktor Sexy ist …«

»Grumpy.«

»Wie du meinst.« Sie sah zur Decke auf. »Aber warum das ganze Theater?«

»Er will nicht allein zur Hochzeit seiner Schwester und hat keine Lust mehr auf den Druck seiner Familie, endlich eine Partnerin zu finden.« So langsam klang das sogar für mich sinnvoll. Was erschreckend war.

»Und dafür braucht er eine fremde Frau? Warum du?« Wow, Chloe hatte heute eine Menge Warum-Fragen auf Lager.

»Was weiß ich.« Ich ließ mich rückwärts auf mein Bett fallen, bis ich zur Decke starren konnte, als wüsste die Raufasertapete da oben, wieso das alles so war, wie es nun mal war. »Zufall? Er brauchte was, ich brauchte was …«

»Ich weiß ja nicht.« Chloe tat es mir gleich, bewunderte ebenfalls die Decke. »Es muss doch einen Grund geben, dass er *dich* gefragt hat.«

Vielleicht gab es den nicht. Vielleicht passierte es halt einfach, weil es so kommen sollte. »Oder du machst dir zu viele Gedanken, um … warte.« Mein Handy vibrierte neben uns auf dem Nachttisch und ich griff danach. »Wenn man vom Teufel spricht.« Ich tippte auf den grünen Hörer. »Ja?«

»Ist das Doktor Sexy?« *Gott, Chloe!*

Daniels Atmung rauschte durch die Leitung. »Sexy?«

»Sie meint jemand anderen.« Ich riss die Augen auf, hätte damit am liebsten dreihundert brennende und vergiftete Pfeile auf Chloe abgeschossen. »Liam zum Beispiel.«

»Liam?« Er schnaubte. »Der ist kein Arzt, sondern …«

»Egal. Was ist denn?« Ich scheuchte Chloe auf, damit sie den Koffer endlich schließen würde.

»Meine OP wurde auf morgen verschoben, ich komme dich jetzt gleich abholen, passt das?« Ah, dann war das monotone rauschende Geräusch sein Auto.

»Jetzt gleich?«

Chloe schrie auf. »Ja, unbedingt!«

Daniel seufzte. »Vielleicht doch später.«

Ich grinste breit, stand auf und hielt Chloes vorlauten Mund zu. »Ich werf sie vorher raus, versprochen. Bis gleich.«

»Ja, bis gleich.« Er legte auf und ich tat das Handy wieder beiseite.

Chloe riss meine Hand von sich, schmiss mich zurück auf das Bett und deutete mit ihrem Zeigefinger direkt auf mich. »Einen Teufel wirst du tun! Ich bleibe schön hier.«

»Ganz genau.« Ich lachte auf, hievte mich gemeinsam mit dem ersten Koffer aus dem Bett und rollte ihn herüber in mein

Wohnzimmer. »Aber was er nicht weiß, macht ihn nicht heiß.«

Chloe kam mit dem anderen Koffer direkt hinterher. »Er ist schon heiß, vergessen?«

»Chloe!«

Sie zuckte mit den Schultern. »Solltest du ihn in vier Wochen nicht mehr wollen, ich nehme ihn gern. Er hat einen knackigen Hintern zum Niederknien und wenn ich einmal in der Position bin, dann kann ich direkt seinen prallen Schw…«

»Chloe Miles! Geh dir deinen Mund waschen!« Und ich mir meinen Kopf. *Regel Nummer vier! Regel Nummer vier!*

pumpkin
Spice

DU BIST KEIN *Auftragskiller*, ODER? HATTEST DU NICHT ERWÄHNT, *keinen* KELLER ZU HABEN?

13

Daniel

Und wieder hielt ich vor dem alten Mehrfamilienhaus, in dem Eli wohnte. *Noch*. Die nächsten drei Wochen würde sie immerhin bei mir leben, aber ich war mir bisher nicht sicher, was ich davon halten sollte. Am besten dachte ich darüber gar nicht erst nach.

Ich stieg aus, das Laub raschelte unter jedem meiner Schritte und ich zog meine *scheiß weiche* Jacke enger, die … was sollte das? Meine Wange machte schon wieder so komische Zuckungen, als ich daran denken musste, wie Eli über den Stoff strich, über … Egal.

Vor der Eingangstür angekommen suchte ich die Klingelschilder ab und hätte am liebsten laut aufgeseufzt. Sie wohnte nicht wirklich im Dachgeschoss? Na, mal sehen, wie oft ich heute die Treppe hoch und runter laufen müsste, bis all ihr Zeug bei mir sein würde. Sofort hätte ich ihr ein Umzugsunternehmen bezahlt, doch leider erregte das zu viel Aufsehen in der Nachbarschaft, also – selbst war der Mann.

Noch gar nicht begonnen und schon am Jammern.

Ich drückte auf das schmale Schild, auf dem Dandelion stand, dahinter eine Pusteblume. Sie nahm ihren Namen ernst, und so wie sie beim Brunch reagiert hatte …? Gott, *wie* sie reagiert hatte.

Mir egal, dass sie empfindlich war, was ihren Nachnamen anging. Es waren eher die ganzen anderen Sachen gewesen. Über Liebe, Heiraten, Beziehungen. Es hatte mich irgendwie … fasziniert. Sie hatte mich …

Der Türöffner summte und ich trat ein. Na dann, einen frohen Aufstieg.

»Grumpy!« Eli winkte mir bereits zu, als ich noch ganze zwei Stockwerke vor mir hatte.

»Warum spende ich dir eine Feuertreppe, wenn du einen Fahrstuhl viel nötiger hast?« Einen Fuß nach dem anderen ging ich weiter, bis ich endlich vor ihr zum Stehen kam. Absolut außer Atem und mit erhöhtem Sauerstoffbedarf.

»Der war schon immer kaputt. Man gewöhnt sich an die elfte Etage.« Ohne mich vorzuwarnen, schloss sie den Abstand zwischen uns und umarmte mich. Offensichtlich, um mich zu begrüßen. Das war … unheimlich.

Ich drückte sie kurz und schob sie wieder von mir. »Also, wo ist dein Zeug?« Mein Blick glitt durch die Wohnung, die das ausstrahlte, was Eli war. An jeder Ecke gab es irgendwas zu entdecken, es war bunt, nichts passte auch nur annähernd zueinander, nicht mal die Küchenstühle hatten die gleiche Holzfarbe. Und doch ergab alles eine gewisse Harmonie, eine Wärme, die nur ein Zuhause ausstrahlen konnte.

Ich widerstand dem Drang, mich kurz auf das rote Sofa zu setzen, meine Füße auf dem beigen Teppich auszustrecken. »Hätte ich von dieser Anzahl Treppen gewusst, dann wären wir einfach shoppen gegangen.«

»Könnt ihr ja noch.« Wer war das denn? *Bitte nicht.* Eine Frau mit sehr heller Haut, dunkel geschminkten Augen und – sage und schreibe – petrolfarbenen Haaren bog um die Ecke. Sie hob den Arm, winkte mir, was mich eher an ein Windspiel bei all dem Schmuck an ihrem Handgelenk erinnerte.

Ich sah zu Eli. So viel zum Rauswerfen. »Ich sag dazu jetzt gar nichts.«

»Gut.« Sie besaß tatsächlich die Frechheit, zu grinsen, hakte sich bei mir unter und zog mich näher zu der unbekannten Frau. »Das ist Chloe, meine *beste* Freundin. Sie ist auch bei den kleinen Riesen.«

Wie zur Hölle konnte eine solche Organisation bestehen,

wenn jeder, der dort arbeitete, aussah wie das blanke Chaos? Oder es in Elis Fall überall anrichtete. Optisch war sie eher … *lassen wir das.*

»Schön, dich kennenzulernen.« Ich reichte ihr meine Hand, die sie abklatschte. Wie alt waren wir? Zwölf?

»Doktor Sexy, die Freude ist ganz meinerseits.« Früher hätte ich sicher über Chloes Bemerkung gegrinst und zu Eli gesehen, die wie ein kleiner Steinklotz neben mir verkrampfte. Aber heute? Heute war eine solche Gefühlsregung nur ein dunkler Wunsch, der tief in mir wie eine einzelne Kerze leuchtete, umringt von pechschwarzer Dunkelheit.

Wünsche sind für Kinder da. Und solche Wünsche für Verlierer. Lächerlich, mein Junge.

Eli löste sich von mir, ging an ihrer Freundin vorbei. »Ignorier sie, Daniel, ihr Geisteszustand ist noch immer ungeklärt.«

Chloe japste empört nach Luft. »Bitte?« Dann sah sie zu mir. Nein, sie fixierte mich! »Aber kümmern sich da Neurologen nicht drum? Also wenn du in ein paar Wochen wieder Single bist … du kannst dich jederzeit bei mir melden.«

»Chloe!« Elis Schrei klang so spitz und verzweifelt, dass meine Wange erneut so komisch zuckte. Es war tatsächlich ganz *amüsant,* den beiden zuzusehen.

»Ich bin Neurochirurg, das ist etwas anderes.« Ich ging einen Schritt auf sie zu, keine Ahnung, warum. »Aber natürlich sehe ich es mir …«

»Nichts aber, eure Gesprächstherapie ist beendet.« Eli rollte zwei Koffer in den Flur, blieb mit dem linken jedoch an einer der bunten Teppichkanten hängen. Das Rad verfing sich in den langen Zotteln daran, was die gesamte Bewegung blockierte. Der ganze Koffer kippte um und Eli direkt hinterher. »Fuck!« Der Schrei begleitete ihren Flug Richtung Fußboden, bis sie gemeinsam mit dem Koffer – der einen riesigen bunten Schmetterling auf der Vorderseite hatte – mitten im Flur lag.

Chloe eilte zu ihr. »Alles gut, Eli? Brauchen wir vielleicht einen Arzt?« Ihre Augenbrauen mit mindestens drei Piercings wippten auf und ab, während ihr Blick zu mir glitt.

Ich dachte, eine von ihnen wäre katastrophal, aber beide zusammen? Wow.

»Geht schon.« Eli drückte sich von dem Koffer ab, bis sie neben ihm auf den Knien ruhte. »Wenigstens kann ich jetzt beim Auspacken sagen, dass das Chaos in meinem Gepäck vom Sturz kam.« Sie zuckte mit den Schultern.

Na, aber sicher. »Hätte ich dir nicht eine Sekunde geglaubt.« Ich ging zu ihr, reichte ihr meine Hand. »Ganz im Gegenteil: Wäre dein Koffer ordentlich, müsste ich mir ja fast Sorgen machen.«

Sie umschloss meine Finger, zog sich nach oben. »Dann sorgst du dich schon?«

»Die Betonung lag auf *fast*.« Ich griff um sie herum zu den beiden Koffern, hob sie an und ging an den Frauen vorbei. »Wie viele davon warten noch auf mich?« Und auf die elf Etagen?

»Nur die beiden.« Nur zwei Koffer? So viel hatte Lucy immer für einen Wochenendtrip mitgenommen. Eli lehnte sich an Chloe, interessierte sich schon gar nicht mehr für ihr Gepäck. »Ich werde dich vermissen, Liebes.«

Wie bitte? »Ihr seht euch doch bei der Arbeit.«

»Trotzdem.« Chloe küsste Eli auf die Stirn. »Ein Umzug bedeutet immer etwas Neues.«

Beide lächelten sich an, fielen einander in die Arme. »Wenn auch nur für drei Wochen.« Da sagte es Eli doch selbst, drei Wochen!

Das hielt ich nicht länger aus. »Ciao, Chloe. Eli, wir fahren.«

Sie löste sich von ihrer Freundin. »Natürlich, ganz wie der Neandertaler befiehlt.«

Wirklich? »Das überhöre ich mal großzügigerweise und verweise auf Regel eins.« Ich öffnete ihre Wohnungstür, machte mich an den Abstieg. Eli verabschiedete sich von Chloe, die, warum auch immer, in ihrer Wohnung blieb, und eilte mir hinterher.

»Passen die überhaupt in dein Auto?« Sie rannte die Treppen herunter, bis sie mich eingeholt hatte. »Das sah nicht geräumig aus.«

»Das täuscht.« Auch wenn sie damit recht hatte. Aber das passte schon irgendwie, immerhin musste ich mit ihren zwei Koffern nicht mehrmals fahren.

»Na ja, bei Astrid spielen wir auch oft Tetris mit dem Gepäck, ich helf dir.« Sie ging schneller, stieß beinahe gegen meinen Rücken. »Ich bin ja so gespannt auf deine Wohnung.« Mit zwei Schritten drückte sie sich quer an mir vorbei. »Vor allem auf die besagte Farbgebung, Grumpy.« Ihre Jacke blieb an einem der Koffer hängen, was sie nicht davon abhielt, an mir vorbeizuspringen, als wäre sie ein junges Reh. Im Sturzflug.

»Stopp!« Doch mein Schrei hallte einfach nur im leeren Treppenhaus nach. Ich ließ den zweiten Koffer fallen, griff den anderen fester und versuchte gleichzeitig ihren Arm, ihre Hand, irgendwas zu erreichen, damit sie nicht diese verdammte Treppe herunterfallen würde.

»O fuck!« Sie stolperte die Stufen herab, als – Gott sei Dank – eine Zwischenebene der Etagen kam und sie *nur* gegen die Wand prallte. Gemeinsam mit dem Koffer, den ich losgelassen hatte.

Eli rieb sich die Schulter hinab zu ihrem Unterarm. »Glück gehabt.«

Glück? GLÜCK?! »Pass doch einfach mal besser auf! Warum konntest du nicht hinter mir laufen? Langsam und nicht so stürmisch!« Ich konnte es nicht unterdrücken, konnte nicht an mich halten, es ihr ins Gesicht zu sagen, dabei zügelte ich mich eh schon. Ich wollte viel lieber brüllen, laut und schrill. Wollte es in ihr Hirn hämmern, damit sie es nie wieder vergessen würde. So wie Dad es tat. Ohne Rücksicht, ohne Zweifel.

Du hättest sie aber auch schneller erwischen können, wenn du dich mehr angestrengt hättest. Nun gut, so bist du eben, nicht wahr, mein Junge?

Elis Bernsteinaugen wurden groß. »Ich kann doch nichts dafür, dass sich meine Jacke verfängt.« Ihre Stimme war absolut ruhig und klar, dabei kochte es in mir. »Und dich trifft keine Schuld, dass ich gefallen bin.«

Was? Woher wusste sie … was dachte sie bitte, wer sie war? Therapeutin? Pah! »Du bist …« Ich brach den Satz ab, schnappte mir den heruntergefallenen Koffer. »Eins schwöre ich dir, ich gehe diese Stufen nur noch ein einziges Mal hoch: Wenn ich deine Sachen wieder herbringe!«

Sie schnaubte, ging an mir vorbei die Treppe herunter. »Verstanden, …«

»Spar dir das ›*Grumpy*‹!« Ich folgte ihr, auch wenn ich am liebsten direkt in eine ganz andere Richtung gerannt wäre.

»Mir lag eher Arschloch auf der Zunge«, schallte es von unten durch das Treppenhaus, und bei Gott … diese Frau! Wie sollte ich das die nächsten Wochen ertragen?

Aber genau deshalb war sie die Richtige. So schrecklich es auch war. Ich rauschte die restlichen neun Etagen herab. Eine Stufe nach der anderen, ohne anzuhalten. Bis meine Hände wehtaten, meine Waden brannten. Bis mein Kopf endlich ausblendete, dass Eli genau wusste, was in mir vorgegangen war.

»Wir sind da.« Die ganze Fahrt über hatte niemand von uns gesprochen, was okay war, immerhin erzählte sie eine Menge, wenn der Tag lang war. Aber diesmal … Es hatte etwas Erdrückendes zwischen uns.

»Ich nehme an, du hast einen Fahrstuhl.« Sie sah nicht zu mir, sondern lieber in die Weiten der Tiefgarage des Hochhauses, in dem ich wohnte. Als könnte sie hinter irgendeinem der teuren Autos einen richtigen Schatz entdecken.

Links von ihr gibt es ja auch nichts Großartiges zu sehen.

»Stimmt.« Ich stieg aus, ging um den Lambo herum, öffnete ihr die Tür und … Gut, dann eben nicht. Ohne meine Hand zu ergreifen, verließ sie das Auto und brachte einige Schritte Abstand zwischen uns.

Ihr seid nicht mal richtig zusammen und schon meidet sie dich. Super, Sohn.

Die Worte pochten hinter meinen Schläfen, während ich ihre Koffer aus dem Auto holte. Sie sollte ruhig sein, diese Stimme. *Mein Vater* sollte ruhig sein! Dabei war es nichts weiter als die Wahrheit.

»Komm.« Ich ging vornweg, meine Hände krampften sich um die Griffe der Koffer, die ich auch rollen könnte, doch ich brauchte irgendwas Schweres, etwas, das meine Muskeln beschäftigte, etwas, das meine Wut im Zaum hielt.

Gemeinsam stiegen wir in den Aufzug. Eli sagte noch immer kein Wort, folgte mir lediglich, die Arme fest um sich geschlungen, als würde sie sonst jeden Moment auseinanderfallen. Das sollte mir genauso egal sein wie mein Vater!

Ich tippte den Zahlencode auf dem Touchpad im Fahrstuhl ein und sofort setzte sich das Ding in Bewegung. »1203.« Ich sah zu Eli. »Das ist mein Türcode. Also auch deiner.«

Sie nickte. »Wer hat da Geburtstag?«

War ich so durchschaubar? »Es ist …«

»Schon gut. Lucy. War eine doofe Frage.« Sie senkte den Blick.

Das Gespräch war also beendet. Nach weniger als zehn Worten.

Eine weibliche Stimme verkündete, dass wir im Penthouse angekommen waren. »Hallo, Mister Harrison.«

Eli hob eine Augenbraue, zog sich die Mütze vom Kopf. »Das ist unheimlich.«

»Sie kann auch deinen Namen sagen, wenn du willst.« Ich rollte die Koffer nun doch in mein Penthouse herein. »Oder was anderes.« *Hauptsache, du lächelst mal wieder.* Das war dumm. Sowas sollte ich nicht denken.

»Sie könnte auch einfach die Klappe halten und … was zur Hölle?« Eli trat in meine Wohnung ein, drehte sich einmal um ihre eigene Achse. »So viel zur Farbgestaltung.« Als könnte sie ihren Füßen nicht trauen, ging sie einen Schritt nach dem anderen, furchtbar langsam ins Innere meines Appartements, bis sie die wenigen Stufen hinabstieg und das Wohnzimmer erreichte. »Es ist so … dunkel.«

Wie ich.

»Ich mag Schwarz.« Die Koffer ließ ich im Flur stehen, stattdessen folgte ich ihr, ging jedoch bis zum Sofa weiter und wandte mich ihr zu. »Offensichtlich ist hier das Wohnzimmer. Es ist alles offen, keine Türen, bis auf die vom Badezimmer.«

Sie zog die Augenbrauen zusammen, wollte ganz eindeutig nach dem Warum fragen, doch ich ließ sie gar nicht dazu kommen.

»Die Treppe dort«, ich deutete auf die offene dunkle Metalltreppe, »sie führt ins Bad und zum Schlafzimmer.«

»*Unserem* Schlafzimmer?« Zwei Worte, die sie unnötig in die Länge zog. Sie ließ sich auf die Couch fallen, streifte ihre Schuhe ab und winkelte die Beine an.

»Deins. Meins ist hier auf dem Sofa.« Ich setzte mich zu ihr, öffnete meine Jacke. »So groß der Laden hier auch ist, ich habe kein Gästezimmer.«

»Verstehe.« Ihr Blick wanderte weiter durch die Wohnung. Ruhig, bedacht. »Hier sieht es aus wie in dem Roman, den ich gerade lese.«

Oh, das hätte ich nicht erwartet. »Du liest Krimis?«

Ihre Wangen wurden so rot wie ihre Haare. »Nicht unbedingt. Es sind eher Liebesromane, sehr düster und sehr … liebend.« Versuchte sie mir gerade einen schmutzigen Roman nett zu erklären?

»Und das Penthouse von dem Auftragskiller, das habe ich mir genauso vorgestellt, so dunkel, so finster, so heiß.« Heiß? »Also nicht sexy … also, doch schon. Steven Brown ist, puh … die absolute Versuchung. Aber *du* nicht. Maximal deine Wohnung oder eher dein Inneneinrichter.« Ihr Kopf ruckte zu mir. »Du bist kein Auftragskiller, oder? Hattest du nicht erwähnt, keinen Keller zu haben?«

Da war sie wieder, die plappernde und nervöse Eli. »Wer weiß.« Ich zwinkerte ihr zu, etwas, das schneller über meine Mimik kam, als ich darüber nachdenken konnte, wie sowas eigentlich ging.

Für einen Moment sah sie mich einfach nur an. »Du …« Ihre Miene hellte sich auf, die Grübchen tanzten auf ihren Wangen, der Bernstein in ihren Augen leuchtete mir warm entgegen. Sie schnappte sich eins der Kissen neben sich, wirbelte es herum und schlug damit auf mich ein. »Du hast ja doch Humor, Grumpy!«

Der erste Schlag traf mich mitten im Gesicht, was meinen Blick für den Bruchteil einer Sekunde verwirrte, bis ich ihr das Kissen wegschnappte und in hohem Bogen hinter mich schmiss. »Du willst keinen Krieg mit mir beginnen.«

Eli lachte auf, schälte sich aus ihrer Jacke und warf sie mit zu dem weit entfernten Kissen. »Pass nur auf!«

»Mache ich.« Ich lehnte mich zurück, froh darüber, dass sie wieder *sie* war. Was auch immer das über mich aussagte.

ICH BEKAM IHN
NOCH ZUM GRINSEN,
ganz sicher!

14

Eli

Also ja, er hatte wirklich eine sehr interessante Farbwahl in seiner Wohnung getroffen. Selbst die Fliesen im Bad waren kohlrabenschwarz. Respekt für diese Disziplin.

Daniel verschwand in seinem Arbeitszimmer, irgendwo auf dieser Welt lief wohl gerade ein Livestream einer Operation, die er verfolgen wollte. Und ich? Ich schlenderte durch seine Wohnung, strich über die dunklen Möbel, ohne auch nur eine Spur Staub auf meiner Fingerspitze zu haben, und dachte ernsthaft darüber nach, mir eine Karte zu zeichnen. Selbst ohne Türen und trotz großzügiger Räume war es immer noch verwirrend. Vielleicht ja tatsächlich allein wegen der Größe an sich. Aber am Ende wäre das Papier hier auch noch schwarz.

Einfach alles hier war so dunkel, so geheimnisvoll. Der Boden, auf dem ich ging, der Esstisch mit der dunklen Glasplatte, all die Kommoden und Schränke und … oh.

Die Küche.

Sie war … weiß?

Und warum war mir dieser halbrunde Eingang direkt neben dem Wohn- und Essbereich nicht früher aufgefallen?

Die Theke strahlte mir in Hochglanz entgegen, die Arbeitsplatte aus hellem Marmor mit beigen Schlieren darin. Selbst die Griffe an den Schubladen und Schränken waren weiß. Die ganze Küche zog sich in einem großen U die Wände entlang, schmiegte sich förmlich an die ebenfalls hellen Fliesen und schien die Kochinsel umarmen zu wollen.

Instinktiv ging ich näher, als wäre ich eine Motte, die durch diesen strahlenden Glanz gar nicht anders konnte. *Das gibt's doch nicht!* Meine Finger wanderten über die Arbeitsfläche bis zum Gasherd mit mindestens acht Platten unterschiedlichster Größe. Und der Ofen, nein, *die* Öfen! Ich umrundete die Kochinsel und stand direkt vor sage und schreibe drei Öfen. Wofür brauchte man derart viele?

Der Kühlschrank war doppelt so breit wie Daniel selbst, und auch wenn die elf Etagen meiner Wohnung ihn außer Puste brachten, er war ziemlich gut gebaut. Muskulös und an den richtigen Stellen garantiert hart.

Also nicht zwischen seinen Beinen. Da ganz sicher ab und an auch, aber … lassen wir das.

Ich öffnete das kühlende Monster, bestimmt hatte er irgendwo einen Joghurt versteckt, aber … was? Das Ding war quasi leer! Wofür hatte er eine Küche mit Küchenmaschinen entlang des einen Tresens, die ich nicht mal benennen konnte, wenn er nichts zum Zubereiten dahatte?

»Suchst du was?« Daniels Stimme erklang hinter mir und ich schlug den Kühlschrank zu, als hätte er mich beim Pornoschauen erwischt.

»Nein, nichts.« Ich lehnte meine Unterarme auf die Fläche der Kochinsel, das Kinn in meinen Händen. »Ist deine … OP vorbei?« *Ruhig atmen, Eli.*

»Meine Küche ist …«

»Weiß«, murmelte ich, doch er sprach einfach weiter und ignorierte meine durchaus treffende Bemerkung.

»Sperrgebiet.« Er nickte hinter sich. »Raus hier.«

»Schon gut.« Ich drückte mich wieder hoch, ging an ihm vorbei zurück in den dunklen Teil seiner Wohnung. Und vielleicht sogar seiner Seele. »Wenn du gerade zwei Minuten Zeit hättest, wir müssen reden.«

Er stöhnte auf, und so, wie er mich ansah, überlegte er ganz sicher, eventuell doch Türen in seinem Penthouse einbauen zu lassen. »Worüber denn?«

»Pass auf.« Ich setzte mich im Schneidersitz auf die Couch, die noch immer absolut zerwühlt aussah. Kaum zu glauben, dass ich ihn hier wirklich mit Kissen abgeworfen hatte. Und dass er selbst auch ausgeholt hatte! Nicht einmal hatte er dabei gelächelt, aber in seinen hellblauen Augen, da hatte es geglänzt. Ich würde ihn noch zum Grinsen bekommen, ganz sicher!

Er setzte sich zu mir. »Ich passe auf.«

»Gut.« Ich grinste, zog mein Handy aus der Hosentasche. »Ich habe ein wenig gegoogelt, über Fake-Beziehungen und so.«

»Hat da jemand einen Ratgeber geschrieben?«

Das hatte ich mich auch gefragt, aber nein. Leider. »So ähnlich. Kennst du den Wissenschaftler Arthur Aron?«

Daniel ließ sich nach hinten fallen, den Kopf in den Nacken gelegt. »Du kommst jetzt nicht mit seiner Studie der 36 Fragen zum Verlieben, oder? Das ist Blödsinn und nur was für alte Paare, die krampfhaft ein neues Gesprächsthema brauchen.« Er sah wieder zu mir. »Und selbst wenn, wir wollen uns ganz sicher nicht verlieben.«

Stimmt. »Es geht ums Kennenlernen, Daniel. Wir können auch über die *Avengers* sprechen, wenn dir das lieber ist.«

»Über die was?«

Ich … das meinte er nicht ernst. Nein, ganz sicher nicht. »Daniel, kennst du … Marvel?« Sein Gesichtsausdruck verriet mir alles, und je länger ich in seine unwissenden blauen Augen sah, desto unerträglicher wurde es. Ich schob einen stundenlangen Vortrag über *Iron Man* und *Thor* zur Seite und erwähnte auch nicht den überaus wundervollen *Loki*. Oder den neuen *Spiderman*. Oder *Hulk*. Ende jetzt!

»Zurück zu den Fragen.« Ich zog jedes der Wörter unnötig in die Länge. »Lass es uns versuchen. Vor deinen Eltern müssen wir richtig gut abliefern, oder nicht?«

»O ja, mein Vater …« Er brach ab, sah für einen Moment eher durch mich hindurch als in meine Augen, bis er auffordernd mit einer Hand hin und her wedelte. »Erste Frage.«

»Super!« Ich entsperrte das Smartphone, tippte auf den Link in meinen Notizen und scrollte zu den Fragen hinab. »Wenn du unter allen Menschen auf der Welt auswählen könntest, wen würdest du gerne mal zum Abendessen einladen?«

»Keine Ahnung.« Sein Kiefer mahlte, seine Lippen waren ein einziger dünner Strich.

Er log mich an.

Gut, dann eben ich. Tief atmete ich durch, straffte innerlich sämtliche Muskeln, die ich hatte, um diesem Gespräch standhalten zu können. »Meinen Vater.«

Es waren die zwei schwersten Worte überhaupt für mich. Aber aus welchem Grund auch immer, ich wollte ehrlich sein. Ich wollte, dass *er* ehrlich zu mir war. »Ich habe ihn verloren, als ich acht war. Ich liebe Frank, meinen Stiefvater. Aber Dad …« Tränen brannten mir in den Augen – und das schon bei der ersten Frage. Ganz toll!

Doch sofort fluteten Bilder meinen Verstand. Wie mein Vater mit kupferroten Haaren auf dem Fußballplatz stand, mit mir spielte. Oder wie er Mum in den Arm nahm, all ihre Gemälde in den höchsten Tönen lobte und sie trotzdem wieder ermutigte, wenn sie mit allen Werken von einer Ausstellung zurückkam. Wie er mir bei jedem Abschied auf die Nase tippte und … »Er nannte uns immer seine Pusteblumen. Mich und Mum.«

Dass er gegangen war, war einfach nicht fair!

Daniel atmete tief durch, aber ich hörte nicht auf, zu sprechen. Und er unterbrach mich nicht.

»Als mein Dad starb, …«

Als es zu dem Unfall gekommen war.

Als er uns angeschrien hatte, wir sollten raus aus dem Wagen, irgendwie.

Als jemand mich gepackt hatte. Und Mum.

Als wir überlebt hatten.

Und er gestorben war.

»Wir hatten einen Autounfall und …« Ich konnte es nicht aussprechen. »Jedenfalls … meine Mutter hatte unseren Nachnamen für ihn geändert. Was erschreckend einfach geht in diesem Land.« Ich zwang mich, zu lächeln, zwang mich, nicht zu weinen. »Selbst Frank – Mums neuer Mann – hat ihn bei ihrer Hochzeit ebenfalls angenommen. Dad ist immer bei uns.« Immer. »Deshalb … ja, ich würde gern meinen Dad treffen.« Erst jetzt traute ich mich, Daniel anzusehen.

Seine Augenbrauen waren so fest zusammengezogen, dass seine Stirn eine einzige große Falte war. »Eli, das tut mir leid.« Er rutschte zu mir auf, nahm meine Hand in seine, strich mit dem Daumen über meinen Handrücken. »Ganz sicher wäre er sehr stolz auf seine Tochter.«

»Die mehr aufpassen muss?« Die Frage platzte aus mir heraus. Es war absolut unpassend und doch schlummerte es seit heute Nachmittag noch immer tief in mir. Wie er mich angesehen hatte …

»Nein.« Er strich sich mit seiner freien Hand übers Gesicht, ließ mich nicht einen Moment los. »Das war nicht richtig von mir und … nicht für dich bestimmt.«

Nicht für mich? »Für wen dann?«

Er sah zu mir und doch an mir vorbei. Als würde diese eine Frage alles in ihm durcheinanderwerfen und gleichzeitig strikt ordnen. »Meinen Urgroßvater.«

»Was?«

»Mit ihm würde ich mich treffen.« Er löste sich von mir, blieb jedoch neben mir sitzen. »Er hat damals das erste Herz in den USA transplantiert und ich würde ihm gern mal ein paar Fragen stellen.«

»Wow, dein Uropa war krass drauf.« Ich lächelte, drehte mich zu ihm, bis meine Knie gegen seine Beine drückten.

»Kann man so sagen.« Er senkte den Blick. »Nächste Frage.«

»Okay.« Mehr musste er nicht sagen, er musste überhaupt nichts sagen. Nur so viel, wie er wollte. Aber ihn kennenzulernen, von einer anderen Seite, fühlte sich gut an. Sehr gut sogar.

Ich scrollte durch die Fragen. »Wärst du gern berühmt? Die überspringen wir, du bist reich und damit *quasi* berühmt.«

»Ich wäre gern ein berühmter Neurochirurg. Das Geld kommt von all den Kliniken, die wir führen, aber ich selbst …?« Er nickte in Richtung des offenen Flurs. »Keine Auszeichnung an den Wänden.«

Er wollte sicher monoton klingen, doch seine ganz leicht zitternde Stimme, die Art und Weise, wie er aus der Fensterfront vor uns über die Stadt schaute, bewiesen das Gegenteil.

»Hast du«, ich legte den Kopf auf der Lehne des Sofas ab, »jemals einem Menschen das Leben gerettet?«

»Dauernd.« Gott! Wieso sagte er es, als wäre es das Nebensächlichste der Welt. »Ich entferne Tumore, sorge dafür, dass Patienten nicht mehr an den Rollstuhl gefesselt sind. Natürlich mit einer Menge Hilfe von Physiotherapeuten, Anästhesisten, …«

Ich beugte mich vor, presste ihm beide Hände auf den Mund. »Daniel!«

Er riss die Augen auf, blickte von mir hinab auf meine zehn Finger, die direkt auf seinen weichen Lippen lagen. Nur sein Dreitagebart stach mir in die Haut, bildete einen Kontrast dazu.

»Das machst *du*. Scheiß auf Auszeichnungen.« Ich nahm meine Hände weg. »Daniel Harrison rettet Leben.«

»Vielleicht.« Er legte den Arm lang auf die Lehne des Sofas. »Manchmal.«

Ich fiel wieder zurück auf meinen Hintern. »Eben war es noch dauernd.«

»Nächste Frage.«

»Du hast Blut geleckt, Grumpy.« Meinen Kopf auf seinen Arm gelegt suchte ich ein weiteres spannendes Thema. »Nenne drei Dinge, von denen du glaubst, dass sie dein Gegenüber und du gemeinsam haben.«

»Ich überlasse dir gern den Vortritt.« Er legte den Kopf wieder in den Nacken, bis sein Hinterkopf auf der Lehne ruhte.

»Nacheinander, jeder eins. Ich fange an.« Gemeinsamkeiten, puh. »Essen! Wir mögen beide gern Essen.«

Er nickte. »Kann man zählen, auch wenn das sicher auf die gesamte Weltbevölkerung zutrifft.« Seine Mimik bewegte sich nicht einen Zentimeter. »Wir helfen Menschen.«

»Tun wir! Auch wenn du ihnen nicht nur hilfst, du rettest sie. Hatten wir doch eben erst.« Gut, noch ein Ding, worin ähneln wir uns?

»Was?« Seine hellblauen Augen fixierten mich. »Wenn die *Little Giants* keine Kinder retten, dann weiß ich auch nicht.«

Oh, das … also … »Danke, das bedeutet mir viel.« Sehr viel.

»Gern.« Er lehnte sich wieder zurück und fast zuckte ich erschrocken zusammen, als seine Finger gedankenverloren eine meiner Locken um sich schlangen. »Ich denke, dass wir beide relativ dickköpfig sind.«

»Relativ? Du bist ein absoluter Sturkopf!«

»Ich?« Er drehte sein Gesicht in meine Richtung, schaute von seinen Fingern in meine Augen und wieder zurück. »Kann sein.«

»Ganz sicher.« Die Worte kratzten durch meinen Hals.

Vielleicht verliebte man sich nicht mit den paar Fragen, aber man lernte sich tatsächlich kennen, kam sich näher und fing an, den anderen zu mögen.

Okay, wir brauchten dringend die nächste Frage.

Ich beendete den viel zu intensiven Blickkontakt und las den nächsten Punkt vor. »Gibt es etwas, von dem du schon lange träumst, es zu tun?« Gutes Thema! »Ich möchte so gern einmal nach Europa reisen. Zum Louvre in Paris, zu den Brücken in Venedig.« Ach, so schön. »Und dem Eiffelturm! Also nochmal zurück nach Paris. Ich habe London vergessen!« Ich seufzte auf. »Gott. Neulich erst habe ich ein richtig gutes Buch gelesen, *London Devil*, das war so perfekt beschrieben und heiß und … egal.« Nach dem letzten Wort ging der *Devil* sicher nicht mehr als Reisebegleiter durch …

»Dann muss ich dir wohl das nächste Mal eine Reise spenden. Europa ist toll. Ich war vor ein paar Jahren mit … na ja, ich war dort.« Er verengte die Augen. »Und was liest du nur für schmutzige Bücher?«

»Halt die Klappe.« Ich schlug gegen seine Schulter. »Du bist dran. Raus mit deinem geheimen Traum.«

»Mein Traum? Der lebt bereits.« Tief atmete er durch, rieb die Lippen so sehr aneinander, dass ich fürchtete, sie würden ihm gleich abfallen. »Das *petite bouchée* …« Seine Finger hörten auf, in meinen Haaren zu spielen. »… es gehört mir.«

»Ich dachte mir schon sowas.« Ich streckte die Beine, legte sie über seine Knie. »Es ist ein echt tolles Restaurant. Allein die unzähligen Bilder an den Wänden, all die Erinnerungen und Menschen. Und die …« Ich fuchtelte wild in der Luft herum. »Diese ganze Atmosphäre einfach.«

»Ich weiß, was du meinst.« Seine freie Hand legte sich auf meinen Oberschenkel. »Früher gehörte das *petite bouchée* Louis. Er war wie ein Vater für mich und vielleicht sollte ich dann auch die Frage von vorhin revidieren.« Er würde also lieber ihn treffen wollen. »Jedenfalls hat er es mir vererbt und mein Traum wäre, dass ich es wirklich führen könnte. So richtig. Ich wäre Koch, würde mich um Reservierungen kümmern, von mir aus sogar beim Kellnern helfen.«

Irgendwie konnte ich ihn mir schwer mit einer Schürze um die Hüfte vorstellen und doch spürte ich in jeder Silbe die Wärme seiner Worte. »Und was hindert dich daran, den Leuten die richtigen Weingläser zu servieren?«

»Sehr lustig.« Er hob fragend seine Hand in meinen Haaren und ließ sie wieder kraftlos fallen. »Meine Familie verbietet es mir.«

Hatte er gerade *verbieten* gesagt? »Entschuldige, wie bitte? Du bist … 32? 33? Da darfst du doch selbst entscheiden, was du machst.«

»Nicht als Harrison.« Er legte sich zurück, sah zur Decke empor. »Wir hätten das Spiel mit Wein beginnen sollen. Viel Wein.«

»Oder Bier.« Ich lachte leise auf, lehnte mich wieder an ihn. Fake hin oder her, irgendwie fühlte es sich gut an mit ihm hier. Grumpy und ich. Außerdem musste man ja üben.

Nächste Frage! »Nennt abwechselnd eine positive Eigenschaft eures Gegenübers. Macht dies insgesamt fünf Mal. Okay, ich denke, jeweils eine reicht.« Ich stupste gegen seinen Arm. »Nicht, dass du dich dann doch noch unsterblich in mich verliebst.«

»Genau.« Er schnaubte, was aber nicht abwertend, sondern tatsächlich humorvoll klang. Beinahe wie ein Lachen, nur ohne Lächeln? »Eine positive Eigenschaft«, murmelte er vor sich hin. »Du bist du.«

»Das ist doch keine Eigenschaft!« Ich ließ das Handy in meinen Schoß fallen. »Jeder ist … jeder. Also er, sie, es selbst.«

Er wandte sich mir zu und, verdammt, wir waren uns näher als gedacht. Sein Atem schlug gegen mein Gesicht. »Du bist einfach du. Egal was dir passiert, egal in welche Katastrophe du schlitterst, du stehst zu dir und gehst lächelnd deinen Weg.« Er hielt kurz inne. »Das bewundere ich.«

»Du bewunderst etwas an mir?« Ich richtete mich so ruckartig auf, dass unsere Nasen fast aneinanderstießen, seine Finger auf meinem Oberschenkel fester zugriffen. *Zu nah, zu nah, zu nah!* Schnell rutschte ich zurück, etwas zu weit, denn so landete meine Wange direkt in seiner Hand, die eben noch mit meinen Haaren gespielt hatte und nun wieder auf der Lehne ruhte.

Aber ich blieb einfach liegen. »Wer hätte das gedacht?«

»Ja, wer hätte das gedacht.« Sein Daumen strich meinen Hinterkopf entlang und löste eine derart riesige Gänsehaut auf meinem Rücken aus, dass ich an mich halten musste, um nicht zu erzittern. Seine Augen hielten mich gefangen, ließen mich nicht mal blinzeln. Es war …

»Deine positive Eigenschaft«, schrie ich förmlich durch die Stille zwischen uns. »Du bist schrecklich ordentlich. Und das sage ich mit vollem Neid, ich wünschte, ich könnte so gut Ordnung halten, Dinge organisieren. Erst neulich hat Liz – ein Baby in unserer Einrichtung – vom Bescheid des Feuerschutzamtes abgebissen.«

»Das klingt nach dir, ja.« Er schloss die Augen, während er wieder dieses amüsierte Geräusch von sich gab. »Eine Frage noch, ich bin hundemüde.«

»Okay. Ich suche eine richtig gute aus.«

Er brummte irgendwas, was ich einfach als Zustimmung einordnete.

Na, dann wollen wir doch mal. Sicher gab es da noch was mega Spannendes dazwischen. Ja, da! »Macht gemeinsam drei wahre Wir-Aussagen über euch. Zum Beispiel: Wir sind beide in diesem Raum und fühlen uns …«

»Wohl«, Daniel gähnte, zog seinen Arm unter mir vor und streckte sich. »Wir sind beide sehr müde. Wir sollten beide schlafen gehen.«

Ich stand auf, was ihn sofort dazu brachte, sich der Länge nach auf die Couch zu legen. Mit geschlossenen Augen griff er zu einer Decke über ihm, drehte sich herum. »Gute Nacht, Dandelion.«

»Schlaf gut, Grumpy.« Ich ging ein paar Schritte, bis ich hinter dem Sofa stand und es dann einfach nicht länger unterdrücken konnte. »Ich fühle mich auch wohl.«

Er brummte irgendwas und ich ging leise diese riesige dunkle Treppe empor, um in einem viel zu großen Bett mit schwarzen Laken endlich schlafen gehen zu können.

Was für ein Tag.

SEID IHR ETWA *zusammen?*

15

Daniel

Die Couch war verdammt hart und würde mich die nächsten drei Wochen garantiert umbringen. Nie wieder würde ich mir eine Wohnung ohne Gästezimmer kaufen. Vielleicht sollte ich mir ein Bett ins Arbeitszimmer stellen?

Jammer nicht rum wegen den paar Nächten. Steh deinen Mann.

Genau.

Ich streckte mich, ließ gefühlt jeden Knochen einzeln in meinem Körper lautstark knacken. Gestern Abend war schön gewesen, schöner als gedacht.

Eli war schön.

»Bist du wach?« Konnte sie Gedanken lesen? Ihre Schritte, eindeutig barfuß, verrieten ihren Weg zu mir zur Couch. »Daniel?« Sie beugte sich über die Lehne, schielte zu mir. Ihre Locken fielen wie ein Vorhang um sie herum, berührten beinahe sogar meine Nase, doch als sie meine offenen Augen sah, richtete sie sich wieder auf.

»Wieso fragst du, wenn du mich dann eh wecken würdest?« Ich rieb mir das Gesicht, schaffte es mühsam, mich hinzusetzen. Wie spät war es?

»Ich muss gleich los zu den Riesen und *Astrid* ist kaputt, also …« Sie kam zu mir herum, setzte sich ans andere Ende der Couch. »Du müsstest mich fahren.«

Ich fiel wieder zurück. Wer auch immer *Astrid* war. »Mach ich, hab heute Spätschicht, muss erst gegen Mittag in die Klinik.« Und hätte noch einige Stunden schlafen können.

Gejammer so weit das Auge reicht.

»Super!« Sie klatschte in die Hände. »Hatte schon etwas Sorge, hier festzuhängen.« Als ob ich ihr kein Taxi gezahlt hätte. Grinsend stand sie auf und … *nicht hinsehen, Daniel.* Warum trug sie bitte nur ein großes T-Shirt mit einem Kürbis drauf, das gerade so ihren Hintern bedeckte? Ihre rötlichen Locken hingen ihr bis in die Mitte ihres Rückens herunter, schwangen bei jedem ihrer Schritte hin und her, während sie in die Küche stolzierte.

Küche!

Ich schreckte hoch, doch sie hatte schon die ersten Schränke auf und wieder zugemacht, auf der Suche nach was auch immer.

»Ah, da.« Sie stellte sich auf Zehenspitzen, um an eine Packung Müsli ganz oben ranzukommen, was das T-Shirt-Problem kein bisschen besser machte, und als ich mich dabei erwischte, wie ich den Kopf neigte, um eventuell doch etwas mehr zu sehen, als ich durfte, hätte ich mich ohrfeigen können. Melinda musste ganz dringend heute bei mir vorbeikommen.

»Willst du auch was?« Eine Schublade nach der anderen flog auf. »Wo ist denn das Besteck?«

Okay, das reichte. Den Blick starr auf ihren Lockenkopf gerichtet marschierte ich in *meine* Küche. »Was hast du an Sperrgebiet nicht verstanden?« Ich umgriff ihre Schultern, schob sie aus *meinem* Bereich heraus.

»Na, hör mal!« Sie protestierte doch jetzt nicht wirklich! Die Hände gegen meinen Oberkörper gedrückt versuchte sie kläglich, mich zu stoppen, aber das konnte sie vergessen. »Soll ich verhungern?«

»Ich mache dir … Scheiße!« Ich hatte sie einen Schritt zu weit nach hinten geschoben. Mit dem einen Fuß trat sie auf eins der Kissen von gestern, mit dem anderen auf ihre eigene Jacke. Die, gottverdammt, immer noch da lag! Beides sorgte für einen unsicheren Untergrund und ließ sie im hohen Bogen nach hinten fliegen. Sie krallte sich an meine Arme, doch ich Idiot trat ebenfalls auf eins der dämlichen Kissen. Mein Bein rutschte unter mir weg, mein Gleichgewichtssinn gab einfach auf und ich taumelte rückwärts, bis ich mit dem Rücken auf dem Boden landete. Eli direkt auf mir.

»Oh, verdammt.« Ich stöhnte auf. Mein Steiß brummte, meine ganze Wirbelsäule fühlte sich wie ein einziger Knoten an.

Und das Gejammer geht weiter. Männer haben keine Schmerzen!

»Hast du dir wehgetan?« Eli schaute auf mich herab, das Grinsen konnte sie kaum noch verstecken.

Meine Schultern sackten nach unten. »Nicht sehr. Und nun lach schon.«

Ihr Kopf fiel herab, direkt neben meinen, ihr Lachen schallte überlaut durch mein Ohr, während ihre Haare überall – wirklich überall – auf mir lagen. Ich traute mich nicht mal, zu zwinkern, nicht, dass ihre Locken meine Augen aufspießten und ich am Ende blind wäre. Immerhin lag Dandelion auf mir, die Katastrophe in Person, die … auf mir lag.

Ihr ganzer Körper bebte an meinem, ihre Wange streifte immer wieder mein Kinn, ihre Hände fest auf meine Schultern gelegt, während meine … wann waren die an ihre Taille gekommen?

»O Daniel.« Sie erhob sich wieder ein wenig, bis ich in ihre Augen sehen konnte und ihre Haare uns einschlossen. »Ich denke, jetzt sind wir beide hellwach.« Das konnte man laut sagen. Langsam drückte sie sich links und rechts vom Boden neben mir ab, wollte gerade von mir rutschen … blieb jedoch tatsächlich auf meiner Hüfte sitzen.

Das war nicht gut, gar nicht gut.

Und doch ziemlich gut.

Ich richtete mich selbst auf, bis ich die Arme um sie legen konnte und mir wieder das viel zu knappe T-Shirt mit dem albernen Kürbis in den Sinn kam, in dem sich ihr Oberkörper ganz sacht an meinen drückte.

Ihre Atmung stieß gegen mein Gesicht, ihr Blick zuckte zu meinem Mund. Und ich konnte es nicht länger verhindern, dass ich in ihre Haare griff, die weichen Strähnen durch meine Finger glitten, nur um sie die letzten Millimeter zu mir zu ziehen, ihre … mein Handy klingelte.

Eli sprang förmlich von mir auf, und egal wie sehr ich mich bemühte, ihre schwarze Spitzenunterwäsche, die ich ihr bei Gott nicht zugetraut hätte, konnte ich nicht ignorieren. Ich sah sie nur für den Bruchteil einer Sekunde, bis sie vor mir stand und den Saum ihres T-Shirts herabzog, doch sie passte perfekt zu ihrer porzellanhellen Haut, zu ihren Rundungen, zu ihr.

»Du solltest rangehen.« Erst nach ihren drei sehr erstickten Worten realisierte ich, dass mein Telefon noch immer klingelte, als würde die Welt gleich untergehen. Und als hätte ich das für einen Moment nicht mal bemerkt.

Ich stand auf, ging an Eli vorbei und griff nach meinem Handy auf dem Couchtisch. »Ja?«

»Hallo! Hier ist Mum.« Das konnte nicht wahr sein! Vielleicht hätte ich mir vorher die Mühe machen sollen, um auf den Namen zu schauen. Was wollte sie denn jetzt? »Maxwell hat mir erzählt, dass du eine Freundin hast.« Natürlich.

»Ich geh mich anziehen.« Eli murmelte noch irgendwas, was sicher wesentlich wichtiger war als das, was meine Mutter dazwischenrief, doch ich verstand sie nicht.

»War sie das? Wer ist sie? Eine Krankenschwester, wie ich es dir empfohlen habe?«

Als wären Frauen ein gutes Auto, das man sich aussuchte. »Nein, keine Schwester.« Ich ließ mich auf mein Sofa fallen. »Sie heißt Eli und arbeitet bei den *Little Giants*.«

»Eine Erzieherin? Junge, das ist doch sogar für dich etwas unter deinem Wissensstand.« Hoffentlich sagte sie es bald zu ihr persönlich, Elis Reaktion wäre mehr als spannend.

»Zwischen uns geht es eher weniger um den jeweiligen Wissensstand. Sie ist wirklich …«

»Wie auch immer, Junge. Bringst du sie zum Familienessen in zwei Tagen mit?« Ganz sicher. Das würde unser größter Auftritt sein, wenn man von der Hochzeit absah.

»Ja, wir kommen zusammen.« *Und dort wird Eli alles sehen, alle kaputten Harrisons auf einem Haufen. Was ein Spaß.*

»Das sind schöne Neuigkeiten, Schatz. Deine Cousine July kann leider nicht da sein, aber Maxwell und seine Lucy meinten, dass sie etwas zu verkünden haben!« Oh, bitte nicht. »Maxi hat mir erzählt, dass er bald eine wichtige Frage geklärt hat.«

»Toll.« Nichts daran war auch nur ansatzweise toll. Ich kotzte jetzt schon im Strahl, allein bei dem Gedanken daran, dass dieser Affe meine Freundin etwas *fragte*! »Ich muss los, es …« Klingelte gerade tatsächlich an der Tür. Es gab also doch einen Gott. »… du hörst es.« Ich legte auf, noch bevor sie irgendwas dagegen erwidern konnte.

Die Tür war mir sowas von egal. Sollte der Postbote das Päckchen sonst wohin stellen!

Sie wollten heiraten. Lucy! Maxwell. Sie beide. Scheiße! Ich schmiss mein Handy mit aller Kraft zwischen die Decke und die Kissen, unter denen ich die Nacht geschlafen hatte. Heiraten. Für immer.

Scheiße, scheiße, scheiße!

Männer haben keinen Liebeskummer, mein Junge! Das ist nur was für …

Menschen mit Herz. Und du hast eins.

Wie sicher konnte ich mir da sein?

Und wer zur Hölle stand da vor der Tür und hörte nicht auf zu klingeln? Ich ignorierte das Brennen in meiner Brust, ging zu dem Überwachungsbildschirm und sah meine Schwester breitgrinsend vor dem Aufzug warten. Die wollten mich doch alle verarschen. Ich drückte auf den kleinen grünen Knopf, schickte den Fahrstuhl zu ihr runter.

Nur wenige Minuten später glitten die Türen auseinander und Claire trat zu mir in die Wohnung. »Guten Morgen, Bruderherz.« Sie küsste meine Wange, warf ihre Handtasche wie immer unter die Garderobe, dicht gefolgt von ihren Pumps, und ging tiefer in meine Wohnung hinein. »Ich habe gesehen, dass wir beide Spätschicht haben, und da dachte ich …« Vor dem Sofa blieb sie stehen. »Liam konnte die Nacht nicht bei dir sein.« Sie drehte sich zu mir um. »Hast du auf der Couch geschlafen?«

Bessere Frage: Hatte sie bei Liam geschlafen? Die machten mich fertig!

»Ja, ich hatte …«

»Eine OP live verfolgt, nicht wahr?« Eli kam die Treppe heruntergestürmt, krallte sich an meine Hand. »Hallo, Claire.«

»Eli? Was machst du hier?« Der Blick meiner Schwester glitt an uns hinab bis zu unseren Fingern, die mir Eli jeden Moment brechen würde. »Seid ihr etwa zusammen? Wie toll!«

Toll war vor allem, dass sie nicht mal eine Antwort abwartete, sondern uns direkt umarmte. Claire schlang ihre Arme um uns beide herum, drückte uns drei gemeinsam fest zusammen. Richtig schön. Nicht.

Eli grinste, allerdings wirkte nichts daran fröhlich, eher genauso verkrampft, wie ich mich fühlte. Obwohl, ich war eine Spur genervter von der Sache hier.

Ich schob beide Frauen von mir, wobei Eli nicht so weit wie Claire. »Wir müssen gleich los, Eli muss zu den Riesen und ich fahre sie.«

»Wie süß von dir.« Claire schlug mir gegen die Schulter und lächelte. »Und passt sehr gut.« Sie drehte sich um, zog sich wieder ihre Schuhe an. »Ich komme mit und danach fahren wir einen Kaffee trinken, Dani.«

O Gott. »Klingt wunderbar. Dürfte ich mich vorher noch anziehen, ja?« Ich packte Elis Hand, riss sie mit mir die Treppe herauf, bis wir in meinem Schlafzimmer standen. Oder das, was davon übriggeblieben war. Was hatte sie hier angerichtet? Einen Abend und eine Nacht und hier sah es aus wie auf dem Wühltisch vom Discounter. Allein auf der Kommode stapelten sich mindestens drei Pullover, zogen sich wie eine Spur aus Wolle über den dunklen Marmorboden, bis sie am Bett ankamen, wo nochmal gefühlt ein halbes Dutzend Pullis lagen. Da mussten wir später drüber reden.

»Du kannst es Claire nicht sagen«, zischte sie mir zu und entriss sich meinem Griff. »Sie ist unsere wichtigste Partnerin bei den Riesen, und wenn sie hört, dass ich mich wie eine Hure für eine Feuertreppe verkauft habe …« Sie riss die Arme in die Luft, stieß genervt den Atem aus.

»Du bist keine Hure.« Ich rieb mir die Schläfen. »Aber wenn Liam es weiß, dann weiß es auch bald Claire. Die beiden sind … es ist kompliziert.«

»Na super!« Sie fiel auf mein Bett, was direkt ein paar ihrer Sachen dazu brachte, auf den Boden zu fallen. Schien sie eher weniger zu stören.

Ich zog mein T-Shirt aus, öffnete die Schublade und holte mir ein neues raus. »Ich kläre das mit Liam, okay?« So schnell ich konnte, eilte ich ins Badezimmer, putzte mir die Zähne, kam zurück und zog auch meine Hose aus. »Claire wird dich nicht verurteilen.«

Eli richtete sich auf. »Das kannst du nicht wissen, sie … Daniel!« Sie streckte den Arm aus, hielt die Hand zwischen ihr Sichtfeld und meine Körpermitte. »Zieh dir eine Hose an. *So* kann ich keine

Gespräche mit dir führen.«

Gott, diese Frau. »Zu Befehl, Dandelion.« Ich tat, was sie sagte, wechselte nur noch schnell meine Unterhose, wobei sie sich die Augen zuhielt wie eine Dreijährige.

»Ich bringe dich zur Arbeit und bei einem starken Kaffee erzähle ich Claire, wie sehr ich dich liebe, okay?« Wie auch immer ich das anstellen sollte.

»Und dann verlasse ich dich in drei Wochen und bin ein Monster?« Ihr konnte man es gerade nicht wirklich recht machen. »Fuck, fuck, fuck.«

»Gott, Eli.« Ich reichte ihr meine Hand, zog sie vom Bett auf. »Dann verlasse ich eben dich. Besser?«

»Und warum? Da gehören doch immer zwei dazu. Claire ist einfach so wichtig für die Riesen und ich will auf keinen Fall, dass sie denkt, ich wäre … so! So käuflich und … was weiß ich.« Ihre Stirn fiel gegen meine Brust. »So schlecht.«

Schlecht? »Glaub mir, meine Schwester würde sowas nie denken. Sie ist ein guter Mensch und du bist …« Mir viel zu nah.

»Ja?« Sie schaute auf, schluckte sichtbar und ich verwettete meinen Lambo darauf, dass sie gerade – wie ich – an die Situation eben denken musste. Kurz bevor mein Handy geklingelt hatte.

»Du bist viel zu liebenswert, dass sie es mir nicht abkaufen würde, dass ich es verbockt hätte. Und viel zu gut für ein Monster.« Ohne ihr die Chance auf eine Reaktion zu geben, die mich definitiv ins Taumeln gebracht hätte, zog ich sie hinter mir her, bis wir wieder im Flur bei Claire standen.

Was hatte ich da bitte gesagt?

DU WIRST IHR DOCH EINEN

Abschiedskuss

GEBEN.

16

Eli

Liebenswert. Er hatte *liebenswert* gesagt. Und vorhin, als ich quasi halbnackt auf ihm gesessen und das echt viel zu spät gecheckt hatte … als er sich zu mir gebeugt und seine Arme mich umschlossen hatten, seine Lippen immer näher gekommen waren …

»Wie läuft es mit den *Little Giants*? Habe gehört, dass heute jemand kommt wegen der Feuertreppe?« Claire riss mich – Gott sei Dank – aus allen Tagträumen dieser Welt und damit weit weg von Daniel. Na ja, so weit weg, wie es nun mal ging, wenn man auf dem Beifahrersitz saß und er eben am Lenkrad, es mit seinen großen Händen festhielt und … ja, genau. Sehr weit weg!

»Ja.« Ich räusperte mich, was nur ein wenig peinlich war, und sah kurz zu ihr nach hinten auf die Rückbank. »Heute Morgen direkt.« Ich schielte zu Daniel herüber, der wiederum stur geradeaus auf die Straße schaute. »Wie … wie lange geht deine Schicht? Ich kann auch bei den Riesen schlafen, kein Problem.«

»Nein.« Oh, das kam schnell und etwas schrill. »Also, klar. Wenn du musst oder willst.« Wow, wir verhielten uns ja richtig souverän heute. »Ich habe gegen 23 Uhr Feierabend, da kann ich dich holen.«

»Okay.« Durch die neue Feuertreppe musste ich nicht länger im *Shakesbeer* arbeiten und so hatte ich kurzerhand gekündigt. Endlich hatte ich wieder mehr Zeit für die Kinder, die Organisation und Bürokratie der *Little Giants*, für mich, Daniel.

Daniel?!

Ich schaute über meine Schulter zu ihr. »Willst du mit reinkommen, Claire?«

»Nein, nein. Wenn du einen Termin hast, dann mach den erstmal. Ich gehe mit Dani ins *petit bouchée.*« Ganz toll. Dort konnte sie ihn auslöchern, unser dunkles Geheimnis herausfinden und mich anschließend verurteilen. Super!

Du bist viel zu liebenswert.

Warum hatte er das gesagt? Er hätte es nicht tun müssen, wir waren allein gewesen!

Daniel setzte den Blinker, parkte direkt vor dem Eingang der kleinen Riesen und ich konnte, selbst ohne ihn zu hören, erkennen, dass Luke nicht nur seine Nase am Fenster plattdrückte, sondern auch ein lautes: »Wow«, seine Lippen verließ. Dieser kleine Räuber.

»Du solltest mal mit deinem Auto hierbleiben. Ich glaub, da drin gibt es jemanden, der deine Überkompensation feiern würde.« Obwohl ich mir sicher war, dass er das unterhalb seiner Gürtellinie absolut nicht nötig hatte.

Was?!

»Kann ich machen.« Seine Finger trommelten auf dem Lenkrad herum. War er nervös? »Nächste Woche habe ich Urlaub, da komme ich gern vorbei.« Endlich sah er mal wieder zu mir, wobei sein Blick überall hin zuckte – nur nicht einmal zu meinen Augen.

»Urlaub? Hattest du nicht erzählt.« Warum sollte er auch? Was war denn heute Morgen los mit uns?

Claire umgriff meine Kopfstütze am Sitz, zog sich nach vorn zu uns. »Er hat Geburtstag, nächsten Mittwoch. Und die Geburtstagswoche nimmt sich Dani immer Urlaub.«

Das wiederum hätte er schon mal erzählen können. »Oh.«

»Wir reden heute Abend, okay?« Er schielte zu seiner Schwester. »Ohne das Publikum auf den billigen Plätzen.«

Ich nickte, wollte gerade aussteigen – immerhin hatte ich langsam die Sache mit der Tür verstanden – da schrie Claire förmlich durch den Wagen.

»Daniel! Du wirst ihr doch einen Abschiedskuss geben.« Das meinte sie nicht ernst? Das ging gerade nicht, nicht nach seinen Worten, dem, was ich gespürt hatte, als ich ihm so nahe gewesen war und …

»Schon gut.« Dieser kurze Satz klang eher nach dem kompletten

Gegenteil. »Ich weiß doch, wie er zu …« Ja, zu was? »Zärtlichkeiten in der Öffentlichkeit steht. Immerhin haben Lucy und er …«

Er umfasste meinen Hinterkopf, zog mich an sich und schon lagen seine weichen Lippen auf meinen. Seine Finger vergruben sich in meinen Locken, während er mich küsste, als hätte er den ganzen Morgen nur darauf gewartet.

Die letzten Worte meines Satzes verschwanden in diesem Kuss, und auch wenn er mich damit mehr als nur ein wenig überrumpelte, erwiderte ich ihn keine Sekunde später. Völlig automatisch legten sich meine Hände um sein Gesicht, strichen bis in seinen Nacken, drückten ihn noch enger an mich und ich musste an mich halten, nicht über diese Mittelkonsole zu klettern, mich auf seinen Schoß zu setzen und diesen Kuss für die nächsten Stunden nicht *einmal* zu unterbrechen. Als ob er meine Gedanken lesen könnte, wanderte nun auch seine andere Hand zu mir herüber, legte sich um meine Taille, wobei er sich so weit zu mir lehnen musste, dass wohl eher er gleich zu mir rüberkam. Mir egal, sollte er es tun, wenn mir schon der Mut fehlte.

»Leute, ihr habt das echt drauf.« Claire riss uns beide so schnell auseinander, dass ich erschrocken aufquiekte. Und das, meine Damen und Herren, war wirklich peinlich. Sie fiel zurück in den Sitz. »Liam hatte mir schon alles erzählt. Ich war nur neugierig, wie gut ihr die Rollen beherrscht.« Wieder lehnte sie sich nach vorn, ihr Kopf direkt zwischen uns, während sie von einem zum anderen sah. »Wie Profis würde ich sagen.«

Das meinte sie nicht ernst gerade. »Ich muss los.« Wie eine durchgedrehte, frisch aus der Klapse Entflohene, drückte ich den Knopf an der Beifahrertür, damit das Scheißding endlich nach oben glitt, doch die Sekunden, die ich warten musste, zogen sich wie Stunden. Claires Blick brannte auf mir, selbst dann noch, als ich aus dem Auto sprang, die Tür wieder schloss und in die Villa rannte.

Das war nicht gut.

Und damit meinte ich nicht Claire.

»Ist das dein Freund?« Luke hing bereits an mir, bevor ich überhaupt meine Mütze absetzen konnte. »Hat er noch mehr solcher Autos? Darfst du auch fahren? Wie schnell ist der?«

Alle Fragen überforderten mich, wobei die erste förmlich in meinem Bauch brannte. Konnte ich einen kleinen Jungen anlügen? Sollte ich es?

»Ich mag ihn, ja. Und keine Ahnung, ob er noch mehr dieser viel zu teuren Autos fährt. Ich bin es bisher nicht gefahren und sicher ist das Ding schnell.« Das klang doch nach einem guten Mittelding.

»Du magst ihn also.« Chloe lehnte am Türrahmen zwischen Flur und Wohnzimmer, die Piercings an ihrer Augenbraue hoben sich, als sie lächelte, und ich wünschte, wir würden uns eventuell doch lieber über die PS-Zahl seines Autos unterhalten. »Hat man gesehen.«

Ich riss mir den Schal vom Leib, zog meine Jacke aus und hängte alles in unsere Garderobe. »Claire, seine Schwester. Sie war dabei und wir mussten immerhin als gutes Paar rüberkommen.« Obwohl sie bereits die Wahrheit kannte. Von Liam! Gott! Dann hätten wir uns diesen sagenumwobenen Kuss sparen können. *Leider.*

Ich ging an Chloe vorbei ins Wohnzimmer, wo schon die anderen Kinder saßen, in Büchern blätterten oder Bilder malten. Mein Blick glitt zu den Kastanien, die wir auf die Kommode mit den Bastelsachen gestellt hatten. »Ich glaube, die sollten wir langsam nach draußen aussiedeln. Können die Dinger schimmeln?«

»Deins bestimmt.« Luke rannte lachend an mir vorbei. Dieses kleine Monster.

Madison stampfte auf, die Mini-Fäuste in die Hüfte gestemmt. »Der *Otter* kann nicht schimmeln!«

»Ganz genau«, stimmte ich ihr zu, nahm Liz vom Boden auf meinen Arm und setzte mich mit ihr gemeinsam zu Madison an den kleinen Tisch. »Was malst du da?«

Madi fiel wieder auf den Stuhl, wanderte mit ihrem Zeigefinger die bunten Linien entlang. »Das ist ein Schloss, das ist Mama und hier ist Papa. Er ist im Himmel, weißt du?« *Oh, Madison.* »Ich möchte es meiner Mama schenken, wenn wir uns wiedersehen.«

»Das ist«, meine Stimme brach und ich vergrub meine Nase in den wundervoll duftenden Babyhaaren von Liz. *Das ist nicht fair.*

Das sollte so nicht sein. »Wunderschön.«

Sie nickte feierlich, nahm wieder die Buntstifte hoch und malte eine Fahne auf die Spitze des Schlosses, die zwar etwas steif aussah, aber auch die Schönste war, die ich jemals gesehen hatte.

»Komm, ich schreibe deinen Namen in die Fahne rein.«

Madison strahlte, reichte mir den pinken Buntstift und schon begann ich mit meiner Arbeit. Doch jeder Buchstabe, jeder Strich, tat einfach nur weh.

Ihre Mutter hatte nächste Woche Besuchstag. Aber wie bereits die letzten drei Mal ging ich davon aus, dass sie es wieder absagen musste. Oder eher, dass ich sie wieder *rausschmeißen* musste. Das Problem mit dem Alkohol – die Kinder rochen es, die Kinder merkten es. Und was das anging, waren wir eisern. Die Kleinen waren lange genug in diesem Umfeld gewesen, wir mussten sie schützen.

Ich legte den Stift beiseite, strich Madison über den Kopf und wünschte, ihre Mum wäre anders. Ich wünschte, die Eltern aller Kinder hätten andere Entscheidungen im Leben getroffen.

»Eli?« Chloe steckte ihren Kopf ins Wohnzimmer herein. Ich stand auf, ging zu ihr. »Miss Fletcher ist da, sie will sich erkundigen, wie der aktuelle Status der Feuertreppe ist.«

Ich reichte ihr Liz, die erstaunlicherweise beim Malen nichts angeknabbert hatte. »Alles klar. Der Architekt müsste auch gleich da sein und Phoebe kommt jeden Moment, um mich für den Termin zu ersetzen.«

»Kein Stress.« Sie küsste mich auf die Wange, ging singend an mir vorbei, schaukelte das Baby in ihrem Arm hin und her. »Können wir das schaffen? Ja, wir schaffen das!« Die Kinder lachten alle auf, versammelten sich um Chloe, die ein großes Märchenbuch aus dem Regal zog und sich auf dem Kuschelteppich neben den Verandafenstern niederließ. Liz auf ihrem Arm fielen bereits die Augen zu, sie war noch so klein. Die restlichen Kinder, unter anderem Luke, Madison und Noah, kuschelten sich ganz eng an ihre Beine und ihren Oberkörper heran.

Ich ging zu ihnen, warf eine Wolldecke über unsere Rasselbande, küsste jeden einzelnen ihrer kleinen Haarschöpfe.

So sollte es für die Kinder sein. So und niemals anders.

Der Anblick war zu süß, doch ich musste dringend raus, um Miss Fletcher im Garten zu empfangen, damit … verdammt!

Ich eilte in das Säuglingszimmer, in dem unser Neuankömmling Benjamin lag und sich gerade die Seele aus dem Leib brüllte. Offensichtlich war er nun wieder wach.

»Hallo, Beni, mein Süßer.« Ich nahm ihn hoch und strich über seine Wange, die nicht mehr ganz so blau war wie vor wenigen Tagen. Aber es zerriss mein Herz dennoch jedes Mal aufs Neue. »Was machen wir beide jetzt, hmm?« Chloe war beschäftigt mit den anderen Riesen, dann musste er wohl oder übel mit mir mit.

Ich band mir die Babytrage um, setzte Ben hinein und schnallte alles eng zu. Wir gingen wieder in den Flur, in dem ich mir und ihm eine Mütze aufsetzte und kurz darauf unsere Tragejacke anzog. Und schon konnten wir beide raus in den kühlen Herbsttag.

Schuckelnd stand ich neben Miss Fletcher, die mich anstrahlte, als wäre Weihnachten und Ostern auf einen Tag gefallen. »Ich freue mich so sehr, dass es geklappt hat.«

»Und ich mich erst.« Meine Wangen taten bereits weh vom ganzen Grinsen. Aber zu sehen, wie der Architekt und seine Arbeiter – wie immer die genau hießen – die Wand ausmaßen, die alte Treppe in Augenschein nahmen und die Sache endlich Form annahm, es ließ mein Herz vor Freude platzen.

Ben weinte wieder auf, was mich dazu brachte, meinen Körper noch stärker auf und ab zu wiegen, wenige Schritte hin und her zu gehen.

Miss Fletcher lächelte warm, legte den Kopf schräg. »Von wem kam denn die großzügige Spende?«

»Von Daniel Harrison, kennen Sie ihn?« Und warum wurde mein Bauch ganz warm, wenn ich seinen Namen aussprach?

»Ja, natürlich. Also jedenfalls seine Eltern. Sein Vater ist ein bekannter Arzt.« Sie drückte ihr Klemmbrett gegen den Oberkörper.

Sein Vater? »Daniel ebenso. Er ist Neurochirurg und ist sehr bedeutend in der Medizin. Und wenn er nicht gerade Leben rettet, dann rettet er hier die Kinder.« Er hatte uns diese Treppe gespendet, unabhängig davon, was ich ihm geantwortet hätte. *Nicht sein Vater.*

»Da bin ich mir sicher.« Miss Fletcher trat neben mich, sah zur Fassade empor. »Es ist toll, dass Sie einen weiteren Harrison an Ihrer Seite haben.«

Ja, das war es. Sehr toll sogar.

Daniels Schicht war seit ungefähr dreißig Minuten zu Ende und er müsste sicher jeden Moment ankommen. Und Benjamin fand dann hoffentlich langsam mal in den Schlaf, sonst würde ich hier noch eine Weile festhängen. Doch nachdem Daniel mir nicht auf meine SMS geantwortet hatte, nahm ich an, dass er bereits mit dem Auto unterwegs war.

Chloe schaltete das Licht bei den Größeren endgültig aus, lehnte die Tür an und kam zu mir in den Flur, in dem ich seit *Stunden* auf und ab ging. Nur einmal stehen bleiben und schon schrie Klein-Beni wieder los.

»Gib ihn mir einfach, wenn Daniel da ist.« Chloe gähnte, ließ kurz den Bildschirm des Babyphones im Schlafraum unserer Dreijährigen aufleuchten. »Absolut ruhig da oben.« Sie hob die andere Hand und der nächste Bildschirm wurde hell. Luke, Madison und Noah kuschelten eng beieinander. »Alle schlafen.«

Alle – bis auf Ben. »Ich kann auch über Nacht bleiben. Ein Baby und sieben kleine Monster?« Ich wippte auf und ab. »Denk an Liz. Es ist wirklich kein Problem.«

»Du gehst nach Hause. Vince kommt doch gegen ein Uhr zu uns.« Sie kam zu mir, strich Ben über den Kopf. »Den Kleinen bekomme ich schon irgendwie ins Bett. Zur Not schläft er bei mir.«

»Sicher?« Just in dem Moment klopfte es leise an die Holztür unserer Villa und aus irgendeinem Grund ließ das meinen Magen kribbeln. Vielleicht sollte ich was essen?

Chloe öffnete die Tür. »Daniel!«, schrie sie flüsternd und winkte ihn herein.

Die Hände tief in den Jackentaschen vergraben, trat er zu uns ein und stockte. Sein Blick zuckte von mir zu Ben in der Babytrage und wieder zurück. »Ich kann dich auch später abholen.«

Dir auch ein schönes Hallo.

»Kommt nicht in Frage, ich …« Chloe wurde durch ein lautes Brüllen unterbrochen, kurz darauf leuchtete das Babyphone auf. »Zwei Minuten, dann übernehme ich Ben und Eli ist frei.« Mit diesen Worten eilte sie die Treppe hinauf zu den kleineren Kindern.

»Sorry, ich hatte dir geschrieben, aber du warst sicher schon unterwegs.« Noch immer ging ich in dem Flur hin und her, sah nicht zu ihm, sondern nur zu Ben, dem endlich die Augen zufielen.

»Alles gut.« Er lehnte sich gegen die Tür. »Hab mein Handy in der Klinik vergessen.«

»Was?« Jetzt schaute ich doch auf. »Und wenn ein Notfall kommt?«

Seine Hand hob sich aus der Jackentasche, in der er ein kleines graues Plastikteil hielt. »Den Piepser habe ich nicht vergessen.«

»Wie war dein Frühstück mit Claire?« Ich musste es einfach wissen.

»Frag lieber nicht.« Er rieb sich wie so oft über die Stirn, was die Sorgenfalten allerdings nicht vertrieb. »Sie denkt, dass ich … nein, lass uns da wirklich nicht drüber reden.«

Okay? »Wie du willst.«

Endlich kam Chloe wieder runter, stürmte förmlich auf mich zu und ich lockerte die Trage, damit sie Ben herausnehmen konnte. »Und jetzt raus mit dir, Eli.« Nur wenige Sekunden später verschwand sie mit dem Kleinen in ihrem Schlafzimmer die Treppe hinauf. Sie war ein Engel in Vollzeitbeschäftigung.

Ich zog mir die Jacke an, setzte die Mütze auf und band den Schal um. Dann nur noch meine Schuhe …

»Willst du auch Kinder?«

Ich …

Daniel hätte mich auch nach meiner Meinung zum Klimawandel, zu Naturkatastrophen oder zur Gletscherschmelze fragen können. Aber das? Mein rechter Stiefel fiel mir aus der Hand, was mich dazu brachte, den Fuß abzustellen, welcher direkt auf das Ende meines Schals trat, was ich erst merkte, als ich mich aufrichten wollte. Das Stückchen Stoff zog mich wieder zurück, was mein Gleichgewicht derart durcheinanderbrachte, dass ich prompt rückwärts auf dem Hintern landete. »Fuck.« Und damit meinte ich nicht den Sturz!

»Alles okay?« Daniel kam zu mir, umfasste meine Oberarme und half mir auf, bis ich vor ihm stand, unsere Körper viel zu nah beieinander.

Normalerweise hätte ich wohl jetzt den weichen Stoff seiner Jacke bemerkt, meine Finger irgendwo an ihn gelegt, einfach, weil … keine Ahnung.

Doch das alles spürte ich nicht. Seine Wärme, die er ausstrahlte, seine Hände, die noch immer an meinen Armen lagen, ganz leicht auf und ab strichen.

Da war nichts. Nur diese eine Frage. Die eine Antwort brauchte.

»Nein, Daniel, will ich nicht.« Ich drückte mich an ihm vorbei, zog meinen Schuh an und stürmte aus dem Haus heraus.

Da sagte nochmal einer, es gäbe keine doofen Fragen.

WIR HÄTTEN NOCH
EINE REGEL GEBRAUCHT.

Regel #5

KEIN KUSCHELN.
DENN DAS HIER WAR
SCHLIMMER ALS *Sex*.

17

Daniel

Dass ich etwas Falsches gefragt hatte, war mir sofort aufgefallen. Aber tatsächlich war mir eine Antwort auf die Frage absolut egal gewesen, ich hatte nur irgendwie versucht, ein Gespräch zwischen uns zu starten. Auf klägliche Art und Weise. Doch was sollte einem auch einfallen, umringt von Kindern und Babyphonen?

Aber es machte es nicht besser. Nach *diesem* Kuss heute Morgen, nach der Sache im Schlafzimmer, nach meinen Worten. Es war einfach komisch zwischen uns.

Im Auto sprach sie nicht mit mir, was mich mehr störte, als es wahrscheinlich sollte. Und selbst jetzt in meiner Wohnung stand sie lediglich im Wohnzimmer vor der Fensterfront, schaute hinaus über die Stadt.

Du bist so nutzlos. Schaffst es nicht mal, ein normales Gespräch mit ihr zu starten.

Danke, Dad.

Ich stellte mich neben sie, blickte ebenfalls heraus und bemerkte jetzt erst, dass draußen mittlerweile ein Sturm tobte, Wolken wie Autos hier oben an uns vorbeizogen, Blätter mit sich wirbelten, die wieder hinabfielen. In die tiefe Finsternis. In die Schwärze.

Konnte man sich mit *Laub* verbunden fühlen? Die Antwort erübrigte sich, sobald man sich in meinem Penthouse auch nur mal kurz umsah.

»Wunderschön.« Es war nicht mehr als ein leises Flüstern aus ihrem Mund, was mich dennoch beinahe zusammenzucken ließ.

Ich sah zu ihr, zu ihren Mundwinkeln, die nicht mal ansatzweise gehoben waren. Zu ihren Wangen, auf denen nur die Sommersprossen und keine Grübchen zu sehen waren. In ihr Gesicht, das wieder strahlen sollte.

»Das Wetter?« Meine dümmlichen Fragen hörten heute wohl nicht mehr auf.

»Hmm.« Sie nickte. »Es ist …« Sie senkte den Blick, hinab zu der Straße in tiefer Ferne. »Alles wird durcheinandergebracht, fliegt kreuz und quer, wird von seinem Ursprung gerissen, nur um dann in einem totalen Chaos zu enden.«

»Das ist wunderschön?«

Ihre Schulter zuckte. »Ganz zum Schluss, wenn alles zur Ruhe kommt, dann scheint auch die Sonne wieder. Und bis dahin weiß nicht mal die Natur, wo oben oder unten ist.«

Ich konnte nicht jeden ihrer Gedanken nachvollziehen, aber auf schiefe Art und Weise verstehen. »Darf ich dir etwas zeigen?«

Sie drehte sich zu mir, legte den Kopf schräg. »Klar. Ich nehme an, dass ich hier drin eh noch nicht alles entdeckt habe.«

Wo sie recht hatte … egal. Ich ging zu der Couch, auf der meine Schlafsachen lagen, nahm die Bettdecke, zwei Kissen und … wo war denn die andere Decke hin?

»Was tust du da?« Sie kam ebenfalls herüber und ich drückte ihr einfach auch ein Kissen in die Hand. Etwas perplex schlang sie die Arme darum.

»Komm.« Ich nickte empor Richtung Schlafzimmer, doch ich wollte noch eine Etage höher.

»Wenn das gerade ein schlechter Versuch ist, wieder in deinem Bett zu schlafen, dann muss ich dich enttäuschen.« Sie folgte mir die Treppe hinauf. »So hart kann die Couch gar nicht sein. Vielleicht bist du einfach nur alt? Hast du schon mal Yoga probiert?« Natürlich stolperte sie über eine Stufe, fing sich jedoch wieder. »Oder Gymnastik? Step Aerobic?«

»Halt die Klappe, Dandelion.« Ich ging an meiner Schlafzimmertür vorbei. »Komm einfach mit.«

»Tue ich ja. Kann dir ja trotzdem nebenbei Tipps geben.« Sie lief ein wenig schneller, um mich mit ihrem Kissen in den Händen gegen den Rücken zu stoßen. »Kannst du dir nicht selbst

Physiotherapie verschreiben?«

»Selbstverständlich.« Ich … wollte ihr beinahe einen lächelnden Blick über die Schulter zuwerfen.

Nach der Badezimmertür bogen wir links ab und da war sie auch schon. Ich nahm die Stange mit Haken, die an der Wand lehnte, hielt sie in die Höhe und zog die Dachgeschoss-Luke auf.

»Kein Keller, aber Dachboden. Kann ich mit dir nochmal über die Killer-Theorie sprechen?« Eli trat neben mich, sah die Treppe hinauf. »Moment, ist das … Glas?«

»Kletter hoch.« Ich nahm ihr das Kissen ab, nickte ihr auffordernd zu. »Los jetzt.«

»Na gut.« Sie griff nach der ersten Sprosse der Leiter, erklomm sie und ich zwang mich, nicht auf ihren Hintern zu sehen. Was gar nicht so leicht war, denn diese Leggings unter ihren Wollpullis hatten auch gewisse Vorteile und gerade war sie so weit über mir, dass ich …

»Daniel!« Sie hievte sich die letzte Stufe nach oben, krabbelte aus meinem Sichtfeld. »O mein Gott!«

»Gott bin ich noch nicht.« Ich folgte ihr, wesentlich langsamer, weil ich irgendwie die Kissen und den Rest mitkriegen musste.

Kaum war ich oben angekommen, entriss sie mir die Decke, schlang sie um sich, bis ihre Hände unter ihrem Kinn die zwei Zipfel eng aneinanderhielten. Und ja, ich verstand sie sofort. Es war saukalt hier.

Ihre Zähne schlugen aufeinander, als sie sprach. »Was … ist das … hier?«

»Ein Glasiglu.« Ich warf die Kissen an den Rand, setzte mich mit angewinkelten Beinen neben sie. »Die Vorbesitzer haben es hier auf eine Plattform der Dachterrasse gebaut, mit extra Zugang. Du kannst von hier aus über die ganze Stadt schauen.« Ich lehnte mich zu ihr, deutete mit dem Zeigefinger nach Norden. »Da ist das Harrison-Klinikum.«

Sie richtete sich auf, bis sie neben mir kniete. »Wow.«

»Und da …«, ich krabbelte um sie herum, zeigte gen Süden. »Da sind die Riesen. Also, hinter all den anderen hohen Häusern.«

Eli folgte meinem Blick, lehnte sich zu mir, bis sie förmlich mit ihren Augen eine Linie mit meinem ausgestreckten Arm bilden konnte. Allerdings vertrieb auch das nicht die Hochhäuser vor den *Little Giants*.

»Das ist … Daniel.« Ruckartig schaute sie zu mir, was mir ein paar peitschende Locken, aber auch einen warmen Bauch bescherte. »Wie schön das hier ist.«

Und wie.

»Ja, ist es.« Ich räusperte mich. »Die Vorbesitzer haben wohl oft hier geschlafen, deshalb ist das Ding mit einer extra angefertigten Matratze ausgelegt, die garantiert ein halbes Vermögen gekostet hat, immerhin ist das Iglu nicht ganz rund, sondern eher … was tust du da?«

Eli zog ihre Schuhe aus, warf sie die Leiter hinab, bis sie polternd im Flur ankamen. »Schlafen gehen.«

Oh. »Dann kann ich ja mal in meinem Bett schlafen.« Ich warf ein Kissen hinter mich, rutschte wieder vor zur Leiter.

»Oder … du bleibst noch ein wenig.« Das hatte sie jetzt nicht wirklich gesagt. »Wenn du willst.«

Ich wollte. Aber sollte nicht. Und doch blieb ich einfach sitzen.

Eli kuschelte sich in die Decke ein, versank auf dem Kissen, auf dem sonst ich schlief, und schaute hinauf in den Himmel. Die Wolken zogen über uns hinweg, der Regen prasselte in einem derart beruhigenden Ton auf uns nieder, ohne uns auch nur annähernd zu berühren, dass ich mich ebenfalls am liebsten hingelegt hätte. Unsere gemeinsame Atmung war das Einzige, was das Unwetter über uns unterbrach.

»Daniel, vorhin, deine Frage …«

»Eli, heute Morgen, was ich gesagt habe …«

Das Im-Chor-Sprechen funktionierte einwandfrei. Aber was wollte ich da bitte sagen? Wohin sollte dieses Gespräch führen? Wir brachen beide ab, ließen den Wind, der über uns hinwegfegte, die Lichter der Stadt, die nur für uns schienen, die Stille ausfüllen. Ich drehte mich weiter zu ihr um, legte ein paar Kissen auf mich, denn ich wollte nicht zu zittern beginnen.

Du bist ein Mann, sei stark!

»Ich kann keine Kinder bekommen.« Noch nie hatte ich Eli dermaßen monoton reden hören.

»Was?« Sofort begannen sich die Zahnräder in meinem Kopf zu drehen. »Wie lautet die Diagnose? Ich kenne eine Menge Ärzte, die mit dir sprechen könnten oder auch Studien. Ich kann dich in jedes Programm bringen, das …«

»Nein.« Sie setzte sich auf. »Kann Doktor Harrison bitte unten im Flur warten und neben mir einfach nur …« Ihre Schultern hoben und senkten sich. »Daniel sitzen?«

»Okay.« Auch wenn ich nicht ganz verstand, was sie da von mir verlangte.

»Der Autounfall mit meinem Vater, das hatte ich dir ja erzählt.« Sie nickte, als würde sie sich diese Frage selbst beantworten. »Wir … wir saßen alle im Wagen.« Sie zog die Knie an, bis ihr Kinn darauf ruhen konnte und die Decke wie eine Wolke um sie herumlag. »Es war glatt, hatte gerade erst geregnet und meine Eltern …« Sie schloss ihre Augen. »Sie hatten sich gestritten. Beide schrien sich ununterbrochen an. Ich weiß nicht mal, worum es ging.«

Es war ein Reflex, eine Handlung, die kein Denken benötigte. Ich rutschte zu ihr heran, legte einen Arm um sie.

»Es war wohl eine Windböe, genau weiß es niemand. Aber wir kamen ins Schleudern, das ganze Auto drehte sich, immer und immer wieder. Bis …« Ihre Stimme brach, tief atmete sie ein und aus. Ein und aus. »Bis wir von der Brücke stürzten. Das Holzgeländer gab einfach nach. Und wir fielen herab.« Ihre Augen begannen zu glänzen. »Bis das Wasser uns stoppte. Es gab so einen Ruck im Auto, so … einen schrecklichen Knall, so einen schrecklichen Schmerz.« Sie lehnte den Kopf an meine Schulter. »Wir waren vorher im Wald und ich … ich war ein Kind. Ein Kind, das eben Stöcke sammelt. Kleine und … große.«

O nein, ich ahnte bereits, was jetzt kommen würde, und allein dieser Gedanke rammte ein Messer in meine Brust, nahm mir für einen Moment den Atem.

»Mein Vater schrie, dass wir raus sollten, er klemmte irgendwie fest und … und …« Tränen liefen ihr stumm über die Wangen, benetzten ihre Lippen und es tat weh. Jeder einzelne Tropfen, der von ihrem Kinn auf meine Decke fiel.

»Hey, alles gut.« Ich rutschte zu ihr herum, bis sie zwischen meinen Beinen saß, ihr Rücken an meinen Bauch gelehnt, meine Arme um sie geschlungen.

Sie schluchzte auf, atmete zitternd aus. »Meine Mutter bemerkte erst draußen, dass sich etwas in meinen Unterleib gebohrt hatte, und riss es sofort heraus.« Ein Fehler, ein großer Fehler. »Mein Vater … er …« Sie rückte noch näher, als könnte sie in mir verschwinden. Weg von der Erinnerung. »Er ertrank und sie retteten mich kurz vor dem Verbluten. Meine Mum, sie … sie macht sich heute noch Vorwürfe.«

»Es tut mir leid, Eli.« Es war nur ein Satz, etwas, was nichts in ihr reparieren konnte. Etwas, was ihre Seele nicht einfach so heilte.

Ihr Körper bebte an meinem und ich nahm die Decke von ihr, legte sie um uns beide herum. Sie die ganze Zeit fest in meinem Arm. »Wirklich.«

»Schon gut.« Sie drehte sich ein wenig zu mir, wischte sich ihre Tränen an meinem Pullover ab, was ich erschreckenderweise einfach hinnahm. »Ist lange her, aber deine Frage … sie hat einiges aufgewühlt.«

Siehst du! Du hast sie zum Weinen gebracht. Du machst alles kaputt. Alles falsch!

»Entschuldige, das wollte ich nicht.« Es lag wohl schlicht und ergreifend in meiner Natur.

»Quatsch.« Sie richtete sich auf, bis ihre Nase auf der gleichen Höhe wie meine war. Ihre Wimperntusche malte schwarze Schatten um ihre Augen und ich wettete, sie hatte nun nicht nur ein Hemd, sondern auch einen meiner Pullover auf dem Gewissen.

Nur war mir das egal. So egal.

Ihr Atem strich über meine Wangen. »Woher solltest du das wissen? Du hast mich nur gefragt, mehr nicht.«

Weil du alles wissen solltest. Du hättest vorsichtiger sein müssen! In ihrer Akte stand sicher etwas. Das nennst du Vorbereitung, mein Junge?

»Vielleicht.« Ich wischte mit dem Daumen über ihre Wange, nahm ihr all die Tränen, die ich angerichtet hatte.

»Du bist nicht schuld, Daniel.« Sie schloss die Augen, als würde sie tatsächlich meine Berührung genießen, als würde sie *mich* genießen. »Versprochen.« Sie neigte den Kopf, schmiegte sich gegen meine Hand.

Ich verlor die Kontrolle über das, was zwischen uns passierte. Ich trieb einfach dahin, unfähig, die Richtung zu bestimmen. Vor allem über die meines Daumens.

Sanft strich ich ihren Kiefer nach, ihr Kinn, über ihre weichen Lippen, die sich genau in diesem Moment federleicht öffneten, aus denen ein Seufzen drang, das mich absolut fertig machte.

Ich will sie küssen.

Das … nein.

Ich legte mich zurück, nahm sie mit mir, bis wir eng beieinanderlagen, meine Hand immer wieder durch den Ansatz ihrer Haare strich.

Ihr Gesicht in die Kuhle zwischen meiner Schulter und meinem Hals geborgen atmete sie tief ein, legte einen Arm um mich, direkt über meine Brust. »Wir sind beide in diesem Iglu und ich fühle mich wohl.« Ihre Finger zeichneten kleine Kreise an meine Seite.

Ich zog die Decke höher, vergrub sie unter den warmen Daunen, unter meiner Umarmung, ganz nah an mir. Bis sich ihre regelmäßigen Atemzüge in den Wind mischten, der über uns tobte. Und in mir. »Ich mich auch.«

Wir hätten noch eine Regel gebraucht.

Regel Nummer fünf – kein Kuscheln.

Denn das hier war schlimmer als Sex.

DORT BIN ICH
AUFGEWACHSEN. ZWISCHEN
ALL DEM GELD, DEN LÜGEN UND

Arschlöchern

MEINER FAMILIE.

18

Eli

Als ich gestern Morgen im Iglu die Augen geöffnet hatte, war Daniel bereits weggewesen. Nur sein Geruch hatte noch immer in den Kissen gehangen, in der Decke, um mich herum. Was gar nicht mal so schlecht gewesen war, also nicht der Duft an sich, eher … ich hätte ehrlich nicht gewusst, was ich an dem Morgen zu ihm hätte sagen sollen.

Laut seiner SMS, die er mir aus der Klinik geschickt hatte, musste er eine 24h-Schicht schieben und so würden wir uns erst heute Nachmittag wiedersehen, kurz vor dem legendären Familienessen, was Daniel in sämtlichen Gesprächen großzügig umschifft hatte.

Ich hoffte nur, dass es nicht wirklich so grausam war, wie er angedeutet hatte. Denn dann bräuchte ich eine Menge Alkohol oder einen Anästhesisten statt Neurochirurgen. Ich kicherte selbst über meinen Witz – so mies fand ich den nämlich nicht – und betrat das Wohnzimmer, als im gleichen Moment die Fahrstuhltüren aufgingen und Daniel nach Hause kam.

Sein Autoschlüssel landete in der Schüssel, seine Schuhe flogen im hohen Bogen davon, knallten an die Wand, bis sie unter der Garderobe liegen blieben.

Ich kniete mich auf das Sofa, meine Unterarme auf der Lehne abgestützt. »Was haben Sie mit Daniel getan und wer sind Sie?« Wo war der ordnungsliebende Grumpy hin?

»Sehr witzig.«

Ja, wirklich, hatte heute echt einen Lauf.

Er kam ins Wohnzimmer, fiel neben mir auf das Sofa, legte die Beine hoch, sodass ich kaum noch Platz hatte. »Wenn mich nicht diese Couch umbringt, dann das Bett im Bereitschaftszimmer.«

»Das oben ist sehr bequem.« Was uns auch direkt zum Thema brachte. »Ich könnte ja in dem Iglu schlafen. Lass es mich ein wenig einrichten und du hast dein Bett ganz für dich.«

Er schloss die Augen, gähnte laut auf. »In zwei Wochen habe ich es eh wieder für mich.«

Oh, klar. »Ja.« Ich kämpfte mich hoch, kletterte über seine Beine, fiel beinahe auf den Couchtisch davor, konnte die Katastrophe allerdings noch abwenden, bis ich endlich auf dem Weg Richtung Treppe war. Richtung Flucht.

Was hatte ich erwartet, was er sagen würde? *Klar, Eli, komm, ich renoviere für dich?* Gott! »Ich gehe duschen, können dann in einer Stunde los.«

»Hmm«, brummte er und drehte sich auf die Seite. Er machte also erstmal ein Schläfchen.

Konnte er ja auch, war immerhin nicht verboten oder so. Die Stufen gaben keinen Laut von sich, alles war still. So still.

»Eli?« Daniels Stimme klang eher wie die eines Bären frisch nach dem Winterschlaf. »Wir können Montag was einkaufen gehen für das Iglu, da habe ich Urlaub. Okay?«

Urlaub!

Wie vom Blitz getroffen blieb ich stehen, wobei das nicht der richtige Begriff dafür war. »Dein Geburtstag!« Mit etwas zu viel Schwung drehte ich mich wieder zu ihm um, rutschte mit dem rechten Fuß weg. Mein Körper gab sich der Schwerkraft hin, landete mit dem Steiß auf einer der Kanten und schlitterte die eben fünf erklommenen Stufen hinab. »O fuck.«

Wie frisch vom Laster überfahren lag ich am Fußende der Treppe. Alles tat weh, jeder Muskel, jeder Knochen, jede Faser meines Körpers. Nicht zu vergessen mein Steiß, der ganz sicher blau werden würde.

»Alles gut?« Daniel reichte mir seine Hand, half mir wieder hoch. Wie war er so schnell hierhergekommen? Und verdammte Scheiße, das tat diesmal echt weh.

»Alles gut.« Ich schob mich von ihm weg, wollte nicht schon wieder im Bann seiner Nähe gefangen sein. Das in der Küche hatte gereicht.

Und das im Iglu. Dauernd!

Daniel neigte den Kopf. »Wirklich?« Er legte die Hände auf meine Schultern. »Mein Geburtstag hat dich wohl von den Füßen gehauen.« Amüsierte er sich gerade? Dieser Glanz in seinen Augen, als würde alles in ihm grinsen wollen, nur seine Seele nicht.

»Das hättest du gern, Grumpy.« Ich trat erneut einen Schritt von ihm weg. »Jetzt lass mich duschen gehen.« Ohne ihn weiter zu beachten, ging ich nach oben. Ich brauchte dringend eine warme Dusche, bevor wir zu seiner Familie fuhren.

Und ein passendes Geburtstagsgeschenk. Eins, das sowohl in meinem als auch seinem Budget lag. Also einfach unmöglich. Noch so ein guter Scherz von mir!

»Ich will kein Geschenk von dir«, brüllte er mir hinterher, bevor er sich garantiert zurück auf die Couch legte. »Wir begegnen uns sicher nicht mal am Mittwoch.«

Wie bitte? Ich ging nochmal ein paar Stufen herab, bis ich ihn wieder sehen konnte. »Vergiss es! Und ich hab schon ein Geschenk für dich. Ein richtig tolles.« *Nicht vorhandenes.*

»Dann gib's mir Donnerstag.« Er schloss die Augen, winkte ab. »Geh duschen, Dandelion.«

Das konnte er vergessen. »Mittwoch, Grumpy! Wir frühstücken zusammen und dann gibt's dein Geschenk. Keine Widerworte.«

»Nein, ich werde …«

»*Keine* Widerworte hatte ich gesagt!« Damit ging ich die letzten Stufen wieder hoch, schlug die Badtür so kräftig hinter mir zu, dass er es ganz sicher hören musste.

Super, jetzt brauchte ich nur noch ein Geschenk. *No problemo, Nemo.*

Oder so.

»Na, scheiß die Wand an.« Direkt vor uns erhob sich förmlich ein Koloss an Haus, welchem wir über eine private Straße entgegenfuhren.

»Das ist nicht dein Elternhaus.« Ich griff um seinen Unterarm, seine Hände noch immer am Lenkrad. »Sag es, Daniel. Ist ganz einfach, sprich mir nach: *Das* ist *nicht* mein Elternhaus.«

Seine Wange zuckte und … Seine Wange zuckte! Wollte er etwa lächeln? So richtig, wie normale Menschen das taten? Nicht, dass er unnormal wäre, ganz im Gegenteil, er war sogar relativ toll und – *lassen wir das.*

»Muss dich enttäuschen, *dort* bin ich aufgewachsen.« Wir fuhren eine leichte Kurve, nur um das Schloss nochmal in seiner vollen Pracht sehen zu können. Er rieb sich über die Stirn, bis sein Arm kraftlos hinabfiel. »Zwischen all dem Geld, den Lügen und Arschlöchern meiner Familie.«

»Klingt nett.« Ich griff nach seiner Hand, drückte sie. »Das wird das beste Familienessen jemals. Immerhin bin ich dabei.« Also was sollte da schon schiefgehen? Außer … ja, da gab es vielleicht das ein oder andere.

»Das bist du.« Er drehte seine Hand, bis meine in seiner lag, parkte das Auto direkt neben drei weiteren verdammt teuren Sportwagen. Was hatten die hier alle für Probleme? *Astrid* würde super zwischen ihnen aussehen.

»Mein Vater«, begann Daniel und ich sah wieder zu ihm. »Ich weiß, wir tun nur so …«

»Mach dir keine Sorgen, wir bekommen das überzeugend hin, okay?«

»Das ist es nicht.« Er senkte den Blick auf unsere ineinander verschlungenen Finger. »Du bist wirklich ein netter Mensch und er … er ist es nicht. Maxwell ist ein Scheiß im Vergleich zu ihm.«

Oh, darum ging es ihm! »Sag es einfach.« Ich rutschte auf dem Sitz zur Seite, bis meine Knie gegen die Mittelkonsole schlugen. »Sag es, Daniel Grumpy Harrison!« Lachend schüttelte ich seine Hand, die meine fest umschloss. »Du. Magst. Mich!«

Mit jedem Wort wanderten seine Augenbrauen höher und höher. »Ich kann dich eventuell ein bisschen gut leiden.«

»Damit kann ich leben. Ich mag dich jedenfalls.« Warum hatte ich mit dem Thema begonnen? Warum war mein Mund dauernd schneller als mein rational denkender Teil im Hirn? Ich drückte auf den Knopf der Tür, wartete, dass dieses alberne Flügelding endlich aufging.

Daniel, der es manuell natürlich zügiger offen hatte, stand bereits neben der Beifahrertür, als sie oben ankam, und reichte mir seine Hand. »Tust du das, ja?«

»Bild dir nichts drauf ein, Harrison.« Ich zog mich an ihm aus dem viel zu tiefen Wagen raus. »Und wenn wir den Status einer Fake-Ehe erreicht haben, dann möchte ich ein anderes Auto. Ein höheres mit normalen Türen.«

»Ehe?« Er schloss die Tür hinter mir, ohne mir auch nur die Chance zu geben, einen Schritt zur Seite zu treten. Seine Arme kesselten mich ein, links und rechts neben mir am Auto abgestützt. »Dann müssten wir Regel vier revidieren.«

Kein Sex.

Warum konnte man seine Wangen nicht beim Rotwerden aufhalten? Und wann waren wir in das Stadium des Flirtens gefallen? Obwohl mein Gesicht sicher brannte – und ich konnte in seinen Augen deutlich erkennen, wie sehr ihn das amüsierte, dafür musste er nicht lächeln – reckte ich das Kinn. »Um einen weisen Mann zu zitieren: Du dachtest nicht wirklich, dass zwischen uns jemals mehr als ein Kuss passieren würde?«

Er lehnte sich zu mir, schob meine Haare zurück, bis sein Atem gegen mein Ohr stieß. Heiß. »Um eine weise Frau zu zitieren: Man lernt nie aus.«

Wollte er mir gerade sagen, dass … nein. Also. Das war … nein. Oder doch? Allein der Gedanke daran, wie sein Daumen meine Lippen berührte, wie gern ich ihn in den Mund genommen hätte, erst seinen Finger, dann seinen …

»Daniel!« Eine viel zu hohe Frauenstimme schrie über die Einfahrt hinweg, die so groß wie ein Supermarktparkplatz war. »Wie lange willst du noch am Auto stehen?«

»Wir wurden die ganze Zeit beobachtet?«, zischte ich ihm zu, was er mit einem Nicken beantwortete und mich auf den eiskalten Boden der Tatsachen warf.

Show. Es war nur seine Show. Ich war nur sein Gegenpart. Seine Fake-Freundin.

»Die Tatsache, dass ich Lucy nicht mal vor ihnen umarmt habe und dich hier gerade am liebsten …« Er sah zu meinen Lippen, befeuchtete seine eigenen. »Du bist im Spiel, Dandelion.«

Genau. Im *Spiel.*

Einen Arm um meine Taille gelegt führte er mich über den Platz, bis wir die wenigen Steintreppen zu einer älteren Frau hinaufgingen, die ganz sicher seine Mum war.

Ihre hellblauen Augen sahen exakt wie die von Daniel aus und ich wettete, dass unter ihren dunkel gefärbten Haaren irgendwann mal blonde Strähnen zu entdecken gewesen waren. Genauso wie eine Mimik zwischen all dem Botox.

»Schön, dich zu sehen, Daniel!« Sie zerrte ihn förmlich von mir, küsste seine Wangen und hinterließ rosig glänzende Abdrücke. »Du warst so lange nicht mehr hier bei uns, schäm dich, Junge.«

»Mach ich später, Mum.« Er schob sie von sich, wischte sich kurz übers Gesicht und griff dann auch schon nach meiner Hand. »Darf ich dir Eli vorstellen, sie …«

»Komm rein, Schatz, und bring mit, wen du willst. Draußen ist es kalt.« Und schon war sie wieder im Inneren des Hauses verschwunden.

»Nett«, murmelte ich und betrat ebenfalls die Höhle der Löwen.

Daniel ließ meine Hand nicht einen Moment los und ich wagte nicht daran zu denken, ob es damit zu tun hatte, dass er mich wirklich mochte, oder viel mehr damit, dass er mit mir die Show seines Lebens abzog. Ganz zu schweigen davon, was ich bei all dem empfand.

Egal, unter anderen Umständen würde ich mich hier sicher verlaufen, also hing ich lieber grübelnd an seiner Hand rum. Egal welchen Gang wir betraten, es bogen erneut Flure ab, in denen sich wieder Türen aneinanderreihten. Unterbrochen wurde dies lediglich durch runde Foyers, natürlich mit Tisch und Blumen in der Mitte. Und die Treppen! Sie schlängelten sich wie goldene Wurzeln durch das Gebäude, schienen nirgendwo zu enden.

In der Einfahrt standen zwar noch andere Autos, aber wir waren wohl die Ersten. Immerhin freie Platzwahl. Vielleicht sollte ich sagen, dass ich rauchte, und könnte so alle paar Stunden verschwinden. Obwohl … ich roch ja dann nicht danach. Mentholkippen wären eine Idee. Allerdings waren hier alle Ärzte, und wollte ich mir wirklich die ellenlangen Vorträge dazu anhören? Lieber nicht.

»An was denkst du?« Daniel legte seine Hand auf meinen Rücken, führte mich laut seinen Worten Richtung Küche. Die Orientierung hatte ich schon lange verloren.

»Zigaretten.«

»Du rauchst?«

»Ich überlege anzufangen.« Allein wegen seiner riesigen hellblauen Augen und den Augenbrauen bis zum Haaransatz war es diesen Scherz wert gewesen. »Beruhig dich, war nur Spaß.«

»Ich lache nachher.«

Ich blieb kurz stehen. »Da will ich aber dabei sein. Du hast noch nie in meiner Gegenwart gelacht.«

»Mal sehen, vielleicht lade ich dich ein.« Immerhin ist sein Humor die letzten Wochen gewachsen.

Wir liefen unter einem offenen Türbogen entlang, vorbei an unzähligen Bilderrahmen mit … was war das? Wieder hielt ich inne, betrachtete die Rahmen ohne Fotos, stattdessen mit Auszeichnungen und das nicht gerade wenige. Ungefähr drei Milliarden hingen bis an die Decke direkt vor uns verteilt, alle in einen dunklen Holzrahmen gefasst.

»Was suchst du?«

Eher wen. Meine Augen glitten von einer Urkunde zur nächsten, doch zwischen all den Harrisons war es schwierig, einen bestimmten zu finden. »Deinen Namen.«

»Warum?« Er trat in mein Sichtfeld.

»Warum nicht?« Ich schielte an ihm vorbei. »Lass mich deinen Doktor bewundern.«

»Meinen Doktor? Der hängt hier nicht, das ist keinen Rahmen an dieser Wand wert.« Er fuhr sich übers Gesicht. »Hier hängen nur die Auszeichnungen für besondere Leistungen von meinem Vater.

Und seinem. Und dessen. Und so weiter.«

»Und du hast noch keine.« Es war eine Feststellung, immerhin hatte Maxwell es bisher nur um die dreihundert Mal betont. »Du solltest deine eigene Wand beginnen, wenn dein Vater so ein Arschloch ist und …«

Daniel unterbrach mich. »Es ist … kompliziert, okay?« In dieser Familie schien alles kompliziert zu sein.

Ich hakte mich bei ihm ein und wir gingen weiter. Wie bei einer Schlosstour. »Dann zeig mir deine Urkunde zu Hause.« Mit der Schulter stieß ich gegen seine. »Ich muss checken, ob Doktor Grumpy drunter steht.«

Er schnaubte, was fast als versuchtes Lachen durchgehen konnte. »Nicht Doktor Sexy?«

Und zum zweiten Mal wurde ich knallrot wie eine Tomate. Sehr geil hier.

Daniel zog mich enger an sich. »Ich liebe es, wenn du rot wirst.« Liebe? *Ignorieren, ignorieren, ignorieren!* Sicher saß hier irgendwer und hörte zu, deshalb hatte er es so ausgedrückt. Alles nur die pure Inszenierung und …

»Da bist du ja, Schatz.«

Und schon wurde meine Theorie bestätigt.

Seine Mutter steckte den Kopf aus einem angrenzenden Raum, winkte ihn zu sich und wir folgten ihr. »Komm in die Küche, die Köche haben gerade den Truthahn gebracht.«

Köche? Hatten die hier Personal? »Daniel kann Ihnen sicher super beim Kochen helfen.«

»Das bezweifle ich.« Sie hatte mich beachtet, immerhin. »Er ist Arzt und kein Küchenjunge. Und das aus gutem Grund. Manche Arbeiten sollten nun mal Leute tun, die weniger Wissen in sich tragen.«

Hatte sie gerade dumme Menschen nett verpackt? Wow. »Dann wissen Sie, wie dieser Truthahn zubereitet wurde?« Ich neigte den Kopf, nahm sie ganz genau unter die Lupe. Ihre braun gefärbten Haare, bei denen nicht eine Strähne das Grau verraten würde, die Botox-Stirn, die aufgepumpten Lippen, die unnatürlich rosa schimmerten. Man sollte ja keine Vorurteile haben, aber wenn diese Frau wusste, wie man einen Truthahn füllte, dann würde ich ein Jahr lang jeden Tag freiwillig die Babys bei den Riesen wickeln.

»Wieso sollte ich sowas wissen?« *Bingo!*

Ich schnalzte mit der Zunge. »Na, bei all dem Wissen, dass Sie in sich tragen.«

Daniel umfasste meine Taille und zog mich fester an sich als nötig. »Darf ich dir Eli nun endlich vorstellen?«

Seine Mutter legte ihre manikürten Hände übereinander, zuckte mit der Schulter. »Ich weiß alles. Nayeli Dandelion, Probleme mit Kastanientieren, ungeschicktes Talent, Erzieherin.«

Wenn das alles war, dann konnte ich meinen Lebenslauf ja kürzen. Aber gut, man sollte jedem Menschen freundlich begegnen. Vielleicht half ja ein Neustart?

Ich löste mich von Daniel, reichte ihr meine Hand. »Nennen Sie mich einfach Eli. Ich bastle nie wieder mit Kastanien, versprochen. Auch wenn ich genau damit Ihrem Sohn nahekam.« Oder mit dem Pumpkin Spice Latte macchiato. »Es freut mich sehr, Sie kennenzulernen.«

Sie ging einen Schritt zurück. »Das ist schön für Sie. Vielleicht erwähnen Sie dann noch die Feuertreppe?«

»Was?« Mein Arm fiel herab, und gerade als ich nervös plappern wollte, ergriff Daniel das Wort.

»Muss ich dich um Erlaubnis bitten, was ich mit meinem Geld anstelle?« Er trat wieder zu mir, legte eine Hand auf meine Schulter.

Sie lächelte, ungefähr so wie Schlangen lächeln würden, wenn sie könnten. »Entschuldige, Junge. Ich wollte dir nicht zu nahetreten.«

»Bist du auch nicht, Liebling«, antwortete eine tiefe männliche Stimme.

Daniels gesamter Körper wurde zu Stein, seine Hand auf mir wog auf einmal tonnenschwer. »Dad.« Er wandte sich zu seinem Vater um. »Schön, dich zu sehen.« Alles daran klang wie eine Lüge.

Ich drehte mich ebenfalls zu ihm, hielt für einen Moment inne. Er sah Daniel zum Verwechseln ähnlich, nur gute dreißig Jahre älter, mit grauen Haaren, die er zur Seite gelegt hatte. Selbst den Dreitagebart trugen sie gleich. Nur das Daniels blaue Augen mich noch nie *so* kalt angesehen hatten. Es erinnerte mich an einen Gletscher, der mich früher oder später zu erfrieren versuchte.

Aber wie war das? Immer schön freundlich. Auch ihm reichte ich die Hand. »Hallo, mein Name ist Eli.«

Er lächelte und ich wünschte, Daniel würde mich niemals auf diese Art anlächeln. »William, schön, die Frau kennenzulernen, die meinem Sohn über Lucy hinweghilft.«

Ich lachte auf, wahrscheinlich, weil mein Körper keine andere Reaktion dazu hatte. »Wow, Sie sind direkt.«

»Und Sie skrupellos bedürftig genug, um Daniel das Geld aus der Tasche zu ziehen.« Sein Blick glitt an mir auf und ab. »Dabei sind Ihre Reize nun wirklich nicht …«

»Vater.« Daniel legte einen Arm um meine Schultern, als könnte er mich damit vor ihm schützen. »Zwischen uns geht es nicht ums Geld.«

Es ging nie um etwas anderes. Aber gut. *Lasset die Show beginnen.*

»Mir egal. Wenn du meinst, dass du diese Erzieherin mitanschleppen musst, dann bitte.« Er drehte sich um, winkte mit zwei Fingern über der Schulter in seine Richtung. »Theodora, komm.«

Was war seine Frau? Ein Hund? Tatsächlich lief sie sofort los, ihre hohen Schuhe hallten durch die Küche. Dann waren sie beide weg und nur der Truthahn stand noch mitten auf der Arbeitsfläche. Und roch übrigens köstlich.

»Gott, er ist so …« Daniel schlug neben mich auf den Tresen, wobei der Granit eindeutig gewann.

»Schrecklich. Alle beide.« Mir war egal, ob das zwischen uns mehr Show als Realität war. Ob wir uns nur berührten, wenn wir mussten. Oder sollten. Gerade *wollte* ich ihm nahe sein. So nahe wie nur möglich.

Ich schlang meine Arme um ihn, legte meinen Kopf an seine Brust und es dauerte nicht lang, bis er die Umarmung erwiderte. »Du bist es nicht. Du bist nicht wie deine Mutter. Du bist nicht wie dein Vater.«

Du bist so viel besser.

pumpkin
Spice

SOLANGE
DAS *Herz*
DEN WEG BESTIMMT,
KANN DAS ZIEL NIEMALS
FALSCH SEIN.

19

Daniel

Es dauerte nicht lange, bis auch die restliche Sippe ankam, sich im Haus tummelte. Claire und Jason kamen nur wenige Minuten später, doch so schnell sich Eli neben mir entspannt hatte, da sie meine Schwester ja immerhin kannte, so schnell hatte sie auch wieder nach meiner Hand gegriffen. Hier war Claire nicht Claire. Hier war sie die Verlobte von Jason.

Maxwell und Lucy kamen gerade rein, was mich merkwürdigerweise nicht sehr störte. Stattdessen wandte ich mich eher Eli zu, die auf ihrer Unterlippe kaute, zu Claire sah und sich garantiert Sorgen machte. Musste sie nicht. Wenn dieser Abend vorbei war, dann würde sie bei Liam im Arm liegen, nicht bei Jason. Es war nur … nicht so leicht.

Ich legte einen Finger unter Elis Kinn, zwang sie, mich anzusehen. »Alles gut?«

»Hmm.« Sie stellte sich auf Zehenspitzen, bis sie mir ins Ohr flüstern konnte. »Ich mag diesen Typen neben Claire nicht.«

»Da sind wir *alle* einer Meinung.« Ich hauchte einen Kuss auf ihre Wange, was … sich erschreckend normal anfühlte.

Sie lehnte ihre Schläfe an meine. »Warum trennt sie sich dann nicht?«

»Sie … raste nicht aus, ja?« Wieso sagte ich das überhaupt? Wollte ich nicht genau das? Dass sie sich aufführte, wie sie sich nun mal aufführte und jeder sah, wie … *schrecklich* sie war? »Sie darf nicht.«

Eli zuckte zusammen, ihre Finger krallten sich in mein Hemd. »Das meinst du nicht ernst.«

Ich wünschte es. »Lass uns zu Hause darüber reden.«

Sie nickte, wenn auch mit einem Blick, der sich wie ein Klumpen in meinem Magen drehte und wendete.

Meine Mum klatschte erfreut in die Hände, als hätte sie tatsächlich einen Finger für das Essen gekrümmt. »Setzt euch alle an den Tisch, die Kellner legen gleich los.«

»Kellner?« Eli lehnte sich mit ihrem Rücken an mich. »Was kommt als Nächstes? Eine Sitzordnung?«

»Die gibt es garantiert«, murmelte ich ihr zu, legte mein Kinn auf ihren mehr als voluminösen Scheitel.

»Wie bitte? Ich sitze bei dir, nur dass das klar ist.« Ihr Blick glitt über die anderen. »Am Ende muss ich noch neben Maxwell den Truthahn genießen.«

»Das wäre ganz amüsant.« Wenn auch möglicherweise tödlich.

Sie drehte sich zu mir um, sah mit ihren Bernsteinaugen zu mir auf. »Wenn du dann lachst, würde ich dieses Risiko eventuell eingehen.«

»Wie aufopferungsvoll von dir.« Meine verräterische Wange wollte jetzt schon am liebsten nachgeben.

»So ist deine wundervolle Freundin.« Sie grinste und ihr Blick zuckte genau dorthin, wo meine Gesichtsmuskulatur tatsächlich irgendetwas tun wollte. »Lass uns ein Spiel spielen.« Die Hände in meinem Nacken verschränkt zog sie mich zu sich herunter. »Gibt es hier Alkohol?«

Sie brachte mich wirklich gleich zum Lachen. »Was denkst du, wie wir diesen Abend überleben?«

»Sehr gut!« Da wiederum war ich mir nicht so sicher. »Jedes Mal, wenn jemand etwas Unpassendes zu mir sagt, musst du etwas trinken. Und wenn jemand was zu dir sagt, muss ich trinken.«

»Sag mir, wie sollen wir die erste Stunde überstehen?« Und warum dachte ich ernsthaft darüber nach?

Ihre Nase streifte meine – ganz das verliebte Paar. »Komm schon.«

Ich musste absolut den Verstand verloren haben. »Andere Regeln: Wir trinken beide, sobald jemand ›Junge‹ zu mir oder ›Erzieherin‹ zu dir sagt.«

»Grumpy, das ist genial!« Sie presste sich eine Hand auf den Mund, um das Lachen dahinter zu ersticken, was ich nur zu gern gehört hätte. »Abgemacht.«

»Daniel, mein Junge, komm her.« Mum rief nach mir, was Eli nun doch in lautes Gelächter ausbrechen ließ. Und diese klaren Töne hier zu hören, zwischen all den giftigen Menschen, den heuchlerischen Phrasen und dem stinkenden Geld, war das Schönste überhaupt.

Eli griff nach meiner Hand, zog mich zum Tisch. »Es gibt ja wirklich Namenskarten und … natürlich.« Ihr Name stand von meinem so weit weg wie nur möglich. »Haken dran.« Sie nahm Lucys Karte, die selbstverständlich neben mir saß, und tauschte sie mit ihrer, die tatsächlich bei Maxwell positioniert war.

»Entschuldigen Sie! Ich wusste nicht, dass Erzieher berechtigt sind, hier die Ordnung zu stören.« Jason stellte sich direkt neben uns und, bei Gott, so wie Eli ihn ansah, hatte sie nur auf ihn gewartet.

»Da haben Sie vollkommen recht, Verlobter von Claire, der sich mir nicht vorgestellt hat, bereits jedoch meinen Job kennt.« Sie ging einen Schritt auf ihn zu. »Zur Info: Erzieher stellen die Ordnung wieder her.«

»Ordnung?« Meine Mutter schnaubte. »Sie passen auf die Kinder auf, deren Väter nicht genug Geld mit nach Hause bringen. Das ist keine Ordnung, sondern einfach nur Anarchie.«

»Hört, hört.« Lucy hob ihr schmales Champagnerglas und prostete meiner Mutter zu. Sie trug ihr Lieblingskleid, das schwarze, enge, welches ich nur allzu oft …

»Das ist die älteste und kaputteste Weltanschauung, die ich jemals gehört habe. Es gibt viele Frauen, die *gern* arbeiten gehen.« Eli zuckte mit den Schultern. »Und selbst wenn nicht, darf jeder leben, wie er möchte.«

»Jeder, wie er will und dann von Ordnung sprechen?« Mein Vater setzte sich an den Tisch und erst jetzt ließen wir anderen uns auf die Stühle fallen. »Wo hast du die nur gefunden, mein Junge?«

Eli blieb stehen, ihre Wangen färbten sich rot und das nicht aus den Gründen, die ich so gern an ihr herauskitzelte. »Bei den *Little Giants* hat ihre Tochter mich *gefunden*.«

Claire zuckte zusammen, hielt den Blick weiterhin gesenkt.

»Noch jemand von dieser Assi-Einrichtung.« Jason schnalzte mit der Zunge, seine Finger gruben sich in den Arm meiner Schwester.

Auf die Art und Weise, wie Eli reagierte, war ich nie im Leben vorbereitet gewesen. »Was zur Hölle bist du für ein Arschloch?«, brüllte sie dem Leiter der Börsenaufsicht mitten ins Gesicht.

»Diese Kinder …« Tief atmete sie durch und ich griff völlig automatisch nach ihrer Hand, um … keine Ahnung. »… sie hatten nicht das Glück wie ihr, Zucker in den Arsch geblasen zu bekommen. Da war kein goldener Löffel in ihrem Mund. Da gab es nur Drogen, Alkohol, Schulden.« Sie fixierte meinen Vater. »Eltern, die nicht richtig gehandelt hatten. Aber das sind keine asozialen Menschen, ganz im Gegenteil. Diese Fehler, diese Entscheidungen, die sie *leider* getroffen haben, sind das Menschlichste, was es gibt. Weil Benjamins Mutter in der Suchtklinik ist, wiege ich ihn in den Schlaf, bis *sie* wieder stark genug dafür ist. Und das wird sie eines Tages sein.« Sie schluckte sichtbar. »Ich bastle Kastanientiere mit Madison, bis ihre Mutter endlich keinen Alkohol mehr trinkt. Und lasse den kleinen Luke in Daniels Lamborghini sitzen, weil er sicher nie wieder die Chance dazu hat, bis er als Waise eine Pflegefamilie findet.«

Okay, das hielt ich nicht länger aus. Tränen brannten ganz eindeutig in ihren Augen und ich würde nicht zulassen, dass mein Vater ihr das nahm, was ich an ihr so sehr … bewunderte. Ihre Freude, ihr Glück, ihr *Strahlen*.

»Dad, es reicht.« Ich stand auf, schloss Eli in die Arme, was sie einfach zuließ, ohne auch nur im Entferntesten darüber nachzudenken, was mein Vater, meine Mutter oder sonst wer von ihr halten würden. Weil sie sie selbst war, immer und überall. Ohne Wenn und Aber.

»Solltest du dann mit deinem netten Vortrag fertig sein, wir essen jetzt.« Meine Mutter schaffte es echt, noch einen draufzusetzen.

»Ich bin fertig, danke der Nachfrage.« Eli löste sich von mir, ließ sich auf den Stuhl neben meinem fallen und auch ich setzte mich.

»Die *Little Giants*«, Claire räusperte sich, und so dünn und zittrig, wie ihre Stimme war, hätte Liam hier sicher alles schon zu Kleinholz verarbeitet, »sind eine überaus wichtige Organisation und ich freue mich sehr, dass mein Bruder eine so tolle Frau wie Eli an seiner Seite hat.«

Sie wusste doch, dass das hier alles nur Show war, ein großes Theater. Warum sagte sie sowas und brachte sich damit unnötig ins Fadenkreuz unseres Vaters?

Die Worte meiner Schwester gingen in dem regen Besteckschwingen meiner Mutter unter, die fröhlich, als wäre nichts gewesen, das Essen auf die Teller verteilte.

»Danke, Claire«, sagte Eli mit einer derart festen Stimme, dass Mum nun doch kurz ins Stocken kam. Na dann, guten Appetit.

»Hast du mitgezählt?« Eli lehnte sich zu mir, eine Hand unter dem Tisch auf meinem Oberschenkel. »Einmal Junge, zweimal Erzieher, wenn man meins mitzählt.«

Einen Arm um sie gelegt beugte ich mich ebenfalls zu ihr. »Nach deiner Rede bräuchte ich eher eine ganze Flasche Schnaps.«

»Oh, war sie dir zu unbequem?« Sie zog ihre Hand von mir, doch ich packte sie, drückte sie wieder auf mein Bein hinab.

»Nein, ich … unser Leben ist ein Privileg. Das vergesse ich oft. Es ist große Arbeit, die ihr dort leistet.« Ich fixierte ihre Augen. »Die *du* dort leistest.«

Für einen Moment gab es nur uns, keine Familie, keine verqueren Weltanschauungen. Nur Eli, die mich anblickte, als würde sie mich das erste Mal wirklich ansehen. Die trotz ihrer wilden Locken, ihres Nasenrings, ihrer dreitausend Wollpullis so *perfekt* aussah. Oder genau deswegen.

Ihr Blick wanderte von meinen Augen zu meinem Mund und da war es. Diese Wärme in meinem Magen, dieses Gefühl, dieses Kribbeln.

»Regel Nummer drei, Grumpy. Immer und überall«, murmelte sie, kurz bevor ihr Mund auf meinem lag. So zärtlich, so leicht, dass es kaum wirklich geschah. Und doch fiel ich sicher jeden Moment von diesem Stuhl, direkt vor ihre Füße. Ihre Finger gruben sich in mein Bein und ich umfasste ihren Nacken, drückte sie an mich und küsste sie, bis ihre Atmung zu meiner wurde und meine zu ihrer.

»Daniel.« Mein Vater konnte meinen Namen noch genauso gut wie vor zwanzig Jahren brummen, Respekt. »Das gehört sich nicht.«

Eli löste sich von mir, ihre Wangen glühten – und das endlich wieder aus den richtigen Gründen. Als mein Blick den von Claire streifte, grinste sie mich so wissend an, dass ich sie … am liebsten ebenfalls angelächelt hätte. *Bald.*

Wir aßen alle eine ganze Weile schweigend vor uns hin. Ich besorgte mir und Eli zwei Schnapsgläser, füllte sie dreimal in einem relativ großen Abstand mit einem süßlichen Pflaumenschnaps aus der Bar, sodass uns niemand für absolut verrückt hielt.

Jason berichtete von seinen neuen Jahresabschlüssen, von den Steuersündern, die er fand, und brachte uns nur einen weiteren Schnaps ein.

Maxwell, der die ganze Zeit über erschreckend ruhig war, erzählte von seiner Auszeichnung letzte Woche, aber nichts von einem Antrag an Lucy. Spannend, vor allem, da dreimal ›mein Junge‹ fiel.

»Und bei dir, Daniel? Wurdest du für den diesjährigen *Neurosurgeon-Award* nominiert?« Mein Vater wusste es doch eh, warum musste er mich jetzt vorführen?

Der Schnaps in meiner Blutbahn betäubte mich. »Nein, Dad. Wie immer, keine Nominierung, keine Auszeichnung.«

Er rümpfte die Nase. »Also weiterhin nichts weiter als Nummer *zwei*.«

»Daniel hat die Auszeichnung meines Herzens.« Gott, Eli schien der Alkohol auch etwas zu Kopf zu steigen.

Mein Dad zuckte nur abschätzend mit einer Augenbraue. »Von einer Frau, deren Name ein Zungenbrecher ist.«

»Nayeli Dandelion? Den Kindern fällt es nicht sehr schwer, William.« Uh, sie sprach ihn mit Vornamen an. Das sollte mehr als spannend werden.

Er neigte den Kopf, ließ seine Augen über sie wandern. Nicht auf anzügliche Art und Weise, eher, als würde er ein neues Rennpferd begutachten. »Woher kommt Ihr Name?«

Das ging ihn nichts an! Er sollte es nicht gegen sie verwenden können. »Dad, das …«

»Schon gut, Daniel«, unterbrach Eli mich, legte die Hände flach auf dem Tisch auf. »Nayeli sagten die Zapoteken – das ist ein Urvolk in Mexiko –, wenn …«, sie sah kurz zu mir herüber. »… wenn sie sich lieben.«

Es gab keinen Namen, der besser zu ihr passte als dieser.

Maxwell stöhnte auf. »Ich liebe dich, Pusteblume. Ein Hoch auf diese Namenskonstellation.«

Sollte Eli dieser Satz wehgetan haben, so ließ sie sich nichts anmerken, sie nickte ihm lediglich zu und lächelte. »Ein Hoch auf den schönsten Namen, den es geben kann.«

»Dann sprichst du fließend Spanisch, Eli?« Claire schaute nur für den Bruchteil einer Sekunde in ihre Richtung.

»Ich fluche fließend spanisch.« Sie grinste, was die Grübchen in ihren Wangen zum Vorschein brachte. »Meine Oma wuchs in Mexiko auf, meine Mutter sprach schon nur noch Bruchstücke und ich nur das, was meine Mum im Alltag so benutzte.« Das würde die wilden Worte erklären, die sie damals geschrien hatte, als ich ihre Wunde gereinigt hatte.

»Was für eine Mutter«, murmelte ironischerweise meine und verdrehte die Augen.

»Die Beste, Theodora.«

Die Kellner räumten das Essen weg, brachten die teuersten Weinflaschen aus dem Keller, die mein Vater noch so übrighatte.

»Siehst du das?« Ich nahm den Arm um Elis Stuhllehne schon gar nicht mehr runter. »Das nennt man Weingläser.«

»Kennen Erzieher sowas nicht?« Mensch, Jason, wir hatten doch eben erst einen Schnaps gehabt.

»Tatsächlich nicht, nein.« Elis Zunge klang etwas schwerer als sonst. »Unser Wein kommt immer direkt aus dem Tetrapak.«

»Das kenne ich nicht.« Lucy legte ihre blonden Haare zur Seite, sprach mit Eli und sah doch zu mir. »Ist das eine Weinregion?«

Claire hustete mehrere Male, um ihr Lachen zu vertuschen, aber nachdem Eli laut aufgelacht hatte und tiefer in meine Arme gefallen war, konnte auch sie nicht länger an sich halten.

»Liegt in Frankreich«, hörte ich mich plötzlich sagen. Was sollte das? Hatte der Scherzkeks in mir seinen Durchbruch? Eher der Alkohol. »Tetrâ-paque.«

Eli vergrub ihr Gesicht an meiner Schulter, füllte unsere zwei Schnapsgläser wieder auf. »Dort sollten wir dringend mal Urlaub machen.«

»Erst nachdem ich dir den Louvre gezeigt habe.« Ich hob mein Glas, stieß gegen ihres.

»Abgemacht.« Wir tranken beide aus und die süße Flüssigkeit

war kaum in unseren Mägen angekommen, da drückte sie mir wie jedes Mal einen Kuss auf den Mund. Meine Hand fest um ihren Hinterkopf, ihre Finger um den Kragen meines Hemds geschlungen. Und meine Lippen waren noch immer auf ihren, da wünschte ich mir bereits, der nächste Anlass zum Trinken würde nicht allzu lang auf sich warten lassen.

»Sie interessieren sich für Kunst?« Natürlich wurde mein Vater da hellhörig. »Welche Epoche?«

Er wollte sie bloßstellen, nicht mehr und nicht weniger. Ich wollte das nicht, wollte nicht, dass er diese Leichtigkeit zwischen uns zerstörte. Auch wenn wir beide nur eine Fälschung waren.

Eli straffte neben mir ihre Schultern, sah ihm direkt in die Augen, noch bevor ich mich einschalten konnte. »Den Klassizismus. Ich liebe die künstlerische Ausdrucksform der Aufklärungszeit mit ihren Idealen der Vernunft und der Rationalität.« Was? Das hatte ich nicht erwartet und ich war mir auch selbst sehr unsicher, ob ich überhaupt verstand, was sie da erzählte. »Es sind die klaren Linien, die einfachen Formen, die ich liebe.«

Mein Vater grinste, als würde seine Falle jeden Moment zuschnappen. »Welches Werk bevorzugen Sie?«

Sie lächelte, senkte den Blick, als würde sie mit ihren Gedanken woanders hinreisen. »Das Begräbnis der Atala von Anne Louis Girodet-Trioson.«

»Interessante Wahl.«

»Kunst ist keine Wahl. Kunst ist wie die Liebe, ein Gefühl, dem man immer folgen sollte.« Eli sah zu mir, nahm meine Hand. »Solange das Herz den Weg bestimmt, kann das Ziel niemals falsch sein.«

Sie spielte die Sache gut.

So gut.

Zu gut. Man könnte fast denken, dass die Wahrheit hinter dem Bernstein in ihren Augen glänzte. Oder der Alkohol.

»July hat nächste Woche Entbindungstermin«, schrie meine Mutter förmlich. »Ist das nicht aufregend?« Sie schenkte sich nochmal Wein ein und auch ich reichte ihr mein Glas.

»Wirst du bei der Entbindung dabei sein, Claire?« Als ob sie nach dieser Frage unseres Vaters noch eine Wahl hätte. Sie hasste July –

Maxwells Schwester – wie die Pest. Ganz sicher hatte sie kein Interesse daran, am Ende ihrer gespreizten Beine zu sitzen und auf das Kind zu warten. Ich wusste nicht, warum sich die beiden nicht leiden konnten, doch July und Maxwell waren nicht sehr verschieden. Es gab sicherlich genug gute Gründe.

»Ich weiß es noch nicht.« Gefährliche Antwort.

Dad neigte den Kopf. »Wie bitte?«

Tief atmete sie durch, ihr Blick zuckte in alle Richtungen, fand keine Ruhe. So wie sie selbst.

»Liam hat nächste Woche Schicht im Kreißsaal. Ihr kennt euch doch, oder?« Hatte er nicht, er hasste es dort unten. Aber mein Ziel war ein anderes.

»Liam Sprouse?« Dad richtete seine Augen nun auf mich. »Was macht denn ein Krankenpfleger mit seinen Fortbildungen im Kreißsaal?«

Berechtigte Frage. Aber seine Anästhesie-Ausbildung und Co. brachten ihm überhaupt nichts, wenn er weiterhin um Schichten wettete und mal wieder seinen Hintern am Empfang der Notaufnahme platt saß.

Ich erwiderte den Blick meines Vaters und war dankbar um den Schnaps, der mir den Mut gab, einfach zu sprechen. »Genau, diesen Liam meine ich. Die Pfleger wetten manchmal um … na ja, um Dinge. Und Sprouse setzt oft seine Schichten ein.«

»Stimmt.« Eli sah von mir zu Claire. »Beim letzten Mal saß er auch am Empfang direkt am Eingang.«

»O ja«, ich wandte mich ihr zu. »Da hatte er gewettet, dass Miss Jones früher als Miss …« Was erzählte ich da mitten am Tisch meiner Eltern? »Egal.«

Eli lachte auf, strich mir durch die Haare, nein. Sie wuschelte mir durch die Haare! »Das Ende will ich zu Hause hören.«

»Vielleicht«, flüsterte ich an ihre Schläfe.

»Kommen wir zurück zu July.« Mum zerquetschte die Weinflasche in ihrer Hand jeden Moment in tausend kleine Scherben, sollte sie auch nur eine Sekunde länger so verkrampft ihre Finger um sie spannen.

Jason richtete sich gerader auf, sah zu meinem Vater. »Claire wird nicht dabei sein.«

Dieser nickte, gab ihm das Stückchen freien Willen. Gab ihm seine Tochter. Tief atmete ich durch. Immerhin war das Problem mit der Geburt erledigt.

Mum reichte mir mein gefülltes Weinglas in meine Richtung. »Hier mein Junge, dein Wein.«

Eli stand halb auf, griff nach dem Glas für mich, breitgrinsend, weil schon wieder das Wort der Wörter fiel, als … o nein. Meine Mutter ließ los, noch bevor Elis Finger den Glasstiel überhaupt hätten streifen können. Sie fasste danach, versuchte das Glas irgendwie aufzufangen, doch es trat seinen unweigerlichen Weg auf die Tischplatte an. Dumpf knallte es auf, spritzte die rote Flüssigkeit von links nach rechts, auf alle, die im Umkreis saßen.

Lucy schrie, sprang auf. »Mein Kleid.«

Maxwell blieb einfach sitzen, schwieg. Wie den ganzen verdammten Abend. Er wischte sich lediglich die Tropfen aus dem Gesicht, beachtete die roten Punkte auf seinem weißen Hemd gar nicht weiter.

Doch mein Vater … *mein Vater.* »Du unnützes Ding!« Er stand auf, der Wein tropfte von seiner Krawatte auf die Tischdecke. »Pass besser auf, wenn du was in die Hand nimmst. Sei vorsichtiger, umsichtiger, mit Bedacht! Und nicht so ein versagender Tollpatsch, der nicht mal ein Glas anpacken kann.«

Seine Worte galten nicht mir.

Nicht mir. Nicht mir. Nicht mir.

Doch jede Silbe schlug auf mich ein, jeder Buchstabe war ein Hieb seines Gürtels, jeder Laut ein einziger Schrei in meinen Ohren. Und jetzt sagte er all das zu *ihr*.

Zu Eli.

»Vater, das war aus Versehen.« Claires Finger zitterten, als sie ihm eine Serviette reichte, aber sein Blick galt allein Eli.

Ihre Augen weiteten sich, doch sie sagte nichts.

»Na ja, was anderes habe ich auch nicht von einer Erzieherin erwartet. Diese Locken und das Piercing! Du musst dich anstrengen, besser sein, um hier an diesem Tisch akzeptiert zu werden.«

Ich muss besser sein.

Ich muss besser sein.

Ich muss besser sein.

SIE MÜSSEN MICH NICHT KORRIGIEREN, MICH AUF FEHLER HINWEISEN ODER MIR IHRE ERWARTUNGEN AUFDRÜCKEN. ES KÜMMERT MICH NICHT.

Ich liebe mich.

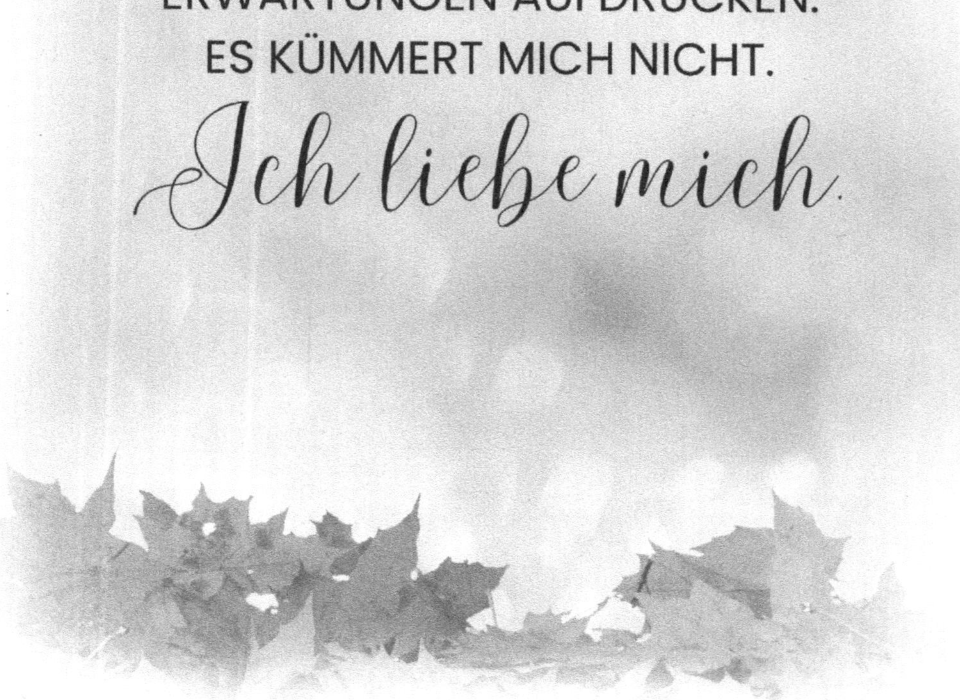

20

Eli

Ich musste dem alten weißen Mann da vorn nicht zuhören, um das hier zu verstehen. Eine Familie, die alles hatte und doch ärmer war als jeder der Bettler, den sie verachteten.

Und die Worte, die er mir da weiterhin an den Kopf warf, mit denen er versuchte, mich zu treffen, mir wehzutun, diese Worte waren genau die, mit denen Daniel und Claire groß geworden waren. Mit denen sie ihre Kindheit verbracht hatten.

Claire schrumpfte auf ihrem Stuhl zusammen, was ihr Verlobter lediglich mit einem Seitenblick belächelte. Maxwell sah heute auch irgendwie nicht so gut aus, aber das war mir egal. Und Lucy? Sie grinste, hob das Kinn und schaute direkt in meine Augen. Daniels Mum stellte sich hinter ihren schreienden Mann, eine Hand auf seine Schulter gelegt.

Daniel. Er sah hinab, zu seinen Füßen, zuckte immer mal wieder zusammen, verkrampfte seine Hände zu Fäusten. Er litt unter jedem Satz, der aus dem spuckenden Mann da vorn kam. So sehr.

Schlagartig wurde mir alles klar. Was er mir da vorgeworfen hatte, als ich die Treppe heruntergefallen war. Es war nicht seine Wut gewesen, nicht seine Worte. Nur die seines Vaters. Sein innerer Druck, den er an mir ausgelassen hatte.

O Grumpy.

Es war, als wäre ich in einer Blase, als würden all die bösen Dinge von mir abprallen, als wäre da nur ich, und das Geschehen um mich herum fand in Zeitlupe statt, war gar nicht wirklich real.

Keine andere Meinung über mich, keine anderen Erwartungen oder irgendein Anspruch. Erst recht nicht der von William Harrison.

Hier war nur mein eigener der Einzige, der zählte.

Ohne den großen Daddy da vorn zu beachten, setzte ich mich wieder zu Daniel, zog unsere Schnapsgläser heran und füllte sie mit dem Pflaumenschnaps auf. Ich umfasste sein Kinn, zwang ihn, mich anzusehen, ganz tief in die Augen. Für einen Moment wollte ich wegsehen, wollte nicht länger in den Schmerz blicken, der sich mir offenbarte. In die Kinderseele, die hier groß geworden war und jetzt wieder an die Oberfläche kam.

Doch ich tat es.

Ich rang mir ein Lächeln ab, nahm mein Glas hoch. »Er hat Erzieherin gesagt.«

Daniels Brauen zogen sich zusammen, seine Augen starr auf mich gerichtet.

Ich kippte mir den Schnaps in den Rachen, nahm seine Hand fest in meine und zog ihn mit mir hoch. Sein Vater hatte wenigstens zwischenzeitlich seine Klappe wieder geschlossen, ein Fortschritt.

Doch ich hatte noch ein paar Worte für diesen ach so großen Mann. »Sie müssen mich nicht korrigieren, mich auf Fehler hinweisen oder mir Ihre Erwartungen aufdrücken. Es kümmert mich nicht.« Gemeinsam mit Daniel ging ich an dem Tisch mit den ganzen Idioten vorbei. »Ich liebe mich. Meine zotteligen Locken, meine Art, dauernd Gläser umzuwerfen oder auf allen Treppen dieser Welt mindestens einmal zu stolpern. Ich liebe es, nichts über Weingläser zu wissen, unkonventionell zu leben und Erzieherin zu sein. Ich liebe es, denn das bin ich.« Tief atmete ich durch, als könnte ich die Worte durch mich rauschen fühlen. »Mehr brauche ich nicht. Und damit können Sie mich mal kreuzweise am Arsch lecken.«

Claire starrte mich aus großen Augen an, doch ich hatte kein Recht, mich in ihr Leben zu mischen. Daniel war hier vor diesen Leuten offiziell mein Freund, hier durfte ich gewisse Dinge tun, aber für sie … es tat mir weh, sie sitzen zu lassen. Vor allem neben Jason.

Im Türrahmen hielt ich kurz inne. »Daniel ist ein wunderbarer, herzensguter, liebevoller, ordentlicher, niemals lachender Mensch. Ich liebe jede Seite an ihm, ob mit oder ohne Fehler. Ob mit oder ohne Auszeichnung. Er ist seine eigene Nummer eins, mehr braucht er nicht.«

Und dann verließen wir das Haus. Gemeinsam. Hand in Hand.

Draußen war es bereits dunkel und da wir beide viel zu viel getrunken hatten, konnte Daniel nicht mehr fahren. Also warteten wir auf ein Taxi. Wieder reinzugehen und im Warmen zu warten, wäre eine Möglichkeit. Aber nach dem Abgang eben auch echt doof. Immerhin war der ein bisschen filmreif gewesen, wenn man mich fragte.

Daniel hatte bisher kein Wort zu mir gesagt und war sogar gesprächiger zu dem Taxidienst an seinem Handy als zu mir. Okay, vielleicht war ich etwas krass drauf gewesen da drin, aber das alles widerte mich so an. Er hatte das nicht verdient, nicht einen Moment lang.

»Bist du böse?« Ich klang wie eine Vierjährige, doch es brachte die Sache auf den Punkt.

Er schüttelte den Kopf. »Dafür bin ich viel zu betrunken.«

»Dann redest du nur nicht mehr mit mir?« Ich kickte ein paar Steine vom Weg Richtung Gras. Hatten die da hinten Fußballfelder, oder was?

»Ich denke nach.« Er vergrub die Hände in seinen Jackentaschen.

Das klang nicht sonderlich gut. »Über?«

»Dich.« Daniel sah zu mir, seine hellblauen Augen schienen heller als all die Sterne um uns herum zu leuchten.

Mein ganzer Bauch kribbelte und selbst das war die Untertreibung des Jahres. Wieso denn über mich? »Und … was genau?«

Seine Schritte knirschten im Kies. Kurz vor mir blieb er stehen, nahm eine meiner Locken in die Hand und wickelte sie sich um den Finger. »Warum ich dich so sehr will.«

Was? Ich meinte: Was?!

Das konnte er nicht einfach so sagen! »Ich habe eher gedacht, du denkst darüber nach, was eben passiert ist, und wir reden über die Sache mit deinem Vater. Du hast fertig ausgesehen und ich habe eine Menge Dinge gesagt und wir haben auch eine ganze Menge getrunken, getan, gefühlt.« Nein! »Fühlen im Sinne von: den Alkohol im Bauch, keine Schmetterlinge. Oder gar Gefühle woanders.« Woanders? Was laberte ich da gerade? »Also nicht, dass du denkst, ich rede von Regel vier, denn von der rede ich nicht. An die denke ich nicht mal. Außer jetzt natürlich, aber nicht wegen dir, sondern wegen … na, weil wir ja gerade drüber sprechen.«

Die Scheinwerfer des Taxis leuchteten mir ins Gesicht und ich dankte allen Göttern dieser Welt für dieses grandiose Timing.

Daniels Augenbrauen zuckten, als er meine Haare losließ. Er drehte sich zu dem Wagen, der neben uns hielt, und öffnete mir die hintere Tür.

Okay, das war kein normales Taxi. Die reichen Leute fuhren also nicht in kleinen gelben Autos mit weißen Schildern auf dem Dach durch die Stadt, sondern in schicken schwarzen Mini-Limousinen. Wahnsinn. Ich stieg ein, rutschte durch, bis auch er neben mir Platz nehmen konnte. Gab ja genug davon hier hinten drin. Die lederne Sitzbank lief an dem gesamten Innenraum des Wagens entlang, ließ nur Öffnungen für die Türen.

»Hemingway Road 32, Buelton.« Wenigstens war er gegenüber dem Fahrer ebenfalls so wortkarg.

»Bitte«, fügte ich eilig hinzu, was Daniel mit einem Nicken quittierte.

Keine Sekunde später fuhr der Chauffeur eine Trennwand nach oben und der Wagen setzte sich in Bewegung. Wir ließen seinen Vater, seine Mutter, einfach alle und das Haus hinter uns zurück, bis es nur noch ein einsames Licht abseits jeglicher Zivilisation war. *Allein.*

»Willst du …?« Ich wandte den Blick aus dem Rückfenster ab, um … Oh. Hatte er mich bereits die ganze Zeit *so* angesehen? »… reden?« Seine Augen bohrten sich förmlich in meine, und keine Ahnung, was mich dazu bewegte, zu ihm zu rutschen, aber ich tat es, legte meine Hand auf seine. »Dein Vater ist …«

»Nein, ich will nicht reden.« Er umgriff meine Taille, zog mich die letzten Zentimeter zu sich, bis ich rittlings auf seinem Schoß saß. »Ich will etwas ganz anderes.«

Das musste der Alkohol sein, es *musste* so sein. Ansonsten konnte ich es mir nicht erklären, dass ich allein unter seinen Worten wie heißes Wachs zerfloss.

Seine Hände wanderten von meiner Hüfte aufwärts über meine Seiten, knapp an meinen Brüsten vorbei. Fingerspitzen strichen über meinen Hals, hinauf zu meinem Kinn.

Ich lehnte mich zu ihm, fuhr mit meiner Nase an seiner entlang, spürte seinen Atem auf meinen Lippen, brauchte aber viel mehr.

Ich wollte sie spüren, wollte seinen Mund an meinem Hals, an meiner Haut. Überall.

»Wenn du mich jetzt küsst, dann scheiß ich auf Regel vier.« Ein Satz, ein einzelner, der durch mich hindurchflog wie ein glühender Funken, bis er in meiner Mitte landete, dort eine Hitze entfachte, die ich kaum aushielt.

Ich hob den Blick, sah in seine Augen. Das hier war echt, das hier war keine Show, das hier waren wir. Allein. Und genau das machte die Sache so gefährlich.

Seine Hände fuhren in meine Haare. »Ein Wort und ich nehme dich noch hier in diesem Taxi.« Er zog mich an sich, bis sein Mund mein Ohr streifte. »Sag es.«

Gott, keine Sekunde länger konnte ich an mich halten, schmiegte meinen Körper an seinen, stöhnte leise unter seinen Worten auf. »Daniel, wir beide …« *Das führt nur zu Problemen. Das ist nicht gut für unsere Abmachung. Das bringt mich nur durcheinander.* So viele gute Möglichkeiten, die ich hätte nutzen können, um den Satz zu beenden. Hätte, hätte, Fahrradkette.

Ich küsste ihn, schob alles, was gleich passieren würde, auf den Alkohol, auf etwas, das meinen Geist steuerte, meinen ganzen Körper. Er stöhnte in meinen Mund, zog mich an den Haaren zurück, bis er meinen gestreckten Hals entlangküssen konnte. Mit seiner freien Hand schob er meinen Pullover meine Schulter herab, ließ sein Mund mein Schlüsselbein entlangwandern. Ich wollte zu ihm, mich an ihn drücken, wieder seine Lippen küssen, doch sein Griff in meinen Haaren war eisern, erinnerte mich schmerzlich süß daran, dass er die Kontrolle hatte. Was mir erschreckenderweise ganz recht war.

Meine Hände kontrollierte er jedoch nicht.

Während er erneut meinen Hals neckte, alle noch so empfindlichen Stellen fand und ausnutzte, knöpfte ich sein Hemd auf. Jeder einzelne Knopf stellte eine kleine Herausforderung für mein alkoholvernebeltes Hirn dar, doch als ich die ersten Zentimeter seiner Haut unter meinen Fingerspitzen fühlte, verlor ich absolut die Kontrolle. Ich riss an dem weißen Stoff, ließ die Knöpfe zwischen uns fallen.

Er zog mich an sich, seine Hand noch immer fest in meinen Haaren und nun gegen meinen Nacken gepresst. »Du …«

»Ja, ja, ich weiß. Das Hemd ist teuer.« Ich nutzte seine minimale Unachtsamkeit, drückte mich wieder an ihn. Seine Lippen fanden meine, küssten mich, als gäbe es nichts anderes auf der Welt, wozu sie gemacht worden waren. Sie waren nur für mich da, ganz allein für mich.

»Eli«, hauchte er an meine Lippen, umfasste mein Kinn und schob mich wieder von sich. Den Laut, den ich von mir gab, als verzweifelt zu bezeichnen, wäre eine pure Untertreibung.

Sein Daumen zog wie damals im Iglu mein Kinn nach, wanderte hinauf über meine Nase, meine Wange hinab, bis er endlich über meine Lippen strich. Gott, er machte mich wahnsinnig. »Ich wollte in dieser Nacht schon …«

Ich öffnete den Mund, ließ seine Fingerkuppe in mich gleiten, leckte an ihm entlang, bis er vollständig in mir verschwunden war.

»Genau das.« Seine Lider senkten sich leicht, während ich ihn mit meinen Lippen umschloss, seinen Nagel spürte, seine raue Haut, ihn schmeckte.

Gerade als ich begann, meine Hüfte auf ihm zu bewegen, a n seinem Daumen zu saugen, und meinen Kopf mit den verbotensten Bildern jemals flutete, nahm ich wieder seine Lippen an meinem Hals wahr. »Ich will dich überall spüren.«

Fuck, dieser eine Satz war die pure Versuchung. Und ich wollte es ganz genauso. Ich wollte ihn an mir, bei mir, überall. Die ganze Nacht. Den Morgen danach. Nächste Woche. *Was weiß ich!*

Ohne darüber nachzudenken, küsste ich die Spitze seines Daumens und rutschte von Daniel herunter, kniete mich zwischen seine gespreizten Beine. Er sollte fühlen, wie sehr ich ihn wollte.

Er lehnte sich nach vorn, zeichnete ein letztes Mal meine Lippen nach, während meine Hände schon lang an seinem Schritt lagen.

Ich spürte seine Härte durch den Stoff seiner Jeans, spürte seine Reaktion auf mich. Schneller als ich dachte, hatte ich seine Hose auf, und Daniel lehnte sich wieder zurück. »Gott, Eli.« Den Kopf in den Nacken gelegt, atmete er tief aus.

Ich richtete mich auf, schob seine Shorts herab, nur ein Stück bis … oh, ja … bis seine Härte direkt auf mich deutete. Ich küsste seine Länge entlang, umkreiste mit meiner Zunge seine weiche Eichel, leckte seinen Schaft hinab, nur um mich mit zarten Küssen wieder hinaufzuarbeiten.

Daniel umschloss meine Haare mit einer Hand, öffnete den Vorhang, der sich durch meine Locken um mich herum gebildet hatte. Keine Ahnung, was er gerade in diesem Moment dachte, doch sein Blick brachte alles in mir zum Stocken. Meine Atmung, mein Hirn, mein Herz.

Ich küsste seine Spitze, ohne auch nur ansatzweise die Augen von ihm abzuwenden. Wie die pure Unschuld leckte ich ein letztes Mal um ihn herum, bis ich meine Augen schloss und ihn endlich in mich gleiten ließ. Langsam nahm ich ihn immer tiefer auf, drückte mit meiner Zunge gegen ihn, bis er beinahe komplett in mir verschwand. Noch nie hatte ich so gern einen Mann verwöhnt wie gerade. Noch nie hatte sich meine eigene Mitte dabei wie Feuer angefühlt.

Noch nie war es Daniel gewesen.

Ich ließ ihn aus mir gleiten, nur um ihn direkt danach wieder tief in mich aufzunehmen. Er folgte mit seinem Griff um meinen Haaren jedem Auf und Ab, passte sich meinem Takt an. Seine freie Hand strich über meine Wange und diese zärtliche Berührung in Verbindung mit dieser alles andere als keuschen Situation sorgte dafür, dass jede noch so kleine Zelle in mir vibrierte.

Wieder ließ ich ihn gänzlich in mich tauchen, wieder schmeckte ich ihn.

»Wir sind gleich bei mir.« Nur eine kurze Info, ich stoppte nicht meine Bewegungen, wurde nicht langsamer. Stattdessen beschleunigte ich, wollte ihn vollends spüren, seinen Höhepunkt aufnehmen.

Daniel lehnte den Kopf zurück, stöhnte auf, murmelte meinen Namen, was meine Mitte mit einem bittersüßen ziehenden Schmerz empfing. Nein, ich konnte nicht eine Sekunde länger an mich halten.

Meine Arme fielen herab, meine Finger wanderten meine eigenen Innenschenkel hinauf, während mein Mund noch immer dafür sorgte, dass Daniel weiterhin so wundervoll meinen Namen keuchte.

Endlich. Ich berührte meine Mitte, spürte die Hitze und Feuchtigkeit selbst durch die Leggings hindurch. Sanft fuhr ich über mich, spürte meine eigene Hand an mir, die wie fremdgesteuert an mir emporwanderte, unter den Stoff wollte.

»Nimm die Hände von dir.«

Was?

Daniel sah auf mich herab, legte einen Finger unter mein Kinn und zwang mich, zu ihm aufzusehen. »Wenn du heute Nacht kommst, dann nur durch mich. Mit meinem Namen auf den Lippen.«

Oh.

Das …

Bevor ich mich dazu entscheiden konnte, was ich tun sollte, waren meine Hände schon wieder auf seinen Oberschenkeln. Seine Härte schob sich erneut in meinen Mund. Ich saugte an ihm, umspielte ihn mit meiner Zunge, ließ sein süßes Versprechen, mir einen Höhepunkt zu schenken, wie ein seidenes Band um meinen Körper wandern. Es streichelte mich, seine Worte, seine Nähe, seine Berührungen.

Daniel keuchte auf, fasste für den Bruchteil einer Sekunde fest in meine Haare. Doch obwohl ich mich nicht wehrte, lockerte er im selben Moment wieder seine Finger, strich federleicht meinen Nacken entlang, was mir die Gänsehaut des Jahrhunderts bescherte. Und ihm seinen Höhepunkt.

Das war … unbeschreiblich. Dabei war ich noch nicht mal auf meine Kosten gekommen. Aber Daniel so … so zärtlich und so anders zu erleben … ich war sprachlos. Tatsächlich sprachlos.

»Willst du …?« Ich sah zu ihm auf, biss mir auf die Unterlippe. »Willst du heute Nacht vielleicht bei mir im Bett schlafen?«

Er lehnte sich zu mir nach vorn, wieder tanzten seine Fingerspitzen über meine Wange. »Wer hat was von Schlafen gesagt?«

pumpkin
Spice

Fuck.

21

Eli

Wir schafften es kaum bis in den Fahrstuhl. Daniels Hemd war halb aufgeknöpft – oder aufgerissen – hing schief an ihm hinab, was mir allerdings einen einwandfreien Blick auf seinen nackten Oberkörper lieferte.

Kaum schlossen sich die Aufzugtüren, tippte er, ohne hinzusehen, den Code ein. Seine Augen hingen an mir, an meinen garantiert geschwollenen Lippen, an meinem viel zu schnellen Puls, der sicher meinen ganzen Hals zum Beben brachte.

Der Aufzug ruckelte im gleichen Moment, in dem Daniel auf mich zurauschte. Er packte meine Hüfte, nahm mich hoch. Automatisch schlang ich die Beine um ihn, legte meine Lippen auf seine. Die kühle Wand in meinem Rücken schien mich zu verbrennen, während Daniels heißer Oberkörper gegen meinen drückte.

Wieder küsste er meinen Hals entlang, biss sogar in meine zarte Haut. »Fuck, Daniel.«

»Ganz genau das werde ich tun, Babe.« Oh, jetzt also doch Kosenamen? Sollte mir recht sein.

Die Stimme des Fahrstuhls begrüßte Daniel, welcher mich bereits auf seiner Hüfte in sein Appartement trug. Die Lippen nicht eine Sekunde voneinander getrennt, die Hände nicht einen Moment woanders als am Körper des anderen.

Mit einer Handbewegung flog alles, was auf der Kommode direkt neben dem Aufzug stand, zu Boden. Es knallte, krachte, uns egal. Daniel setzte mich darauf ab, stellte sich zwischen meine Beine und das, was ich da fühlte, war definitiv wieder bereit für mich.

Er griff nach dem Saum meines Pullovers, zog ihn mir über

den Kopf, wobei er … Fuck! An meinem Nasenring hängenblieb. Das tat scheiße weh und irgendwie war das bei mir ja schon zu erwarten. Fehlte nur noch, dass ich von der Kommode fallen würde, aber das … das würde nicht passieren, solange er bei mir stand. Daniel hielt mich, vielleicht sogar nicht nur für den Moment.

Er schmiss den Pulli hinter sich, küsste meine Nasenspitze. »Keine Sorge, das mache ich wieder gut.«

Oh, das glaubte ich ihm sofort. Einen BH-Träger nach dem anderen schob er von meinen Schultern, fasste um mich herum, öffnete den Verschluss. Es war definitiv nicht die kalte Luft, die meine Brustwarzen derart steif werden ließ. Sie streckten sich ihm förmlich entgegen und … verdammt, er drückte sich an mich, der Stoff seines Hemdes rieb über meinen nackten Oberkörper wie glatte Seide, ließ mich derart aufkeuchen, dass ich fast dachte, Daniel würde gegen meine Lippen lächeln. Oder tat er es tatsächlich? Keine Ahnung. Meine Sinne konnten nichts Genaues feststellen, da war zu viel und doch nicht genug.

Daniel küsste meinen Hals hinab über meine Schulter, leckte mein Schlüsselbein entlang. Ich wölbte mich ihm entgegen, streckte meinen Rücken durch, rutschte weiter an die Kante der Kommode und damit Richtung Abgrund. Doch wenn ich ihn dadurch nur einen Hauch mehr spürte, war es das wert.

Seine Zunge wanderte weiter, zog eine heiße Spur über meine Haut, setzte mich überall in Brand. Seine Finger bohrten sich in meine Hüfte, er zog mich enger an sich und, Gott, mir war schwindelig. Alkohol, seine Nähe, sein Geschmack auf meiner Zunge, keine Ahnung, was der genaue Grund dafür war. Und solange sich dieser Zustand dermaßen gut anfühlte, wollte ich auch nicht darüber nachdenken.

»Daniel«, stöhnte ich ihm entgegen, lehnte den Kopf zurück.

Er leckte an meiner harten Brustwarze, umschloss sie mit seinem Mund, ließ seine Zunge um sie gleiten. Ein Rausch erfasste meinen Körper, wanderte von seinen Berührungen hinab in meine Mitte, setzte sich dort fest. Kaum hatte ich diese Empfindungen auch nur annähernd verarbeitet, nahm er sich meine andere Brust vor, biss federleicht in meine harte Knospe.

»Ich will dich in mir spüren, Daniel.« Meine Finger krampften um den Rand der Kommode.

Er schaute zu mir auf, meine Brustwarze in seinem Mund. Und *zwinkerte* mir zu. Dieser Mistkerl.

Ich stieß ihn von mir. Erschrocken taumelte er ein paar Schritte rückwärts, während ich von der Kommode sprang, sie damit halb umschmiss, aber selbst das wäre mir egal gewesen. Nichts existierte mehr, außer er und ich.

»Denkst du immer noch darüber nach, warum du mich willst?« Ich drehte ihm meinen Rücken zu, umfasste den Saum meiner Leggings und zog sie herunter. Meine Finger glitten an meinen Beinen hinab, an meinen ausgestreckten Knien bis zu meinen Knöcheln. Ein hoch auf meine Yogakurse.

Genauso langsam, wie ich mich nach vorn gebückt hatte, wanderte ich wieder an mir hinauf, stieg mit zwei Schritten aus dem schwarzen Stoff zu meinen Füßen heraus. Über meine Schulter hinweg schaute ich zu Daniel. »Oder soll ich dir noch ein paar Gründe nennen?« Ich wandte mich um, sah direkt in seine vor Lust getrübten Augen.

Die Hände in den Hosentaschen glitt sein Blick über mich. Begann unten an meinen nackten Füßen, erklomm meine Beine, weitete sich für einen Moment an meinem Spitzenhöschen, wanderte weiter über meinen Bauch, blieb kurz an meinen Brüsten hängen, bis er endlich auf meine Augen traf. »Ich war ein Idiot, überhaupt darüber nachdenken zu müssen.«

Wir gingen aufeinander zu, knallten förmlich aneinander, unsere Lippen, ein einziger wilder Kuss. Ich fummelte an seiner Hose, öffnete sie und schob sie herunter. Ohne die Hände von meinem Gesicht zu lösen, drückte mich Daniel zurück, stieg aus seiner Jeans samt Unterhose. Erst als ich an seinem Hemd zog, musste er die Finger von mir nehmen, um es sich ganz auszuziehen.

Komplett nackt drückte er sich an mich, umschloss mich mit seinen Armen. »Setz dich auf den Tisch.«

Ich dachte nicht darüber nach, über gar nichts. Hatte ich nicht selbst gesagt, dass das Herz keine falschen Ziele kannte, oder so? Und der Esstisch klang nicht allzu falsch von der Richtung her.

Ich schob Daniel von mir, ging so lasziv wie möglich zu dem

dunklen Tisch aus schwarzem Glas. Meine Finger glitten über die glatte und kalte Oberfläche, da spürte ich bereits Daniels Körper an meinem Rücken.

»Entweder du setzt dich da drauf und ich lecke dich, bis du nicht mehr weißt, ob du stöhnen oder atmen sollst.« Er wechselte die Seite, flüsterte nun in mein anderes Ohr, ließ eine Hand meine Wirbelsäule hinaufwandern. »Oder ich drücke deinen Körper hinab, deine nackten Brüste auf diese kalte Fläche, nehme dich von hinten, bis du darum bettelst, einen Orgasmus zu bekommen.«

Hätte mir jemand vor zwei Wochen gesagt, dass Daniel Harrison mir solche Sachen ins Ohr hauchen würde, dann hätte ich gelacht. Aber heute?

Heute stöhnte ich auf, schmiegte mich an ihn und überlegte, welche Stellung ich lieber hätte. Doch wer sagte, dass wir nicht später die ein oder andere nachholen könnten?

Ich drehte mich um, setzte mich hoch auf den Tisch und rutschte zurück. Meine Füße stellte ich links und rechts vor mir auf dem Glas auf, stützte mich nach hinten auf die Ellenbogen ab.

Es war kalt. Und so verdammt heiß.

»Du bist …« Daniels Fingerspitzen strichen meine Beine hinab, bis er fest meine Fußknöchel umfasste und vor mir auf die Knie ging. Was auch immer er sagen wollte, es blieb für immer sein Geheimnis.

Wieder begann er mich zu streicheln, meine Waden hinauf, über meine Innenschenkel, bis er meine Hüfte erreichte. Doch nicht ein einziges Mal berührte er meine Mitte. Nicht mal sein Atem stieß gegen mich. In meiner Blutbahn mischte sich die bittersüße Qual mit einer Vorfreude, die ich so noch nie erlebt hatte.

»Das ist für meine zwei Hemden.« Er packte mein Höschen, zog einmal heftig daran, bis die Spitze reißend nachgab. »Du solltest überhaupt keine Unterwäsche tragen, wenn du in meiner Nähe bist.«

Das meinte er nicht ernst. Oder? Aber vielleicht war es gar nicht … ehe ich richtig reagieren konnte, leckte er schon durch meine Spalte. Ich konnte mich nicht mehr auf den Unterarmen halten, legte meinen Körper zurück und genoss *ihn*. Meine Hände um meine eigenen Brüste gespannt, spürte ich seine Zunge, wie sie mich verwöhnte, hinabwanderte und in mir versank.

Scheiße, das war gut. Fucking gut.

Ich wölbte mich ihm entgegen, machte das Hohlkreuz des Jahres. Alles in mir kribbelte, während Daniel am wohl empfindsamsten Punkt meines ganzen Körpers war.

Und das war es … er war nur an diesem einen Punkt und verteilte solche Empfindungen in mir, als wäre er überall. Als würde er von mir Besitz nehmen, über mich rollen wie eine Lawine aus purem Feuer und ich würde mich ihr hingeben. *Mich ihm hingeben.*

Daniel saugte an meiner Klit, was mich nicht nur aufstöhnen, sondern aufschreien ließ. Meine Zehen verkrampften, mein Unterleib zog sich schmerzlich zusammen, und als er neben seiner Zunge noch zwei Finger in mich schob, sie rhythmisch in mir in Bewegung setzte, explodierte ich. Ich stöhnte auf, keuchte, was auch immer es war, aber atmen konnte man das nicht mehr nennen. In mir startete ein Feuerwerk, entzündete tausende Raketen, die mich mit ihren Sternen und Funken verbrennen ließen. Auf eine wunderschöne Art und Weise.

Ich wollte mich ihm entziehen, doch er hielt meine Mitte an sich gedrückt, leckte über meine Spalte, tanzte förmlich mit seiner Zunge um meine Klit. »Daniel, bitte …« Ich griff in seine Haare, richtete mich auf, doch er ließ nicht von mir ab. »Ich will dich richtig spüren.«

Er stoppte abrupt. Sah zwischen meinen gespreizten Beinen zu mir herauf. Seine Lippen glänzten von meiner Lust, die auch nicht verschwand, als seine Zunge über sie fuhr. Eine absolut nebensächliche Bewegung, die mich wahrscheinlich um den Verstand gebracht hätte, sofern ich noch einen Teil davon besitzen würde.

»Was willst du, Eli?« Seine tiefe Stimme vibrierte über meine Haut.

»Ich …« Meine Augen zuckten zu seiner Härte hinab. So fest, so wunderschön. »Dich, Daniel.«

Sein Blick schien sich zu verdunkeln und in nur einer Bewegung stand er auf, ließ seine Spitze gegen meine Mitte stoßen und, bei Gott, ich drehte gleich vollends durch.

»Moment.« Er ging an mir vorbei, bis er in seiner Küche stand und mit einem Kondom in der Hand wiederkam. Eilig rollte er es sich über, stellte sich erneut zwischen meine Beine und …

»Oh.« Ich fiel zurück, während er meine Hüfte packte und mich enger zu sich zog. Seine Härte füllte mich mit einem Mal komplett aus, schob sich, so weit es nur ging, in mich. Er fühlte sich so gut in mir an, so absolut perfekt.

Rhythmisch stieß er in mich, umfasste mit einer Hand eine meiner Brüste, rieb mit seinem Daumen über meine steife Brustwarze. Das war zu gut, viel zu gut. Absolut und überhaupt nicht von dieser Welt. Meine Beine um ihn geschlungen drückte ich ihn enger, fester in mich.

Daniel keuchte auf, packte wieder mit beiden Händen meine Hüfte, krallte sich förmlich an mir fest, während seine Härte schneller und schneller in mir versank, mich reizte, wo eben noch seine Zunge gewesen war.

Mein Stöhnen schallte von den Wänden wider, Daniels völlig aus dem Takt geratene Atmung begleitete es. Wir wurden eins, für diesen einen Moment wurden wir eins. Ohne Fake, ohne Show. *Nur Eli und Daniel.*

Ich spürte, wie seine Länge in mir zum Zucken kam, wie er zwei Finger zwischen uns schob, wieder über meine Klit strich, im gleichen Takt wie seine Stöße. Das Kribbeln, welches sich in meinem Schoß ausbreitete, brachte mich nicht an den Rand der Klippe, es katapultierte mich im hohen Bogen darüber hinaus, ließ mich fliegen und gleichzeitig fallen. Direkt in seine Arme.

Daniel stöhnte meinen Namen, versank noch ein paar Mal in mir, bis er sich in mir ergoss.

Meine Atmung brannte in der Lunge, meine Lippen waren staubtrocken und doch geschwollen von all dem Stöhnen und Küssen. Und mein Körper stand lichterloh in Flammen.

Wegen ihm.

Wegen Daniel Harrison.

pumpkin
Spice

ES IST KEIN
VERBRECHEN
SEIN HERZ
ZU *verlieren.*

22

Daniel

Sie lag vor mir wie ein Geschenk. Und das war sie auch. Ihre kupfernen Locken bildeten einen Fächer um ihr helles Gesicht mit den roten Wangen. Ihre Brüste, die die absolut perfekte Größe hatten, ihre wundervollen Beine, verdammt, selbst ihr Bauchnabel war zum Niederknien.

Niederknien. Der Gedanke an ihren Geschmack ließ mich fast schon wieder hart werden. Keine Ahnung, ob es der Alkohol oder tatsächlich *sie* gewesen war. Aber dieser Sex war … wow. Angefangen vom Blowjob, der nicht ansatzweise nur befriedigend oder gar in irgendeinem Universum mit einer anderen Frau vergleichbar gewesen war. Die Art und Weise, wie wir meine Wohnung betreten hatten, wie ich sie hier genommen hatte. Das war mehr als gut gewesen. Es war perfekt gewesen. Es war Eli gewesen.

Eben hatte ich einfach nur ich sein können. Wir schlicht und ergreifend wir.

»Komm her.« Ich reichte ihr meine Hand, zog sie zu mir rauf. Einen Arm unter ihren Knien und einen in ihrem Rücken hob ich sie hoch, trug sie die Treppen hinauf in unser Schlafzimmer. So lange wie sie hier war, würde sie ganz sicher keine Nacht mehr allein verbringen.

Obwohl Herbst war und es erst spät hell wurde, wachte ich an diesem Morgen erst auf, als sich das Tageslicht über die Stadt kämpfte, mein Schlafzimmer erhellte und damit auch meinen Geist.

Verdammt. Mein Schädel brummte, als hätte ich die Nacht unter einem Güterzug verbracht oder auch … ähm … Eli lag neben mir. Nackt.

Eine Decke um ihre Taille und Hüfte geschlungen schlief sie halb auf dem Bauch, mit dem Rücken zu mir. Tausend rote Locken überschwemmten mein Sichtfeld, und als ich an ihr herabsah, als die Bettdecke endete, ihre langen, nackten Beine zum Vorschein kamen, da fluteten Bilder meinen Kopf. Und was für Bilder.

Ich würde das gestern nicht unbedingt als Fehler bezeichnen, aber auch nicht als Meisterleistung meinerseits. Und die Tatsache, dass ich sie am liebsten an mich ziehen würde, ihren weichen Körper an meinen drücken wollte, während ich den Duft ihrer Haare von diesem viel zu günstigen Pfirsichshampoo einatmete, meine Arme um sie legte, ihre Brüste entlang … okay.

Gestern war ich betrunken gewesen, wir beide. Aber heute? Heute *nicht*. Gedanken aus, und fertig.

Eli bewegte sich, streckte ihre Arme, schmatzte leise vor sich hin. Laut gähnend rollte sie auf den Rücken zurück, bis ihre geschlossenen Lider mir zugewandt waren. Ich sollte nicht zu ihren Brüsten sehen, nicht zu den rosigen Knospen, ihrer porzellanhellen Haut, nicht … zu ihren offenen Augen.

»Daniel!« Ihr Schrei hatte sicher die ganze Stadt geweckt. In weniger als zwei Sekunden saß sie kerzengerade neben mir, die Bettdecke bis an ihr Kinn gezogen. »Was … oh, fuck.« Offensichtlich bekam sie auch die Erinnerung an gestern Abend zurück, und so rot wie ihre Wangen wurden, sah sie ganz sicher gerade, wie ich vor ihr gekniet hatte, wie ich sie küsste, ihre Innenschenkel, ihre Lust, ihre …

»Wir hatten *Sex*.« Sie kniff die Augen zusammen, bis lauter Falten ihr Gesicht bedeckten.

»Hatten wir.« Ich verschränkte die Arme hinter dem Kopf, kümmerte mich nicht darum, dass meine Decke bis unter meinen Bauchnabel rutschte, auch wenn ich es vielleicht etwas genoss, dass ihr Blick dorthin zuckte.

»Im Auto. Auf der Kommode. Auf dem Esstisch.« Sie blinzelte immer und immer wieder, als könnte sie es selbst nicht glauben.

»Hier im Bett.«

Die extra Runde im Bett, Gott. Sie war ganz anders als die Male davor gewesen. Als hätten wir uns erst aneinander abreagieren müssen, um hier, im Schlafzimmer, den wohl sanftesten und intensivsten Sex meines Lebens zu haben. Mit Dandelion! Sie hatte mich geritten, hatte mich mit ihren Bewegungen um den Verstand gebracht, bis ich … Stopp. Gedanken aus.

»Das ist …« Ihr Blick wanderte an mir hinab. »Gott, Daniel!« Sie ging auf die Knie, riss die Decke bis zu meiner Nasenspitze hoch. »Keine nackte Haut mehr.«

»Dann solltest du *deine* Decke festhalten.« Noch immer über mich gebeugt schaute sie an sich herunter und so gut mir der Anblick gefiel, so rot wurden ihre Wangen.

Sie wickelte sich förmlich in die Bettdecke ein, stand auf. »Ich gehe duschen.« Gesagt, getan war nicht ihr Motto. Sie bewegte sich nicht einen Zentimeter, schaute auf mich hinab, und wenn sie weiter so auf ihrer Unterlippe kauen würde, dann wäre sie bald nur noch ein blutiger Fetzen.

Empfand sie das alles als Fehler? Hatte sie dermaßen Sorgenfalten auf ihrer Stirn, weil es ihr nicht gefallen hatte? Weil *ich* ihr nicht gefallen hatte?

Du hast sie gehört, Daniel. Warum soll eine so starke, unabhängige und perfekte Frau ausgerechnet dich mögen? Die Nummer drei, die Selbstzweifel in Person.

»Duschen«, murmelte sie. »Erstmal duschen.«

Und dann war sie wirklich aus dem Zimmer verschwunden, ohne auch nur die Spur eines Lächelns, ohne Strahlen in den Augen.

Natürlich hält sie das alles für einen Fehler. Du bist ein Fehler!

Das Wasser rauschte nebenan im Badezimmer und ich stand ebenfalls auf, zog mir etwas über und ließ mich wieder auf die Bettkante fallen. Es stimmte. Es war ein Fehler gewesen, allein weil ich dabei gewesen war. Ich hatte sie förmlich dazu gedrängt. Der Alkohol, die Situation. Ich war ein solcher Idiot, hatte sie an mich herangelassen. Obwohl ich wusste, dass sie für jemanden wie mich die pure Verschwendung war.

Ohne darüber nachzudenken, ging ich rüber ins Badezimmer,

baute mit jedem Schritt die Mauer um mich herum wieder auf. Stein für Stein. Niemand musste mich ertragen. Erst recht nicht sie.

»Hey!« Eli drehte sich sofort mit dem Bauch voran zur dunklen Fliesenwand, als ob ihr Hintern nicht genauso attraktiv wäre wie ihr restlicher Körper. Ihre Wirbelsäule, ihr schlanker Rücken. »Raus!«

Ich ließ mich auf die geschlossene Toilette fallen, die ich durch den Nebel hindurch Gott sei Dank noch fand. Wie heiß konnte ein Mensch duschen? »Es gibt nichts, was ich nicht schon gesehen hätte.« Oder geküsst.

»Das ist etwas *ganz* anderes!« Sie hatte ihre Haare nach oben gebunden, was ihren Hals unheimlich betonte. Die heißen Dampfschwaden umhüllten sie, feine Tropfen rannen ihre Beine hinab. »Jetzt dusche ich und gestern war …«

»Ein Fehler.« Wenn sie es schon nicht sagen konnte, dann tat eben ich es. Ich lehnte mich zurück, die verdammte Klospülung stach in meinen Rücken, was mich nur dazu veranlasste, mehr Druck darauf auszuüben. »Es war nur Sex, kein Grund durchzudrehen.«

»Wenn du es so siehst.« Eli stellte das Wasser ab, griff, ohne sich umzudrehen, nach einem Handtuch neben sich, schlang es um ihren Körper. »Wir waren …«

»Betrunken«, vervollständigte ich ihren Satz. »Und gewisse …« Wie konnte ich es gut formulieren? »Spannungen mussten einfach raus. Sind sie jetzt, die nächsten zwei Wochen sollten mit Regel Nummer vier wieder gut funktionieren.«

»Spannungen.« Noch immer stand sie mit dem Rücken zu mir. »Ein Fehler. Nur Sex.« Wiederholte sie gerade alle meine Kernpunkte nochmal? Sie schaute über die Schulter zu mir. »Ist okay, Daniel. Wir sind weiterhin eine billige Fälschung eines Pärchens und jetzt lass mich duschen.« Sie fixierte wieder die schwarzen Fliesen. »Du kannst gehen. Immerhin müssen wir ja nur vor anderen so tun, als würden wir uns mögen.«

Genau. Es war nicht ihr Blick, der mir Kopfschmerzen machte, das war der Schnaps. Oder der Wein! Die Hitze hier drin war der Grund, warum sie schneller atmete, nichts anderes.

Gedanken aus!

Es war früh am Morgen und meine verdammte Spätschicht

begann im Leben noch nicht. »Ich geh mein Auto holen und fahr dann in die Klinik.«

Keine Reaktion. Sie stand einfach weiter in der Dusche, das Handtuch um ihren Körper.

Gut, dann eben nicht.

Ich stürmte förmlich aus dem Bad heraus. Da drin fehlte Luft, ganz viel Luft, weil Dandelion unbedingt so heiß duschen musste.

Doch selbst hier draußen auf dem Flur drohte ich, zu ersticken.

Jämmerlich.

Was gab es Schlimmeres, als heimlich das eigene Auto bei den Eltern abzuholen, um ja keinem Gespräch in die Arme zu laufen und dann gleichzeitig viel zu früh auf der Arbeit zu sein, nur um nicht seine Fake-Freundin zu treffen?

Genau – nichts.

Das Whiteboard im Dienstzimmer schrie mich förmlich an und meine Gedanken brüllten in voller Lautstärke zurück. Irgendwo musste es doch eine Möglichkeit geben, die Schicht zu tauschen. Da wollte man mal in diesem Krankenhaus festsitzen und es gab nicht die geringste Chance!

»Doktor Harrison?« Melinda kam herein, den Blick gesenkt, die Lippen fest aufeinandergepresst. Ganz offensichtlich waren unsere Zeiten vorbei. »Die OP wurde vorgezogen, Sie können direkt rein.«

»Super«, murmelte ich und meinte das genaue Gegenteil. Am Ende könnte ich noch früher nach Hause? Gott, was würde das heute werden? Ohne groß auf Melinda zu achten, radierte ich einen Kollegen aus der Nachtschicht heraus und schrieb meinen Namen rein. Sollte doch einer dem Mann widersprechen, dessen Name in großen weißen Buchstaben auf dem Gebäude befestigt war.

Nur wenige Momente später stand ich mit frischgewaschenen und desinfizierten Händen im OP. Die Schwester reichte mir den Kittel, half mir beim Anziehen, bis ich endlich an den Tisch mit dem

Patienten treten konnte. Bandscheiben-OP der unteren Wirbel, ein Klassiker in meinem Bereich.

»Musik wie immer?« Lydia wartete meine Reaktion nicht ab und nur wenige Sekunden später setzten die Töne eines Piano-Stücks ein.

Alles startklar, kann losgehen.

Ich positionierte den kleinen Schnitt am seitlichen Rücken und öffnete mir einen Kanal direkt zum Problem – dem Bandscheibenvorfall – und begann nach und nach das Gewebe zu entfernen, welches auf die Nerven drückte. Den Patienten hätte man auch perfekt einem Studenten zeigen können, er war … ernsthaft?

Die Tür in meinem Rücken ging auf, und noch bevor jemand sprach, wusste ich, dass *er* den Raum betreten hatte. »Werte Kollegen, Doktor Harrison.«

»Raus, Liam.« Ich schaute nicht zu ihm, arbeitete weiter mit dem Endoskop.

Der Anästhesiepfleger am Kopfende des Patienten sah auf, aber er konnte sitzen bleiben. Liam würde seinen Posten ganz sicher nicht übernehmen und mich vollquatschen mit irgendwelchen Dingen, die er sich zusammenreimte.

»Du kannst gehen, Kumpel. Ich mach weiter.« Liam ging zu dem Pfleger nach vorn, deutete Richtung OP-Tür.

Ohne die Arbeit zu unterbrechen, sprach ich ihn erneut an. »Vergiss es.«

Und wieder reagierte er nicht, sondern tippte seinem Kollegen nun auch noch auf die Schulter. »Also, wenn du den Weg nicht findest, ich kann dich rausbegleiten.« Seine Stimme triefte vor Ungeduld. »Ich muss mit dem Herrn Doktor ein Wörtchen reden und weißt du, der OP ist der einzige Ort, an dem er mir nicht ausweichen kann.«

»Und immer noch ein OP, Sprouse.« Lydia tupfte ein wenig Blut am Patienten ab.

»Danke, Lydia.« Nun sah ich doch kurz zu Liam auf. »Ich bin in zwanzig Minuten fertig, nerv mich draußen.«

Er schüttelte den Kopf und selbst hinter seiner OP-Maske sah ich ihn grinsen. »Vergiss es, du rennst seit Stunden vor mir weg.« Stimmt. »Wir reden jetzt darüber, warum du nach deiner Spätschicht auch noch eine Nachtschicht übernimmst. Man könnte glatt meinen, dass du nicht nach Hause willst?«

Wie ich sagte, zusammengereimter Blödsinn. »Wenn du meinst.«

Jetzt stand der Anästhesiepfleger tatsächlich auf, verließ den OP. »Zwei von uns braucht hier keiner und Sprouse scheint ja ganz versessen drauf zu sein. Ciao.«

Wow, Professionalität pur hier.

Liam ließ sich auf den freigewordenen Hocker fallen, sah kurz auf den Monitor des Patienten. »Ärger im Paradies?«

»Es gibt kein *Paradies.*« Ich griff zu einer Zange, bearbeitete den Bandscheibenvorfall weiter. »Das weißt du genau.«

»So wie Claire berichtet hat, war euer Abend bei deiner Familie … na, nennen wir es turbulent.« Mussten wir das *hier* besprechen?

»War er.« Ich hielt eine Sekunde inne. »Eventuell kamen wir uns später näher als geplant.«

Liam grinste über beide Ohren. »Oh, oh, Herr Doktor. Ich würde sagen, dass deine Palme im Paradies gut aufgehoben war.«

»O bitte.« Man konnte das Augenrollen in Lydias Worten hören. »Wie alt sind Sie? 12?«

»11.« Ich machte weiter. »Heute Morgen haben wir die Fronten wieder geklärt.«

»So geklärt, dass du dich nicht nach Hause traust?« Erneut zuckte sein Blick auf den Monitor.

»Sie …« Was sollte ich sagen? Es gab nichts mehr zu sagen! »Du kennst unsere Beziehung und damit ist das Thema beendet.« Ich überprüfte noch einmal den Nerv, zog alle Instrumente aus dem Patienten und schloss mit zwei Stichen den kleinen Schnitt.

»Hier geht's aber nicht um Melinda, oder?« Lydia tupfte wieder über die blutige Haut.

»Um Gottes willen.« Liam lachte auf. »Die fasst er nicht mehr an, seit er …«

»Klappe, Sprouse.« Was bildete sich dieser Typ eigentlich ein? Auch eine *beste* Freundschaft kannte Belastbarkeitsgrenzen!

»Es ist kein Verbrechen, sein Herz zu verlieren, Daniel.« Er stand auf, tippte auf dem Gerät neben dem Monitor herum. »Erst recht nicht an eine Frau wie sie.«

»Gerade an eine Frau wie sie.« Ich schmiss die Nadel und den

Faden kräftiger als beabsichtigt in die Instrumentenschale in Lydias Hand. Es tat mir leid, immerhin hielt sie auf merkwürdige Art und Weise zu mir, aber … einfach nein!

Er sollte gehen, sie alle sollten gehen. Wir gingen keinen etwas an. Weder ich noch sie, ob wir Sex hatten oder nicht! Fragte ich ihn nach Claire? Nein!

»Verpiss dich, Liam. Wenn ich eine Nachtschicht machen will, frage ich niemanden um Erlaubnis.«

Nicht ihn, nicht Eli, nicht irgendwen! Mir doch egal, was er dachte, warum ich lieber arbeitete, als zu ihr nach Hause zu fahren. Und wenn es die Angst war, sie erneut zu berühren, ihre Lippen zu spüren. Oder die Sorge, es *nie* wieder zu tun! Das ging niemanden etwas an!

Nur mich. Und mir war mehr als klar, dass diese Frau keinen Platz in meinem Leben hatte. Selbst wenn allein der Gedanke daran alles in mir durcheinanderbrachte, mich taumeln ließ. Sie war nicht für mich gemacht.

Niemals für mich.

Sie war viel zu gut.

DEINE WAHRHEIT IST DIE

Richtige.

23

Eli

Das war die schlimmste Nacht jemals gewesen.

Chloe lächelte nicht mal neben mir auf dem Fahrersitz, sie schloss stattdessen für einen Moment ihre Augen, wartete, bis ich mich förmlich aus *Astrid* gekämpft hatte, die Gott sei Dank wieder schnurrte wie ein etwas älteres krankes Kätzchen.

Die Stirn gegen den Rahmen der Tür gedrückt schaute ich nochmal zu Chloe in den Wagen hinein. »Ich dachte, du kommst mit hoch?«

Sie nickte, ließ den Kopf in den Nacken fallen. »Klar, nur einen winzigen Augenblick, weißt du …«

»Mach oben die Augen zu.« Ich drückte mich ab, ansonsten würde ich wahrscheinlich im Stehen an diesem Auto einschlafen. »Ich überlasse dir sogar das große Bett.«

Chloe seufzte. »Zeig mir lieber das sagenumwobene Iglu, für das wir extra völlig übermüdet und durch den Wind ein Kissen kaufen mussten.«

»Das auch.« Ich schloss die Tür nun endgültig, öffnete dafür den Kofferraum und angelte das beige Kissen mit den Makramee-Verzierungen darauf heraus. Es war nicht sonderlich bunt und sah eher wie ein kleines Boho-Kissen aus, aber zwischen all dem Schwarz da oben wirkte es sicher wie ein riesiger heller Stern.

Ich drückte es fest an mich, vergrub meine Nase in dem weichen Stoff. Daniel ging garantiert nicht mehr mit mir shoppen, nachdem er gestern Morgen sehr deutlich gemacht hatte, wie wir zueinanderstanden. Und wenn ich in zwei Wochen weg wäre, dann sollte wenigstens noch etwas an mich erinnern. Sei es nur der Wind, der Regen, der Schnee, der auf das Iglu fallen würde. Leise, langsam, allein.

Meine Traurigkeit kam nur von der Müdigkeit! Da gab es keine weiteren Gründe! Erst recht keine medizinischen grumpy Gründe.

Ich ging Richtung Fahrstuhl. Obwohl, schleppen traf es wohl besser. Benjamin hatte heute Nacht die ganze Einrichtung wachgehalten. Und auch wenn ich nur zum Schlafen blieb, um Daniel nicht zu sehen, war es irgendwie Glück im Unglück für Chloe und Phoebe. Wir drei hatten alle Hände voll zu tun gehabt und mein Hals kratzte noch immer von den vier Stunden Gute-Nacht-Lieder singen.

Ich drückte die Taste des Aufzugs und sofort setzte er sich in Bewegung, was ich auch von Chloe hoffte. Nur noch wenige Augenblicke, nur noch einen Moment, dann würde die weiche Matratze uns beide empfangen, wir würden die Augen schließen, tief durchatmen und *schlafen*.

Die Türen glitten auseinander und ich trat in den Fahrstuhl ein. Wieder ein Schritt näher am Bett. »Chloe, beeil dich, sonst bleibst du unten im Auto.« Die Vorstellung, dass sie eventuell schon längst am Lenkrad eingepennt war, ein Spuckefaden ihren Mundwinkel zierte, brachte mich irgendwie zum Kichern. Am Ende hätte sie einen megagroßen roten Abdruck an der Stirn und … o mein Gott!

»Guten Morgen.« Ich zuckte am ganzen Körper zusammen, schrie sogar leise auf, was Daniel tatsächlich dazu veranlasste, eine Hand auf meinen Unterarm zu legen, mit dem ich das Kissen fest umarmte. »Entschuldige, ich wollte dich nicht erschrecken.«

»Was machst du hier?« Meine Manieren warteten scheinbar neben Chloe in *Astrid*. Schlafend, schnarchend, tief im Koma. »Guten Morgen«, nuschelte ich eilig hinterher, bemerkte erst jetzt, dass er in seiner anderen Hand einen Papphalter von *Rosie's Bakery* hielt. Mit *zwei* Kaffeebechern darin.

Daniel schielte nach draußen, einen Fuß in der Fahrstuhltür, um ihn aufzuhalten. »Hatte Nachtschicht.« Das stand nicht in seinem Plan im Flur. »Kommt Chloe mit hoch?«

Der Satz war noch nicht beendet, da fuhr der gelbe VW-Käfer Astrid an uns vorbei, in ihr eine winkende Chloe.

»Offensichtlich nicht.« Eigentlich ärgerte es mich, dass sie mich jetzt allein ließ, obwohl ich ihr lang und breit erzählt hatte, wie doof Grumpy zu mir gewesen war. Sie hatte die ganze Zeit gelächelt, als würde das alles furchtbar romantisch klingen. War es aber nicht! Und deshalb war ich jetzt wütend, das beschloss ich schlicht und einfach. Auf der anderen Seite war ich viel zu müde, um mich deswegen aufzuregen.

Daniel trat zurück, tippte den Türcode ein. »Warst du gar nicht zu Hause die Nacht?«

»Nein.« Zu Hause – in meiner Wohnung – war ich schon lange nicht mehr gewesen. Und doch hatte ich mich auch lange nicht mehr so … heimisch gefühlt.

Er nickte träge, lehnte sich an die silberne Wand, den Blick auf die Kaffees gerichtet. Jeder von uns schwieg, bis wir oben ankamen.

Gott sei Dank. Worüber sollten wir auch sprechen? Es gab nichts zu bereden. Überhaupt und absolut gar nichts. Weder über unsere gemeinsame Nacht noch über Dinge, die danach gesagt worden waren. Oder die man dabei gefühlt hatte. Nein, gefühlt wurde eh gar nichts.

Noch während die Gruselstimme Daniel begrüßte, betrat ich die Wohnung, zog die Schuhe aus und stürmte förmlich Richtung Treppe. Das Kissen musste immerhin ins Iglu, war nicht so, dass ich ihm und *zwei* Kaffees auswich. Auf der anderen Seite … am Ende war der Becher gar nicht für mich? Mistkerl.

Ah, nein! Er konnte machen, was er wollte. Mit wem er wollte. Wann er wollte. Mir ganz egal. Meine Konzentration galt dem Kissen fürs Iglu, das bereitete weniger Kopfschmerzen.

»Lässt du mich hier jetzt einfach stehen?« Daniel schaute nicht zu mir auf, ging zum Esstisch und stellte die Kaffees darauf ab.

Der Esstisch.

Als ob er genau die gleichen Gedanken hätte, tippte er tief in sich gekehrt immer wieder gegen die dunkle Glasplatte, auf der ich gelegen hatte.

Und vielleicht doch etwas gefühlt hatte. So ein bisschen. Ach, fuck. Ich ließ mich auf einer der Treppenstufen nieder, winkelte die Beine an. »Nein, Quatsch.« Doch. »Du hattest Nachtschicht, ich bin müde. Ich dachte, wir gehen beide ins Bett und schlafen. Also nicht alle in eins. Jeder in seins. Wobei deins eine Couch ist, außer du willst deins, dann kann ich woanders hin.« Wow, da war mein Redeschwall ja wieder mal richtig gut unterwegs. »Und miteinander schlafen habe ich selbstverständlich auch nicht gemeint. Immerhin gibt's Regel vier.« In einer neuen Fassung. »Du weißt schon. Oder ich gehe zu mir in die Wohnung, für eine Zeit.« Mein Kinn versank in dem Kissen.

Er sah mich einfach an, legte den Kopf schräg und zog die Augenbrauen so fest zusammen, dass seine ganze Stirn einen Krater bildete.

»Willst du denn, dass ich gehe?« Die Frage kam schneller aus mir heraus, als meine Zunge überhaupt mit den Bewegungen klarkam.

»Was? Nein.« Okay, das kam genauso schnell. »Ich ...« Er rieb sich über die Stirn, glättete sein Gesicht. »Du ...«

So wie er aussah, so fühlte ich mich. Als würden wir beide auf einem glatten Eisberg stehen, mitten im Ozean, Windstärke zehn. Niemand traute sich, einen Schritt zu tun, aus Angst, herunterzufallen. Zu ertrinken.

Entweder wegen all des Wassers um uns herum. Oder ineinander.

»Daniel.« Sein Name klang eher wie ein Seufzen, als ich das Kissen neben mir liegen ließ, aufstand und zu ihm herunterkam. Schritt für Schritt, bis ich vor ihm stand und noch immer nicht wusste, warum ich gerade tat, was ich eben tat. *Sprechen! Etwas sagen! Irgendwas!* »Wir hatten eine Abmachung und wir beide waren mit allem einverstanden. Du hattest recht. Gestern war ...« Mein Blick glitt an ihm vorbei zu dem Tisch und ganz sicher nicht zu den rosafarbenen Kaffeebechern, die die Luft mit Pumpkin Spice erfüllten. »Ein Ausrutscher.« Toll – wusste bis eben nicht, dass eigene Worte auch scheiße weh taten. »Wir haben getrunken, dein Vater war ein Arsch und deine Mutter – puh, deine Mutter.« Ich lachte freudlos auf, was am Ende doch zu einem echten Lachen wurde. »Ihr Blick, als wir gegangen sind, unbezahlbar.«

Daniel schnaubte. »Du hast es mit nur einem Essen geschafft, in die Top drei meiner schlimmsten Freundinnen zu kommen.«

»Hallo?« Ich stieß gegen seine Schulter, ging an ihm vorbei und setzte mich an den Tisch, um endlich nach *meinem* Becher zu greifen. Ich beschloss einfach, dass die beiden für uns bestimmt waren, Ende. Die Wärme kribbelte an meinen Handinnenflächen, der Duft war besser als jedes Rauschgift. Nicht, dass ich welches kannte. Natürlich nicht. Niemals. »Ich bin ganz sicher Nummer eins.«

»Bist du.« Er ließ sich mir gegenüber auf einen der Stühle fallen, griff ebenfalls nach seinem Becher. »Was du zu meinem Dad gesagt hast … das war mutig.«

»Mutig? Eher sehr nötig.« Ich nippte an der heißen und wundervoll süßen Flüssigkeit. So musste der Regenbogen schmecken. »Er redet von dir, als würde er dich gar nicht kennen.«

»Hmm, vielleicht.« Er kratzte an dem Becher entlang, als könnte er die Schrift davon entfernen. Oder seine eigenen Gedanken. »Vielleicht kennt er mich auch einfach besser, als du es tust.«

Was? »Darum geht es nicht, Daniel.« Meine Hand zuckte, wollte seine ergreifen, über sie streichen, seine Nähe spüren. Doch das war nicht gut, es war nicht gut! Ich zwang meine Finger zur Faust, ließ sie zwischen uns liegen. Sein Blick brannte auf meiner Haut. Irgendein Loch hier zum Auftun? Nein? Super!

»Worum dann?« Nicht eine Sekunde schaute er in eine andere Richtung als meine Finger.

»Es ist egal, was er von dir denkt. Oder ich. Wichtig ist, was *du* selbst glaubst. Wozu *du* dich entscheidest.« Ich überbrückte den Abstand, ergriff nun doch seine Hand. Möglicherweise sollte ich das nicht tun. Möglicherweise tat ich aber irgendwie schon immer das Gegenteil meiner Vernunftstimme. »*Deine* Wahrheit ist die richtige.«

»Meine?« Sein Daumen fuhr an meinem entlang, federleicht und doch so intensiv spürbar. »Dann hat mein Dad recht, Eli. Mit allem. Ich bin immer nur die Nummer drei, bestenfalls mal zwei. Siehst du hier Auszeichnungen an der Wand? Siehst du mich im Fernsehen wichtige Dokus berichten? Siehst du mich mit …?«

»Daniel!« Jedes seiner Worte, seiner Sätze schmerzte tief in mir. All diese Wahrheiten, die keine waren, packten mit eisiger Hand mein Herz, drückten zu, hinderten es am Schlagen. »*Ich* sehe einen unheimlich intelligenten Mann und Arzt. Ich sehe einen hilfsbereiten, etwas verschlossenen, aber großzügigen Menschen. Ich sehe jemanden, der seine Schwester schützt, der seinen besten Freund liebt.« Mein Blick wanderte hinab zu unseren Händen. »Ich sehe *dich*.«

Und die Nummer eins. Wenn auch nur meine. Etwas, was ich ihm niemals sagen würde. Was ich mir gerade selbst verbot, zu denken. Ich hatte es ja schon mal erwähnt, die Vernunft und ich waren keine dicken Kumpels. Und seit diesem Esstisch hier hatte die sich wahrscheinlich eh mit gepackten Koffern verabschiedet.

Er verschränkte seine Finger mit meinen. »Eli, du und ich …«

O nein, jetzt war nicht die Zeit für eine nette Abfuhr, absolut und überhaupt nicht. »Warum bist du an deinem Geburtstag nicht hier?«, unterbrach ich ihn so schnell, wie es nur irgend möglich war.

Seine Augenbrauen zuckten, doch nach einem tiefen Durchatmen schien er auf den Themenwechsel einzugehen. »Ich verbringe eigentlich immer die ganze Woche im *petit bouchée* in der Küche.«

»Eigentlich?«

»Eigentlich.«

Ich biss mir auf die Unterlippe, um nicht zu grinsen. Hieß das, er würde doch hierbleiben, bei mir? Fuck! Ich hatte ja immer noch kein Geschenk, bis auf das Kissen, was ein absolut grottiges Ding war zum Geburtstag und ja eigentlich eher mir und dem Iglu galt.

»Erzähl mir von deinem Restaurant.« Ich entzog ihm meine Hand, stand mit dem mittlerweile halbvollen Kaffee auf. »Und vom Kochen!« Ohne auf sein Augenrollen einzugehen, ging ich zur Couch rüber, stellte den Becher auf den halbhohen Tisch und legte mich der Länge nach auf das weiche Sofa. Die Nacht war viel zu anstrengend gewesen, um den Morgen im Sitzen zu verbringen. Das sollte man gesetzlich festhalten. Und so unbequem war das Ding gar nicht, was hatte er da zu meckern?

Daniel folgte mir. »Da gibt es nicht viel zu erzählen. Ich koche gern. Ende.«

Jetzt war ich mit dem Augenrollen dran. »Und dein Restaurant?«

»Hmm.« Er setzt sich neben meine Füße, den Kopf wie so oft nach hinten auf die Lehne gelegt. »Meine Eltern waren schon immer so … schwierig. Als ich kurz vor dem Studium stand, habe ich Louis und seine Frau kennengelernt. Oder anders gesagt …« Er atmete tief durch. »Mein Vater hat mich im *petite bouchée* angeschrien und Louis hat mich vor einem Hieb in der Öffentlichkeit bewahrt.«

Ruckartig richtete ich mich auf, meine Knie schlugen gegen seine Seite. »Dein Vater hat dich …? Daniel …« Ich umfasste seinen Unterarm, lehnte mich an ihn. »Das tut mir so, so leid.«

»Alles gut.« Er schloss die Augen, den Kopf weiterhin im Nacken.

»So ist er eben. Ich glaube, heute macht er es nur nicht mehr, aus Angst, ich würde zurückschlagen.«

Dann sollte er erstmal mich erleben! Niemals sollte man sowas Kindern antun, niemals sollte man ihre zerbrechlichen Seelen derart schänden. Eltern sollten die pure Liebe sein, der Rückzugsort, der Anker in ihrer kleinen Welt. Ohne Angst. Ohne Furcht. Ohne Zweifel. Und erst recht ohne Gewalt.

Daniel streckte sich, entzog sich meinem Griff und legte seinen Arm über die Lehne, direkt auf meine Schultern. »Danach kam ich jeden Nachmittag nach der Schule zu Louis. Seine Frau Maria brachte mir das Kochen bei.« Sein ganzes Gesicht schien sich zu entspannen. Es war kein Lächeln, lediglich so etwas in die Richtung. So, wie Grumpy nun mal grinsen würde. »Ich wollte Koch werden, aber du hast ja mitbekommen, wie meine Familie darüber spricht. Als Louis und Maria starben, haben sie mir das Restaurant vererbt und mir damit – ich zitiere den großen William Harrison – den Schandfleck der Familie vermacht.«

Bei Gott, dieser Mann machte mich öfter sprachlos, als alles andere auf dieser Welt. »Dein Vater ist ein riesiges Arschloch.«

»Ist er.« Daniel drehte den Kopf zu mir, öffnete die Augen und ließ mich beinahe zurückzucken. Jeder seiner Atemzüge streichelte meine Lippen. »Allerdings hattest du ihn auch kurz beeindruckt. Klassizismus?«

Tja, die Dandelions haben es drauf. Ich setzte mich gerader auf, wippte den Kopf triumphierend hin und her. »Meine Mum ist Künstlerin und ich bin mit sowas groß geworden. Wir haben zusammen gemalt, alle Kunstepochen hautnah kennengelernt, gemeinsam gesungen, getanzt. Wir lebten, jede Minute.«

Daniel schürzte die Lippen. »Vielleicht lerne ich deine Mutter ja irgendwann kennen.« Sein Arm fiel an mir herab, bis seine Hand auf meinem unteren Rücken zum Liegen kam. »Sie klingt nach einer unheimlich starken Frau, die eine bewundernswerte Tochter erzogen hat.«

Warum sagte er sowas? Er sollte sowas nicht sagen! »Dein Geburtstag!« Wieso schifften wir dauernd um die bequemen Themen herum und angelten in Gewässern mit viel zu großen Fischen?

»Ja?«

Gedankenverloren legte ich eine Hand auf seine Brust, was die Situation zwischen uns nicht besser machte. Warum konnten wir nicht mal ein paar Minuten auf Abstand miteinander reden? Gott!

Geburtstag! Geburtstag! Geburtstag!

Ich ließ die Hand natürlich trotzdem liegen. »Lass uns den Tag gemeinsam verbringen. Ich sag Chloe Bescheid wegen meiner Arbeit. Und abends können die anderen dazu kommen.« Ich ruckelte an seiner Schulter. »Grumpy! Wir können alle zusammen feiern. Liam, deine Schwester.« Auch wenn ich nicht die blasseste Ahnung hatte, wie, wo, wann. Aber das würde irgendwie schon werden. Hatte Daniel noch andere Freunde?

»Das meinst du nicht ernst.« Wieder schaute er zu mir, richtete sich sogar auf, hielt mich jedoch bei sich. Weil er auch meine Nähe wollte? »Liam und Claire in einem Raum? Und dann noch mit Jason? Glaub mir, *das* willst du nicht.«

»Doch! Solange ich deine Freundin bin, feierst du deinen Geburtstag mit Freunden, ohne Wenn und Aber!« Er öffnete bereits seinen Mund, um mir zu widersprechen, doch ich hielt ihn einfach zu, presste meine Hand auf seine weichen Lippen. »Klappe halten, Grumpy. Nach dem Frühstück gehörst du mir und dann …« Was? »Also nicht *mir* im Sinne von irgendwelchen Besitzansprüchen oder gar in einem Bett. Oder Tisch. Oder Kommode.« Es wurde nicht besser! »Eher wegen deinem Geschenk.« Was ich nicht hatte. Aber gut.

Er umfasste mein Handgelenk, befreite seinen Mund. »Ich hasse die Idee jetzt schon.«

»Super!« Dann war doch alles wie immer zwischen uns.

Ganz normal. Durch und durch fake.

Ohne Gefühle.

Ohne alles.

Scheiße.

pumpkin
Spice

SIE WAR EIN
MENSCHLICHER

Wirbelsturm

ABER VIELLEICHT WAR DAS
GAR NICHT SCHLIMM.

24

Daniel

Meine Augen brannten noch immer von den fünfzehn Kilo Zwiebeln, die ich für die Suppe heute Abend schälen musste. Jetzt waren die Kartoffeln dran. Meine Fingerspitzen wurden langsam, aber sicher taub, doch mit jeder Bestellung, die der Chefkoch Mason durch die Küche brüllte, beruhigte sich mein Puls immer mehr.

Es war nicht wie damals mit Louis oder Maria, es würde niemals wieder so werden. Und doch war jede Kartoffelschale, die vor mir in den Eimer fiel, wie eine Last, die von meinen Schultern segelte. Hier war ich nicht der Harrison, der wieder keine Auszeichnung bekam, der nicht Jahrgangsbester war.

Hier war ich Daniel, Punkt, aus, Ende.

»Kumpel, wie lange bleibst du heute noch?« Mason klopfte mir von hinten auf die Schulter, schaute in die Schüssel vor mir. »Du musst nicht solche Hilfsarbeiten machen, ich teile dich gern woanders ein.«

»Nein, schon gut.« Ich legte das Messer beiseite, drehte mich zu ihm. An diesem Ort wollte ich keine Verantwortung übernehmen, nicht um Leben kämpfen. Nur Kartoffeln schälen. »Wenn es passt, würde ich langsam los.« Mein Blick glitt zur Seite an die Wand, an der eine riesige weiße Uhr hing. Darunter mindestens zehn beschäftigte Köche und Helfer, die alle in Töpfen rührten, Gemüse und Fleisch schnitten, die leckersten Gerichte überhaupt abschmeckten.

»Noch ein Date?« Mason grinste, nahm die Schale voller geschälter Kartoffeln und drückte sie irgendjemandem in die Hand. »Kochen, aber nicht zu weich.«

Date? Hmm, keine Ahnung. »Ich hole jemanden von der

Arbeit ab und dann wollen wir meinen Geburtstag vorbereiten.« Jedenfalls hatte Eli das so gesagt. Gestern hatte ich sie kaum gesehen, sie war nur am Telefonieren, Planen und Schlafen. Vor allem am Schlafen. Mit der Wange auf dem Esstisch liegend, in ihrer Hand noch immer ihr Handy. Es war … süß?

»So, wie du aussiehst, magst du sie.« Mein Blick musste Bände gesprochen haben, denn er lachte auf, wuschelte durch meine Haare. »So nah am Lächeln habe ich dich noch nie gesehen.«

Wie auch immer. »Darauf gehe ich nicht ein.« Und doch zuckte meine verdammte Wange. »Morgen komme ich nicht, sie will …«

Mason grinste wissend. »Sie?«

»Vergiss es.« Ich winkte ab. »Donnerstag bin ich wieder hier.«

»Es ist dein Laden. Komm und geh, wann du willst.« Er neigte sich zu mir. »Aber bring ein paar Trüffel mit. Und eventuell deine Kleine. Außer sie ist wie deine Ex, so eine …« Kurz holte er tief Luft, als wüsste er nicht wirklich, wie er es ausdrücken sollte. »Na, so eine Lucy eben.«

So eine Lucy?

Siehst du, wie wenig dieser mittelklassige Koch weiß, was wichtig im Leben ist? Eine Frau mit Klasse und Stil, eine die immer weiß, wie sie sich benehmen muss. Die dich und unsere Familie repräsentiert.

Die mich betrogen hatte.

»Sie heißt Eli und nein, sie ist eher das absolute Gegenteil.«

»Klingt sympathisch, vor allem, wenn sie dich beinahe zum Lächeln bringen kann.« Mason grinste noch breiter und Gott sei Dank ließ einer der Lehrlinge etwas überkochen und er eilte davon.

Beinahe zum Lächeln? Hmm, konnte gut möglich sein.

Kaum hatte ich den Motor gestartet und parkte aus, da klingelte mein Handy und somit dank Freisprecheinrichtung mein ganzes Auto. Ich schielte zum Display und konnte mir ein Aufstöhnen nicht verkneifen. Mum.

»Ja?«

»Daniel, mein Junge.« Vielleicht sollte ich das Trinkspiel in mein Leben integrieren. »Wie geht es dir?«

»Sehr gut, Mum.« Und das war alles andere als eine Lüge. Den ganzen Tag in der Küche und heute Abend ... nein, nichts heute Abend.

»Das freut mich und deinen Vater.« Das wiederum klang nach einer Lüge. »Allerdings machen wir uns ein paar Sorgen.«

»Sorgen?« Ich fuhr auf die Umgehungsstraße der Stadt, noch ungefähr fünfzehn Minuten und ich wäre bei den kleinen Riesen. »Warum das denn? Wegen der Auszeichnung?«

»Was? Nein.« Sie pausierte, und gerade als ich fragen wollte, ob sie noch dran wäre, sprach sie endlich weiter. »Deine Freundin, diese Nayeli. Ich weiß, ich habe dich immer gedrängt, eine Beziehung zu führen, jemanden zu haben, der dich und auch die Familie repräsentiert. Der an deinem Arm hängt bei den Galas, der ...«

»Komm zum Punkt, Mum«, unterbrach ich sie, obwohl ich wusste, wie das hier enden würde.

Tief atmete sie durch. »Du begreifst sicher selbst, dass du viel zu gut für so eine ungehobelte Frau bist. Sie hat einen Nasenring, Daniel!«

Hat sie, das stimmt. »Aber Mum, du willst mir doch nicht etwa sagen, dass ich mich trennen soll, oder?« Wollte sie, nichts anderes als das. »Als Single auf Claires Hochzeit? Die Leute, sie werden reden.«

»Na ja«, wieder eine dramatische Pause. »Vielleicht ist das das kleinere Übel, als eine solche Person mitzubringen. Kennt die überhaupt Kleider?«

Ich würde nicht allzu viel darauf wetten, dass sie ein Abendkleid besaß. Aber zur Not kaufte ich ihr alle, die sie wollte.

»Und allgemein. Schau sie dir an, Daniel. Ich weiß, dass Lucy auch dumm wie ein Stück Brot ist, aber sie sieht wenigstens noch gut aus. Sie ist ein wahrlich gutes Aushängeschild für einen Mann.« Ihr Schnauben rauschte durch mein Auto. »Diese roten und wilden Locken, diese Sommersprossen oder gar diese Grübchen, einfach alles an ihr ist ... ah, ich weiß gar nicht, wie ich das beschreiben soll.«

»Ein Sturm«, murmelte ich vor mich hin, ohne mir darüber bewusst zu sein, dass auch meine Mutter es hörte.

»Ganz genau!« Klatschte sie gerade in die Hände? »Eine Naturkatastrophe durch und durch. Und so ungeschickt, das hässliche Entlein.«

Meine Finger krampften um das Lenkrad. So hatte ich es nicht gemeint, ganz und gar nicht. Und so sah ich Eli auch nicht. Jedenfalls nicht mehr. Sie war ein menschlicher Wirbelsturm, o ja. Aber vielleicht war das gar nicht schlimm. Vielleicht war es genau das, was ich brauchte. Was ich so sehr mochte.

»Ich mag sie wirklich.« Wow! Das gestand ich mir gerade nicht tatsächlich gemeinsam mit meiner Mutter ein? In 32 Jahren absolut *nichts* gelernt!

»Sehr süß, mein Junge.« Süß? »Hör zu, ich nerve dich nie wieder mit einer Frau, mit Beziehungen, was weiß ich. Aber bitte sorg dafür, dass Nayeli Dandelion keinerlei Verbindungen mehr zu den Harrisons hat.«

Keinerlei Verbindungen.

Genau das hatte ich doch gewollt, als diese verrückte Idee in mir Gestalt angenommen hatte. Allein deswegen hatte ich doch Eli ausgesucht, weil ich wusste, wie sie wirkte, wie sie ankommen würde. Es hatte niemals einen anderen Grund gegeben.

Also warum drehte sich mir dann der Magen um, während ich meiner Mutter zuhörte? Warum wollte ich sie anbrüllen, dass Eli wunderschön war? Dass sie perfekt war? Auf ihre Art und Weise.

Nur nicht für mich. Niemals für mich.

»Und falls es dich interessiert.« Ganz sicher tat es das nicht. »Lucy und Maxwell, sie sind getrennt.«

Was? Ich meinte: Was?

»Maxwell hat ihr wohl einen Antrag gemacht und, na ja, sie hat abgelehnt. Ich möchte nicht spekulieren, aber sicher hat das etwas mit dir zu tun, mein Junge.« Sie hat Nein gesagt? Zu ihm?

Und zu mir damals nicht.

Alles, was ich wollte, lag nun offen vor mir. Meine Familie würde mich in Ruhe lassen, meine Ex-Verlobte trennte sich von ihrem Neuen, wegen mir. Dafür hatten wir diese Fake-Beziehung geführt, dafür hatte ich mir Eli ausgesucht. Wegen nichts anderem. Nur für diesen Moment.

Der mich innerlich taumeln ließ.

Tief atmete ich durch, ignorierte meine eiskalten Finger, die sicher nur daher kamen, dass es im Auto nur 21 Grad Celsius hatte. Klar! »Ja, Mum.« Ich hasste mich für jedes einzelne Wort. »Ich werde mich von Eli trennen.«

Ob es dir gefällt oder nicht. Auf kurz oder lang hätte sie eh bemerkt, was für ein schlechter Mensch du bist. Selbst sie als Erzieherin hätte höhere Standards!

Vielleicht. Vielleicht aber auch nicht.

»Wie toll, mein Junge. Klär das mit Lucy, das kriegt ihr sicher wieder hin.« Sicher. »Wiederhören, Schatz.«

Ich legte auf, bog gleichzeitig in die Straße der Riesen ein und parkte.

Meine Mutter hatte recht, egal wie sehr es mir widerstrebte. Sie musste recht haben! Immerhin hatten meine Eltern bisher immer gewusst, was das Richtige war. Eli und ich hatten vielleicht eine ganz schöne Zeit gehabt, aber für mehr waren wir schlicht nicht gemacht. Ein Traum, nur ein Traum.

Und Träumer sind Verlierer, mein Junge.

Ich stieg aus, als könnte ich die Gedanken, das Gespräch, all das, einfach im Auto zurücklassen. Im Haus brannte Licht und immer wieder huschten kleine Schatten hin und her. Scheinbar waren noch einige wach, aber ich hatte auch keine Ahnung, wann Kinder ins Bett gehen sollten.

Mit wenigen Schritten erklomm ich die Stufen vor der Tür, klopfte leise an, woraufhin mir nach nicht mal zwei Sekunden die Tür geöffnet wurde. Von einem Kind.

»Hallo.« Der Junge war sicher um die fünf oder sechs, konnte aber so böse gucken wie so mancher Schwerstkrimineller. »Bist du Daniel?«

»Hallo, ja.« Ich ging vor ihm in die Hocke. »Ist Eli da?«

»Ja.« Er bewegte sich nicht einen Zentimeter.

»Dann … dürfte ich reinkommen?«

»Nein.«

»Wie bitte?« Ich könnte den Gnom einfach wegtragen und er verbat mir gerade, durch diese Tür zu gehen?

»Vor ein paar Tagen, da kam Eli traurig zu uns.« Oh, das … nein, ich konnte nichts dazu sagen. »Wenn du nochmal böse bist, dann breche ich dir …«

»Luke!« Chloe tauchte hinter ihm auf, schob ihn zur Seite. »Komm rein, Daniel. Eli ist vorne im Gruppenraum. Den Gang durch rechts.« Sie wandte sich zu dem Kind, das offensichtlich Luke hieß. »Und du gehst jetzt in die Badewanne, mein Freund!«

Ich hoffte sehr für sie, dass die Wanne in der Richtung lag, in die Luke lachend vor ihr wegrannte. Aber so, wie sie seufzte, wohl eher nicht.

Der Flur war nicht lang und doch glich der Weg einem Hindernislauf aus Legosteinen, Kuscheltieren und undefinierbaren Spielzeugen. Teilweise auf Zehenspitzen stieg ich über Bären, wich Feuerwehrautos aus, nur um dann kurz vor einer Puppe zu stehen. Hier wollte ich ganz sicher nicht aufräumen, geschweige denn … Darauf war ich nicht vorbereitet gewesen.

Eli saß mit einem Mädchen auf dem Schoß dort, streichelte ihren Kopf, wiegte sie hin und her, während sie für zwei andere Kinder irgendein Lied sang, das ich nicht kannte. Ihre Haare waren hochgebunden, unter ihren Augen dunkle Schatten und ihr Strahlen beinahe gänzlich verschwunden. Die Schultern des Mädchens in ihren Armen bebten und sofort drückte Eli sie enger an sich.

Mit der Schulter an den Türrahmen gelehnt beobachtete ich sie. Und obwohl alles an ihr nach Müdigkeit schrie, nach Belastung, nach einer großen Portion Schlaf, lächelte sie, als das Mädchen zu ihr aufsah.

Aber es waren nicht ihre Grübchen, die meinen Geist vernebelten. Es war ihre Stimme. Sie hatte erwähnt, dass sie gemeinsam mit ihrer Mutter gesungen hatte, aber da hatte ich gedacht, dass sie von schief, laut und großen Textschwierigkeiten sprach. Doch gerade … gerade hinterließ jeder ihrer Töne eine Gänsehaut auf meinen Armen. Es war kein Kinderlied, sondern ein … Liebeslied? Mit zarter und irgendwie trotzdem kräftiger Stimme sang sie über Küsse, die sie sich bei jeder Gelegenheit stehlen würde, weil niemand irgendetwas garantieren könnte, weil sie jede Minute ausnutzen musste, bis es vorbei wäre. Dass sie lieben würde, als würde sie verlieren. Dass nichts selbstverständlich war. Dass sie jemanden halten würde, als würde sie sich verabschieden. Dass ein Morgen nicht immer versprochen war.

Über eine Liebe ohne Reue.

Alles um mich herum verschwand, jedes andere Geräusch und all die Kinder traten dermaßen in den Hintergrund, dass der Ausdruck Tunnelblick noch untertrieben wäre. Es gab nur noch ihre Stimme, ihr leichtes Lächeln, das sich immer wieder auf ihre Lippen stahl.

Nur noch sie.

»Wer bist du?«

Was? Ich blinzelte mehrere Male, schaute zu einem Jungen hinab, der ungefähr in Lukes Alter war.

»Ähm, Daniel.« Wie kam der denn so schnell zu mir?

Eli verstummte sofort und ihre Augen fanden meine. Ich wünschte, ich könnte ihre Gedanken lesen, könnte wenigstens erahnen, was sich hinter ihrer Stirn abspielte, als sie mich einfach nur ansah, die Melodie und ihre Stimme noch immer im Raum hingen. Ein Strahlen huschte über ihr Gesicht, welches ihre Augenringe beinahe verschwinden lassen konnte.

Sie stand auf, das Mädchen weiterhin in ihren Armen, und kam zu mir rüber. »Ich brauch noch zehn Minuten, dann bin ich startklar.«

»Alles gut bei dir?« Die Muskeln meiner Hände begannen sicher gleich zu verkrampfen, so sehr kämpfte ich darum, ihr nicht diese eine Locke aus dem Gesicht zu streichen.

Das Mädchen schaute auf. »Ist das dieser Daniel?«

Kannten die mich hier alle?

Eli nickte, küsste ihre Stirn. »Das ist er. Darf ich vorstellen, Daniel – Madison, Madison – Daniel.«

»Sehr erfreut, junge Dame.« Ich reichte ihr meine Hand, die sie tatsächlich relativ fest ergriff.

Sie lächelte, was ihre vom Weinen geröteten Augen allerdings nicht erreichte. »Eli und ich haben heute das beste Geburtstagsgeschenk jemals für dich besorgt.«

»Wirklich?« So rot wie Elis Wangen wurden, waren meine Mundwinkel mal wieder kurz davor, sich zu heben. Gott!

»Ja, erst waren wir im Walmart, aber dann …« Eilig legte Eli eine Hand auf Madisons Mund. »Madi! Das ist eine Überraschung.«

»Ach, stimmt ja.« Sie schmiegte sich wieder an Elis Schulter. »Auch dieses Reinfeiern, was ich nicht kannte?«

Eli seufzte. »Ja, das auch.«

Reinfeiern? Oh, da würde ich ihre Pläne ein wenig durchkreuzen müssen. »Heute Abend …«

»Eli-Maus?« Chloe stürmte zwischen uns, schnappte sich Madison. »Zeit für deine ganzen drei Tage Urlaub, Süße.« Drei Tage? Gut zu wissen. »Feiert schön und genieß das Geburtstagskind.« Ihre Augenbrauen tanzten wilder als jedes Partyluder der Stadt.

»Halt die Klappe, Chloe.« Eli küsste noch einmal Madisons Stirn. »Wenn du mich brauchst, dann rufst du an, okay?« Erst dachte ich, dass sie ihre Freundin meinte, doch sie sagte es eher der Kleinen, die schniefend nickte. »Gut. Bis in drei Tagen.« Eli drückte sich an mir vorbei. »Kommst du?«

»Schon auf dem Weg.« Ich verabschiedete mich von Chloe, folgte Eli nach draußen zu meinem Wagen. Wie schnell konnte sich diese Frau anziehen? Sie brauchte doch sonst immer eine Stunde im Badezimmer.

Ich öffnete ihr die Beifahrertür. »Wegen heute Abend …«

»Nein, Daniel, du wirst mir nicht widersprechen.« Sie ließ sich auf den Sitz fallen, schnallte sich an. »Wenigstens nicht in der nächsten Stunde, ja?« Kaum saß sie im Auto und die Tür senkte sich, da sackte auch ihre ganze Körperhaltung in sich zusammen. Selbst ihre Mimik war ein reiner Trümmerhaufen und für einen Moment … da wollte ich die Welt zu eben diesem verwandeln.

Ich stieg ebenfalls ein. »Mieser Tag?«

»Madisons Mum …« Sie seufzte. »Sie hatte heute einen Besuchstermin, war aber sturzbetrunken. Ich musste sie an der Tür abweisen, sie hatte sich gewehrt und …«

»Was?« Ich wandte mich ihr zu, versuchte, ihren ganzen Körper auf einmal unter die Lupe zu nehmen. »Hat sie dich verletzt? Warum hast du mich nicht angerufen?«

Eli drehte sich ebenfalls zu mir, schüttelte den Kopf. »Alles gut, es ist maximal ein blauer Fleck am Arm. Vince hat sich dann um sie und mich gekümmert.« Um sie? Wer war der Typ? »Aber, Madi …« Ihre Stimme brach, Tränen schwammen in ihren Augen. »Es war das dritte Mal, dass ihre Mutter sie nicht sehen konnte. Madison hatte ihr was gebastelt und heute Morgen musste ich ihr einhundertmal die Haare kämmen, damit sie richtig glänzen, nur um dann …« Sie hob die Schultern, ließ sie wieder fallen. »Sie ist so ein liebes Mädchen, so eine wunderschöne Seele. Das hat sie alles nicht verdient.«

Stumm beobachtete ich die Tränen, die ihre Wangen entlangliefen, unfähig, die Worte, die sie sagte, wirklich zu verarbeiten. In mir tobte etwas, das ich nicht benennen konnte. Ich umschloss ihr Gesicht, wischte die nassen Spuren weg, wobei sich sofort wieder neue bildeten. Sie weinte, hier neben mir, in meinem Auto.

Und ich ertrug es nicht einen Moment lang.

»Eli«, flüsterte ich, hatte jedoch keine Ahnung, wie dieser Satz enden sollte. Wie wir enden sollten.

»Sorry«, unter Tränen lachte sie freudlos auf, wollte sich mir entziehen, doch ich hielt sie fest. »Sag es schon: Das Reinfeiern wird nichts?«

Wie sollte ich ihr jetzt bitte an den Kopf knallen, dass heute eine unheimlich spannende Operation aus China live übertragen wurde und die von 23 Uhr bis ungefähr 3 Uhr nachts ging? »Was hattest du denn vor?«

Jetzt entriss sie sich doch, wischte mit ihren Ärmeln über das Gesicht. »Einen Filmabend?« Sie schniefte, lehnte sich tief in ihren Sitz. »Bei uns zu Hause warten eine Menge Snacks. Nachdem sich Vince um alles gekümmert hatte, habe ich Madi geschnappt und wir waren shoppen. Danach habe ich ihr alles erklärt mit ihrer Mum und … na ja.«

»Dann klappt dein Plan.« Das klang ja nicht so unterschiedlich. »Sagen wir einfach, ich suche den Film aus.«

»Abgemacht«, flüsterte sie, schloss ihre Augen und ich konnte nicht anders.

Ich legte meine Hand auf ihren Oberschenkel, umschloss dort ihre Finger, drückte sie. Als hätte sie nur auf meine Berührung gewartet, klammerte sie sich an mich, rutschte tiefer in den Sitz hinein.

»Danke, Daniel.«

Mum hatte recht, sie passte nicht zu mir. Eli war viel zu gut für mich.

MAN SOLLTE VIEL ÖFTER
FÜR SICH SELBST
Konfetti
IN DIE LUFT WERFEN, SICH
IM BUNTEN REGEN DREHEN
UND ERKENNEN, WIE
toll man ist.

25

Eli

»Eine OP?« Ich riss die Chipstüte auf, schüttete den Inhalt in eine Plastikschüssel, während Daniel bereits auf der Couch saß und seinen viel zu großen Fernseher mit dem Internet verband. »So eine richtige? Mit Aufschneiden, schlagendem Herzen und sowas?«

»Schon mal eine falsche OP gesehen?« Er schüttelte den Kopf wegen meiner Worte.

»Oh, Vorsicht, Grumpy. Wenn man sich über jemanden lustig macht, besteht die Gefahr, zu lächeln.« Mit der Schüssel in der Hand ging ich zu ihm herüber, stellte sie zu den anderen. Nachos mit Käsesauce, Popcorn, Chips, Jalapeños … was fehlte noch? Ah ja! Geriebener Käse. Alles war besser mit Käse. Und dank mir und Madi war der Kühlschrank randvoll damit.

»Ich passe auf, Dandelion.« Mein Name ging beinahe in einem lauten Schmatzen unter.

»Hey!« Ich schielte an der Kühlschranktür vorbei zu ihm. »Nicht naschen, bevor der Film losgeht.«

»Genau genommen läuft der Stream bereits.« Wieder landete eine Handvoll Chips in seinem Mund. »Sie stellen die Ärzte vor, besprechen die Operation und ich glaube, das CT ist auch schon durch.« Er stellte den Ton leise an, rutschte vor an die Kante des Sofas. »Ja, das CT ist da und …«, er neigte den Kopf, »… wird spannend, ob es klappt.«

Das klang alles genauso aufregend, wie ich es mir vorgestellt hatte. Fünf Chinesen dabei zuzusehen, wie sie einen sechsten aufschlitzten, um irgendwas an seinem Gehirn zu reparieren, was wohl irgendwie schwierig sein sollte, war nicht unbedingt der Film, den ich vorgeschlagen hätte. Immerhin kannte Daniel nicht einen Avenger! Es gab so viele Stunden, die wir nachholen mussten. Aber gut, es war sein Geburtstag. An meinem konnten wir ja dann … getrennte Wege gehen. Mit dem Käse in der Hand stellte ich mich an die Theke, suchte eine Schüssel heraus und schüttete einige der gelblichen Schnipsel hinein. Noch knappe zwei Wochen. Nicht mal mehr vierzehn Tage. Dann …

Nein, daran wollte ich jetzt nicht denken!

»Brauchst du sonst noch was?« Ich schaute hinter mich und … ups!

»Wein.« Daniels Worte trafen direkt auf mein Ohr. Wann war er bitte rüber in die Küche gekommen? »Und *Wein*gläser.« Er griff über mir zu dem Hängeschrank und ich duckte mich intuitiv, damit er die Tür ganz öffnen konnte.

»Glas, Einzahl.« Mit einem Ruck verschloss ich wieder die Tüte des Käses. Wieso stand er noch immer so nah in meinem Rücken? Wie lange konnte man brauchen, um dieses doofe Glas zu nehmen und dann zu verschwinden, um mich nicht als das nervlich fertigste Wrack des Jahres zu küren?

»Stimmt ja. Spießer und so.« Endlich entfernte sich die Hitze hinter mir, aber als ich mich mit der Schüssel Käse in der Hand umdrehte, lehnte er gegenüber am Küchentresen. Ganz anders als sonst. Er trug kein Hemd, sondern ein dunkles T-Shirt mit einer Jogginghose. Er sah so normal aus, so entspannt, so … verdammt gut.

Nicht rot werden! Nicht rot werden! Nicht rot werden!

»Fehlt noch irgendwas?« Meine Selbstbeherrschung? Mein Stolz? Meine Würde? Meine … Gott, wieso musste sich seine bloße Existenz wie ein Starkstrommagnet auf 1.500 Volt anfühlen?

Mit dem Glas deutete er auf mich. »Du willst das morgen wirklich durchziehen.« Keine Frage, eine Feststellung.

»Was genau meinst du?« Ich ging zum Sofa, stellte die letzte Schüssel ab und ließ mich auf die Couch fallen. »Die Party oder mein Geschenk?« Wenn er sein Geschenk kennen würde, würde er sich über die Feier weniger Gedanken machen, da war ich mir sicher.

»Die Party, Dandelion.« Er folgte mir, setzte sich neben mich. »Keine Ahnung, wann ich das letzte Mal meinen Geburtstag gefeiert habe.«

»Dann wird es Zeit.« Man sollte jeden Geburtstag feiern. Was gab es Schöneres, als sein Leben zu feiern? Seine Höhen, seine Tiefen? Man sollte viel öfter für sich selbst Konfetti in die Luft werfen, sich im bunten Regen drehen und erkennen, wie toll man war.

Wie toll er ist.

Der Abend würde mich umbringen.

Ich nahm die Fernbedienung, reichte sie ihm. »Lass uns heute erstmal meine allererste Operation jemals überstehen. Die Sorgen für *morgen* besprechen wir einfach *morgen*.« Das Leben konnte einfach sein, wenn wir es ließen. Vor allem, wenn man nicht darüber nachdachte, an wen man so denken dürfte und an wen nicht.

»Gut.« Er schaltete den Ton lauter, warf die Fernbedienung von sich und breitete die Arme auf der Lehne aus. »Bin mir nur nicht sicher, ob du bei deiner ersten OP wirklich Popcorn essen willst. Vor allem bei einer Wachkraniotomie.«

Einer was? »Ach, bisher quatschen sie ja nur.« Auf Chinesisch! Die Untertitel mit den hochkomplizierten medizinischen Begriffen verstand ich noch weniger. Allerdings klang das alles nicht sehr gesund.

Daniel füllte sein Weinglas. »Es geht los, der Anästhesist hat die Narkose eingeleitet.«

Dauerte das nicht eine Weile, bis die tief und fest schliefen? »Aha.« Ich nahm mir eine Handvoll Popcorn, tauchte ein fluffiges weißes Wölkchen nach dem anderen in die Käsesauce, legte ein Jalapeño darauf und ab damit in meinen Mund. Gott, das war so gut.

»Ähm …« Daniel starrte mich an. »Nein, ich habe genau sowas erwartet. Passt schon, iss einfach weiter.«

Ich streckte ihm meinen Mittelfinger entgegen und … oh, da klebte noch Sauce. »Du hast keine Ahnung, was du verpasst.« Ich leckte an meinem Finger entlang, ließ die Kuppe kurz in meinem Mund verschwinden, den Blick starr auf seine hellblauen Augen gerichtet. Was zur Hölle tat ich da?

Er schluckte sichtbar. »Das weiß ich sehr genau.«

Einfach mehr Popcorn in den Rachen stopfen, mit vollem Mund sollte man schließlich nicht reden oder gar auf sowas antworten. Meine brennenden Wangen sagten sicher eh mehr als tausend Worte.

Der chinesische Arzt erzählte etwas, was Daniel nach vorn sehen ließ. Ich folgte seinem Blick, doch wenn die weiterhin in diesem

Tempo vorankamen, dann würden wir morgen früh noch hier sitzen. Vielleicht fieberte ich auch etwas zu sehr Mitternacht entgegen, wer wusste das schon.

Die Ärzte traten an den Tisch, nickten sich alle zu, wünschten sich Glück und dann … *schnitten* sie diesen Menschen auf.

Das war nicht gut.

Oh, fuck, fuck, fuck.

Das Skalpell glitt förmlich durch die Kopfhaut dieses armen Menschen, schnitt tiefer herein. Das Popcorn fiel aus meiner Hand, landete auf dem Boden.

»Daniel?«

»Hmm?« Er schaute nicht zu mir, warf sich einen Chip in den Mund. »Das, was du da siehst, ist die Kopfhaut und die Kopfschwarte, noch ein Schnitt und er kann sie zur Seite klappen. Dann liegt der Schädelknochen frei.«

»Daniel!« Ich musste wegschauen, durfte nicht länger hinsehen. Aber es war wie eine Art Hypnose, wie der von Daniel angekündigte Schnitt kam, wie die Hautlappen nach links und rechts gelegt wurden und der … der Knochen …

»Jetzt kommt die Knochensäge und der Arzt entfernt ein Stück aus dem Schädel.« Er rutschte neben mir tiefer in die Couch. »Laut dem CT muss er ordentlich was entfernen.«

Oh, das klang ja immer besser! »Da ist … da ist …« Selbst das Wort blieb mir im Hals stecken, trieb lediglich meinen Würgereiz voran. »Blut.«

Er schnaubte. »Das ist eine OP, natürlich ist da … oh.« Endlich erhaschte ich dann auch mal seine Aufmerksamkeit. Ruckartig drehte er sich zu mir, griff nach meiner Hand. »Atme tief durch, das ist doch nur im Fernsehen. Wie in einem Film, *Grey's Anatomy* oder so.«

»Das ist echt.« Ein Stream, ein echter kranker Patient, echte Ärzte. Mein Magen krampfte, meine Haut prickelte selbst an Stellen, die ich nicht benennen konnte. »Sein Kopf … ist offen.«

»Eli?« Er rutschte zu mir heran, umfasste meine Schultern, was ich kaum noch spüren konnte.

Da war ein Hirn, da war Blut, da war ein surrendes Geräusch einer Säge auf verdammt echten Knochen! Meine Lider flatterten, mein ganzer Körper bebte.

»Schau mich an.« Er umfasste mein Gesicht. »Nur mich, Baby.«

Wie bitte?

Die Schwärze fiel über mich wie ein samtiges Tuch, drückte mich zu Boden, fixierte meine Glieder, bis nichts mehr da war, wo es sein sollte. Ich wusste nicht, dass mich ein Wort schneller ausknocken konnte als ein Eimer Blut direkt vor meinen Augen. Da sagte nochmal einer, der Typ wäre Arzt.

Ich lag weich, so viel konnte ich mittlerweile erkennen. Oder eher erfühlen. Meine Wange ruhte irgendwo drauf, was ganz angenehm war. Unter mir gab es so ein Geräusch, ein Pochen? Schlagen? Rhythmisch, gleichmäßig, immer und immer wieder. Es war erschreckend beruhigend, obwohl ich nicht wusste, was es war.

»Eli?«

Sagte da jemand meinen Namen? *Hmm, wer weiß.* Ich streckte mich, ohne zu wissen, dass ich es konnte. Jeder Muskel fühlte sich wie Watte an, und wenn ich versuchte, auch nur ansatzweise über die Fünf hinauszuzählen, verteilte sich der fluffige Stoff in meinem Kopf.

»Hey, Eli?«

Etwas Warmes strich über meine Wange, bis es meinen Nacken streifte.

Nacken. Komisches Wort.

Jetzt berührte es mein Handgelenk, legte ein oder zwei Finger an mich. Keine Sorge, ich war nicht tot, nur … ach, keine Ahnung. War doch auch egal.

»Dandelion, wenn du in den nächsten zehn Sekunden nicht wieder zu Bewusstsein kommst, müssen wir ins Krankenhaus.«

Gott, wem gehörte diese absolut fordernde und grummelige Stimme. Nervig und … aua! Das tat weh! Man zwickte niemanden in die Wangen, wie unfreundlich!

Jetzt zuckten auch noch meine Lider, blinzelten mehr als oft.

»Was?«, krächzte ich und machte damit jedem Raben der Stadt Konkurrenz.

»Guten Morgen.« Daniel sah zu mir herab, legte eine Hand um meinen Kopf und drückte mich an seine Brust.

Seine Brust?!

Ich wollte mich bewegen, aber meine Muskeln lachten sich innerlich dermaßen über mich tot, dass ich beinahe selbst mit lachte. »Wie lange war ich bewusstlos?«

»Ein paar Sekunden.« Gedankenverloren strichen seine Finger durch meine Haare, massierten meine Kopfhaut. »Keine Sorge, ich bin Arzt.« Den amüsierten Unterton konnte er sich sparen.

Es wurde Zeit, die Lage zu checken. Unter meiner Wange befand sich also seine Brust, seine Arme um mich, mein Körper … auf ihm. Positionstechnisch waren wir wohl auf der langen Seite des Sofas angekommen und ich lag zwischen seinen Beinen, während er halbsitzend noch immer auf den Bildschirm starrte. Nicht sein Ernst!

»Du hast die OP nicht ausgemacht?« Jetzt wollten sogar meine Muskeln hier weg, doch Daniel drückte mich wieder zurück, fixierte meinen Kopf mit seiner Hand.

»Du willst nicht aufstehen und auf den Fernseher schauen, vertrau mir.« Wieder ertönte das ekelerregende Geräusch einer minikleinen Motorsäge, was eine eisige Gänsehaut über mich wandern ließ. Daniel lehnte sich ein wenig zur Seite, stellte den Ton des Livestreams aus und einen anderen an. Leise Klaviermusik erfüllte den Raum.

»Ich falle in Ohnmacht und du schaust einfach weiter.« Ich schnaubte, bewegte mich aber wirklich nicht einen Zentimeter. »Und statt mich zu versorgen, kuschelst du mit mir – apropos, Doktor, schon mal was von stabiler Seitenlage gehört?– jedenfalls, all das, nur um die Übertragung nicht zu verpassen. Was ist so wichtig daran?«

»Kuscheln?« Sein Blick zuckte zu mir herunter und wieder trat dieser amüsierte Glanz in seine Augen, welcher mich sofort dazu brachte, den Mund zu öffnen, ihm irgendwas Doofes an den Kopf zu knallen, doch er schaute einfach wieder nach vorne, sprach weiter. »Louis hatte auch so einen Tumor. Beinahe die gleiche Größe und dieselbe Position. Nur damals war ich noch kein Neurochirurg.«

Oh. Ich entspannte mich an ihm, suchte seine andere Hand und ergriff sie. »Das tut mir leid.«

»Schon gut.« Seine Augen bewegten sich hin und her, beobachteten jede Regung auf dem Bildschirm. »Manchmal denke ich, dass ich ihn hätte retten können. Dass ich schneller hätte studieren müssen. Dass ich bessere Kontakte hätte haben müssen.«

Ich sparte es mir, nach seinem Vater zu fragen. »Er wäre stolz auf dich.«

»Louis?« Er schüttelte den Kopf. »Keine Ahnung.«

Wieso sah er es nicht? »Wenn du dir nicht glauben kannst, dann glaub mir. Er wäre stolz.«

Tief atmete er durch, sein Blick brannte auf mir. Immer wieder zuckten seine Augenbrauen und für den Bruchteil einer Sekunde hatte ich das Gefühl, dass er mich gerade das erste Mal wirklich ansah. Vorbei an all den Vorurteilen, die er mir noch vor wenigen Wochen an den Kopf geknallt hatte. »Okay.«

»Okay.« Ich nickte an seiner Brust, schloss die Augen. Die Klänge des Klaviers hüllten mich ein, schwangen um uns herum und verbanden sich mit der rauschenden Atmung und dem schlagenden Herzen unter mir. Es fehlte nur noch … seine Stimme. »Erzähl mir, was passiert.«

»Wirklich?« Für einen Moment sah er zu mir herunter, doch ich konnte nichts erwidern. »Na gut.« Seine Arme umschlangen mich fester und ich krallte meine Finger förmlich in sein T-Shirt. Egal warum ich eigentlich hier gelegen hatte, es jetzt zu tun, fühlte sich so richtig an, dass es ironischerweise verboten gehörte. »Die Narkose wurde zurückgenommen und nun warten wir darauf, dass der Patient zu Bewusstsein kommt.«

»Wie bitte?« Sollte dieser Mensch bis zu seinem Lebensende die Horrorträume schlechthin bekommen?

»Der Anästhesist sorgt dafür, dass der Patient schmerz- und angstfrei bleibt und gerade betritt auch der Neuropsychologe den Raum. Er wird ihn durch die Operation begleiten.« Daniel rieb die Lippen aneinander, verfolgte den Stream wie einen spannenden Actionfilm, bei dem er nicht wusste, ob es ein Happy End gab. Er erzählte mir Dinge über Elektroden, die angebracht wurden, über Mikrochirurgie und Fluoreszenzen, doch das alles bekam ich nur halb mit.

Seine Stimme wiegte mich gemeinsam mit dem Piano hin und her, seine Wärme pulsierte an mir, und als er auch noch eine Decke über uns legte, war es um mich geschehen.

Wie bitte sollte ich in weniger als zwei Wochen einfach hier verschwinden? Wie sollte ich niemals wieder an ihn denken?

»Ja!« Daniel schrie, richtete sich ein wenig auf, doch hielt mich bei sich. »Keine Reaktion des Patienten. Das bedeutet, dass dort nur Krebsgewebe ist und der Chirurg beginnen kann, das Gewebe zu entfernen. Vielleicht erleben wir nachher noch, wie der Patient was rechnen muss oder so, das ist beeindruckend.«

Ja, beeindruckend. »Super.« Ich rutschte an ihm hoch, bis mein Kopf in der Kuhle seines Halses und der Schulter lag. »Wer spielt da Klavier?«

Seine Wange ruhte auf meinen Haaren. »Das Stück heißt *Ylang Ylang* von FKJ. Was hast du heute gesungen?«

»Ich?« Beinahe verschluckte ich mich an meiner eigenen Spucke. »Nichts.«

»Es war sehr schön, Eli. Wirklich.« Mit den Fingern strich er mir über den Rücken und ich wusste nicht, ob meine Gänsehaut von seinem Kompliment oder der Berührung kam.

»*Like I'm Gonna Lose You* von Jasmine Thompson«, murmelte ich und wusste nicht, ob ich es gut finden sollte, dass er es gehört hatte. Keine Ahnung, warum ich ausgerechnet das gesungen hatte. Die Kinder hatten etwas hören wollen und ich … ich war traurig und verzweifelt gewesen und … hatte an Daniel denken müssen. »Ich hatte dich wohl länger nicht bemerkt.«

»Ich wollte dich nicht unterbrechen, weil …« Er zuckte mit den Schultern. »Egal.«

Ja, da waren wir einer Meinung. Nicht, dass ich nicht gern sang oder es nicht vor anderen wollte. Es ging eher um Daniel. Und um dieses Lied.

Eine Weile sagte niemand etwas von uns, ab und an versteifte sich Daniels Körper unter mir, entspannte sich jedoch wieder und er erklärte Dinge, die ich im Leben nie verstehen würde. Die Musik wechselte, doch das Piano blieb.

Wie spät war es eigentlich? Am Ende verpassten wir noch seinen Geburtstag!

Ohne nach vorn auf den Fernseher zu schauen, umschloss ich Daniels Handgelenk, zog es zu mir, bis ich auf die Uhr sehen konnte. »O nein!« Ich sprang förmlich auf, rutschte von seinem Schoß.

Er griff nach mir, doch fasste immer wieder ins Leere, bis ich mit dem Hintern voran auf dem Boden landete, die Kante des Couchtisches direkt im Rücken. Es tat nicht unbedingt weh, es war nur so, dass ich fest die Augen zusammendrückte, um ja nicht einen Millimeter dieser OP sehen zu müssen. »Ich schaue nicht hin! Ich schaue nicht hin!«

Etwas stieß gegen meine Knie und dann ... »Hey!« Der Couchtisch, und somit meine Stütze, verschwand, stattdessen umfassten zwei Hände meine Taille, zogen mich zurück auf einen viel zu vertrauten Schoß.

»Von hier aus kannst du wenigstens nicht mehr runterfallen.« Daniel nahm mein Kinn zwischen zwei Finger, hielt mein Gesicht lediglich mit dieser sachten Berührung gefangen. »Es ist sicher, mach die Augen auf.«

Wirklich? Jetzt? Das Blut, das offene Hirn, der Schädel – es klang gerade wesentlich reizvoller, nicht das Bewusstsein zu verlieren, als jetzt so nah in seine verdammten Augen zu sehen, während seine Finger mein Kinn hielten. Aber gut, er war ja Arzt, nicht wahr?

Ich öffnete meine Lider, sah direkt in seine hellblauen Iriden. »Happy Birthday, Grumpy.«

WUSSTEST DU,
DASS OTTER
Lieblingskiesel
HABEN?

26

Daniel

Ihre Worte waren nicht mehr als ein Hauchen, was mich nicht im Geringsten störte. Ganz im Gegenteil. »Danke, Eli.«

Rittlings saß sie mal wieder auf mir, ihre Hände auf meiner Brust, ihre Augen auf mich gerichtet. Es verschlang mich, dieser Bernstein, dieses Strahlen, dieses Leuchten, das von ihr ausging. Und ich wollte darin ertrinken.

»Mein Geschenk!« Sie kletterte von mir herunter, rannte um die Couch herum zur Garderobe, an der ich vorhin ganz sicher kein Päckchen gesehen hatte. »Nicht gucken! Hörst du?«

Das war doch eher ihr Motto an diesem Abend? Ich griff nach dem Weinglas neben mir auf dem halbhohen Tisch, trank einen kräftigen Schluck daraus, ohne den Blick von dem riesigen Tumor vor mir abzuwenden. *Auf dich, Louis.*

»Okay.« Ihre Schritte ertönten hinter mir, kurz darauf ein schriller Schrei, der mich aber nicht beunruhigte, sondern viel mehr … belustigte? »Die operieren ja noch!«

Noch? Sicher bis weit in die Nacht hinein.

»Mensch, wie sollst du jetzt nur zu mir rüberkommen?« Ja, tatsächlich, es amüsierte mich.

»Spar dir deinen Sarkasmus!«

Ich drehte mich um und … sie hatte wirklich die Augen zu, ging einen Schritt nach dem anderen, setzte ihre Füße in den knallroten Socken vorsichtig auf, als könnte sich spontan mitten in meiner Wohnung ein Lavafeld öffnen. Aber wo war mein Geschenk?

Einen Arm nach vorn ausgestreckt, ertastete sie das Sofa, welches uns trennte. »Wenn ich mir gleich die Beine breche, weil du immer noch sitzt, wo du sitzt, dann hoffe ich, dass du mich nicht nur in den Arm nimmst, sondern wirklich ein Krankenhaus aufsuchst.« Ein paar Mal hüpfte sie mit weiterhin geschlossenen Augen hinter der Couch auf und ab. Wärmte sie sich auf?

Was tat sie da? »Ich werde darüber nachdenken.«

»Immerhin.«

O Gott.

Sie schwang ein Bein über die Lehne, zog das andere ruckartig hinter sich her. Es sollte wohl so etwas wie einen Sprung darstellen, doch erinnerte eher an ein betrunkenes Reh, das kläglich versuchte, über einen Zaun zu hüpfen.

»O fuck!« So würde ich es auch ausdrücken.

Ihr rechter Fuß sackte in der weichen Couch ein, die eigentlich knochenhart war, knickte um und sorgte für einen gänzlich unpassenden Schwerpunkt. Anstatt endlich die Augen zu öffnen, gab sie einfach nach, ließ sich auf das Sofa fallen, rollte herunter, bis sie mit ihrem Lockenkopf direkt auf meinem Schoß landete. Zum Glück hatte ich den Tisch weggerückt.

»Geschafft!« Ihre Faust in die Luft gestreckt, die Augen noch immer geschlossen, grinste sie über beide Ohren, ließ die Grübchen in ihre Wangen wandern. Sie richtete sich auf, bis sie wieder auf mir saß, obwohl sie mir ihr unsichtbares Geschenk ja auch hätte anders geben können. Mit mehr Abstand und so. Oder wollte sie etwa ebenfalls meine Nähe? So … wirklich?

Endlich öffnete sie wieder ihre schönen Augen. »Hier, für dich.« Langsam entspannte sie ihre Faust, löste einen Finger nach dem anderen, bis mein Geschenk auf ihrer Handfläche ruhte.

»Eine Kastanie?« Ich sah von ihr zu dem kleinen, braunen, schrumpeligen Ding. Vier abgebrochene Zahnstocher steckten in etwas zu großen Löchern und irgendwie wurde ich den Verdacht nicht los, dass dieses Exemplar hier langsam, aber sicher austrocknete.

»Das ist ein Kastanientier. Genauer gesagt ein Otter.« Sie reckte ihre Hand etwas höher.

Ein Otter. Sie schenkte mir ein Kastanientier, das eher an einen toten Marder erinnerte, der vor drei Wochen von zwei Lastern überfahren worden war, und strahlte dabei wie die reinste Sonne.

Oh, Eli.

Noch immer hielt sie den Blick gesenkt auf die Kastanie in ihrer Hand. »Er hat keinen Kopf, denn dabei hatte ich mich verletzt und …«

Jetzt fiel er endlich, der berühmte Groschen. »… du kamst zu mir.« Ich nahm die Kastanie von ihrer Hand in meine, bewunderte das gute Stück, das mein ganzes Leben völlig durcheinandergebracht hatte. »Danke.«

»Ich wollte dir noch etwas sagen.« Ihre Wangen fingen Feuer, obwohl sie nicht einmal begonnen hatte, wirklich zu reden. »Das ist eine Kastanie, logisch. Das sind Zahnstocher, glasklar. Aber so insgesamt ist es halt ein Otter. Sagt Madison jedenfalls, Luke und Noah eher nicht, aber egal. Kunst ist eben vielfältig.« Okay? »Kennst du Otter? Ich kannte sie nicht, aber wieder lehrten mich die Fünfjährigen, dass es Otter gibt. Also nicht, dass ich nicht wusste, dass es sie gibt, eher, dass ich nicht wusste, dass diese Kastanie mit Zahnstochern einem gleicht.« Sie legte den Kopf schräg, tippte gegen mein Geschenk. »Vielleicht sieht es auch nicht aus wie einer? Habe keinen im Internet gesucht und überhaupt, wie vertrauenswürdig sind Kinder? Ich meine klar, reine Seele und so. Aber künstlerisch gesehen? Ich weiß nicht.« Sie holte kurz Luft und ich nutzte diese winzig kleine Chance.

»Kein Klassizismus, dieser Otter, so viel steht fest.«

»Daniel!«, schrie sie mir entgegen, ergriff meine Hand und drückte all meine Finger auf die Zahnstocher des Otters. Wie kleine Nägel bohrten sie sich in mein Fleisch, doch Eli dachte gar nicht daran, den Druck zu verringern. »Du … du hast gelächelt.«

Was hatte ich getan? Nein, ganz sicher nicht, ich … meine Wangen fühlten sich komisch an.

»Tu es nochmal!« Jetzt schlang sie auch noch ihre andere Hand um mich. Sollte das Ding mich aufspießen?

»Eli.« Ich entzog mich ihr, öffnete meine Finger vorsichtig, um sicherzugehen, dass ich nicht blutete und sie mir wieder mal zu Füßen liegen würde.

»Oh, sorry.« Sie drehte meine Handinnenfläche zu sich, strich über die tiefen Kerben, die Gott sei Dank nicht weiter verletzt waren. »Tut es weh? Moment. Lächelst du bei Schmerzen?« Ohne auf eine Reaktion zu warten, packte sie das Kastanientier, donnerte es auf meinen Oberschenkel.

»Verdammt, Eli!« Sie wollte mich umbringen! »Ich lächle wegen dir!«

»Was?«

Ja – was?!

Der Satz rutschte mir heraus, das war absolut und überhaupt gar nicht durchdacht gewesen. Was dachte sie denn jetzt von mir? Ich Idiot!

Sie legte den Otter hinter mich auf das Sofa. »Wegen … mir?«

Da konnte ich mich eh nicht mehr rausreden. »Wegen dir.«

»Der Otter … wusstest du, dass die Lieblingskiesel haben?« Ich hatte ihre Gedankengänge noch nie gut verfolgen können, aber jetzt gerade?

»Wusste ich nicht, nein.« Ich neigte mich zu ihr nach vorn, konnte nicht verhindern, dass meine Hände ihren Rücken hinaufwanderten.

»Haben sie. Einen Lieblingsstein«, flüsterte sie, kam mir immer näher. Ihr Atem strich über meine Lippen. »Und … du hast gelächelt.«

Was auch immer sie mir damit sagen wollte, es war mir egal. Noch während sie das letzte Wort murmelte, küsste ich sie. Es ging gar nicht anders, ich musste es tun.

Eli seufzte gegen meinen Mund, legte mir ihre Hände um den Nacken und erwiderte hungrig diesen Kuss. Und wie hungrig. Sie drückte sich an mich, bis mein Kopf zurück auf die Sitzfläche des Sofas fiel, doch alles, was ich fühlte, war *sie*. Ihre Taille unter meinen Händen, ihre Lippen an meinen und dabei eine Wärme, die meinen ganzen Körper bis in die letzte Zelle ausfüllte. Als hätten wir viel zu lange den anderen nicht mehr berührt, klammerten wir uns aneinander, konnten nicht eine Sekunde voneinander ablassen, selbst wenn wir es versucht hätten. Es war nicht möglich.

Ich fuhr unter ihren Wollpulli, musste sie endlich tatsächlich spüren – ihre weiche Haut, ihre Rundungen, sie. Federleicht streifte ich den Ansatz ihrer Brüste, während ihre Zunge auf meine traf, und wieder entfuhr ihr dieser wundervolle Ton, flutete meinen Mund und machte mich schier wahnsinnig. Alles an ihr war die pure Versuchung, der ich heute garantiert nicht standhalten wollte.

»Daniel.« Niemand sagte meinen Namen derart schön,

niemand lächelte währenddessen derart schön. Sie nestelte an meinem T-Shirt, wanderte mit ihren Fingerspitzen aus Feuer und Eis unter den Stoff. In mir schrie alles nach ihr, nach ihren Berührungen, nach ihrer Nähe.

Und ich wollte nachgeben, wollte nicht darüber nachdenken, was das hier für uns beide hieß. Es war mir egal. In meinem Kopf war nur ein Wort.

Eli.

Eli.

Eli.

»Hallo, Mister Sprouse!« Den Fahrstuhl und das, was er da gerade verkündete, nahmen wir beide kaum richtig wahr.

Eli schob mein T-Shirt weiter nach oben, zerrte förmlich daran, dass ich es endlich ausziehen würde und …

»Dani-Boy, komm her, Geburtstagskind.«

Das durfte nicht wahr sein! Eli versteifte sich, riss ihren Pullover herab und richtete sogar fix noch mein Shirt.

»Ich wette, du schaust den Chinesenstream, kleiner Streber. Wo bist …? Oh.« Keine Sekunde zu früh stand Liam neben uns, schaute von mir zu Eli und wieder zurück. Sein Grinsen wurde immer breiter. »Störe ich?«

»Nein!« Wow, so schnell konnte ich gar nicht *Ja* brüllen. Und ich hätte es getan, wollte gerade allein sein mit ihr. Eli stand von mir auf, eine Hand als eine Art Sichtschutzschild an ihr Gesicht gehalten, um nicht auf den Fernseher schauen zu müssen.

»Bleib ruhig sitzen, Süße.« Süße? Wirklich? »Ich wollte nur kurz meine herzlichsten Glückwünsche zum 33. Geburtstag loswerden und wieder verschwinden.« Die Flasche Wein in seiner Hand ignorierten wir besser alle mal.

Ich griff zur Fernbedienung, schaltete den Stream aus. Als ob ich noch eine Minute richtig mitbekommen würde. Oder wollte. »Dann geh doch jetzt wieder.«

Liam grinste. »Tue ich.«

»Und warum bewegst du dich dann nicht?« Nun stand ich auf, sah kurz zu Eli, deren Gesicht einer Tomate glich. Warum? Schämte sie sich mit mir?

Wer tut das nicht? Sicher ist sie froh, dass euch Sprouse unterbrochen hat.

»Komm her, Kumpel.« Liam packte und drückte mich an sich, klopfte auf meinen Rücken. »Alles Gute, Mann. Und verbock es heute Nacht nicht.« Er murmelte so leise, dass Eli es ganz sicher nicht verstanden hatte. Zum Glück.

Ich schob ihn von mir, nickte als stummes Dankeschön und wies dann Richtung Aufzug. Richtig, ich konnte es nicht erwarten, dass er endlich wieder unten stand. Ich konnte es noch viel weniger erwarten, Eli wieder an mir zu spüren.

»Hab's verstanden, Mann. Wie ungeduldig bist du?« Lachend winkte er Eli, die noch immer kein Wort rausgebracht hatte. »Wir sehen uns dann zur Party.« Er verschwand im Fahrstuhl und ich hätte fast erleichtert ausgeatmet, als die Türen sich wieder vor ihm schlossen.

Ich drehte mich zu Eli. »Können wir einfach ignorieren, dass er hier war?«

Sie nahm meine Hand, schaute jedoch zu Boden. »Er mag dich sehr.«

»Möglicherweise beruht das auf Gegenseitigkeit.« Ich verschränkte unsere Finger ineinander, zog sie zu mir heran. »Darf ich mir noch etwas zum Geburtstag wünschen?«

Sie kicherte auf, lehnte sich an mich, bis ihr Kinn auf meiner Brust ruhte, damit sie mich ansehen konnte. »Ich nehme an, du darfst es. Immerhin bist du den ganzen Tag das Geburtstagskind.«

Wieder zuckte meine Wange, wieder schafften es meine Mundwinkel, nach oben zu wandern, und, bei Gott, wenn sie mir dann immer diesen Blick aus ihren Bernsteinaugen schenkte, würde ich bald nur noch grinsend durch die Gegend laufen. »Frag mich, ob ich mit oben schlafen möchte.«

Da waren sie wieder, ihre feuerroten Wangen. Doch sie hielt meinem Blick stand, befeuchtete mit ihrer wunderschönen Zunge ihre Lippen. »Daniel?« Sie stellte sich auf Zehenspitzen, küsste meine Mundwinkel, die eben noch an einer höheren Position gelegen hatten. »Möchtest du mit oben schlafen?«

»Und wie ich das will.« Überrascht quiekte sie auf und lachte, als ich sie packte und hochnahm. Ihre Beine um mich geschlungen trug ich sie die Treppe herauf in unser Schlafzimmer. *Scheiß auf Regel vier, scheiß auf alle Regeln.* Ich wollte sie ganz und gar, ohne Ausnahmen.

Erinnerungen

KANN MAN NICHT KAUFEN.
UND ICH WILL DIR EINE

schenken.

27

Eli

Jede einzelne Berührung zeichnete förmlich meinen Körper, als würde er mich tätowieren, mit einem Kribbeln, das ich nicht kannte und von dem ich niemals genug kriegen könnte.

Er legte mich vor sich auf dem Bett ab, kniete auf der Matratze über mir, ich direkt zwischen seinen Beinen. »Eli, wir …«

»Nicht.« Ich legte einen Finger auf seinen Mund. »Lass uns nicht reden. Nicht jetzt.«

Da war es wieder, das Lächeln, welches sein Gesicht eroberte. Es war kein klassisches Grinsen und seine Wangen bewegten sich nicht mal wirklich. Aber seine Mundwinkel, die sich minimal hoben, sein verbissener Ausdruck, der ganz weich wurde. Der amüsierte Glanz in seinen Augen. Ich wollte es wieder und wieder sehen, wenn ich morgens aufstand, wenn ich abends schlafen ging. Immer.

»Wie du willst.« Er drehte sich mit mir um, bis wir beide auf der Seite lagen, unsere Nasen aneinander auf- und abstrichen. »Dann weniger reden.« Seine Lippen streiften meine, zart und so sanft, dass ich mir nicht mal sicher war, ob wir uns tatsächlich küssten oder ob ich nun hochoffiziell den Verstand an Daniel Harrison verlor. Er umschloss mein Gesicht und zog mich enger an sich. Es war echt. Wir beide …

Wir beide waren echt.

Ein Bein über seine Hüfte gelegt schmiegte ich mich an seinen Körper, der sich schlicht perfekt anfühlte. Es lag nicht an seinem muskulösen Oberkörper, an den breiten Schultern oder seinem straffen Bauch. Es lag an ihm. An seiner Aura, an seinem Sein. Das, in dem ich mich hoffnungslos verloren hatte.

»Daniel«, ich keuchte auf, ließ den Kopf ein Stück nach hinten sinken.

»Ja?« Seine Lippen zogen eine prickelnde Spur meinen Hals hinab, während seine Finger eindeutig einen mehr als empfindlichen Ort zwischen meinen Beinen gefunden hatten. »Soll ich etwa aufhören?«

Obwohl seine Hand über meiner Hose lag, spürte ich sie überdeutlich. Jede Faser in mir nahm ihn wahr, direkt an meiner Mitte und doch noch viel zu weit weg. Ich drückte ihm mein Becken entgegen, wollte, dass er mich fester berührte, dass er seinen Weg *in* meine Hose fand.

»So schweigsam?« Er hörte auf! Dieser Mistkerl hörte einfach auf! Wenn er dabei doch nicht so grinsen würde …

»Nicht«, hauchte ich lediglich, krallte mich an seiner Schulter fest. »Hör nicht auf.«

Seine Lippen streiften meine Wange. »Alles, was du willst, Baby.«

Ich gab mich ihm hin, wollte nichts mehr auf dieser Welt als das. Als ihn. »Dann hör bitte nie wieder auf.«

Daniel lag hinter mir, seine Arme fest um mich geschlungen. Keine Ahnung, wie spät es war, doch so wie die Sonne stand, schätzte ich irgendwas gegen Mittag, was meinen Zeitplan absolut durcheinanderbrachte. Wir hatten eigentlich keine Zeit, hier rumzuliegen, den jeweils anderen zu genießen, sondern mussten dringend seinen Geburtstag vorbereiten.

Doch mit jedem Atemzug, der meinen Nacken streifte, mit jedem Streicheln seiner Finger auf meinem Bauch wich dieser Gedanke weiter in den Hintergrund.

»Wir können auch einfach allen absagen und den ganzen Tag im Bett verbringen.« Er küsste meinen Scheitel. Einmal, zweimal, nicht genug.

Ja, das war keine so üble Idee … aber nein. Er hatte seit Ewigkeiten nicht mehr gefeiert und das würden wir heute ändern. »Oder ich gebe dir dein nächstes Geschenk.«

»Nächstes?« Ich konnte förmlich hören, wie er die Augenbrauen zusammenzog. »Wie viele gibt es denn?«

»Drei«, posaunte ich voller Triumph heraus. Immerhin hatte ich vor wenigen Tagen nicht mal eins gewusst. »Die Kastanie, etwas total Verrücktes …« Was mich sehr nervös machte. »… und das hier.« Ich löste mich aus seiner Umarmung, ging auf die Knie und krabbelte an den Rand des Bettes.

»Hmm.« Er richtete sich ebenfalls auf, legte die Hände an meine Hüfte, zog mich wieder ein Stück zurück, direkt gegen seine Mitte. »Das Geschenk würde mir ganz gut gefallen.«

»Daniel!« Ich schmiss mich auf den Bauch, griff unter das Bett, tastete blind darunter hin und her, aber Daniels Berührungen machten es gerade nicht leichter. Es musste hier irgendwo sein. Ah, da!

Er fiel zurück auf das Bett, hob die Decke an und lud mich wieder zu sich darunter ein. »Gib es mir hier drüben.« Sein Blick zuckte zu dem viereckigen, bunt eingepackten Geschenk. Oder eventuell zu meinen Brüsten, war die gleiche Höhe.

Ich lehnte mich wieder an ihn, reichte ihm das Päckchen. »Für dich, von den *Little Giants*.« Es war nicht so heikel wie das dritte Geschenk, aber auch nicht weniger nervenaufreibend für mich.

»Von den Kindern?« Er nahm es, entfernte die Schleife und riss das Papier mit den bunten Kreisen darauf ab. Nach und nach, bis endlich der helle Holzrahmen zum Vorschein kam und … seine Auszeichnung. »Doktor Daniel Harrison, für seine herausragende Arbeit bei der Rettung kleiner Riesen«, murmelte er leise vor sich hin, betrachtete die bunten Bilder.

Ich drehte mich zu ihm, lehnte an seiner Schulter. »Sie haben alle etwas für dich gemalt. Das hier ist das Krankenhaus. Sagt Madison jedenfalls. Luke hat dein Auto gezeichnet, natürlich. Noah meint, dass das hier ein Flugzeug wäre – was auch immer das für dich bedeuten soll – und die kleineren Kinder haben … na ja, abstrakte Kunst, nicht wahr?«

Daniel sagte nichts, hörte mir einfach nur zu, und so wie seine Augen hin und her zuckten, las er die wenigen Zeilen immer und immer wieder. Der Text war das Schwierigste, immerhin hatte ich nicht gewusst, was ich hatte schreiben sollen, um nicht superkitschig rüberzukommen.

»Ich weiß, es ist keine *richtige* Auszeichnung.« Ich richtete mich auf, kämpfte mich zwischen ihm und dem Geschenk auf seinen Schoß durch. »Aber es ist …«

»Perfekt.« Er schluckte sichtbar, legte den Rahmen neben uns. »Es ist perfekt.« Seine Hände umschlossen mein Gesicht, schoben einige widerspenstige Locken zur Seite. »Du bist … Danke, Eli.«

»Gern.« Ich küsste ihn, träge und langsam, als hätten wir alle Zeit der Welt. Dabei musste ich endlich unter die Dusche springen. Seine großen Hände legten sich an meine nackte Taille, strichen meinen Rücken hinauf, bis sie in meinen Haaren verschwanden.

Na ja, vielleicht hatte ich ja noch zwei Minuten.

Oder drei.

Oder eine kleine Ewigkeit für immer.

Das eiskalte Wasser traf auf meine Haut und, verdammt, nach dieser Nacht – und dem Morgen danach – bräuchte ich eine Dusche aus puren Eiswürfeln. Daniel hatte nicht nur mich, sondern auch mein Herz und meine Seele genommen. So fürchterlich langsam und zärtlich, so unheimlich stürmisch und fordernd. So …

Ich stellte den Hebel der Dusche noch ein wenig mehr auf kalt.

Meine nassen Haare klebten an meinem Rücken, während die Tropfen an mir entlangrannen wie die Erinnerungen an diese Nacht durch meinen Kopf. Oder eher seine Zunge an meinem Bauch, bis sie …

Okay, wesentlich kälter! Soll ja auch gut für die Haare sein. Schuppenschicht schließen, oder so.

Ich griff zu meiner Haarkur mit dem Pfirsichduft, knetete sie mir in meine Locken ein. In genau denselben Bewegungen, wie er gestern meinen Hintern …

Gott! Das war doch nicht mein Ernst. Wie alt war ich? Fünfzehn?

Mit geschlossenen Augen legte ich den Kopf in den Nacken, ließ das eiskalte Wasser einfach auf mich rieseln. Auch wenn es meine überhitzten Wangen kühlte, trafen mich die Tropfen nun doch irgendwie so schmerzhaft wie richtige Eiswürfel und ... »Was zur Hölle?«

»Was zur Hölle!« Daniels Schrei mischte sich unter meinen, während er sich an mich drückte, meinen Rücken gegen die eisigen Fliesen presste. »Wie kalt duschst du? Sonst kochst du dich doch.« Keine Sekunde später schlug er förmlich auf die Armatur, stellte den wundervollen Regen über uns ab.

»Was machst du überhaupt hier, wenn *ich* dusche?« Ich richtete mich auf, was meinen Körper zwar gegen seinen drückte, aber meinen Rücken wenigstens in einen guten Sicherheitsabstand zur Wand brachte.

»Dir helfen?« Er legte den Kopf schräg, seine Augen wanderten an mir herab und allein dieser Blick ließ die kalten Wassertropfen auf meiner Haut kochen.

Wir haben keine Zeit, wir haben keine Zeit.

»Zu spät.« Ich drückte mich an ihm vorbei, wickelte mich in eins der superflauschigen, aber selbstverständlich schwarzen Handtücher ein, rubbelte mit einem zweiten meine Haare trocken.

»Hätte ich gewusst, wie eisig du duschst, hätte ich es mir auch zweimal überlegt.« Er wandte sich ab, drehte die Duscharmatur auf eine wesentlich humanere Temperatur. »Oder musstest du dich etwa abkühlen?«

Unwillkürlich biss ich mir bei diesem amüsierten Ton in seiner Stimme auf die Unterlippe. »Abkühlen? Pah.« Über den Spiegel hinweg sah ich ihn an. »Wechselduschen sind gut fürs Immunsystem, Doktor Grumpy.«

»Na, wenn es darum geht, ich kann dir gern ein paar Vitamine aufschreiben.« Mit diesen Worten tauchte er unter die laufende Dusche ab, rieb sich über das Gesicht, während das Wasser an seinem Körper entlanglief, über seine Brust perlte, jeden Muskel seines Bauches umrundete, um dann an seiner Mitte hinabzufließen.

Wäre es nicht bereits nach Mittag und hätten wir nicht den ganzen Morgen im Bett verbracht, würde ich ja glatt nochmal duschen müssen.

Ich riss mich von dem göttlichen Anblick los, kämmte meine Haare mit den Fingern durch. »So machen das also die Ärzte. Ist das nicht Missbrauch deines Berufs?«

»Ich will doch nicht, dass meine Freundin ein schlechtes Abwehrsystem hat.«

Wie bitte?

Jeder meiner Muskeln wurde zu Stein und selbst mein Hirn bestand nur aus einem einzigen Dauerton. Fehlte nur noch das Testbild vor meinen Augen. Hatte er da einfach das F-Wort benutzt, sich die Haare eingeschäumt und nicht mal zu mir gesehen? Sicher, ich hatte auch schon etliches gesagt, während andere bei uns gewesen waren, um den Schein zu wahren, aber hier gerade unter einer verdammten Dusche?

Okay. Einfach weiter die Haare entknoten, einfach weitermachen, nicht verstört wirken, nicht … sabbern.

Mit einem Arm an der dunklen Milchglasscheibe abgestützt sah er zu mir. Tropfen verfingen sich in seinen Wimpern, rannen an seinem Gesicht hinab und meine Augen konnten sich gar nicht entscheiden, ob ich zuerst zu seinen kräftigen Oberarmen schauen sollte oder eher in die südliche Richtung. »Sicher, dass du nicht mit unter die *warme* Dusche kommen willst?«

Na ja, wenn er so fragte und … nein! »Mach dich fertig für deinen Geburtstag. Geschenk Nummer drei wartet auf dich.« Ich band mir meine Haare hoch.

»Stimmt ja.« Er kam zu mir, umschlang mich von hinten mit seinen Armen, presste seinen tropfnassen Körper an mich. »Ich kann auch einfach nochmal dich auspacken.«

So viele gute Ideen heute. Und so verdammt viel Selbstdisziplin.

»Du bist nass!« Ich wandte mich aus seiner Umarmung, drehte mich zu ihm. »Ich habe nur noch eine Überraschung für dich. Also mach dich endlich fertig und tropf nicht das ganze Bad voll.«

Die Hände links und rechts von mir auf dem Waschtisch abgestützt sperrte er mich mit seinen Armen ein. Seine Lippen streiften mein Schlüsselbein, küssten die Haut knapp über meinem Handtuch entlang, stürmten meinen Kopf mit so vielen schmutzigen Bildern, dass ich eventuell doch nochmal duschen sollte. Nur kurz, nicht lang, nur …

»Dann geh ich mich jetzt *allein* fertig machen.«

Oh, was?

Er stieß sich tatsächlich ab, marschierte zurück unter die noch immer laufende Dusche und verschwand im dichten Wasserfall.

So schade es auch war – ab jetzt zählte jede Sekunde. So schnell ich konnte, eilte ich zurück ins Schlafzimmer, zog mich an. Ich hatte nur eine Dusche lang Zeit, um alles vorzubereiten, und da wir ewig zum Aufstehen gebraucht hatten, fiel schon mal das Frühstück im Iglu aus. Oder sagten wir es so: Wir waren viel zu sehr mit anderen Dingen beschäftigt gewesen, als ans Essen zu denken.

Ich zog mir eine Socke über den Fuß, die einfach nicht richtig wollte, und dann war das untere Teil mit der Ferse auch noch oben, aber das ging jetzt mal so. Die andere noch und dann … ja was dann?

Tausend Fragezeichen rasten durch meinen Kopf, so wie ich die Treppe herunter. Erstmal in die Küche und dann … dann … okay, gleiche Frage, nur andere Position.

Ich war es tausendmal durchgegangen, hatte mit Claire gesprochen, alles eingekauft. Das musste klappen! Und wenn nicht, dann … wow, die Frage änderte sich auch beim dritten Mal nicht wirklich.

»Bist du unten?« Wie schnell duschte er bitte? Geschweige denn vom Abtrocknen und Anziehen?

»Ja, in der …« Tief atmete ich durch. *Sag es einfach, Eli.* »… Küche.«

Im Sperrgebiet.

Und auch wenn ich mittlerweile den Kühlschrank öffnen oder die heiligen weißen Tresen inmitten des schwarzen Appartements mit meinen unwürdigen Fingern anfassen durfte, zuckte immer noch seine Augenbraue ganz nervös auf, wenn ich es dann wirklich tat. Meine Finger verkrampften sich um die Kante der Küchentheke. Das war vielleicht doch keine so gute Idee.

»Und was *genau* tust du da?« Barfuß kam er die Treppe herab und, fuck, mein Mund wurde trockener als alle Wüsten dieser Welt. Sahara? Was war das?

Dieser Mann kam doch tatsächlich Schritt für Schritt mit noch halbnassen Haaren, oberkörperfrei und mit grauer Jogginghose die Stufen herunter. Der einzige Stoff an seinem Körper saß dermaßen tief auf seinen Hüften, dass ich jeden Muskel erkennen konnte, der förmlich wie ein Wegweiser auf seine Mitte wies.

»Mund zu, Dandelion.« Er trat hinter mich, küsste meinen Hals. »Was machst du in *meiner* Küche?«

Okay, Zeit für die Wahrheit. »Wir kochen zusammen.« Ich drehte mich zu ihm. »Oder backen. Am Ende soll ein Kuchen rauskommen, also nehme ich an, dass wir eher backen.«

»Wir?«

»Wir.« Er öffnete den Mund, doch ich redete einfach weiter – meine Paradedisziplin. »Ist nicht so, dass ich es liebe, zu backen, aber du magst es wohl, immerhin gehört dir ein Restaurant, in dem du echt viele Stunden in letzter Zeit verbracht hast. Und ich wusste nicht, was ich dir schenken sollte, abgesehen von einer Kastanie und einer gebastelten Urkunde. Du hast Geld wie andere Leute Stroh. Oder eher wie Bauern Stroh. Ein Banker hat ja kein Stroh, aber auch Geld und …«

Er legte mir einen Finger auf den Mund. »Warum?«

Ich hatte mit einer Menge Protest gerechnet, aber nicht mit einer derart einfachen Frage. Außer er wollte die Bauer-Banker-Stroh-Sache vertiefen, dann wurde es kniffelig. »Erinnerungen kann man nicht kaufen. Und ich will dir eine schenken.« Ich zuckte mit der Schulter. »Es sollte etwas Schönes sein, für dich.« *Bevor ich nicht mehr zu deinem Leben gehöre.*

Er blinzelte einige Male. »Und du denkst, dass gemeinsames Kochen schön ist?«

»Backen«, korrigierte ich ihn. »Ja. Immerhin ist es dein Lieblingskuchen. Sagt jedenfalls Claire.«

»Du hast mit meiner Schwester über mich gesprochen?« Was amüsierte ihn daran?

»Bild dir nichts drauf ein, Grumpy.« Ich stieß ihn gegen die Schulter, doch er bewegte sich nicht einen Zentimeter. »Wir backen jetzt eine Tarte Tatin.«

Seine Mundwinkel zuckten. »Eine was? Sag das nochmal.«

Ich rollte mit den Augen. »Mach dich nicht über mich lustig.«

»Niemals.« Er küsste mich, hauchte mir den französischen Namen gegen die Lippen und noch nie hatte ein Kuchen schöner geklungen. »Hast du jemals eine gemacht?«

»Nein.« Ich lachte auf. »Ich wusste bis eben nicht mal, dass ein Apfelkuchen einen derart komplizierten Namen haben kann.«

»Nayeli Dandelion!« Seine Stirn fiel an meine. »Nenn die Tarte Tatin nie wieder einen Apfelkuchen. Und jetzt geh und hol den Zucker.«

So gefiel mir die Sache doch direkt. Ich drückte mich an ihm vorbei, holte wie angewiesen die Zutaten. »Das Rezept liegt da drüben auf dem Tresen und …«

»Brauche ich nicht.« Er schob es weg, öffnete einen Schrank und holte eine Art Pfanne heraus.

»Natürlich«, murmelte ich und war mir nicht sicher, ob wir jetzt wirklich mit einer Pfanne backen wollten? Ich zog das Rezept wieder näher heran. *Sicher ist sicher.*

»Wo sind die Äpfel?« Er schaute von links nach rechts, bis ich in eine Ecke zeigte und er sie sich holte. Mit einem dumpfen Geräusch beförderte er die Kiste auf die Küchentheke, nahm einen Apfel nach dem anderen heraus und legte sie vor sich auf den Tresen. »Komm her.«

»Zu Befehl.« Ich stellte mich neben ihn, bereit für alles, was dieser Apfelkuchen von mir fordern würde. Oder Daniel.

»Ich schäle und du schneidest sie klein.« Das sollte ich hinbekommen. Er griff nach zwei Messern, gab mir eins und begann mit seinem, den ersten Apfel zu schälen. »Hier.«

Nun lag das nackige Ding vor mir. Ich schnitt ihn in der Mitte durch, dann nochmal und nochmal, entfernte das Kerngehäuse, wie für die Kinder immer.

»Nicht zu klein.« Er schielte zu mir herüber. »Mach es … warte.« Wieder legte er einen Apfel vor mir ab, trat jedoch gleichzeitig hinter mich, umschloss mich mit seinen Armen, bis seine Hände auf meinen lagen. Das war sicher nicht unbedingt nötig, aber auch nicht wirklich schlecht. »So.« Er teilte den Apfel auf seine Weise, doch ich konnte mich im Leben nicht auf dieses Stück Obst konzentrieren.

Seine großen Hände bedeckten meine komplett, seine Sehnen strafften und spannten sich bei jeder einzelnen Bewegung seiner Finger, zogen sich seinen Unterarm empor, den ich ungeniert entlangblickte.

»Augen nach vorn, Baby.« Er löste eine Hand von mir, griff in meine Haare und zog daran, bis der Apfel wieder mein Blickfeld einnahm. »Konzentration.«

Machte er Scherze? Wer von uns trug denn nur diese überraschenderweise verdammt heiße Jogginghose? Und was war kaputt mit mir, dass ich sie überhaupt so heiß fand?

Als würde er die Bilder in meinem Kopf sehen, spürte ich auch schon seine Mitte, wie sie an meinen Hintern drückte, mein Unterleib gegen die Kante der Arbeitsfläche stieß und mich zu einem erstickten Seufzen brachte.

Und er befahl Konzentration? Wirklich?

Vielleicht bestellten wir einfach irgendwo einen Kuchen für seinen Geburtstag? Kuchenlieferdienste, sowas musste es doch für die Reichen unter uns geben.

Er legte mir die Haare auf die Seite, küsste meinen Hals. »Kann ich dich jetzt mit den Äpfeln allein lassen?«

Nein. Ich lehnte mich an ihn, schüttelte den Kopf und sagte doch: »Ja.«

Sein amüsiertes Schnauben schlug gegen meinen Hals und ganz ehrlich – auf mir konnte man gleich auch einen Kuchen backen!

Er stellte sich wieder neben mich, schälte bereits den nächsten Apfel, während ich noch immer mit dem Ziehen in meiner Mitte klarkommen musste. Dazu die Kälte in meinem Rücken, es tat fast schon physisch weh!

Einen Apfel nach dem anderen legte er vor mir ab, der kleingeschnitten und dann anschließend in eine Schüssel getan wurde. Und mit jedem rutschte er näher zu mir auf. Oder ich zu ihm? Keine Ahnung, war auch egal, solange seine Hüfte auf meine traf.

Also so seitlich, nicht so richtig von hinten, so wie gestern Nacht. Und überhaupt … nicht in der Küche, hier aß man ja schließlich. Aber vielleicht ja ausnahmsweise?

Wieder sah Daniel zu mir rüber. »Du machst das gut.«

Das ist schade. »Wie schmeichelhaft von dir.« Ich grinste, machte den letzten Schnitt. Und ha! Ich hatte mich nicht einmal geschnitten. *Dafür* hätte ich eine Auszeichnung verdient!

Er hielt mir ein Stück Apfel hin und ich biss ab, den Rest warf er sich selbst in den Mund. »Louis hat die Tarte Tatin dauernd gemacht und ich konnte noch nie genug davon bekommen. Es ist das Zusammenspiel aus der Säure der Äpfel mit der Süße des Zuckers.« Ob ihm schon mal jemand gesagt hatte, wie gut er aussah beim Erzählen über Apfelkuchen? »Nimm die Form da drüben und stell sie auf den Herd.«

Ich tat, was er sagte, während sich Daniel an mir vorbei zu der Herdplatte lehnte, die Gasflamme entzündete.

Und einiges mehr.

Er blieb neben mir stehen, legte einen Arm um meine Taille. Seine Finger strichen gedankenverloren über meinen Bauch bis an den Saum meiner Hose. »Tu Butter und Zucker hinein und lass alles schmelzen.« Er küsste meine Schläfe. »Und heiz den Ofen an.«

»Der ist schon mehr als heiß.« Das hatte ich jetzt nicht laut gesagt?

»Da geht sicher noch was.« Fingerspitzen schoben sich unter den Stoff meiner Leggings, wanderten hinab, tiefer hinab und … Fuck. Ich keuchte auf, als seine Lippen erneut meinen Hals trafen und seine Finger meine Mitte.

Er umkreiste meine Klit, verwandelte das Ziehen in mir zu einem bebenden Kribbeln, welches meine ganzen Beine entlangwanderte.

Ich stützte mich an der Küchentheke ab, meine Finger verkrampften förmlich an der Kante, auf der Suche nach Halt, nach irgendwas, das mir half, auf den Füßen zu bleiben. Aber es schien nichts mehr zu existieren als Daniels Hand zwischen meinen Beinen. Als seine Lippen an meiner Schläfe. Als seinen Namen aus meinem Mund.

»Wir wollen doch nichts anbrennen lassen.«

Was? Wie meinte er das? Nein!

Er entzog sich mir, rückte provokant den Saum meiner Hose zurecht, küsste meine Wange. »Keine Sorge, ich bringe alles zu Ende, was ich beginne.« Als müsste er mir zeigen, wie ernst er es meinte, griff er in meine Haare, zog meinen Kopf in den Nacken zurück. »Alles.« Seine von mir befeuchtete Fingerkuppe wanderte über meine Lippen, schob sich in meinen Mund.

Okay, nun stand ich hochoffiziell in Brand.

Ich leckte an seinem Finger entlang, der nach Äpfeln schmeckte, nach Zucker und nach … mir. Es benebelte mein Hirn, die Art und Weise, wie er gerade meinen Mund einnahm, wie seine Härte durch diese verdammte Jogginghose gegen mich drückte. Völlig automatisch saugte ich an seiner Fingerkuppe, nahm ihn tief in mir auf.

»Später.« Ein Wort, das einer einzigen Eisdusche glich. Seine Hände waren so schnell wieder an meiner Hüfte, schoben mich weg von dem Herd, dass ich am liebsten frustriert wie ein Kleinkind aufgestampft hätte. »Denk an die Tarte.« Er ging sich die Hände waschen und beinahe, wirklich nur beinahe, hätte ich aufgeseufzt.

Jede seiner Berührungen war wie ein Flächenbrand auf meiner gesamten Haut, wie sollte ich da an einen *Apfelkuchen* denken?

Trotzdem folgte ich all seinen Anweisungen, sah ihm zu, wie er die Äpfel in die Form mit dem Butter-Zucker-Gemisch legte, wie alles in den Ofen wanderte und er begann, den Mürbeteig zu kneten.

Und wie er damit begann. Er tat es mit einer solchen Präzision, mit einer derartigen Hingabe, dass ich es einfach genoss, ihn zu beobachten, während seine großen Hände den Teig kneteten, seine Finger in der weichen Masse verschwanden, ihn umschlossen. Gott, wie heiß konnte Backen sein? Hatte jemand die Ofentür aufgelassen?

»Darf ich auch mal?« Wusste gar nicht, dass meine trockene Zunge noch für einen ganzen Satz zu gebrauchen war.

Daniels Augenbrauen zuckten, doch er trat einen Schritt zurück, nickte zum Teig. »Bitte.«

Klar, weil ich auch voll wusste, wie die Sache hier ging. »Hilfst du mir?« Es war irgendwie billig, aber von mir aus. Schlimme Zeiten erforderten schlimme Maßnahmen und wenn man meine Mitte fragte, dann herrschten jämmerlich schlechte Zeiten.

»Natürlich.« Seine Stimme kratzte, doch wie eben mit den Äpfeln trat er hinter mich. Er strich von meiner Hüfte meine Seiten hinauf, über meine Schultern, meine Arme entlang, bis seine Finger wieder auf meinen lagen. Dann ging er einen Schritt vor, was mich mit den Händen voran auf die Arbeitsfläche stieß.

Ich ließ es zu, das alles. Ließ meine Finger tief in dem Teig versinken, meinen Hintern noch stärker gegen ihn gedrückt.

Und er spielte mit. Diese halbherzigen Knetversuche hier vorn waren lächerlich. Jede seiner Bewegungen war für mich gedacht. Nichts an der Art, wie er sein Becken bewegte, erinnerte an das Backen eines Kuchens.

»Eli.« Es klang beinahe schon geknurrt. Fuck! »Wenn wir nicht gleich aufhören, dann haben wir den Ofen umsonst angeheizt.«

»Oh, das glaube ich nicht.« Kreisend bewegte ich mich an seiner Mitte, richtete mich auf, bis mein Kopf an seiner Schulter ruhte.

»Ganz im Gegenteil.«

»Wir stehen hier in meiner Küche, Dandelion.« Seine Nase fuhr durch meine Haare. »Du lässt den Teig jetzt los, lässt mich die Tarte machen und …«

»Und wenn nicht?«, unterbrach ich ihn, drehte mich zu ihm um und war froh, dass der Teig nicht zwischen meinen Finger klebte. »Was dann?«

»Dann …« Tief atmete er durch und erst jetzt bemerkte ich das Mehl an seiner Stirn, auf seiner Brust, den Schweiß an seinen Schläfen. »Scheiß drauf.«

Mit allem hatte ich gerechnet, aber nicht hiermit. Daniel packte mich, hob mich noch im selben Moment hoch, als seine Lippen förmlich auf meine knallten.

Völlig von allein schlang ich meine Beine um ihn, vergrub meine Finger in seinen kurzen Haaren. »Der Teig«, nuschelte ich zwischen zwei Küssen, doch er drehte uns gemeinsam um, setzte mich einfach auf einer anderen Arbeitsfläche dieser viel zu großen Küche ab.

»Vergiss die Tarte.« Er umfasste meinen Pullover, zog ihn mir über den Kopf, öffnete noch im selben Atemzug meinen BH und schmiss alles hinter sich. »Ich will nur …« Er stoppte.

»Nur?«, fragte ich nach, wollte es hören, auch wenn ich wusste, dass diese Erkenntnis meinen Untergang bedeutete.

Er zog mich näher zu sich heran, unsere nackten Oberkörper berührten sich, so zaghaft und im nächsten Moment doch so fest, dass ich mir ein Stöhnen nicht verkneifen konnte. »Dich.«

Fuck. Ich rutschte von der Küche herunter, schob ihn von mir, um mir die Hose auszuziehen, meine Unterwäsche und … Moment.

»Lass dich nicht aufhalten.« Seelenruhig lehnte er mir gegenüber an der anderen Seite der Küchenzeile, eine Hand an seinem Schritt, jedoch über der Hose.

Wir standen hier in seiner Küche.

Wir wollten einen Kuchen backen.

Und wir verhielten uns wie zwei Teenager, die bei der kleinsten Berührung scharf aufeinander wurden.

Er schien meine Unsicherheit zu spüren, trat zu mir heran. »Wir können aufhören, jederzeit.« Er streichelte meinen nackten

Bauch hinauf, bis seine Hände mein Gesicht umschlossen.

Das war es nicht, es war nur … sein Sperrgebiet – und jetzt *so*? »Willst *du* denn aufhören?«

Er blinzelte, verdammt oft. »Sehe ich so aus?«

Ich antwortete nicht, denn ich meinte die Frage ernst. Sein ganzes Appartement war schwarz, nur die Küche weiß. Da musste ich kein Psycho-Studium haben, um zu wissen, dass die Sache nicht unbedingt gesund war.

»Weißt du, was ich will?« Er kickte meine Kleidung über den Boden aus der Küche heraus. »Dich.« Wieder setzte er mich auf den Tresen, stellte sich zwischen meine nackten Beine. »Hier.« Mit seiner Hüfte spreizte er meine Knie weiter auseinander, entblößte meine Mitte. »In meiner Wohnung.« Er umfasste den Bund seiner Hose, zog sie quälend langsam nach unten, bis er seine Härte endlich befreit hatte. Die Adern pulsierten für mich, seine Spitze glänzte wegen mir. »In *meiner* Küche.«

Er versank in mir.

Eine Hand in meinem Nacken, die andere an meinem unteren Rücken, drückte er mich an sich, tauchte tief in mich ein.

Scheiße, das war gut. Ich ließ mich in seinen warmen Griff fallen, ließ einfach alles los.

Er füllte mich aus, ganz und gar. Noch nie hatte mich jemand in einer Küche genommen und niemals hätte ich gedacht, dass es derart gut war. Meine Arme um ihn geschlungen drang er immer wieder fest in mich, so rhythmisch perfekt, dass ich nichts anderes mehr wollte.

Oder jemand *anderen*.

Seine Stirn fiel gegen meine, sein Blick bohrte sich in mich. Diese blauen Augen, die einen ganzen Meteoritenschauer in mir auslösten. Diese Hände, die mich zum Verglühen brachten. Seine Stöße, die mich bis an den Rand des Wahnsinns katapultierten, nur um mich mit dem nächsten Kuss seiner weichen Lippen darüber hinwegzutreiben.

Ich fiel nicht, ich sprang. Freiwillig, direkt in seine Arme.

Alles an mir verkrampfte und löste sich gleichzeitig. Ich schloss die Augen, die Sterne tanzten förmlich vor mir, während ich hier in dieser Küche beinahe zu schweben begann. Dieser Orgasmus überrollte mich nicht, er nahm mich mit sich, ließ mich fliegen, bettete mich auf der weichsten Wolke, bis ich wieder hinabglitt. Direkt zu ihm.

»Daniel.« Ich stöhnte seinen Namen, umfasste seine Schulter fester.

Er verlangsamte seine Bewegungen, küsste meinen Hals entlang, direkt über meinen Puls, der im Takt meines Höhepunkts schlug, bis er sich schließlich aus mir zurückzog.

Nein! »Ich will, dass du auch kommst.«

Flüchtig küsste er meinen Mund. »Keine Sorge, das werde ich.« Seine Lippen wanderten an meinem Hals entlang, bis sie an meinem Ohr lagen. »Direkt auf deinen Hintern, der nicht eine Sekunde an mir stillhalten konnte.« Er biss in mein Ohrläppchen. »Das ist ein Versprechen, Eli.«

»Das …« Nein, es gab keine Worte mehr in mir. Ich brauchte sicher gute zehn Minuten, um über seinen letzten Satz hinwegzukommen. Ich legte meine Lippen auf seine, wünschte, er würde mich direkt rauftragen, in unser Bett. »Wir können doch gleich … oh.« Der Teig war eventuell doch klebriger, als ich gedacht hatte. »Du brauchst eine Dusche. Schon wieder.«

Er sah an sich herab und sein Blick blieb ganz sicher nicht wie meiner an seiner Körpermitte hängen. Mit dem Finger strich er sich eine Mehlspur von der Schulter, wischte es an meiner Nasenspitze ab.

»Hey!« Ich konnte nicht anders, als zu grinsen, fing sein Handgelenk ein. Seit wann war er denn zu solchen Scherzen aufgelegt?

»Du musst wohl auch mitkommen.« In seinen Augen glitzerte der Schalk. Und mir gefiel es. Sehr sogar. »Doch erst mache ich diese Tarte fertig. *Allein.*«

Ich lachte auf, widersprach jedoch nicht. War sicher wirklich besser so. Noch immer atemlos sah ich ihm dabei zu, wie er sich eilig die Hände wusch, den Teig neu knetete, rundlich formte und auf die Äpfel legte, um alles gemeinsam in den Ofen zu schieben.

Und, bei Gott, niemand sah so gut dabei aus, wie er. Niemand.

MAN KANN AUCH
AB UND AN DIE

Klappe

HALTEN.

28

Daniel

Hätte Eli nicht am Fahrstuhl gestanden, während Jason mit Claire am Arm die Wohnung betrat, wäre ich womöglich aus dem Fenster gesprungen. Kopfüber. Doch sie stand da, strahlte durch dieses ganze schwarze Appartement und nahm mit ihrem Lächeln *alles* ein.

»Daniel!« Meine Schwester kam zu mir, schlang ihre Arme um mich und drückte in einer angemessenen Stärke zu. Jasons Blick haftete in jeder einzelnen Sekunde auf uns. »Herzlichen Glückwunsch, Bruderherz.«

»Danke.« Ich umfasste ihre Taille, versuchte, ihren verstörten Verlobten auszublenden. »Schön, dass du da bist.« Auf den anderen hätte jeder von uns verzichten können.

Jason nickte mir zu. »Alles Gute.«

Mehr Konversation brauchte ich dann wirklich nicht mehr für den Abend und ein Danke konnte er vergessen.

»Ihr seid die Ersten!« Eli eilte zu uns, stolperte über ihre eigenen Füße, verlor das Gleichgewicht, doch landete direkt an meiner Brust. »Huch.«

»Immer langsam.« Völlig automatisch legten sich meine Arme um sie, drückten sie zu mir heran. »Du kannst auch einfach sagen, wenn du dich mir an den Hals werfen willst.«

Jason schnalzte mit der Zunge, winkte ab und öffnete bereits seinen Mund, um garantiert etwas zu sagen, für das ich ihn erwürgen wollen würde, doch da kam ihm meine Schwester zuvor.

»Wer kommt denn noch?« Claire griff nach seiner Hand, als könnte sie in meinen Augen all die Szenarien sehen, die ich mit Jason und einem Skalpell anstellen könnte.

»Oh, nur …« Eli stockte. Auch wenn wir bisher nicht richtig darüber gesprochen hatten, sie war nicht dumm und hatte alles mitbekommen. »Also es kommt noch …«

Just in dem Moment öffneten sich die Aufzugtüren und Liam kam in Begleitung der bekannten Fahrstuhlstimme hereingestürmt. »Dani-Boy!«

Ich ging auf ihn zu, auf meinen besten Freund, der mich wie immer schon von Weitem angrinste, die Arme links und rechts ausgestreckt, allzeit für eine Umarmung bereit. Für das Leben bereit.

Irgendwie wollte ich gerade das Lächeln erwidern. Verrückt. Was war nur los mit mir?

»Jetzt nochmal in aller Ruhe, nicht wahr, Kumpel?« Er zwinkerte Eli zu, die ganz sicher rot wurde. »Herzlichen Glückwunsch zum *33.* Geburtstag. Mann, du wirst alt!« Er zog mich in eine Umarmung, schlug auf meinen Rücken.

»Danke.« Ich schob ihn wieder von mir.

»Und?« Er zog das Wort unnötig in die Länge. »Gute Nacht gehabt?« Sein Blick zuckte hinter mich zu Eli und ich verwettete meinen Lamborghini, dass sie spätestens jetzt wie eine Tomate strahlte, und so wie Liam von ihr zu mir zurücksah, hätte ich locker noch höher wetten können.

Ich umfasste seine Schultern, dirigierte ihn tiefer in meine Wohnung herein. »Halt einfach die Klappe und komm rein.«

Liam schüttelte mich lachend ab. »Bin ich der Erste oder … Claire.« Wie angewurzelt blieb er vor meiner Schwester stehen und selbst sein allgegenwärtiges Lächeln zuckte zu einer gequälten Miene herab. »Und Jason. Lange nicht gesehen.« Es war nicht seine beste Lüge, aber so, wie er Mister Börsenaufsicht ansah, konnte ich froh sein, dass er noch lebte. Obwohl …

»Schön, dich zu sehen.« Die dünne Stimme meiner Schwester, der feste Griff von ihrem Verlobten um ihre Schultern, es brach nicht nur Liam entzwei.

Jasons Finger gruben sich förmlich in Claires Oberarm. »Richtig schön.«

»Wirklich?« Liam konnte es nicht lassen. »Ich dachte immer,

dass du …«

»Setzt euch.« Eli schrie diese zwei Worte so schrill durch den Raum, als könnte sie damit alle Spannungen verscheuchen. »Daniel hat gekocht.« Oder für neue sorgen.

»Was?« Jason lachte auf. »Wieso das denn? Hat das Personal Feierabend?«

Eli sah zu ihm, ohne auch nur im Entferntesten sein Lächeln zu erwidern. »Weil er es sehr gut kann.« Wusste nicht, dass sie einen derartigen Todesblick draufhatte. Oder dass er mir gar gefiel.

»Ich freu mich.« Liam ging zum Esstisch herüber, zog sich einen Stuhl vor und ließ sich darauf nieder. »Was gibt's denn, Kumpel?«

»Keine Tarte Tatin«, murmelte Eli und presste sich prompt eine Hand vor den Mund.

Das hatte sie nicht wirklich gesagt? Und vor allem so laut, dass ich es selbst auf dem Weg in die Küche noch deutlich hören konnte. Die Muskeln in meiner Wange spannten sich an, meine Mundwinkel hoben sich, meine Mimik entspannte – ich lächelte.

»Wie bitte?« Claire setzte sich Liam gegenüber, sah jedoch starr zu Eli, als würde er gar nicht existieren. »Ich hatte dir doch extra ein Rezept für die Tarte rausgesucht.«

Das Rezept hatte uns nur nicht sonderlich dabei geholfen, schneller gemeinsam unter der Dusche hervorzukommen, um die Tarte auch rechtzeitig aus dem Ofen zu holen.

Ich konnte es förmlich sehen, wie sich Eli innerlich wand, wie sie äußerlich jedoch einfach nur starr auf meine Schwester schaute, auf der Suche nach irgendeinem Ausweg. So wie sie aussah, würde sie es sicher gleich herausschreien, laut und deutlich. Dass ich sie unter der Dusche genommen hatte, dass wir nicht drei Sekunden die Finger voneinander lassen konnten, und eventuell würde sie sogar die ein oder andere Stellung benennen. Und so leid es mir tat, es amüsierte mich. Die Farbe ihrer Wangen, die Art und Weise, wie sie eine Locke nach der anderen um ihren Finger schlang.

»Ich habe es verbockt«, rief ich von der Küche aus rüber und erntete direkt einen mehr als dankbaren Blick von ihr.

»Du?« Liam lachte auf. »Ich dachte, du bist der Chefkoch persönlich, der nichts anbrennen lässt.«

»Wir haben nichts anbrennen lassen, das stimmt.« Ich musste nicht hinsehen, um zu wissen, wie rot sie nun wieder geworden war.

Claire runzelte die Stirn. »Das verstehe ich nicht, ich dachte …«

Die Stimme des Fahrstuhls unterbrach meine Schwester, rief quer durch das Appartement: ›*Guten Abend*‹, und erlöste uns von diesem Gespräch. Sollte noch jemand kommen?

Eli drehte sich um, sah den Flur entlang und ihr entglitten alle Gesichtszüge. Wer war denn da? Ich folgte ihrem Blick und … in einem langen, eleganten, dunkelroten Abendkleid stand sie in meinem Hausflur, sah mich aus stark geschminkten Augen heraus an. Das war nicht ihr Ernst!

»Lucy, du warst nicht eingeladen.« Ohne weiter auf die Töpfe und deren empfindliche Inhalte auf dem Herd zu achten, wischte ich mir die Hände an der Hose ab, trat auf den Flur. »Du kannst direkt wieder gehen.« Ich drückte auf den Knopf des Fahrstuhls für das Erdgeschoss, stellte ein Bein herein, um die Türen offen zu halten. »Hier ist der Ausgang.«

»Dir auch einen guten Abend, Daniel.« Sie hob eine Augenbraue und ging um mich herum. Ihre hohen Schuhe hallten durch den Raum. »So behandelt man also seine Ex-Verlobte? Ich wollte dir lediglich zum Geburtstag gratulieren.«

Rein zufällig zur gleichen Uhrzeit, zu der die Party stattfand? Das hatte ich doch garantiert Jason oder meiner Mutter zu verdanken. »Danke und auf Nimmerwiedersehen.«

»Willst du denn nicht mein Geschenk sehen?«

Oh, bitte! »Interessiert mich nicht.«

»Daniel.« Eli nahm meine Hand, drückte sie. »Komm rein, Lucy. Wir haben für *alle* Platz.«

Sie schaute nicht einen Moment zu ihr, fixierte nur mich. »Vielen Dank.« Kein Wort an Eli gewandt ging sie an uns vorbei, begrüßte Jason mit mehreren Küsschen auf die Wangen und setzte sich dann endlich neben Liam. Nicht mal meiner Schwester sagte sie hallo.

Ich lehnte mich zu Eli. »Ich schmeiß sie raus, sobald sie auch nur falsch in deine Richtung sieht.« Warum auch immer mich das bereits jetzt aufregte!

»Ich weiß.« Auf Zehenspitzen gestellt gab sie mir einen flüchtigen

Kuss, ging hinüber zu den anderen. Ihre Kupferlocken wippten hin und her, umspielten ihre Taille, die wiederum in – wie sollte es anders sein? – einem beigen Wollkleid steckte, welches ihre langen Beine in dieser dunklen Strumpfhose mehr als betonte. Ich konnte es kaum erwarten, es ihr heute Abend auszuziehen, mit meinen Händen über ihre nackte Haut zu streichen, jeden Zentimeter von ihr zu küssen, sie …

»Also«, fing Liam an und riss mich aus einem verdammt guten Tagtraum. »Wir waren gerade dabei, zu klären, warum es keine Tarte Tatin gibt.«

»Das Thema nervt.« Eli wuschelte durch seine Haare, setzte sich an die obere Stirnseite. »War halt nicht die beste Idee, zusammen zu backen.«

»Ihr habt *gemeinsam* in *seiner* Küche *gebacken*?« Lucy sah von mir zu Eli und wieder zurück.

Ich konnte es nicht lassen. »Unter anderem.«

So dankbar wie ihr Blick eben gewesen war, so strafend war dieser jetzt. Ihr ganzes Gesicht fing Feuer und sicher würde sie mich gleich mit ihren Flammen bei lebendigem Leib verbrennen lassen.

»Jetzt verstehe ich die Apfelkuchen-Sache.« Liam lachte auf. »Aber wenn es keinen Kuchen gibt, weil *du* zu lange naschen warst, Kumpel, dann verzichte ich gern.«

»Gott, Liam!« Eli vergrub ihr Gesicht in den Händen. »Ihr beide seid unmöglich.«

Was? »Wir beide? Liam! Ich nicht!« Ich warf einen Kochhandschuh über die Küchentheke, direkt Richtung Eli, traf jedoch stattdessen leider Lucy.

Sie quiekte auf, zuckte auf dem Stuhl zusammen. »Seit wann magst du solch niveaulosen Humor? Oder gar … du weißt schon … in der Küche.« Ihre Lippen wurden schmal. So schmal, wie es nun mal dank des Botox ging. »Ganz neue Seiten an dir, Daniel.«

Wie recht sie doch hatte. »Scheint so.« Ich sah zu Eli – deren Gesicht langsam weniger einer Erdbeere glich – zu ihren Bernsteinaugen, ihren wilden Locken. »Völlig neue Seiten.«

Da war es – ihr Lächeln, ihre Grübchen, ihr Strahlen. »Dafür hat Daniel dann *allein* ein ganzes Menü für uns gekocht. Ich durfte nicht mal kosten.«

Liam drückte seine Faust in den Mund, murmelte durch seine Finger hindurch. »Das durftest du doch vorher schon.«

»Du …« Eli stand auf, schnappte immer und immer wieder nach Luft. »Das reicht, ich gehe!« So böse sie vielleicht wirken wollte, ihr Grinsen wurde sie nicht los. Auch nicht, als sie neben mir in der Küche ankam, sinnlos in einem Topf rührte und sich an mich lehnte.

Mir egal, was sie hier wollte, mir war ihre Nähe nur recht. Ich legte einen Arm um ihre Taille, zog sie näher heran.

»Man hätte auch was bestellen können.« Jason schüttelte den Kopf, eine Hand auf Claires Oberschenkel.

»Man kann auch ab und an die Klappe halten«, rief Eli herüber, rümpfte die Nase und äffte ihn stumm nach.

Man kann sich auch ab und an sehr zu einem Menschen hingezogen fühlen.

»Das Essen war so lecker.« Eli lehnte sich mit dem Rücken an mich, legte die Beine auf dem Sofa hoch.

Liam saß auf der anderen Seite von mir, in gehörigem Abstand zu Claire und Jason, eine Flasche Bier fest in seiner Hand.

Lucy hatte sich einen Stuhl vom Esstisch mitgenommen und saß dort mit ihrem Weinglas wie ein Gast, den niemand wollte. Also genauso, wie es auch wirklich war. Sie legte ihre Haare zurück, schlug ein Bein über das andere. »Wie war die Operation heute Nacht, Daniel? Du hast sie dir sicher angesehen.«

»Haben wir.« Ich wollte nicht mit ihr reden. Sie allein hier sitzen zu sehen, war eine Mischung aus purem Schmerz und absoluter Abneigung. Egal, wie ihr Beziehungsstatus auch war. »Doch ich konnte mich kaum darauf konzentrieren.« Warum sagte ich das? Hatte ich es so nötig, sie eifersüchtig zu machen? War sie das nicht längst? Und wieso dachte ich darüber nach?

»Sie lief gut.« Claire flüsterte es unheimlich leise. »Ich konnte leider erst weit nach Mitternacht wegen meiner Spätschicht einschalten, aber sie haben es wirklich geschafft.«

Spätschicht? Sie hatte doch … ah, sie war bei Liam gewesen. Gut zu wissen.

»Das freut mich so zu hören!« Eli richtete sich auf, winkelte die Beine an und lehnte sich zu Claire. »Also nicht mit deiner Spätschicht, das ist doof, ganz klar. Obwohl, Frühschicht ist auch nicht so gut, oder? Daniel ist dann immer megafrüh weg, das wäre nicht so meins. Aber ich bin auch kein Arzt, demnach müsste ich da nicht drüber nachdenken, aber wenn ich es machen müsste – hmm, dann lieber Spätschicht.«

Ich hätte sie stoppen können, bereits nach dem ersten Satz. Doch jedes Wort brachte Claire mehr und mehr zum Strahlen, als würde Eli einfach etwas von ihrem Leuchten abgeben, es ihr reichen. So wie sie es immer tat – sie reichte jedem eine Hand, der es brauchte, ohne es zu bemerken.

Außerdem liebte ich es vielleicht ein wenig, wenn sie so plapperte, ihre Gedanken rausposaunte, ohne groß nachzudenken.

»Ist ja gut.« Lucy schüttelte den Kopf. »Spar dir deine Überlegungen, immerhin reichen deine Kenntnisse ganz sicher nicht aus, um irgendwann Arzt zu werden.«

Liam sog scharf die Luft ein. Sein Stichwort, diese Diskussion. »Ärzte werden überschätzt. Ohne den richtigen Pfleger an ihrer Seite läuft absolut nichts.«

»Da hast du recht.« Claire lächelte ihn an, senkte jedoch sofort wieder ihren Blick, als hätte sie sich allein durchs Hinsehen an ihm verbrannt.

»Ich bin gern Erzieherin.« Eli zuckte mit den Schultern. »Es macht mich glücklich, die Kinder zu sehen, wie sie Familien finden, wie sie die Liebe bei uns kennenlernen. Mein Schulabschluss ist mir völlig egal, solange ich zufrieden mit meinem Leben bin.«

»Sowas kommt nur von armen Menschen.« Jason rieb sich über sein glattrasiertes Kinn und ich würde dort zu gern meine Faust versenken. Seit wann war ich so aggressiv? »Wie diese lächerliche Auszeichnung da drüben.«

Für einen Moment wusste ich nicht, was er meinte, bis wir alle seiner flapsigen Geste mit unseren Blicken folgten. Genau dort auf der Kommode stand sie, die Urkunde der *Little Giants*.

»Na ja«, Jason nippte kurz an seinem Wein. »Wenn man keine echte bekommt, was?«

»Jason.« Eli lehnte sich nach vorn, sah an Claire vorbei zu ihm. »Halt doch einfach für den Rest des Abends deine Klappe.«

»Darauf trinke ich.« Liam prostete niemandem Bestimmten zu, setzte die Flasche an und nahm einen Schluck.

Doch Jason lachte nur freudlos auf. »So spricht man nicht mit mir, Mädchen. Ich …«

Dünnes Eis, mein Freund. Gerade als ich dazwischengehen wollte, unterbrach Eli ihn.

»Mann vielleicht nicht. Frau aber schon.« Sie ließ sich wieder an mich fallen.

Wie sehr ich sie für sowas bewunderte … Ich küsste Elis Scheitel, griff um sie herum, legte meine Arme um sie und nahm ihre Hand in meine. »Ich liebe diese Auszeichnung.«

Ein kühles Lächeln stahl sich auf Jasons Lippen. »Wie sieht es mit der Feuertreppe aus? Zu gütig von dem lieben Daniel.«

Was?

»Gut?« Eli rutschte noch weiter zurück, als würde sie in mir verschwinden wollen. »Ich bin Daniel sehr dankbar dafür.«

»Er dir sicher auch.« Lucy grinste wie ein Leopard, der gleich zum Sprung ansetzen würde, um Eli noch in der Luft zu zerreißen. »Oder nicht?«

»Ich weiß nicht, worauf du hinauswillst.« Elis Stimme wurde mit jeder Silbe höher und höher. So viel stand fest, lügen konnte sie schon mal nicht.

Ich küsste ihre Schläfe, legte ihre Haare zur Seite. Lucy konnte nichts wissen, nicht mal etwas ahnen. Es wussten nur wir und unsere engsten Freunde, die im Leben nicht mit Lucy sprechen würden.

»Sie meint sicher, wie sehr du mich verändert hast.« Wieder ließ ich meine Lippen über ihre Haut streifen.

»Nicht unbedingt.« Lucy hob ihr Kinn, schaute von oben auf Eli herab. »Ist es nicht merkwürdig, dass du dich nie für diese Organisation – wie hieß sie noch gleich?« Sie neigte sich in Jasons Richtung, der sofort antwortete.

»*Little Giants.*«

»Genau.« Mit kerzengeradem Rücken sprach sie weiter. »Ist es nicht komisch, dass du dich nie für sowas interessiert hast und dann gleich eine Feuertreppe spendest, nur um darauf mit der Eigentümerin zusammenzukommen?« Sie senkte den Blick, schniefte theatralisch auf. »Alles kurz nach unserer Trennung.«

Okay. Das war … was sollte ich dazu sagen? Sie hatte mich doch betrogen und … bereute sie es etwa? Das war egal! Oder nicht? Sie war wieder Single und ich … also, wenn man es genau nahm, dann war ich es auch. Irgendwie.

Nur, dass in meinen Armen eine Frau lag.

»Manchmal, da …« Lucy stellte ihr Weinglas auf dem Couchtisch ab. Gerader Rücken, kein Kippeln des Stuhls oder Verschütten von Wein. »Da denke ich noch oft an dich.«

»Oh, bitte.« Liam setzte mal wieder seine Flasche an, aber ich … ich sah zu Lucy.

Meine Zunge fühlte sich bleischwer an. »Du …«

»Häppchen!« Eli sprang auf, ihr Kopf knallte gegen meine Nase, jagte mir Tränen in die Augen. »Oh, sorry und … oh!« So schnell sie konnte, drehte sie sich von mir weg. Atmete tief ein und aus, ein und aus. »Blut! Da ist Blut!«

Verdammt, sie hatte mir jetzt nicht wirklich die Nase blutig geschlagen? Ich tastete mein Gesicht ab und … fasste in warme, nasse Spuren, die mir in dunkelroten Tönen die Fingerspitzen benetzten. Ganz toll.

Claire stand ebenfalls auf, umfasste Elis Hände und führte sie in die Küche. »Komm mit. Das geht sicher gleich wieder, sind doch genug Ärzte und Pfleger hier.«

Keine Ahnung, was Eli murmelte, ich war nur dabei, dafür zu sorgen, dass sie mir nicht noch ein Hemd ruinierte!

Liam zog ein paar Taschentücher aus seiner Hosentasche, drückte meinen Kopf nach vorn, damit das Blut ablaufen konnte. »Ist sie gebrochen?« Um sein dreckiges Grinsen mitzubekommen, musste ich nicht hinsehen.

»Nein.« Ich griff zu den Tüchern, tupfte unter meiner Nase entlang, schloss die Augen.

»Schade.« Was sollte das denn jetzt? »Wenn meine Freundin ihren Ex so ansehen würde, wie du gerade, dann wäre eine gebrochene Nase recht wohltuend.«

»Halt die Klappe, Sprouse.« Ich hatte Lucy doch nicht merkwürdig angesehen. Nur ... was wusste ich denn!

Neben mir gab das Sofa nach. »Oh, Daniel, lass mich.« Lucy nahm mir ein paar Taschentücher ab, wischte über meine Oberschenkel, auf die ich wohl getropft hatte, über meine Brust.

»Schon gut.« Ich entriss ihr alles, doch sie ließ nicht locker.

»Sei nicht so stur, Dan.« Eine Hand auf meiner, die andere in meinen Haaren, lehnte sie sich an mich. »Gleich geht es dir wieder gut. Und bald auch wieder für immer.«

»Was?« Ein Tuch an meine Nase gepresst schaute ich zu ihr rüber. »Wie meinst du das?« Und warum war mir das nicht einfach egal?!

Lucy biss sich auf ihre Unterlippe, sah mich an – mich! So wie sie es sieben Jahre jeden Abend, jeden Morgen getan hatte. Über 2.000 Tage lang. Ihre langen Wimpern, ihre eisblauen Augen, die nicht von dieser Welt zu sein schienen.

»Daniel, ich ... ich habe mich wegen dir von ...«

»Kann ich wieder rüberkommen?« Eli unterbrach sie und ich wusste nicht, ob ich glücklich darüber war oder nicht.

»Ja.« Liam klang ganz eindeutig nicht glücklich. Er packte meine Stirn, riss sie zurück, wischte über mein Gesicht, und wenn meine Nase noch nicht gebrochen war, dann war sie es sicher gleich. »Sei kein Idiot.«

Was wollte er von mir? Ohne weiter auf meinen mehr als fragenden Blick einzugehen, stand er mit den vollgebluteten Tüchern in der Hand auf, ging in die Küche.

Jason folgte ihm mit seinem Blick, doch war wohl eher davon angewidert, wie sorglos er die blutigen Spuren beseitigte.

Liam schmiss lautstark die Klappe des Mülleimers zu. »Hoffe, dein Bruder hat keine Tollwut.« Auch wenn es ein Scherz sein sollte, weder er noch Claire lachten.

Lucy drückte erneut meine Hand, sah von unseren Fingern zu mir auf. »Ich habe Maxwell für dich verlassen, Daniel.« Also stimmte es.

»Deine Mum hat mir alles erzählt und … es ist einfach schön, dir mal wieder nahe zu sein.«

War es das? Sollte es das? »Lucy …« Wie konnte ich unsere gemeinsame Zeit vergessen? Wie? »Vielleicht können wir …«

»Ich hab die Häppchen aus dem Kühlschrank geholt.« Wie lange stand Eli bereits mit dem silbernen Teller neben dem Sofa?

»Sehen wir.« Lucy lehnte sich zurück, schlug wie immer die Beine übereinander, ließ meine Hand nicht los. »Stell sie doch auf den Tisch, ja?«

»Hatte ich vor.« Eli nickte, bewegte sich jedoch keinen Millimeter, fixierte einfach nur mich, als würde sie etwas suchen und gleichzeitig verlieren.

»Geht's wieder? Wegen des Blutes?« Ich wollte mich zu ihr lehnen, *ihre* Hand greifen, Lucy loslassen, doch da ging sie schon einen Schritt zurück.

»Klar.« Oh, das klang ganz anders. »Alles supergut.« Sie meinte wohl eher, dass ich ein super Problem hatte. »Oder nicht, Lucy?«

Diese winkte nur ab. »Wie du meinst.«

»Genau.« Ohne mich anzusehen, ging Eli an Jason vorbei, b ückte sich bereits leicht, um den Teller abzustellen, als … o nein.

Sie stolperte über irgendwas, was ich nicht sehen konnte. Der Teller flog in hohem Bogen in die Luft, die Häppchen umschwebten ihn wie hunderte kleine Monde, während Eli die Hände nach oben riss, im Fall versuchte, noch etwas zu retten, doch mit dem Bauch voran und in Begleitung der Mini-Brote auf dem Boden neben dem Couchtisch landete.

»Eli!« Claire und Liam eilten zu ihr. »Alles gut?«

»So ungeschickt, das kleine Ding.« Lucy legte eine Hand auf mein Bein. »Nicht wahr?«

»Durch und durch.« Jason lachte auf. »Ein tollpatschiges Dummchen.«

»Absolut.« Sie sah zu mir, ihr Atem streifte meine Wange. »Wie gut, dass all das bald …«

»Raus.« In mir kochte etwas, das ich kaum greifen konnte. Heiße Lava schoss durch meine Venen, wo sonst Blut floss. Mein Puls raste schneller, als mein Lambo es jemals könnte.

»Alle beide, *sofort* raus.«

Lucys Augen wurden groß, doch ihre viel zu langen Wimpern schlugen eh dauernd gegen ihre Brauen, also kaum ein Unterschied. »Schmeißt du mich etwa raus, Dan?«

»Offensichtlich.« Ich stand auf, zog sie am Unterarm hinter mir her. Warum war ich überhaupt auch nur zwei Sekunden nett zu ihr? Wieso ließ ich sie derart nah an mich herankommen? Diese Frau war Gift! »Hier wohne nicht nur ich, sondern auch *meine Freundin.* Und über die sprichst du nicht in diesem Ton.« Mein Blick wanderte zu Jason. »Und *du* erst recht nicht.«

»Claire, wir gehen.« Jason hielt meiner Schwester, ohne zu ihr zu sehen, die Hand hin, die neben der mittlerweile knienden Eli stand und völlig entgeistert von ihm zu Liam sah.

Lautlos formte sie mit ihren Lippen ein: *Es tut mir leid,* und ja, es brach mir das Herz und am liebsten hätte ich meine Faust schlagartig an Jasons Kinn platziert.

Sei nicht albern, mein Junge. Sie weiß einfach, wo ihr Platz ist. Du scheinbar nicht.

Claire zerriss die angespannte Stille. »Natürlich, Jason.« Jeder ihrer Finger zitterte, als sie die Hand ihres Verlobten ergriff, von ihm durch den Raum bis zum Aufzug gezogen wurde.

Nur Lucy blieb vor mir stehen, als hätte sie Wurzeln geschlagen. »Bis bald, Dan.«

Ganz sicher nicht. Ich streckte den Arm, zeigte noch einmal überdeutlich Richtung Fahrstuhl. Und dann ging sie endlich hinter Jason her, verschwand mit den anderen beiden im Aufzug und war weg.

»Dieses verfickte Arschloch!« Liam brüllte, trat gegen den Teller, der eh schon am Boden stand. »Fuuuuuck!«

Ich ging zu Eli, reichte ihr meine Hand. »Alles gut?«

»Ja.« Diesmal war es auch wirklich so. »Danke.« Sie zog sich an mir hoch, sah kurz zu Liam, der auf dem Balkon verschwand, um eine zu rauchen, und dann wieder zu mir. »Auch fürs Rauswerfen. Selbst wenn ich ihm gern eigenständig in den Arsch getreten hätte.«

Natürlich. Und keiner hätte es so gut gekonnt wie sie.

ICH TRINKE HEUTE

Wein

AUS EINEM
WASCHECHTEN
UND EINZIGARTIGEN

Weinglas.

29

Daniel

Liam kam gerade von seiner Zigarettenpause vom Balkon wieder, zog noch immer den unverkennbaren Geruch hinter sich her, als er neben mir auf das Sofa fiel. »Wo ist Eli?«

»Hier.« Mit drei Weingläsern in der Hand kam sie zu uns, schob den Couchtisch wie bereits die Nacht zur Seite und setzte sich auf den Boden. »Alles wieder gut?«

»Nein.« Liam senkte den Blick, fummelte an seinen Fingernägeln herum. »Ganz ehrlich? So lange dieser Jason in ihrem Leben ist, wird niemals irgendwas gut sein.«

Es war ungewohnt, ihn so zu erleben. Und um ebenfalls ehrlich zu sein, es überforderte mich maßlos. Wir redeten nicht über dieses Thema, umschifften es mehr als großzügig.

Ich wusste, warum Claire so handelte, wie sie nun mal handelte. Wieso sie manche Dinge tat, dachte oder befolgte. Weder Liam noch Eli konnten es verstehen, wie es war, einen Vater zu haben, der über allem stand, der das Leben vorgab. Und der einem Angst machte. Ganz zu schweigen von meiner Mutter.

Ich sah zu Eli, die, wie sie nun mal war, mit Liam sprach, ihm neuen Mut gab. Doch in mir hörte ich nur Mum, ihre Worte, ihre Forderung, die Beziehung zu beenden. Etwas, das ich herbeiführen wollte und jetzt hasste. Genauso wie meine Antwort an sie, die meine Mutter in allem bestätigte, die ihre Erwartungen an mich erfüllte. Und meine eigenen? Keine Ahnung.

Deine eigenen? Erfülle erstmal die der anderen, bevor du dich über sie stellst.

»Oder, Daniel?« Eli riss mich aus den Gedanken, übertönte nur leise all die schreienden Stimmen in mir.

»Was?«

Wieder schlich sich dieser Ausdruck in ihre Augen, als würde sie ahnen, dass etwas nicht stimmte, dass sich zwischen uns etwas … änderte. Und doch so kam, wie es sollte.

»Ich«, sie rieb kurz ihre Lippen aneinander, »habe Liam gerade gesagt, dass Claire es bald erkennen und Jason rauswerfen wird.«

»Das …« Ist mehr als unwahrscheinlich und absolut ausgeschlossen. »… ist möglich.« Eine Lüge, die Liam genauso gut kannte wie ich.

»Wie auch immer.« Er lehnte sich zurück, den Kopf im Nacken. »Die ganze Party-Stimmung ist im Eimer.«

»Quatsch!« Eli richtete sich auf, bis sie kniete. »Jetzt geht's erst richtig los.« Mit einem lauten Klirren stellte sie die drei Weingläser vor sich auf den dunklen Marmorboden, reichte mir die Flasche. »Aufmachen, Grumpy.«

»Ohne Flaschenöffner?« Ich wollte lächeln, allein weil sie so vor mir saß, die Gläser auf dem Boden, ihre Locken wie Feuer an ihrem Körper.

Liam klatschte sich auf die Oberschenkel. »Ich hole einen. Brauche eh ein neues Bier. Dandelion, du auch?«

»Nein.« Der Bernstein ihrer Augen leuchtete irgendwie noch heller auf. »Ich trinke heute Wein aus einem waschechten und einzigartigen Weinglas.«

»Wenn du meinst.« Liam klimperte im Kühlschrank rum.

»Dritte Schublade, rechts«, murmelte ich, während mein Blick von ihrem gefangen genommen war, mich einnahm und nie wieder loszulassen schien. Sie sollte mir nicht so unter die Haut gehen. Sie durfte nicht. Doch für solche Überlegungen war es eh schon längst zu spät.

»Du trinkst also Wein?« Ich neigte mich zu ihr vor, unterbrach nicht einmal unseren Blickkontakt.

Sie grinste, rutschte näher heran und beinahe konnte sie mir einen Kuss geben, so wie sie ihr Kinn reckte, ihre Haare zurückfielen. »Ich muss doch mal kosten, wie das Spießerleben schmeckt.«

Wirklich? »Hmm, ich dachte, das hattest du bereits.«

»Hier.« Liam reichte mir den Flaschenöffner und riss uns beide auseinander, genau in dem Moment, in dem Elis Wangen langsam rot wurden und ich … nein, es amüsierte mich nicht mehr. Vorhin hatte es das noch, doch jetzt?

Nach meiner Mutter. Jason. *Lucy*, die vor nicht allzu langer Zeit meine Lucy gewesen war.

Liam stieß mich mit der Schulter an. »Machst du die Flasche jetzt noch auf, oder was?«

O ja. Mit einem leisen Plopp flutschte der Korken aus der grünlichen Glasflasche und ich schaute nicht mal auf das Etikett, denn Eli hatte sicher null Plan von Wein, und so wie sie aussah, war sie eher der süße Typ.

»Her damit!« Sie zog mir die Weinflasche aus der Hand, füllte die rötliche Flüssigkeit in zwei der Gläser und reichte mir eines. »Auf dich, Daniel. Auf deine unverkennbare Art, auf deine wundervollen 33 Jahre und auf noch einige mehr, die folgen werden.«

»Genau.« Liam rammte mit seiner Bierflasche mein Glas. »Aufs Leben, Alter.«

»Liam!« Eli grinste und konnte nicht mal so tun, als wäre sie böse. »Du versaust meine Ansprache!«

»Dann halt dich kürzer, Dandelion.« Nun lachte er immerhin mal wieder auf.

»Also …« Eli kletterte neben mich auf das Sofa hoch, und obwohl ich meine Hand auf ihr Bein legen wollte, stoppte ich, noch bevor irgendwelche Muskeln in mir zucken konnten. »Auf Daniel Harrison, auf einen Mann, der ohne es zu wissen, zu den Besten gehört.«

»Hört, hört.« Liam setzte seine Flasche an, legte den Kopf wieder in den Nacken und ließ das Bier nur so in sich fließen. Gott, der war so durch für heute.

Elis Glas stieß gegen meins, ein Klirren ertönte, füllte diese perfekte Stille zwischen uns, ihr Blick mit meinem fest verbunden. *Wie lange noch?*

»Danke, Eli.« Ich nippte am Wein, der im Leben nicht süß war. Da hatte sie sich einen guten Trockenen aus dem Schrank geangelt, der leider ganz sicher sehr teuer war.

Sie kostete den Wein nicht, sah mich lediglich an. »Erzähl mir von Lucy.«

Wie bitte?

»Wirklich?« Liam stöhnte auf und seinem Gesichtsausdruck nach würde er sich lieber von dem Gebäude stürzen. »Das will doch keiner hören.«

»Doch!« Beharrlich wie immer, Eli. »Sie ist …« Man sah ihr förmlich an, wie sie bemühte, nette Worte zu finden. Und wie sie aufgab. »Na ja, ihr wart sehr lange zusammen, sogar verlobt. Das macht man ja nicht mit der Erstbesten.« Sie senkte den Blick, schwang den Wein in ihrem Glas hin und her. »Du musst sie geliebt haben.«

Ich schluckte all die Worte herunter, die ich ihr sagen wollte. Dass ich es wohl mal tat. Dass ich es nicht mehr tat! Dass ich es wohl tun sollte.

»Lucy und ich«, begann ich und wusste doch nicht, wo ich beginnen sollte. »Sie sah damals schon umwerfend aus, hatte Stil und Klasse und …«

»Das hast du geliebt? Mehr nicht?« Wieso klang sie so erstickt?

Ich hörte nicht auf Liams Gemurmel, der irgendwas Dummes über Lucy sagte und doch sicher die Wahrheit. Stattdessen beobachtete ich wie Eli selbst ihren Wein. »Nicht nur. Wir hatten auch schöne Zeiten zusammen. Unser erster Urlaub – wir waren gemeinsam auf die Malediven geflogen …«

»Natürlich.« Ich ignorierte Liam weiterhin.

»Jedenfalls … wir haben dort drei Wochen verbracht, hatten eine Villa direkt über dem Wasser.« Mein Blickfeld verschwamm, bis ich tatsächlich dachte, die Hitze auf meiner Haut kribbeln zu spüren. »Jeden Morgen hatte ich die große Fensterfront neben unserem Bett geöffnet. Wir hatten uns eng beieinander gelegt, einander gehalten, bis die Sonne hoch oben stand. Sie liebte es, die Sonnenaufgänge zu beobachten. Einmal hatte sie mir erzählt, dass es das Aufwachen der Natur für sie ist. Als würde die Sonne sich strecken und uns umarmen wollen.« Genauso wie ich Lucy umarmt hatte. »Die Wellen, unsere Atmung, das Rauschen des Windes. Es war …« Mir fehlten die Worte. Nicht nur, um die Erinnerung würdig zu beschreiben, sondern auch, um das zu benennen, was in mir vorging.

»Zum Kotzen?«, kam mir Liam zu Hilfe und zerrte mich aus dem tiefen Gedanken heraus.

Eli atmete tief durch. »Das Glasiglu oben würde ihr sicher gut gefallen.« Sie setzte das Glas an ihre Lippen, und so, wie ihr Kehlkopf wippte, trank sie einen ordentlichen Schluck.

»Oh, ganz sicher.« Vielleicht … o nein!

Noch während ich sprach, begann Eli zu husten, atmete gleichzeitig so stark ein, dass ihr der Alkohol im wahrsten Sinne des Wortes zu Kopf stieg. Wie eben mein Blut lief ihr nun der Wein aus der Nase, strömte über ihr Piercing und die Lippen. Gemeinsam mit einer Menge … anderem Zeug.

»Fuck!« Sie drückte sich eine Hand vors Gesicht, stellte, ohne hinzusehen, das Glas auf den Tisch … der nicht mehr dort stand. Im letzten Moment riss sie es wieder zurück, nur um sich den Wein beherzt quer über ihr helles Strickkleid zu kippen. Eins musste man ihr lassen, die Couch blieb trocken.

»Das ist gerade nicht wirklich passiert, oder?«, nuschelte sie durch ihre Finger, die noch immer ihr Gesicht verdeckten.

Liam konnte wohl nicht länger an sich halten, prustete drauflos, hob sein Bier in die Höhe. »Ich hab dir extra eins angeboten.«

Eli lächelte gequält, zeigte ihm mit ihrer freien Hand den Mittelfinger und stand auf. »Ich geh mich umziehen und … waschen.«

»Wir sind Mediziner, glaub mir, wenn ich dir sage, dass wir schon Schlimmeres gesehen haben, als Wein und Rotz aus der Nase.« Da hatte Liam leider recht.

Sie stand auf und ging um die Couch herum. »Sehr beruhigend.«

Ich schwieg, beobachtete nur noch, wie sie einfach die Treppe nach oben nahm, als wäre es das Selbstverständlichste der Welt. War es doch, oder? Keine Ahnung. Aber wie sollte ich auch darüber nachdenken, wenn sie mit jedem Schritt ihre Hüfte schwingen ließ, wenn ihr Strickkleid so kurz war und … und sie einfach *Eli* war.

»Oh, Dani-Boy, dass du mal verträumt einer Frau hinterhersiehst, wow.« Liam trank erneut aus seinem Bier.

Verträumt? »Was? Also …«

Sieh dich an. Du schaffst es nicht mal, dich für die richtigen Frauen zu interessieren. Du bist zu allem unfähig, wenn niemand dir sagt, was du tun sollst. Armselig.

»Sie passt gut auf deine Couch.« Sein Schmunzeln schaffte es diesmal nicht, von mir erwidert werden zu wollen. »Oder zu dir.«

Ich exte meinen Wein. »Ich denke, Eli passt nirgends gut. Sie ist durch und durch einzigartig.« Wild, unberechenbar. Wie ein buntes Blatt im Wind, das hin und her flog, ohne Ziel, ohne Bestimmung, aber vollkommen losgelöst und frei.

Ohne Stil. Ohne Klasse. Keine Lucy.

»Darauf trinke ich.« Wer hätte das gedacht? »Und wenn deine Schwester dieses Ekelpaket geheiratet hat und der Spuk vorbei ist?«

»Was dann?« Natürlich wusste ich, worauf er hinauswollte. D och wenn ich es kaum denken konnte, wie sollte ich es aussprechen? Und überhaupt … keine Ahnung.

»Na ja, geht sie dann immer noch wie selbstverständlich in dein Schlafzimmer zum Umziehen? Vögelst du sie dann immer noch in deiner heißgeliebten Küche und schickst Melinda aus dem Bereitschaftszimmer raus? Oder kommt Eli jeden Freitag zum Kuscheln vorbei? Oder …«

»Halt die Klappe.« Ich füllte das Weinglas vor mir erneut und sehr großzügig auf. »Sie … Ich meine, wir …« Meine Finger krampften um den schmalen Glasstiel. Was sollte ich dazu sagen?

Was sollte ich denken?

Was sollte ich tun?

Es reichte doch, wenn ich meine Familie damit beschämte, nirgends und niemals der Beste zu sein. Wenn hier oder bei ihnen keine Auszeichnungen von mir hingen. Die Gebastelte von den Riesen, was war sie am Ende wirklich wert? Jason hatte recht. Ich schaffte es nicht mal, ein Fünkchen Stolz von meinem Vater zu gewinnen. Wie sollte ich dann auch noch die falsche Frau lieben? So tun, als wäre es nichts, als würde sie tatsächlich in mein Leben passen, nur weil sie mir guttat. Wir beide waren zu … zu verschieden.

Endlich hast du deinen Kopf mal eingeschalten.

Ich trank den Wein aus, ließ ihn heiß in meinen Magen laufen und wünschte, er würde das Brennen dort beseitigen, einfach ertränken. Genauso wie mein Herz, das sich allein beim Formen der nächsten Worte kaum zu schlagen traute. »Sie wird nicht mehr herkommen. Schau sie dir an. Sie ist wunderschön, hat eine Ausstrahlung, die so manche – von mir aus auch alle – Frauen in den Schatten stellt.« Nun kam es, das berühmte *Aber*, das ich förmlich zwingen musste, aus mir herauszukommen. »Aber sie … sie könnte niemals mit mir auf Spendengalas. Allein diese Party hier, wie viele Katastrophen gab es? Meine Nase, die Häppchen, der Wein jetzt. Kannst du dir sie bei einer Eröffnung eines neuen Krankenhauses vorstellen? Oder einer Preisverleihung?« Ich klang wie meine Eltern.

Und sie waren erfolgreich.

Ich nicht.

Sie waren gut.

Ich nicht.

Es war richtig, es war richtig, es war richtig. »Sie ist nicht …«

»Wie Lucy? Ein Accessoire am Arm eines Harrisons?« Er schnaubte. »Genau das macht sie aus. Du klingst wie dein Vater.«

Was wusste er schon! Der, der seit Jahren heimlich meine Schwester traf, der niemals gut genug wäre als Krankenpfleger für unsere Eltern, um überhaupt nur in die Nähe von Claires Hand zu kommen. Vielleicht hatten er und Eli viel gemeinsam!

»Du verstehst das nicht. Sieh dir meine Eltern an. Sie stehen an der Spitze, sie sind die *Besten.*« *Sie kennen sich aus. Sie müssen recht haben.* »Ich will einmal die Nummer eins sein und dafür brauche ich meine Familie.« Ohne sie bin ich noch weniger als ohnehin schon. »Aber ich brauche niemanden wie Eli.«

»Obwohl du sie magst?« Er schüttelte den Kopf. »Sieh dich an, Dan. Wann warst du das letzte Mal so gelöst, so locker? Du hast vorhin *gelächelt*, ich habe es mit meinen eigenen Augen gesehen.«

»Ich habe auch bei Lucy gelächelt!« Vielleicht nicht sehr oft, aber das tat nichts zur Sache. »Als ob mir eine solche dumme Gefühlsregung wie ein Lächeln eine Auszeichnung an die Wand holt.« Oder meinen Vater mit Stolz erfüllen würde. »Vielleicht tut sie mir ganz gut …«

»Ganz gut?«, unterbrach mich Liam und winkte ab. »Alter, wie blind bist du?«

Wie blind war er? »Mit dir darüber zu diskutieren, ist sinnlos, also …«

»Weil ich nicht Harrison heiße?« Er rutschte vor an die Kante des Sofas. »Weißt du, was dein eigentliches Problem ist, Mann?«

Ich schüttelte den Kopf, hob auffordernd die Hand. »Erleuchte mich, Liam.«

»Du hast Angst.« Er deutete direkt auf mich. »Dein einziges Problem ist doch nur, dass du ein Feigling bist und dich fürchtest, deine schwarze Seele könnte ein bisschen ihrer Farbe abbekommen. Dann lieber die brave Lucy nehmen, das tun, was alle wollen, anstatt das, was du willst. Feigling!«

Ich soll ein Feigling sein? *Spinnt er?* »Der Mann, der sich seit Monaten, wenn nicht gar Jahren, heimlich mit meiner Schwester trifft, weil er sich nicht ihrem Vater stellen kann, bezeichnet mich als feige. Die Ironie dahinter ist beinahe amüsant.«

»Du hast keine Ahnung von mir und Claire!« Seine Wange bekam rote Flecken. »Vergleiche nie wieder *deinen* goldenen Status in *deiner* verfickten Familie mit *ihrem*! Du weißt nicht, wie es ihr geht, was sie unter deinem ach so tollen Dad durchmachen muss. Unter Jason!« Tief holte er Luft, doch die brennende Wut in seinen Augen verrauchte nicht für einen Moment. »Das zwischen mir und Claire ist etwas ganz anderes, es ist …«

»Es ist egal, okay?« Ich rieb mir über das Gesicht. Das führte zu nichts, und wenn ich ehrlich zu mir war, dann hatte Liam das auch nicht verdient. Claire hatte das nicht verdient. Sie alle nicht. »Es ist egal, ob du jemals gut genug für meinen Vater sein wirst, ob …«

Liam klatschte sich auf die Oberschenkel. »Wow! Hörst du mir überhaupt zu? Du bist …«

»Realist, Liam!« Wie konnte er sich so sehr vor der Wahrheit verstecken? »Völlig unabhängig davon, ob du …« Ich senkte den Blick. Nein, ich wollte nicht länger über ihn urteilen. »Es ist egal, ob ich Eli mag, ob sie mir irgendwas bedeutet.« Und selbst wenn, ihr Strahlen wäre an mich vergeudet. »Sie hat ihren Zweck erfüllt. Warum sonst habe ich mich für so eine Frau entschieden? Eine, die meine Mutter hassen würde, die null zu mir passt, die der Inbegriff menschlicher Fehler ist?«

»Ich weiß, Mann, aber …«

»Nichts, aber.« Und doch gab es so viele davon. »Sie sollte dafür sorgen, dass meine Eltern die Klappe halten, mich als Single hinnehmen. Hat geklappt, meine Mutter hat förmlich gebettelt, dass ich mich trennen würde. Und Lucy? Schau sie dir an, sie ist die Eifersucht in Person! Sie hat sich ja sogar von Maxwell getrennt!

Sie will mich und ich …« *Konzentrier dich auf die guten Zeiten.* »… ich will sie.« Eine einzige große unüberwindbare Lüge. »Dandelion hat alles geschafft und Ende. Auftrag ausgeführt.« Ich schnaubte, nicht amüsiert, nicht belustigt.

Verachtend.

Ich hasste es. Hasste *mich*.

Aber es war die Wahrheit, es war die Realität, vor der ich mich zu verstecken versuchte. »Meine Gefühle sind nebensächlich, wenn ich endlich Nummer eins sein will, wenn ich den Erfolg meiner Familie fortführen möchte.« Wenn ich ein echter Harrison werden könnte. »Meine Zukunft liegt ganz sicher nicht in der Hand einer Frau, die Pusteblume heißt.«

»Daniel!« Liam stand auf, griff nach der Kippenschachtel in seiner Hosentasche. »Du klingst wie ein riesengroßes Arschloch, das …« Er brach ab, starrte hinter mich.

Ich folgte seinem Blick. Zu Eli.

»Pusteblume?« Ihre Augen glänzten. »Wirklich, Daniel?«

Hatte sie all das gehört? Wie lange hatte sie da gestanden? Scheiße. Scheiße!

»Eli.« Ich ging um das Sofa herum zu ihr und erst jetzt fiel mir auf, dass sie mein T-Shirt trug. Es stand ihr so gut, alles stand ihr so gut. Nur ich ihr nicht. »Wir hatten eine Vereinbarung, das wusstest du.«

»Wusste ich.« Sie schniefte, konnte die Tränen nicht mehr zurückhalten, die ihr jetzt die Wangen entlangliefen. »Aber nie hast du mir die Wahrheit gesagt, warum … warum …«

Liam räusperte sich. »Ich geh lieber eine rauchen.« Die Balkontür öffnete sich und schloss sich wieder. Doch nicht einmal sah Eli woanders hin als in meine Augen.

»Ich hatte mich immer gefragt, warum *ich*.« Sie lachte unter einem Schluchzen auf. »Jetzt macht alles so viel Sinn.«

Ich wollte ihr widersprechen, doch es war nicht möglich. Es war die bittere Wahrheit, es waren meine Beweggründe. Selbst wenn es mir nun leidtat. »Hör zu, ich …«

»Nein«, unterbrach sie mich, ging einen Schritt rückwärts. »Du hast mich benutzt, als Zirkustier, zum Vorführen. Die kleine tollpatschige Eli, die deine Mutter in ihren Albträumen verfolgen und deine scheiß perfekte Ex zur Weißglut bringen sollte.« Ihre Tränen glichen einem Tsunami. »Hattest du deinen Spaß? Hattet ihr den alle?«

Was? Nein! »Ich habe mich nie über dich lustig gemacht, du bist …«

»Halt den Mund.« Es war nicht mehr als ein Flüstern, das dennoch in meinen Ohren klingelte. »All das«, sie breitete die Arme aus, deutete dann von ihr zu mir, »und das … Gott, ich war so dumm.« Auch das schnelle Blinzeln vertrieb ihre Tränen nicht für einen Moment.

»Eli, ich …«

Wieder unterbrach sie mich. »Ja, *du* verdammt! *Du* hast mich geküsst, ohne deine schaulustige Familie! *Du* hast mich berührt, allein! *Du* hast mir das Gefühl gegeben, dass ich … dass *wir* … fuck!«

Ich hatte einen Fehler gemacht. Viele Fehler.

Ich hatte ihr wehgetan.

Ich hatte versagt.

Ich.

Absoluter Standard bei dir, mein Junge.

Sie wandte sich ab, drückte gefühlte dreihundertmal auf die Taste des Aufzugs, ließ ihn immer und immer wieder grün aufleuchten. »Chloe holt mich gleich unten ab. Meld dich, wenn du mich für unsere Vereinbarung die Woche brauchst.«

Das wollte ich nicht.

Das *wollte* ich nicht.

Das wollte *ich* nicht.

Das wollte ich *nicht*.

Das ist das Problem – deine Prioritäten sind genauso falsch wie du.

Der Ton des Fahrstuhls ertönte, die Türen glitten auf. Nein! Ich umgriff ihren Unterarm, zog sie zurück. »Warte.« Auf meinen Mut, auf meine Entscheidung, auf ein weiteres Versagen von mir.

Für einen Moment sah sie nur auf meine Hand, die sie fest umschloss. »Daniel.« Sie wischte sich mit dem Handrücken übers Gesicht, vertrieb die nassen Spuren. Ihre Finger fanden meine, verschränkten sich ineinander, und auch wenn ich es nicht wollte, fühlte es sich doch genauso an – nach unserer letzten Berührung.

Tief atmete sie ein und aus, bis ihre Bernsteinaugen hoch zu mir sahen. »Nur eine Frage.« Ihre Unterlippe bebte und sie rieb sie eilig aneinander, als wüsste sie bereits meine Antwort. »Hast du … hast du

Gefühle für mich? Echte?«

Was?

Sie schluckte sichtbar, was eine einzelne Träne dazu veranlasste, sich zu lösen und auf mein T-Shirt an ihrem Körper zu tropfen. »Weißt du …« Sie murmelte wilde Flüche, die garantiert spanisch waren. »Ich … ich habe welche, Daniel. Ich habe Gefühle für dich. Scheiß echte. Also sag es mir …« Noch eine Träne rann ihre Wange hinab. »Sag …« Sie schluchzte auf, ein Ton, der mir mitten in die Magengrube schlug, mir sämtliche Luft zum Atmen nahm. »Sag es mir einfach.«

Was sollte ich ihr sagen? Die Wahrheit? Das Richtige? Das Falsche? Was war überhaupt was? Wie sollte ich meiner Wahrheit vertrauen, wenn sie mich bisher *immer* verletzt hatte? Wenn sie andere verletzt hatte? Wie sollte ich meinen Eltern keinen Glauben schenken, wenn sie *immer* das Richtige taten? Das sah man ja an ihrem Erfolg! Warum sollte *ich* eine Entscheidung treffen, wenn ich doch eh nur Fehler machte? Wie sollte ich …

»Das reicht mir als Antwort.« Sie drehte sich endgültig um, entriss mir ihre Hand und stieg in den Aufzug. »Du wolltest die Nummer eins sein? Du warst *meine*. Aber das genügt einem Harrison natürlich nicht.« Die Türen gingen zu, verschlossen sich wie eine eiserne und unüberwindbare Festung zwischen uns. Sie fuhr herunter, mit jeder Sekunde weiter weg von mir. Äußerlich. Innerlich.

Scheiße.

Scheiße.

Scheiße.

Es ist wie immer mit dir, Junge.

»Was ist los, Daniel?« Liam kam wieder herein, schloss die Balkontür hinter sich. »Hast du nicht eben noch gesagt, sie sei keine Frau für dich? Lucy wartet schon.« Freudlos lachte er auf, doch seinen Sarkasmus konnte er sich in den Arsch schieben. Ich … hatte sie verloren.

Was hattest du erwartet? Niemand will an deiner Seite bleiben, solange du so bist. Du konntest ja noch nicht mal ausdrücken, was du wolltest. Du bist unfähig, in allen Lebenslagen, und selbst für eine so furchtbare Frau wie Nayeli Dandelion nicht gut genug. Du bist niemals gut genug.

Er hatte recht.
Er hatte unrecht.
Ich hatte recht.
Ich hatte unrecht.
Meine Eltern hatten recht.
Meine Eltern hatten unrecht.

Alles drehte sich, nichts davon konnte ich greifen. Nur eins stand fest: Ich war für niemanden gut.

ES TAT SO WEH.

Alles.

30

Eli

Die Luft war viel zu dünn hier drin und doch so dick, dass sie kaum in meine Lunge drang. Der Aufzug kam mir noch kleiner vor als sonst, die verspiegelten Wände gaben mich tausendfach wieder und schrien mich an. Sie kamen näher, alles hier drin kam mir so nah, erdrückte mich.

Ich erdrückte mich.

Die Hände gegen mein Gesicht gepresst rutschte ich auf meinen Hintern herab, presste mir die Handballen vor die Augen.

Augen.

Wie er mich angesehen hatte, dieser Ausdruck in seinen verdammten hellblauen Augen, dieser … Blick. Wie damals, genauso wie damals, als wir uns das erste Mal gesehen hatten, im Krankenhaus, im *Rosie's*, als ich Regel vier aufgestellt hatte, als ich die Treppe heruntergefallen war.

Verachtung. Es war nichts weiter außer Verachtung.

Und ich war mit offenem Herzen mitten hineingelaufen. Wie dumm war ich?

Dieser verdammte Aufzug kündigte die Tiefgarage an und ich … Moment, warum stand ich überhaupt in der Tiefgarage? Verdammt, ich hatte den falschen Knopf gedrückt. Obwohl, so wollte ich auch nicht durch die Lobby dieses doofen Hochhauses gehen.

Ich hievte mich hoch, ging ein paar Schritt, ohne in eine bestimmte Richtung einzulenken. Ich musste hier raus, ich musste so weit wie nur irgend möglich von diesen Harrisons, von dieser grauenhaften Familie weg! Von ihm! So weit weg von ihm.

Hinter mir schlossen sich die Türen wieder und die Hoffnung,

Daniel würde mir folgen, würde zu mir heruntergerannt kommen, mich in den Arm nehmen, mir sagen, dass er mich … liebte und …

Nein! Ich verschloss diesen Gedanken, begrub ihn unter dreißig Tonnen Beton! Sollte er bleiben, wo der Pfeffer wuchs, sollte er doch sein perfektes, unglückliches Leben führen, sollte er doch in seinem dunklen Appartement versauern.

Ohne mich.

Ohne mich.

Ohne mich.

»Scheiße!« Ich erschrak selbst über meinen Schrei, der zwischen den Autos hallte, die ganze Tiefgarage einnahm. Und einfach verschwand. So laut, so deutlich und doch nichts weiter als Schall und Rauch.

So wie wir.

Raus. Ich. Musste. Endlich. Hier. Weg.

Ich holte mein Handy hervor, schickte Chloe meinen Standort und lief los. Sie brauchte sicher noch mindestens fünfzehn Minuten bis hierher und ich konnte es einfach nicht riskieren, dass er wirklich herunterkam, um mich … würde er eh nicht! Er war ein jämmerliches, feiges Arschloch!

Aber ich konnte nicht rumstehen und warten. Nicht, wenn er nur einige Meter über mir war und seinen verdammten Wein trank! Ich ging die Rampe der Tiefgarage empor, so schnell und stampfend, dass meine Waden brannten, doch es übertönte nichts in mir.

Es tat so weh. Alles.

Meine Finger, weil sie seit Daniels ersten Wort an Liam zu Fäusten geballt waren. Meine Augen, weil ich den Wasserfall nicht eine Sekunde stoppen konnte. Mein Brustkorb, weil dort nichts mehr schlagen wollte. Selbst mein Geist, der vermöbelt am Boden lag, zusammengerollt, blamiert und … allein.

Dass die Sache zwischen uns Show gewesen war – alles gut. Dass es irgendeinen Grund gegeben hatte, warum Daniel keinen Escort gebucht und mich gewählt hatte – natürlich. Aber niemals hatte ich gedacht, dass es daran lag, weil ich so … so schrecklich war! Nein, weil ich so war, wie ich verdammte Scheiße nun mal war!

All seine Worte. All seine Berührungen. All die Momente. Wie konnte er nach all dem noch *so* von mir sprechen? War alles nur inszeniert gewesen? Alles?

Natürlich, was hatte ich erwartet?

Endlich trat ich aus der Garage heraus, füllte meine Lunge mit der kühlen Herbstluft. Ohne nach links und rechts zu sehen, ging ich weiter, marschierte den Bürgersteig entlang, als könnte ich mit jedem Schritt wirklich Abstand zwischen mich und Daniel bringen. Richtigen, wahrhaftigen Abstand.

Dabei hatte er ihn doch längst geschaffen! Allein, wie er vorhin Lucy angesehen hatte, wie sie sich um ihn gekümmert hatte, wie sie Händchen gehalten hatten! Und dann seine dumme Antwort mit dem Iglu und ihr! Das alles war … scheiße, scheiße, scheiße!

Dabei wusste ich doch, was er wollte! Seine Familie mit mir nerven, seine Ex eifersüchtig machen. Aber niemals sein Herz verlieren. Niemals jemanden wie mich lieben.

Gott! Ich war so dumm. So unheimlich naiv und gutgläubig und zu offen und zu …

»Nayeli Dandelion?«

Was? Ich lief so schnell, mir war gar nicht richtig klar gewesen, wo ich mittlerweile gelandet war. Ruckartig drehte ich mich herum, sah in fremde und doch vertraute Augen. »Hallo, …«

Was zur Hölle hielt sie da in der Hand?

Eine silberne Klinge blitzte im fahlen Mondlicht auf, strahlte mir entgegen. Ein … Messer. Auf mich gerichtet. Scheiße. Mein Magen verwandelte sich in einen einzigen riesigen Klumpen. »Hören Sie …« Jedes Wort kämpfte sich über meine Lippen. »Ich … ich möchte keinen Streit und …«

»Daran hättest du früher denken müssen, findest du nicht?« Sie rauschte auf mich zu, riss das Messer noch ein Stück höher. »Dachtest du wirklich, ich lasse mich so behandeln?«

»Nein, ich …« Ich sprang zurück, taumelte einige Schritte rückwärts. »Bitte …« Ja, was bitte? Lassen Sie mich gehen? Mich in Ruhe? Mein Kopf war wie leergefegt.

»Dein Betteln bringt dir gar nichts!«

Wo war ich hier? Ruckartig drehte ich den Kopf von links nach rechts, sah die Straßenschilder, Namen der Läden um mich herum, doch nichts kam mir bekannt vor, nichts … und vor allem niemand.

Scheiße.
Große Scheiße.

»Du bist ein Monster, Nayeli!« Sie schloss den Abstand zwischen uns, doch noch bevor sie mir die Klinge in den Bauch rammen konnte, stolperte ich über meine Füße, knickte am Bordstein um.

Alles passierte so unheimlich schnell. Ich fiel geradewegs Richtung Asphalt, versuchte, mich irgendwo zu halten, doch da gab es nichts. Da war keiner, in dessen Arme ich fallen konnte. Nur ich. Allein. Mein Rücken knallte auf die Kante des Gehwegs, schoss einen heftigen Schmerz über meine Wirbelsäule, der mich laut aufstöhnen ließ. Verdammt!

»Heb dir das für den Schluss auf!« Nur zwei Sekunden später folgte der erste Tritt. Ihr Fuß schoss förmlich in meinen Bauch, brachte mich zum Krümmen, doch nichts konnte die Übelkeit unterdrücken. Bittere Galle stieg mir in den Mund, verätzte meinen Rachen. Sie sollte aufhören, nicht weitermachen, bitte!

Ich rollte mich zur Seite. Scheiße. Ich musste weg, irgendwie. Langsam streckte ich die Arme aus, ignorierte ihr hämisches Lachen. Meine Hände klatschten auf die Straße, jeder meiner Muskeln krampfte, als ich mich nach vorn zog. Weg von ihr. Weg von hier.

Aber es brachte nichts.

Ich brach zusammen, die Wange auf dem kalten Asphalt. Zwischen dem sonst so bunten Laub, das nun grau und wie der Tod selbst um mich herum lag. Ich war gefangen.

Sie kam mir die wenigen Zentimeter hinterher, die ich davonrobben konnte, spuckte neben mich auf den Boden. »Du bist Abschaum, mehr nicht.« Fuck! Wieder trat sie zu und mein Brustkorb fühlte sich mit einem Mal viel zu eng an, meine Haut zu klein. Atmen! Ich musste atmen!

Und schreien. Um Hilfe, um … meine Zunge war bleischwer und nutzlos. So sehr ich auch rufen wollte, da war kein Ton mehr in mir.

»Dort gehörst du hin, in die Gosse.«

Ihre Worte durchstachen mich wie Nägel, kratzten über meine Haut. Ich hatte doch nur … nur …

»Bitte«, presste ich hervor, aber nichts hielt sie davon ab, sich zu mir zu beugen, mit ihrer Faust in mein Gesicht zu schlagen.

Warmes Blut lief mir über die Lippen, der metallische Geschmack mischte sich unter die Galle und noch nie hatte ich derart würgen müssen. Keine Ahnung, ob ich mich erbrach oder nicht. Keine Ahnung, wo ihre Fäuste noch landeten, wo ihre Tritte mich trafen. Ich war nur noch eine reine Masse, die ums Überleben kämpfte.

Bitte … bitte lass mich bewusstlos werden. Ich blute doch. Ich … blute doch. Ihr Lachen verschwamm mit meinen tiefen Schluchzern, mit meinem heiseren Atemzug, mit dem Wimmern, das unkontrolliert über meine Lippen kam.

Bis mein Kopf ganz schwer wurde. Schwer und warm.

Bis ich dachte, zu fallen.

Bis ich irgendwo aufkam, wo es nichts weiter gab als Schwärze.

Tiefes und dunkles Schwarz.

Und niemanden, der mich hielt.

MACH'S GUT, KLEINE

Kastanie.

31

Daniel

Zwei Tage.
Achtundvierzig Stunden.
2.880 Minuten.

So lange hatte ich Eli weder gesehen noch von ihr gehört. Egal, wie oft ich sie anrief, sie ging nicht ran. Egal, wie oft ich ihr schrieb, sie reagierte nicht. Es war aus, bevor überhaupt etwas begonnen hatte.

Dass es richtig war, wusste ich. Und wusste es doch nicht. Vor allem könnte ich mir sonst nicht erklären, warum ich noch immer in meinem Wagen saß, vor den *Little Giants* parkte und mich nicht traute, auszusteigen, um hineinzugehen.

Ich wollte sie sehen. Musste es. Aber was sollte ich sagen? Es war alles gesagt, wir waren …

Jemand klopfte an die Beifahrerscheibe, doch ich sah nichts bis auf eine echt kleine Hand.

Okay, das Versteckspiel war wohl vorbei. Ich stieg aus, ging um das Auto herum, bis ich vor Luke und Madison stand. »Hey, ihr beiden!«

»Selber hey.« Luke legte den Kopf schief, sein Blick zuckte zwischen mir und meinem Auto hin und her. »Was willst du hier?«

Madison schnalzte mit der Zunge. »Sei nicht so gemein.« Sie ging einen Schritt auf mich zu. »Hat dir Eli die Kastanie geschenkt?«

»Die Kastanie?« Jetzt kam ich nicht mehr mit.

Luke verdrehte die Augen. »Na, den Otter.«

Ach so! Wie konnte ich die vergessen? *Fragst du dich das wirklich? Du vergisst dauernd was, sonst wärst du schon lange besser als der Verschnitt, den du gerade abgibst.* Vielleicht. »Ja, hat sie. Ich …«

»Gut.« Madison unterbrach mich. »Und hat sie dir auch die

Geschichte dazu erzählt?«

»Die Geschichte?« Hatte Eli irgendwas gesagt, außer … Liam, er war gekommen, als sie mir was hatte erzählen wollen, dem ich absolut nicht hatte folgen können.

»Scheint nicht so.« Luke schürzte die Lippen, was Madison dazu brachte, theatralisch durchzuatmen.

»Also«, eine Hand in die Hüfte gestemmt, die andere wild in der Luft gestikulierend, verdrehte sie die Augen. »Warum habt ihr Erwachsenen so wenig Ahnung? Otter haben Lieblingskiesel, die sie den Menschen schenken, in den sie sich verlieben. Und Eli wollte dir die Kastanie geben.«

Otter, Kiesel, Kastanie?

»Weil sie total in dich verknallt war, Mann.« Luke spuckte mir die Worte förmlich vor die Füße, was nichts an ihrem Inhalt änderte. Diese Kastanie … sie wollte mir sagen, dass sie mich … liebte? *Mich?* Noch vor unserem Streit, bevor ich nicht geantwortet hatte.

»War? Ist!« Madison stemmte ihre kleinen Fäuste in die Seite. »Sie ist verknallt und Daniel ist hier, damit alles wieder gut wird!«

War ich das?

Luke lachte. »Sieht der so aus?«

Da sagte nochmal einer, Kinder waren von Natur aus lieb. »Ich …«

»Daniel.« Chloe erschien im Türrahmen, auf dem Arm einen kleinen Jungen. »Was zur Hölle willst *du* hier? Luke, Madison – sofort rein, und wenn ich euch noch ein einziges Mal draußen erwische, dann …«

»Ja, ja.« Luke rannte Hand in Hand mit Madison an ihr vorbei ins Innere der Villa. Ihr Lachen drang noch eine Weile zu uns hinaus, bis es komplett verebbte.

Da stand ich nun. Vor Chloe, die mich ansah, als würde sie mich jeden Moment eigenhändig ermorden und meine Leiche im Fundament der neuen Feuertreppe verscharren, ohne auch nur mit der Wimper zu zucken.

Pancakes – Eier, Milch, Mehl, Backpulver, Zucker.

Tief atmete ich durch, schob die Hände in meine Jackentaschen, um endlich nicht weiter mit meinen Fingern zu spielen. »Ich möchte mit Eli sprechen.« So, nun war es raus, doch mehr als ein Zucken ihrer Augenbraue bekam ich nicht als Reaktion. »Sie geht nicht an ihr Telefon, antwortet nicht und …« Ja, was und? *Ich möchte so nicht auseinandergehen? Sie muss noch mit auf die Hochzeit meiner Schwester? Ich mache mir Sorgen. Ich vermisse sie.*

Junge, solche liebeskranken Angewohnheiten übernehmen die Frauen. Du solltest mehr Stärke besitzen.

Vielleicht aber auch mehr Hartnäckigkeit. »Ich will wirklich nur reden.«

Chloe wurde blass, selbst ihre Lippen verloren den rosigen Glanz und glichen sich ihrer eh schon sehr hellen Haut an. »Ist das ein schlechter Scherz?«

So fühlte es sich an, ja. »Nein. Sie hat dir sicher von unserem Streit erzählt und was gesagt wurde. Das …« Noch so ein Satz ohne Ende.

»Sie …« Chloes Blinzeln wurde so schnell, dass ich fast dachte, sie würde gleich weinen. Moment, weinte sie wirklich? »… liegt im Krankenhaus.«

»Was?« Jede Zelle in mir vibrierte bei ihren Worten, selbst das kleinste Haar auf meinen Armen richtete sich auf, während mein Puls durch die Decke schoss, noch bevor mein Hirn die Bedeutung von alldem verarbeiten konnte. »Warum?«

»Komm rein, Daniel.« Sie neigte den Kopf, verließ die Tür, ging hinein und ich folgte ihr.

Im Schneidersitz saß ich mitten im Wohnzimmer der Einrichtung, um mich herum kleine Kinder, die kreuz und quer umherliefen, lachten, spielten. Genau hier in diesem Raum hatte Eli gesessen und gesungen. Und auch heute war es nicht für einen Moment ruhig.

Doch nichts davon nahm ich wirklich wahr. Nichts davon berührte mich oder erreichte meine Sinne. Ich konnte nur noch Chloe sehen, die den kleinen Jungen in ihrem Arm nicht eine Sekunde losließ. Nur noch ihre Stimme hören, egal wie laut die anderen auch schreien würden.

»Als ich Eli abholen sollte, nachdem ihr euch gestritten hattet

…« Sie holte tief Luft, fuhr sich mit zittrigen Fingern durch die Haare. »Keine Ahnung, warum sie schon losgelaufen war, sie hatte mir nur ihren Standort geschickt und dann … dann lag sie da.« Chloe schluckte, doch die Tränen kämpften sich hervor, rollten ihr über die Wange.

Aber selbst das war mir egal. Sie sollte es mir erzählen, sie sollte sagen, was los war! Wenn ich nicht gleich wusste, ob es ihr gut ging, dann würde ich … zerreißen. »Eli *lag* da?«

Chloe nickte, drückte den Jungen in ihrem Arm fester an sich. »Jemand hat sie überfallen und … verprügelt.«

Wie bitte? Hatte sie gerade verprügelt gesagt? Eli? Meine Eli?

»Sie war voller Blut und …« Ihr Blick zuckte zu den Kindern. »Sie sah einfach übel aus.« Sie schloss die Augen. »Man hat auf sie eingeschlagen und getreten. Ihr Kopf …« Ihre Stimme brach, genauso wie mein Innerstes.

Meine Hände wurden eiskalt, alles an mir wurde eiskalt. Sie war vor mir geflüchtet. War rausgerannt, wegen mir. Direkt in ihr Verderben.

Wegen mir.

Wegen mir.

Wegen mir.

Chloe öffnete wieder die Augen, sah jedoch nicht in meine. »Die Ärzte sagen, sie sei stabil, aber …«

»In welchem Klinikum liegt sie?« Wer auch immer die Ärzte waren, davon würde ich mich selbst vergewissern. Niemand würde sie anfassen oder untersuchen, wenn ich es nicht absegnen würde!

»Harrison Hospital, wo sonst?« Endlich schaute sie zu mir. »Ich dachte, du weißt es. Deshalb war ich eben so … abweisend.«

»Nein.« Ich wusste überhaupt gar nichts. Wie oft hatte ich angerufen? Dabei lag sie quasi die ganze Zeit in meinen vier Wänden. »Nach meinem Geburtstag«, ich fuhr mir über das Gesicht. »Wir hatten gestritten, ich …«

Chloe winkte ab, brachte ihren Schmuck zum Klimpern. »Was auch immer es war, solltest du sie nur annähernd so sehr mögen wie sie dich, dann geh zu ihr.«

Das war doch genau das Problem.

Tat ich es? Und selbst wenn, durfte ich es? Ich stand auf,

massierte mir die Schläfen, als könnte ich dadurch irgendwie meine Gedanken geraderücken, sie packen. Meine Gefühle, meine Emotionen, die Wahrheit.

Dich.

Immer wieder dich.

Mein Blut rauschte in den Ohren, meine Füße flogen förmlich über den Parkplatz der Klinik. Mein ganzer Körper befand sich auf Autopilot, auf dem Weg zu ihr. Ich musste zu ihr, musste sehen, dass es ihr gutging. Danach konnte sie mich wieder rauswerfen.

Wenn sie es noch konnte.

Nein, daran will ich nicht denken!

Die verglaste Tür des Krankenhauses glitt automatisch auseinander, als ich näherkam. Der Empfang war wie immer und doch ganz anders. Ich ging nicht als Arzt hier rein, nicht als unbeteiligter Zuschauer. Es war so, wie Eli es damals verlangt hatte, nur, dass ich es diesmal verstand. Doktor Harrison blieb vor der Tür stehen, gerade war ich nur Daniel. Mein Herz schlug so kräftig, so schnell, so … wie ein Vorschlaghammer in meiner Brust. Mein Puls – jedes Mal ein Hieb in meine Magengrube.

Ich eilte zu dem weißen Tresen, rempelte mit der Schulter gegen Leute, die hier arbeiteten oder zu Besuch waren, doch es war mir egal. »Die Akte von Nayeli Dandelion, jetzt.« Mit viel zu viel Kraft landete mein Arbeitstablet auf dem Empfang vor mir.

Eine Frau mittleren Alters und mit Telefon am Ohr sah zu mir auf. »Was?«

Wirklich? Ich fasste über die Theke hinweg, drückte auf den roten Knopf der Telefonstation und beendete das Gespräch. »Nayeli Dandelion. Akte. Jetzt.«

Ein jüngerer Mann rollte mit seinem Bürostuhl zu seiner Kollegin rüber. »Mister Harrison, so freundlich an diesem sonnigen Herbsttag?«

Wollte der Typ mich kennenlernen? Wirklich? »Ich zähle bis drei, dann geben sie mir die Akte. Oder sie sind beide gefeuert. So *freundlich* bin ich heute.« Ich lehnte mich zu ihm vor. »Eins.«

»Immer langsam.« Er klickte auf dem Computer vor sich hin, während er gleichzeitig mein Tablet nahm, etwas eintippte, bis es endlich grün aufleuchtete.

Ohne auf seine Zustimmung zu warten, griff ich danach, öffnete Elis Akte und … sperrte den Bildschirm. Was, wenn dort Dinge standen, die ich gar nicht lesen wollte? Wenn ich hier in meinen Händen den Beweis dafür hielt, dass ich ihr ganzes Leben zerstört hatte? Ich.

Ich drückte das Tablet an mich, schaute nicht eine Sekunde darauf. »Wo liegt sie? Zimmernummer.«

»Unfallchirurgie, Zimmer 231.« Er stand auf. »Soll ich Ihnen vielleicht noch den Weg zeigen?«

Hatte der eine Ahnung, wie sehr er mich reizte? »Wenn Sie weiterhin hier arbeiten wollen, dann hinsetzen. Sofort.«

Er schnaubte, blieb weiter stehen, was mir herzlichst egal war. Ich musste in Zimmer 231 und dieser Arsch konnte von mir aus morgen noch hinter seinem Tresen auf und ab gehen und den Großen markieren.

Ich rannte förmlich Richtung Aufzüge, drückte den Knopf und wartete.

Du bist so weich. Kannst nicht mal die Akte einer Patientin öffnen.

»Sie ist nicht nur eine Patientin!«, schrie ich laut gegen die silbernen Türen, die noch immer geschlossen waren. Ein paar Leute drehten sich zu mir um und ich hätte mich am liebsten selbst verwirrt angesehen!

Aber sie war mehr. So viel mehr und ich wollte mir Sorgen machen, ich wollte an sie denken, ich wollte für sie da sein. Ich wollte!

Die Fahrstuhltüren öffneten sich, als hätten sie genau gehört, was ich mir gerade eingestanden hatte. Doch Unmengen an Menschen strömten mir entgegen, hinter mir zwängten sich die Ersten wieder herein.

Das dauerte alles zu lange! Viel zu lange! Ich schob die Leute von mir, öffnete die schwere Glastür neben den Aufzügen und rannte die Treppen hinauf. Meine Füße handelten einfach, mein ganzer Körper funktionierte wie von allein. Da waren keine schmerzenden Waden, keine brennende Lunge.

Da war nur noch ein Ziel. Eli.

Die Tür der zweiten Etage strahlte mir förmlich entgegen. Ich riss sie auf, stürmte den Gang entlang, bis Zimmer 231 in weißen Zahlen auf beigem Untergrund zum Vorschein kam.

Ich dachte nicht mal daran, anzuklopfen. Oder zu schauen, ob sie Besuch hatte. Ich wollte sie nur endlich wiedersehen. Ihr Strahlen, ihr Lächeln, ihre Grübchen, ihren Nasenring, ihre tausend Locken.

Das Zimmer lag halb im Dunkeln, da die Vorhänge zugezogen waren. Doch ihre roten Haare leuchteten trotzdem so wundervoll wie das Laub draußen an den Bäumen. Langsam, Schritt für Schritt, näherte ich mich dem Bett. Ihrem *Krankenbett.*

»Eli.« Ihr Name, geflüstert aus meinem Mund. Er kam schneller heraus, als ich überhaupt wollte. »Gott, Eli.«

Sie regte sich nicht, ihr Brustkorb hob und senkte sich regelmäßig, ihre Lider waren entspannt, geschlossen und … blau unterlaufen. Ihr gesamtes Gesicht glich einem Regenbogen aus diversen Prellungen.

Die Lippe aufgeplatzt, mehrere Stripes auf ihren Wangen, um die Wundränder von kleinen Schnitten zusammenzuhalten. Sie kamen wahrscheinlich von einem Sturz oder … von Schlägen.

Mein Blick glitt an ihr herab, zu ihrem rechten Arm, an dem noch ein Zugang lag, aber keine Infusion mehr. Zu ihrer linken Hand, die ebenfalls verbunden war, aber ruhig neben ihr auf dem Bett ruhte. Zu diesem beschissenen Krankenhaushemd, welches sie trug. Sie lag unter verfickter Krankenhausbettwäsche. Ich hielt ihre scheiß Krankenakte in den Händen. Sie lag verletzt – verdammt nochmal verletzt! – in diesem Krankenhaus.

Wegen mir.

Wegen mir!

Ich tippte mein Tablet an, ließ das schummrige Licht durch den Raum leuchten. Ich musste sehen, was ich angerichtet hatte. Mit meinen eigenen Augen.

Meine Finger zitterten, mein Passwort gelang mir auch beim zweiten Mal nicht und dann endlich … stand da ihr Name. Ich drückte darauf, beobachtete den kleinen runden Kreis, wie er sich drehte, bis sich das ganze Ausmaß vor mir öffnete.

Starke Prellungen …

Fraktur der dritten Rippe rechts …

Verdacht auf Schädelhirntrauma …

Verdammte Scheiße. Heilige, verdammte Scheiße! Ich schaute von dem Bildschirm hoch, las mir nicht die restlichen Diagnosen durch, die mir auch nur weiter zeigten, wie schlecht ich für sie war.

»Es tut mir leid.« Ich schluckte den Kloß in meinem Hals herunter, der jedoch die Tränen in meinen Augen nicht bremsen konnte. »Es tut mir so leid, Eli.« Die Kraft in mir gab nach, der letzte rationale Teil in mir, das Fünkchen Arzt in mir, das es bis hierhin geschafft hatte, floh weit weg von mir. Ich fiel auf einen Stuhl neben dem Bett, rieb über mein Gesicht, verfluchte diese nassen Spuren. »Alles, alles tut mir so leid.« Ihre blauen Flecken um ihre Augen, die Schnittwunden, die Krusten ihrer Wunden, ihre …

Sie rollte mit dem Kopf zur Seite, ihre Lider flatterten. »Oh, …« Da waren sie, ihre Bernsteinaugen sahen direkt zu mir. Ihr Blick glitt von meinem Gesicht zum Tablet in meiner Hand, das noch immer ihre Akte leuchtend durch den Raum scheinen ließ. »Was …?« Sie klang fürchterlich, brach den Satz ab.

»Nicht. Sag einfach nichts.« Ich rutschte näher mit dem Stuhl heran. »Das ist meine Schuld. Das alles. Was ich zu Liam gesagt habe, das war …« Was war es? Stopp! Ich wusste ganz genau, was es war! »… nicht nur nicht richtig. Es war absolut falsch. Ich … Ich hätte nie im Leben so über dich sprechen dürfen. Geschweige denn zuschauen dürfen, wie du gehst.« Da waren sie wieder, diese verdammten Tränen, die meine Augen fluteten. »Hätte ich dich aufgehalten, dann wärst du nicht hier. Oder wäre ich nicht so feige gewesen und wäre dir einfach gefolgt, aber …« Nein, es sollte keine Aber mehr für uns geben. Nur noch sie und mich.

Keine Angst mehr vor der Farbe in meinem Leben. Vor ihrem Strahlen.

Ich schluckte all meine Sorgen herunter. Sie konnten später auf uns warten. »Liam hatte recht, ich bin ein Feigling. Deine Frage an mich … sie hat mich überrumpelt, doch ich wollte dir antworten. Wirklich.« Ich würde es jetzt endlich tun. »Egal, warum wir zusammen waren, die letzten Tage mit dir waren die besten, die …«

»Stopp.« Es war das leiseste und gleichzeitig lauteste Wort jemals. Sie hatte mich schon einmal aus einem Behandlungszimmer geschmissen und sie könnte es auch gleich wieder tun. Aber erst musste ich es wenigstens einmal zu ihr gesagt haben. Nur einmal.

»Baby, *bitte* gib mir die Chance, dir zu sagen, dass ich dich …«

»Nein, stopp.« Sie drückte die Lider zusammen, wiederholte murmelnd ihre Worte, bis sie ihre Augen wieder aufriss. »Wer … wer bist du?«

»Was?« Mein Blick glitt herunter zu ihrer Krankenakte und ich scrollte das letzte Stück hinab. Das konnte nicht … nein … ich …

Retrograde Amnesie.

Jemand stieß mich. Jemand stieß mich in einen Abgrund, der so dunkel schien, dass ich nicht erkennen konnte, wo Oben endete oder Unten begann. Ich fiel, weiter und weiter, ohne jemals auf dem Boden aufzukommen und in tausend Stücke zu zerschellen. Nur der Schmerz begleitete mich auf jedem einzelnen Zentimeter.

»Eli, …«

»Du musst mich verwechseln.« Ihre Stimme klang weiterhin rau, aber nun wesentlich fester. »Wem auch immer du sagen möchtest, dass du sie sehr gern hast … *ich* bin es nicht.«

Und wie sie es ist. Niemand könnte es mehr sein als sie.

Jedes ihrer Worte schlug mir fest in den Magen. Jede Sekunde länger, die ich in ihre Bernsteinaugen sah, in denen ich erkennen musste, dass sie nicht wusste, wer ich war … wer *wir* waren … es zerfetzte mich, ließ nichts weiter in mir übrig als die Trümmer eines jämmerlichen Versagers.

Schau dich an! Hast dich in eine solch einfältige Frau verliebt und kannst nicht mal sie bei dir halten. Du hast ihr wehgetan!

Ich stand auf, meine Finger verkrampften sich um das Tablet.

Du hast sie dazu genötigt, vor dir zu flüchten! Du hast sie in dieses Krankenhaus gebracht!

Rückwärts taumelte ich wieder bis zur Tür, umgriff die Klinke, mein Blick starr auf Eli gerichtet.

Du wolltest ihre Liebe nicht, dann hast du sie auch nicht weiter verdient! Für Fehler muss man bestraft werden und das hier ist deine eigene und ganz persönliche Strafe. Und am Ende ein Geschenk für diese Frau, dich nicht mehr zu kennen, mein Junge. Sie kann froh sein, dich vergessen zu haben.

Ja, das konnte sie.

Was hatte ich mir nur gedacht? Warum hatte ich wirklich an ein Happy End für *mich* geglaubt? Für mich, der doch nichts davon verdiente. Der sich wieder mal nicht genug angestrengt hatte. Der wieder nicht genügte.

»Mach's gut, kleine Kastanie.« Ich drückte die Tür auf, floh förmlich aus dem Raum heraus.

Mein Vater hatte recht, schon immer. Niemals hätte ich an seinen Worten zweifeln dürfen.

Keine Ahnung, wie ich es bis in mein Büro schaffte. Wie ich auf die Couch kam, mich dort hinlegte. Wie lange ich heulte wie ein kleines Kind, zusammengerollt, die Arme um die Knie geschlungen.

Es war armselig.

Aber auch das Einzige, was gegen den tosenden Sturm aus Schmerzen in mir ankam.

Liebeskummer ist für alle mit Herz.

Auch für die, die ihres verloren hatten?

ES WAR ALLES *alles*

SO, WIE ES KOMMEN SOLLTE.

32

Daniel

Noch nie war ich so froh gewesen, dass mein Urlaub vorbei war. Die ganzen restlichen Tage war ich nicht ins *petit bouchée* gegangen oder hatte mich bei irgendwem gemeldet. Bei wem auch?

Liam hatte sich am Abend meines Geburtstags spontan einige Tage freigenommen und war seither unerreichbar. Meine Schwester war bereits einen Tag später zu meinen Eltern gefahren, um die Hochzeit am Samstag gebührend vorzubereiten – und ich? Ich saß hier in meinem Büro und betete förmlich, dass ein Notfall reinkam, dass ich stundenlang im OP stehen müsste, dass mein verdammter Kopf aufhörte, an sie zu denken.

Dabei war der sicher nicht mal das Problem.

Doch allein wenn ich nur kurz die Augen schloss, wenn die Dunkelheit mein Sichtfeld einnahm, dann sah ich sie. Mit dem leeren Ausdruck in ihren Augen, als sie in meine geschaut hatte. Mit ihren verlorenen Erinnerungen an uns.

Es klopfte zaghaft an meiner Tür und ich war fast versucht, einfach so zu tun, als wäre ich nicht hier, aber da öffnete sie sich bereits einen Spalt und blaue Augen mit sehr langen Wimpern sahen zu mir.

»Was willst du denn hier?« Meine Hand krampfte um die Computermaus. Warum lag sie überhaupt da drauf? War doch eh alles nur Show, keine Ahnung, wann ich den letzten Klick gemacht hatte.

»Dein Vater hat gesagt, dass du hier bist.« Lucy kam herein, schloss die Tür hinter sich. »Und Jason meinte, dass …«

»Erspar mir Jasons Meinung.« Ich lehnte mich in dem ledernen Bürostuhl zurück. »Erspar mir alle von ihnen.« Jeder Einzelne von ihnen hatte es mir verschwiegen, hatte mir kein Wort gesagt, als Eli eingeliefert worden war. Als ob sie es nicht gewusst hatten! Hier passierte doch nichts, ohne dass der große William Harrison davon erfahren würde!

»Okay.« Sie zuckte mit den Schultern, ging so anmutig, wie es wahrscheinlich nur Lucy konnte, zu den zwei Stühlen vor meinem Tisch und ließ sich auf einem nieder. »Dann lass uns über deine Meinung reden.«

»Meine?« Warum sprach ich überhaupt mit ihr und warf sie nicht direkt raus? »Oder ich zeige dir den Ausgang.«

Ihre Mundwinkel zuckten für den Bruchteil einer Sekunde herab. »Wieso willst du mich immer so schnell loswerden?«

»Wirklich?«

Tief atmete sie durch. »Es tut mir leid.«

Oh. Wer jetzt dachte, das hatte sie sicher schon hundertmal gesagt, der irrte sich. Hatte sie noch nie. Nicht ein einziges Mal.

»Die Sache mit Maxwell … es war ein riesiger und dummer Fehler.« Sie hob ihre Schultern, ließ sie kurz darauf wieder fallen. »Ich bereue es jede einzelne Sekunde.«

»Hmm.« Ich sah sie einfach nur an, die Frau, mit der ich sieben Jahre meines Lebens verbracht hatte, neben der ich so oft wach geworden war, mit der ich eingeschlafen war und ab und an mal leise gelacht hatte. Die ich hinter verschlossenen Türen geküsst, geliebt hatte. Irgendwann hatten wir uns sowas wie geliebt.

»Die Beziehung mit Maxwell … seine Mutter hatte ihn gedrängt, uns beide. Aus Angst, sein Ansehen würde durch einen One-Night-Stand mit einer verlobten Frau ruiniert werden.« Sie kaute auf ihrer Unterlippe herum. »Es ist vorbei, ein für alle Mal. Als ich dich gesehen habe mit dieser …«

Ich hob eine Augenbraue. Ein böses Wort über meine Eli und ich zeigte ihr überaus deutlich den Ausgang.

»… mit Nayeli.« Seufzend holte sie Luft. »Es hat sich nicht richtig angefühlt, Daniel. Ich saß auf der falschen Seite an diesem Tisch im *petit bouchée*. Ich hielt die falsche Hand, während sie … die richtige hielt.« Lucy senkte den Blick. »Die richtige *für mich*. Und als Maxwell dann, als er …« Sie sah wieder zu mir auf.

»Als er mich gefragt hat, ob ich ihn heiraten will, wollte ich nicht nochmal die falschen Lippen küssen oder gar zum falschen Mann Ja sagen.«

Falscher Mann.

Richtige Frau.

Richtiger Mann.

Falsche Frau.

Ich brauchte einen Moment, bis ihre Worte in meinem Bewusstsein ankamen. Bis ich ihren Sinn verstand. Das hier war keine einfache Entschuldigung, es war ein Versuch, uns wiederzubeleben. Und ich hatte nicht die leiseste Ahnung, was ich dazu sagen sollte. Oder wollte. Nicht mal annähernd.

»Dass ich die letzten Tage so zickig war, tut mir leid.« Sie stand auf, ging um meinen Schreibtisch herum, lehnte sich direkt neben mir mit ihrem Hintern dagegen. »Und ich erwarte nicht, dass du mir nach meinen Worten um den Hals fällst.«

»Tue ich auch nicht.« Oh, ich hatte ja doch noch so etwas wie eine Stimme. »Du hast mit meinem Cousin geschlafen. So wie drei Frauen vor dir. Ich hatte es dir erzählt, du wusstest es.« Und es war ihr egal. »Sieben Jahre dachte ich, du wärst anders und dann …« Ich hob die Hände zu einer mehr als verzweifelten Geste. »… hast du ihm deinen nackten Arsch entgegengestreckt, geknebelt!«

»Ja, das … es tut mir leid, dass du mich in einer derartigen Situation sehen musstest.« Sie rutschte näher zu mir heran, beinahe berührten meine Finger ihre Hüfte. »Es war alles so viel. Du hattest schon wieder keine Auszeichnung bekommen, obwohl du sie so verdient hattest. Und Maxwell … er hatte eine.« Sie schüttelte den Kopf, als könnten so all die Gedanken aus ihr herausfallen. »Dein Vater hat so einen Druck gemacht und ich hatte so Angst, dass wir, dass ich … mit dir untergehe.«

Wow. So schnell konnten Entschuldigungen kippen.

»Nein!« Mein Blick musste Bände gesprochen haben. Sie griff nach meiner Hand, drückte sie. »Mit dir könnte ich niemals untergehen, Dan. Du weißt, wie dein Vater ist und wie ich bin«, tief atmete sie durch, »schwach. Ich bin einfach schwach.«

Nein, mein Vater war nur sehr stark. War er immer.

Lucy verschränkte unsere Finger ineinander. »Ich sah mich wieder bei meiner Mutter, die einfach nur den nächsten reichen Kerl für mich suchte, mich wieder als Escort anmeldete und auf jede Gala der Stadt schickte.« Ihr Daumen fuhr über meine Hand. »Und wie hoch stehen die Chancen, dass ich nochmal jemanden wie dich treffe?«

»So einen Versager?« Die Worte waren draußen, bevor mein Hirn *stopp* schreien konnte. Ich sprach hier mit Lucy! Lucy!

Ihre Augenbrauen zogen sich so weit zusammen wie möglich, sie öffnete den Mund, schloss ihn jedoch wieder. Stattdessen rutschte sie von der Kante des Tisches zu mir herunter, rollte mich mit samt des Stuhls zurück, sodass sie Platz auf meinem Schoß hatte.

Warum ließ ich das zu? Warum stieß ich sie nicht von mir? Warum hatte sie keine roten Locken? Kein lebensbejahendes Lächeln? Keinen Nasenring? Keine Bernsteinaugen?

»Nein, Dan.« Ihre Stimme riss mich zurück zu ihr. Zu der Frau, die ich jahrelang geliebt hatte. »Ich meine den erfolgreichen jungen Neurochirurgen, der mich eigentlich nicht mal ansehen wollte und dessen Telefonnummer mir ein Pfleger zugesteckt hatte.« Sie grinste, lehnte ihren Kopf an meine Schulter. »Mit dem ich die schönsten sieben Jahre meines Lebens hatte.«

Beinahe musste ich lächeln, als ich an den Abend dachte, als sich all die Männer um sie geschert hatten, als jeder ihre Hand gewollt und ich mich mit Liam an der Bar abgeschossen hatte. Es war die einzige Weihnachtsfeier des Klinikums gewesen, auf der ich gewesen war, und sie hatte gereicht, um meine wirklich erste Liebe zu finden. Lucy hatte recht, es hatte nicht nur schlechte Zeiten gegeben, sondern auch einige sehr schöne.

Sie rückte näher an mich heran. »Ich habe dich beobachtet, mit Nayeli. Mir egal, warum ihr beide zusammengekommen seid und wie komisch die Sache mit der Feuertreppe war, du hast … glücklich ausgesehen.« Ihre Hand umschloss meinen Nacken. »Jason hat mir von dem Überfall erzählt. Schrecklich, was da passiert ist. Vor allem, dass sie dich nicht mehr … erkennt.«

Wer bist du?

Wem auch immer du sagen möchtest, dass du sie sehr gern hast … ich bin es nicht.

»Ja.« Noch nie hatte eine einzige Silbe so atemlos geklungen.

»Lass mich dich glücklich machen.« Sie hob ihr Gesicht auf meine Höhe an. »Du willst in der Öffentlichkeit küssen? Kein Problem. Du willst kuscheln? Sex in deiner Küche? Alles.« Ihre Lippen streiften meine Wange. »Alles, Daniel. Ich gebe dir *alles*.«

Das wollte ich doch. Das hier. Meine Mutter war zufrieden, meine Ex-Verlobte saß auf meinem Schoß und bettelte, damit ich sie zurücknahm. So hatte es kommen sollen, das alles.

Nur es sich fühlte falsch an. Es waren nicht die richtigen Hände an mir, nicht die Lippen, die ich wirklich begehrte. Nur die, die ich verdiente. Vielleicht war es das Beste, dass Eli nichts mehr wusste.

Es ist deine Strafe und ein Geschenk für Eli. Glaub mir, mein Junge, wenn du Nummer eins werden willst, dann ist es wichtig …

Wichtig ist, was du selbst glaubst. Wozu du dich entscheidest.

Wie sollte ich das wissen?

Lucy ließ ihre Hände an meiner Brust entlangwandern, bis sie zwischen uns auf meinem Bauch ruhten. »Sag es mir.« Ihr Atem traf mein Ohr. »Darf *ich* dich glücklich machen?« Fingerspitzen wanderten tiefer hinab, zogen eine Spur über den Reißverschluss meiner Jeans.

Es war alles so, wie es hatte kommen sollen. Es war das Richtige. Das alles hier.

Ohne Eli?

Ich legte den Kopf in den Nacken, schloss die Augen, was Lucy definitiv so verstand, als würde mich die Sache hier anmachen. Tat sie auch, irgendwie. Aber tatsächlich hoffte ich nur darauf, dass meine Gedanken irgendwann wieder eine Ordnung hatten, dass sich dieser Sturm in mir lichtete, einen Sinn ergab.

Es war alles so, wie es hatte kommen sollen.

Lucy und ich waren schon mal glücklich gewesen. Sie hielt mich aus. Sie hatte nichts, was ich verderben konnte. Eli wurde von mir geheilt. Es war ihre Chance.

Und das hier meine. Auf etwas Ähnliches wie Glück.

Lucy rutschte von mir herunter, kniete sich zwischen meine Beine, leckte sich die Lippen. »Bitte, Daniel.« Sie fummelte am Bund meiner Hose, rieb über meine Länge, die tatsächlich hart unter ihren

Berührungen wurde. »Gib uns eine Chance.«

Es ist alles so, wie es kommen sollte.

»Ja.«

WO WAR DER *Alkohol?*

33

Eli

Der Herbstwind fühlte sich noch kühler an als sonst, bald kam sicher der Winter, löste die bunte Pracht ab und verwandelte alles in ein weißes Winterwunderland. Hoffentlich. Wann war ich das letzte Mal Schlitten fahren? Hatte einen Schneemann gebaut?

Vielleicht ja erst vor einer Woche und ich wusste es nicht mehr. Verdammt.

Ich warf die Kastanie in meiner Hand mit so viel Schwung durch den Garten der kleinen Riesen, dass ich eine Stufe auf der Feuertreppe nach unten rutschte, was meine verheilende Rippe mit einem heftigen Ziehen quittierte. Die Treppe war aber auch rutschig. Und ich offensichtlich sehr kräftig. Ha!

»Was tust du da oben?« Chloe sah mit zusammengekniffenen Augen zu mir auf.

Ich zuckte mit den Schultern. »Sitzen, nehme ich an.«

»Du bist krankgeschrieben, Eli!« So tadelnd sie auch klang, kam sie dennoch grinsend die Stufen zu mir herauf.

»Ich halte es zu Hause nicht mehr aus. Und hier auf der Feuertreppe fühle ich mich irgendwie … gelöst. Was weiß ich.« Das ergab absolut keinen Sinn.

»Aha.« Was noch viel weniger Sinn ergab, war, dass sie mir mal wieder eine Kastanie in die Hand drückte. »Hier.«

Was sollte ich nur dauernd damit? »Danke.« Ich hielt die braune Kugel etwas höher, nickte ihr zu, unsicher, warum sie mir diese mittlerweile verschrumpelten Dinger immer wieder reichte. Selbst bei ihren letzten Krankenbesuchen hatte sie stets eine Kastanie dabeigehabt.

Oder man nannte mich gar so! Dieser unbekannt bekannte Mann, der mich einfach kleine Kastanie genannt hatte, mich mit seinen blauen Augen angesehen hatte, als würde sein Blick für immer nur mir gelten. Ich hoffte so sehr, er würde sie finden, die Frau, über die er gesprochen hatte.

Vielleicht würde ich ihn ja auch nochmal treffen, dann müsste er mir verraten, wer ihm die Augenbrauen so verdammt akkurat zupfte!

»Was geht in deinem hübschen Köpfchen so vor?« Chloe tippte gegen meine Schläfe, brachte mein Hirn zum Dröhnen und meinen Kopf dazu, an ihre Schulter zu fallen.

»Ob ich letzte Woche einen Schneemann gebaut habe. Oder die Woche davor. Oder die davor.« Ich seufzte. »Ich bin der festen Überzeugung, dass es diese Feuertreppe nicht gibt. Wir sollten geschlossen werden und bald hatte ich doch einen Termin mit dieser Frau von dieser unheimlich kompliziert auszusprechenden Organisation, und zwar wegen noch viel komplizierteren Brandschutzverordnungen. Und jetzt?« Ich deutete mehr als ausschweifend auf die Treppe, auf der wir saßen. »Die letzten Wochen scheinen wichtig gewesen zu sein. Und nun sind sie …« Ich deutete eine Explosion an meinem Kopf an. »Puff! Weg!« Wobei die Sache mit dem Schneemann ganz sicher nur Wunschdenken war.

»Ich könnte es dir erzählen. Eine Geschichte über eine Feuertreppe und eine Kastanie.« Sie stupste mich mit ihrer Seite an, nickte in Richtung der braunen Kugel in meiner Hand. Vielleicht bastelte Chloe heimlich gern mit den Dingern und konnte damit Unmengen an Geld verdienen.

Irgendwie kribbelten bei dem Gedanken meine Fingerspitzen. So ein Kastanienbohrer könnte gefährlich sein!

»Nein.« Ich schüttelte den Kopf, wie jedes einzelne Mal, wenn sie mich das fragte. »Ich werde mich erinnern.« Mein Entschluss stand fest. Ich würde es, wenn mein Körper, mein Geist, meine ganze Seele es wollten. Und was nie wiederkommen würde, hatte eventuell einfach keinen Platz in meinem Leben verdient.

Die Ärzte waren es so oft durchgegangen. Es gab nicht eine organische Ursache dafür, dass ich die letzten Wochen vergessen hatte. Sicher, der Bordstein, der meinen Hinterkopf getroffen hatte, war nicht ganz unbeteiligt gewesen. Aber insgesamt musste es etwas Psychosomatisches sein. Und das sollte meine Psyche dann schön allein regeln.

»Hast du was wegen Madison mitbekommen?« Chloes Blick glitt zur Mauer neben uns, als könnte sie hindurchsehen, zu dem kleinen Mädchen, dem mein ganzes Herz gehörte.

Und dessen Mutter mich verprügelt hatte. Die mir zufällig begegnet war, als sie betrunken über die Straße getorkelt war. Die nur ihre Tochter zurückwollte. Wenn auch mit den falschen Mitteln.

»Nein.« Ich schüttelte schon wieder den Kopf. »Sie soll bleiben, dafür sorge ich. Aber ihre Mum ... keine Ahnung.« Niemand sollte Madi für ihre Mutter verurteilen und die ganzen staatlichen Heime würden es tun, das Kind einer Gewalttätigen. Nein, niemals würde ich das zulassen. »Darum kümmere ich mich bald, aber heute ...« Ich wusste ja selbst nicht, was heute war!

»Jetzt sag schon, Eli.« Chloe richtete sich auf, ihre petrolfarbenen Haare flogen förmlich auf die andere Seite, während sie ihren Kopf schwungvoll in meine Richtung riss und dabei auch den letzten Ohrring klirren ließ.

»Na ja ...« Ich schaute hinauf in den grauen Himmel, der über und über mit Wolken bedeckt war. Der Wind pfiff um uns herum, ließ alles über uns hinwegziehen und ... es erinnerte mich an etwas.

Ein Dach aus Glas. Über mir. Neben mir. Überall. Kaltes Wetter und dennoch eine warme Umgebung. So unheimlich warm.

So schnell wie das Bild gekommen war, verschwand es wieder. Verdammt!

»Eli.« Chloe zog das Wort unnötig in die Länge. »Raus damit!«

Na gut, wenn sie es unbedingt hören wollte. »Heute ist Samstag.«

»Und?«

»Ja, jetzt warte doch mal.« Ich lachte auf, richtete den Blick erneut gen Himmel, in der stillen Hoffnung, dass die Erinnerung, das Bild, diese Wärme wieder in mir erwachten. »Irgendwie habe ich das Gefühl, dass heute etwas ist. Ein Termin oder ... ich weiß nicht.«

»Eine Hochzeit?« Chloe grinste breit, was ihre Piercings klimpern ließ.

»Was?« O bitte, ich hatte mich doch nicht verlobt in den letzten fünf Wochen, oder? Nein! Nein! Nein! So bescheuert konnte ich doch echt nicht sein! »Meine?«

Ihr Grinsen erstarb sofort. »Was? Quatsch!«

»Gott sei Dank!« Der Wind ließ die kahlen Äste um uns herum erzittern. »Aber … wenn ich eine Einladung hatte und sie jetzt vergessen hab, bin ich sehr unhöflich, oder nicht?«

»Hmm.« Chloe brummte. »*Du* speziell warst nicht eingeladen, eher …«

»Nein!« Ich legte ihr eine Hand auf den Mund und …

Das hatte ich schon einmal in letzter Zeit getan. Aber bei jemand anderem. Bei jemandem, der sich genauso warm anfühlte wie diese Glas-Zelt-Wolken-Erinnerung.

Chloe riss die Augen auf, nuschelte durch meine Finger hindurch. »An wasch denkscht du?«

»An …« Jemanden, der Leben rettete. Was waren das für merkwürdige Gedankengänge? Ich nahm meine Hand von ihr. »… keine Ahnung.«

Ihre Körperspannung sank in sich zusammen, seufzend lehnte auch sie ihren Kopf zurück, sah mit mir in die Wolken hinauf. »Also Hochzeit, ja?«

»Daran denke ich nicht direkt.« Ich beugte mich nach vorn, die Kastanie noch immer in der Hand. »Es ist eher … als müsste ich dort sein. Als wartete dort jemand auf mich.« Mein Daumen glitt über die glatte braune Oberfläche. »Wartet denn dort jemand?« Meine Neugierde war vielleicht doch etwas zu stark und ich wollte ja auch kein unhöflicher Mensch sein!

»Puh.« Sie schloss die Augen. »Ich weiß es nicht.«

Oh.

Das hatte ich gemeint. Manches war vielleicht einfach zum Vergessen da.

Ich stand auf, ging die ersten paar Stufen herunter. »Ist auch egal, lass uns nicht über Dinge sprechen, die ich nicht mehr weiß.«

»Genau.« Sie tat es mir gleich, hakte sich bei mir unter. »Gehst du oder ich heute mit den Kids einkaufen? Wir wollen einen Apfelkuchen backen.«

Wie vom Blitz getroffen versteifte sich jeder Muskel in mir.

Nenn die Tarte Tatin nie wieder einen Apfelkuchen. Und jetzt geh und hol den Zucker.

»Du gehst mit ihnen!«, brüllte ich so laut, dass ich mich selbst erschrak. Mein eh schon stocksteifer Körper zuckte in sich zusammen, was meine Füße doch tatsächlich dazu brachte, auf dieser glatten Metalloberfläche – die zu meiner Verteidigung ein bisschen feucht war – auszurutschen. Mein Hintern landete wieder auf der Treppe, die ich, Gott sei Dank, nicht heruntersegelte. Das machte die Sache nur nicht weniger schmerzhaft. Meine blauen Flecken und Prellungen von Madisons Mum waren nicht mal annähernd ausgeheilt und erinnerten mich grausam daran, was ich vor über einer Woche erlebt hatte.

»Alles gut?« Chloe setzte sich lächelnd wieder zu mir. »Doch noch ein bisschen quatschen?«

»Haha.« Ich streckte ihr die Zunge raus, musste jedoch grinsen. »Das ist diese doofe Kastanie, da kommt mein Gleichgewicht durcheinander, ungünstige Gewichtsverteilung und so.« Ich griff nach ihrer Hand, klatschte das Ding darauf und … Moment. Das ist … »Ein Otter.«

»Ja!« Chloe schrie, packte meine Schultern, schüttelte mich leicht. »Ein Otter! Ja!«

Ich stöhnte auf, was sie sofort veranlasste, die Schütteltherapie zu beenden. *Dritte Rippe rechts dankt!* Aber es klärte nicht die Frage in mir, die so laut brüllte, dass es mir in den Ohren klingelte. »Warum denke ich das, wenn ich dieses kleine Ding ansehe? Ich weiß ja nicht mal, wie ein Otter aussieht.« Und irgendwie bezweifelte ich, dass er aussah wie eine winzige dunkelbraune Kartoffel.

»Ach, na ja, mit vier Zahnstochern drin?« Chloe zuckte mit der rechten Schulter.

»Wie bitte?« Ich lachte auf. »Vielleicht ist es doch ganz gut, die Wochen vergessen zu haben, wenn ich eine Kastanie mit vier Zahnstochern für einen Otter hielt.«

Sie stand wieder auf, klopfte sich den Dreck vom Hintern. Dabei war die Treppe neu und echt sauber! »Wichtig ist, wem du den Otter geschenkt hast.«

Geschenkt? »Wem schenke ich bitte eine Kastanie?« Das war sogar für mich merkwürdig und selbst meine Mutter würde das nicht als abstrakte Kunst durchgehen lassen, eher …

Kein Klassizismus dieser Otter, so viel steht fest.

Ich grinste, ließ die Wärme dieses einen Satzes durch mich fließen. Wie eine warme Tasse Pumpkin Spice Latte von *Rosie's*, die … warum lächelte ich nur noch breiter? Gott! Niemand hatte mir jemals erzählt, wie anstrengend Flashbacks sein konnten. In Filmen wirkte das echt entspannter. *Alles fake in Hollywood, wusst ich's doch.*

»Wieder eine Erinnerung?« Chloe war bereits am Ende der Treppe angekommen, auf der ich weiterhin saß.

Konnte man das überhaupt Erinnerung nennen? Ein Satz? »Nur ein Gespräch unter Kunstkritikern, welches wirklich nur in meinem Leben stattfinden könnte.« Wer unterhielt sich schon über Kastanien oder Otter oder was wusste ich denn?

Er.

Der mit dem minimalen Lächeln, welches wie ein Sternschnuppenregen in meinem Bauch aufgestiegen war.

»Weißt du, was komisch ist?« Ich folgte Chloe die Treppe hinab. »Ich vermisse jemanden, ohne zu wissen, *wen.*«

Schief lächelte sie mich an. Schief und überaus wissend! »Das ist absolut nicht komisch, Eli. Das ist …«

»Verrückt. Genauso wie meine abnormale Lust auf Pancakes mit Pflaumenschnaps!«

»Okay?« Chloe lachte, ging voran bis zur Terrassentür der Villa. »Das klingt tatsächlich etwas verrückt.«

»Sag ich doch.« Verrückt und irgendwie … schön. Nach ihm.

Wer immer er auch war.

Meine Wohnung kam mir komisch vor. So anders, so … fremd. Dabei war ich doch nur ein bisschen mehr als eine Woche im Krankenhaus gewesen, und auch wenn ich auf wundersame Weise im Pro-bono-Programm der Klinik aufgenommen worden war, wollte ich so schnell wie möglich dort weg.

Als wäre in diesem Haus etwas, das mich verfolgte.

Ich spinne!

Vielleicht war der Sturz auf den Kopf doch stärker gewesen, als die Ärzte dachten, und ich war wirklich deshalb so, wie ich nun mal gerade war.

Ich stand vom Sofa auf, ging in meine winzig kleine Küche mit nur zwei Unterschränken, öffnete eine Tür nach der anderen. Wenn ich schon Bock auf Pancakes mit Pflaumenschnaps hatte, konnte ich wenigstens eins davon genießen. Keine Sorge, ich suchte nicht nach dem Schnaps. *Noch* nicht.

Dass ich bisher nie Pancakes gemacht hatte, ließ ich einfach mal so im Raum stehen. Was brauchte man überhaupt für … verdammt! Das hatte ich mich schon mal gefragt, oder …? Nein! Ich hatte es *jemanden* gefragt. O Gott, wo war der Alkohol?

Ich holte alles heraus, von dem ich dachte, dass man es benötigte. Eier, von denen ich noch gerade so drei hatte – hoffentlich reichten die. Zucker, Backpulver und Mehl.

Mehl?

Ich öffnete den Hängeschrank, streckte mich nach dem riesigen Einmachglas mit dem weißen Pulver aus. Wie konnte das Ding so weit hinten stehen, wenn ich zu klein war, um da dranzukommen? Das war doch von der Logik her schon gar nicht machbar!

Ein Knie auf den Schrank vor mir gestützt stemmte ich mich nach oben, schnappte das Glas und … scheiße! Ein Bild blitzte vor mir auf. Blaue Augen, die mich ansahen, amüsiert, aber um sie herum keine Lachfältchen. Und Brauen, die so dermaßen in einer Linie waren, dass es unheimlich war. Ein Dreitagebart, der beängstigend genau 72 Stunden alt sein musste. Und … es war weg.

»Was soll das, du altes Matschhirn?! Wenn du jemanden vergessen willst, dann vergiss ihn auch richtig!«, beschimpfte ich mich selbst und kletterte herunter. Das Glas bereits auf der Arbeitsfläche, stützte ich mich mit meiner Hand ab, griff direkt in die verdammten Eier, die nachgaben wie … na ja, wie rohe Eier es nun mal taten! Das glibberige Zeug, vermischt mit der Schale, quoll mir durch die Finger, sammelte sich unter meinen Nägeln. Wie eklig! Mit gerümpfter Nase hob ich die Hand an und vergaß dabei eventuell, dass mein Knie noch immer auf dem Schrank ruhte.

Verzweifelt griff ich nach dem Ersten, was ich erreichen konnte, und fiel mit dem Mehlglas in meinen Händen rückwärts auf meinen Hintern, direkt in den offenen Bereich zwischen der Mini-Küche und dem Mini-Wohnzimmer. Wenigstens gab's hier keine Kanten zum Kopfaufschlagen und meine Rippe ächzte nur halb so laut wie erwartet, immer positiv denken!

»Gott!« Ich ließ mich komplett nach hinten fallen, streckte alle Glieder von mir. »Das ist doch ein schlechter Scherz! Ich will Pancakes!« Und es war mir egal, dass ich allein in meiner Wohnung rumschrie wie ein kleines Kind. Manches musste einfach raus. Und dieses doofe Mehl – warum stand es auch …? Das Mehl …

Langsam setzte ich mich wieder auf, das Glas noch immer fest in meiner Hand. Dieses weiße Pulver.

Ich wusste nicht, warum ich Folgendes tat, geschweige denn, was ich da tat. Wieso ich den Deckel aufschraubte, einen Finger in das weiche Mehl steckte und … es mir auf die Nase strich.

Ich grinste. Wieso zur Hölle brachte mich das zum Lächeln? Weshalb fühlte sich mein Bauch an wie von einem Ameisennest befallen? Warum …?

Eine Kastanie.

Ein Otter.

Eine Feuertreppe.

Mein Puls zuckte durch meinen Kopf, mein Herz schlug mir bis zum Hals.

Pancakes.

Pflaumenschnaps.

Weingläser.

Das bedeutete etwas. Das war … wichtig. »Es gehört in mein Leben«, flüsterte ich vor mich hin, schloss die Augen, ließ alles in mir zur Ruhe kommen. »Es gehört in mein Leben«, wiederholte ich erneut, atmete tief ein und aus. »Und ich will mich erinnern.«

Ich will mich erinnern.

Ich will.

Ich will.

Ich will.

Es klingelte an meiner Tür.

pumpkin
Spice

SIE KONNTEN MICH ALLE AM

Arsch lecken.

KREUZWEISE.

34

Daniel

Und?« Lucy stürmte zu mir ins Badezimmer herein, drehte sich mehrere Male um ihre eigene Achse. »Wie sehe ich aus, Liebling?«

Ich schaute über den Spiegel zu ihr, gewöhnte mich noch immer nicht an diesen Kosenamen. Oder gar an diese Beziehung.

Ihr schlanker Körper mit den vollen Brüsten steckte in einem schlichten, hautengen, schwarzen Kleid, dessen langer Schlitz an der Seite ihre Beine freilegte. Es stand ihr, wie all die anderen, die genauso aussahen. Gewöhnlich elegant. Aber auch ganz allgemein, sie sah *wirklich* hübsch aus. Wie sie die Haare hochgesteckt hatte oder ihr Gesicht viel natürlicher schminkte als bisher.

Ich drehte mich zu ihr herum. »Perfekt, wie immer.«

So wie es im Leben sein muss.

»Danke, mein Schatz.« Sie grinste, hauchte mir einen Luftkuss zu und verließ wieder das Bad. Ließ mich allein.

Meine Augen fanden die in meinem Spiegelbild. Ich hatte noch immer keinen Anzug an, trug nur das Handtuch um die Hüften, dabei mussten wir in spätestens einer halben Stunde von hier losfahren.

Doch sogar oberkörperfrei strahlte alles an mir Perfektion aus. Mein Körper, mein Leben, meine Freundin. Während ich innerlich am Boden lag, umringt von den letzten Trümmern meiner selbst.

Mit beiden Zeigefingern drückte ich meine Mundwinkel nach oben, sah mir bei diesem falschen Lächeln zu, welches sich nicht annähernd gut anfühlte. Oder echt. Erbärmlich. Ich ließ sie wieder fallen, was wesentlich mehr der aktuellen Situation glich.

Lachen Sie jemals, Doktor Grumpy?

Kopfschüttelnd wandte ich mich ab, verließ das Badezimmer. Ich hasste es, diese sentimental beschissene Art, und an den meisten Tagen musste ich nicht mehr ganz so oft an Eli denken. Was auch die pure Selbstlüge war. Gott!

Aber heute …

Heute wäre unser letzter Tag gewesen und eventuell der Start für etwas.

Mach dich nicht lächerlich, mein Junge!

Genau. Es war lächerlich, mehr nicht. Ich, der ganze Plan, meine Gefühle.

Ich betrat das Schlafzimmer, das noch dunkler wirkte als vorher. Es hatte eine Weile gedauert, bis ich all die Sachen von Eli zusammengesucht und Chloe gegeben hatte, und eventuell hatte ich mich zusammenreißen müssen, um nicht einen ihrer tausend Wollpullis zu behalten. Hätte sie sicher eh nicht bemerkt, aber ich schon.

Allerdings war ich nicht so ein komischer Stalker und erst recht kein liebeskranker Idiot. Ich war Daniel Harrison. Ich musste perfekt sein. Immer. Überall.

»Dein Anzug hängt bereits draußen am Schrank und unten kam ein Hemd frisch aus der Reinigung rein.« Lucy nickte alles ab, als könnte ich mich nicht selbst anziehen. Ein Wunder, dass sie mir nicht auch noch die Unterhose rausgesucht hatte. »Ich gehe schon mal runter. Meine Ohrringe liegen sicher irgendwo neben dem Sofa.« Sie zwinkerte mir zu, was nicht annähernd irgendwas in mir erreichte. Doch das musste es nicht, solange wir im *Leben* etwas erreichten.

Und sollte sie mit ihren spastischen Liderzuckungen auf den absolut mittelklassigen Sex gestern Abend anspielen – na ja. Dass ich noch in derselben Nacht in der Dusche masturbiert hatte, erklärt die Lage sicher von allein.

Ich ließ das Handtuch zu Boden fallen, begann mich anzuziehen. Die Anzugshose legte sich in makelloser Passform um meine Beine, umschloss meine Hüfte nicht einen Millimeter zu eng oder zu weit.

Perfektion auf allen Ebenen.

So musste es sein.

Warum widerte es mich dann so an?

»Dan?« Mein Gott, Lucy schrie wie eine Geisteskranke, die ihre

Drogen suchte. Sollte sie halt ein anderes Paar Ohrringe nehmen. In den wenigen Tagen hatte sie bereits eine halbe Diamantensammlung hier bei mir abgelegt.

Wie der Teufel es wollte, fiel mein Blick direkt auf zwei glitzernde Creolen auf der Kommode neben dem Bett. »Hier oben sind noch Ohrringe, ich bringe sie dir. Moment.« Das Jackett über den Unterarm gelegt ging ich die Treppe herunter. Immerhin sollte da ja mein Hemd auf mich warten.

»Vergiss die!«

Dann eben nochmal andere Ohrringe. Mir doch egal.

Sie rauschte mir auf der halben Treppe entgegen, knickte wenig elegant um und brach sich fast die Knöchel in diesen viel zu hohen Schuhen. Warum hatte ich nicht mal das Bedürfnis, dass sie an meine Brust fallen würde?

»Dein Dad.« Erst jetzt bemerkte ich *mein* Handy in *ihrer* Hand.

»Du bist an mein Telefon gegangen?« Sicher, keine große Sache. Aber irgendwie doch. Was, wenn …? Als ob Eli anrufen würde.

Ich nahm mein Handy und ging an ihr vorbei nach unten. »Dad?« Mein Vater rief mich nie an, ließ alles Mum regeln. Das hier hieß nichts Gutes.

»Wo …«, er knurrte das Wort beinahe durch den Hörer. »… ist deine Schwester?«

»Was?« Ich klemmte mir das Handy zwischen Schulter und Ohr, legte das Jackett über das Sofa und … wo war das Hemd, von dem Lucy gesprochen hatte? »Bei euch, wo sonst?«

»Ist sie nicht.« Sein Atem rauschte laut durch die Leitung.

Sollte er sie halt im Haus suchen lassen, das Ding war groß. »Dann sicher bei Jason.« Ah, dort auf dem Esstisch lag mein Hemd. Ich griff danach, um es mir schnell überzuziehen, knöpfte es mir zu. Verdammt, ich hatte die Manschettenknöpfe oben vergessen und – was zur Hölle?

Mein Vater schnaubte. »Bei ihm ist sie auch nicht.«

Ich brummte irgendwas, keine Ahnung, ob es zustimmend oder abweisend klang. Oder überhaupt nach eins von beidem. Ich konnte nur noch auf den riesigen, braunen Fleck an mir sehen. Er zog sich wie damals von meiner Brust bis zu meinem unteren Bauch hinab.

»Hörst du mir überhaupt zu, Daniel?«

Nein, tat ich nicht.

Völlig automatisch drehte ich meinen linken Arm ein wenig zur Seite, sah die Zahlen, die Eli mit einem dicken schwarzen Stift dort notiert hatte. Es kam mir wie ein anderes Leben vor, in dem ich sie dafür gehasst hatte. Sie unmöglich gefunden hatte. Schrecklich.

Doch jetzt … jetzt brachte es meine Wange zum Zucken.

Ist das ein Textilstift?

Kann … sein.

»Daniel Christopher Harrison!« Die laute Stimme meines Vaters ließ mich zusammenzucken. Wie damals. Wie vor so vielen Jahren.

Dein Vater ist ein Arschloch.

Ist er, Eli.

»Hör mir zu!« Und wie damals gehorchte ich. »Wo ist dein nichtsnutziger Freund Liam Sprouse?«

»Liam?« Der hatte doch Urlaub genommen, noch am selben Tag, als Eli hier verschwunden war. »Keine Ahnung.« Das war nicht mal gelogen, ich wusste es nicht. Nicht im Geringsten. Wir waren nicht unbedingt im Guten auseinandergegangen und ich dachte, wir brauchten einfach eine Zeit lang etwas Abstand, bis ich heute Nacht mit einer viel zu teuren Flasche Scotch zu ihm gefahren wäre, um die Hochzeit darin zu ertränken. Und unseren gemeinsamen Liebeskummer. Denn ich hatte ein Herz. Und das tat weh.

»Ich frage dich das nur noch einmal.« Mein Vater hörte sich an, als würde er jeden Moment sein Handy mit den bloßen Händen zerdrücken können. »Wo. Ist. Sprouse?«

Woher sollte ich … meinte er etwa?

»Wann kam Claire zu euch?« Diese einfache Frage brachte meine Fingerspitzen zum Kribbeln, als würde sie jeden Moment erfrieren.

»Wann?« Er grummelte irgendwas, das ich nicht verstand. »Das letzte Mal war sie mit dir hier, als du deine neue Freundin angeschleppt hast. Die zottelige, ungehobelte Erzieherin. Kein Benehmen, erinnerst du dich?«

Und wie ich mich erinnerte. Und wie ich seine Sätze schon wieder hasste.

»Sprich nicht so von ihr«, presste ich hervor. Ich wollte brüllen, ihn anschreien, bis seine Ohren bluten würden.

»Mein Junge, wie oft noch? Gefühle sind nichts für Männer, also schluck sie runter und hilf mir lieber, deine ungezogene Schwester zu finden!«

Gefühle sind nichts für Männer.

Du hast ein Herz, Daniel.

Du wirst nie Nummer eins!

Du warst meine Nummer eins.

Meine Wahrheit.

Mein Empfinden.

Mein Leben.

»Vielleicht hat ja gar diese Erzieherin mit ihr gesprochen und ...«

Ich legte auf.

Ich legte einfach auf.

Kappte die Leitung zwischen ihm und mir. Zwischen uns. Zwischen seinen Glaubenssätzen und meinen. Zwischen meiner Wahrheit, meinem Empfinden, meinem Leben. Und seinem.

Es war, als würde ein Ameisennest meinen Magen überfallen, als würde eine innere Unruhe mich packen, als ... nein. Als würde ich endlich wieder klar sehen.

Claire war nie bei ihnen gewesen. Liam war irgendwo spontan im Urlaub. Die *beiden* waren weg, sie ... o Gott!

Mein Brustkorb bebte, meine Kehle fühlte sich merkwürdig voll an, während meine Mundwinkel so weit nach oben gingen, dass sich sogar mein Mund öffnete, all meine Zähne offenbarte.

Ich lachte. Scheiße. Ich lachte. Laut und herzlich. So wie Liam es immer und immer wieder tat. Wie Claire es konnte, wenn niemand von unserer Familie dabei war. Wie Eli es machte, bei jeder noch so winzigen Kleinigkeit.

Ich lachte.

Meine Schwester, sie hatte es getan, war geflohen, und dieser Hund Liam hatte es mit ihr durchgezogen. Das war nicht ihr Ernst! Und doch! Ja! Ja! Ja! Es war ihr Ernst! Gott sei Dank war das ihr Ernst!

Mein Handy vibrierte in meiner Hand, und gerade als ich meinen Vater erneut wegdrücken wollte, ihn vielleicht einfach nie wieder hören wollte, sah ich, dass es eine SMS war.

Liam.

Deine Familie dreht sicher bereits durch. Uns geht's gut, Kumpel. Wer hätte gedacht, dass ich jemals mit einer Braut durchbrenne?

Ich hatte es gehofft. Insgeheim hatte ich es all die Zeit gehofft.

In wenigen Stunden halte ich die Hand von Claire Sprouse. Wir sind auf halbem Weg nach Las Vegas. Unser Flieger hebt gleich ab und wir haben keine Ahnung, wann wir wieder kommen. Deshalb ein letzter Ratschlag deines Lieblings-Liams für dich: Gib nicht auf, Mann. Wenn dich der kleine Lockenkopf nicht mehr kennt, dann lernt sie dich eben neu kennen. Das Leben kann einfach sein, lass es zu.

Die wenigen Zeilen schrien mich förmlich an, strahlten so hell, dass sie mich beinahe blendeten, während ich grinste, bis meine Mundwinkel sicherlich bald meine Ohren erreichen würden.

Nicht aufgeben? Neu kennenlernen? War das richtig? War ich nicht eh eine Belastung für Eli? Der graue Punkt in ihrem Leben, den sie nun eben vergessen hatte? War das nicht meine Strafe?

Weil du nichts Besonderes bist, du bist …

… *ein wunderbarer, herzensguter, liebevoller, ordentlicher, niemals lachender Mensch. Ich liebe jede Seite an ihm, ob mit oder ohne Fehler. Ob mit oder ohne Auszeichnung. Er ist seine eigene Nummer eins, mehr braucht er nicht.*

Ich machte die Augen zu, als könnte ich so alles in mir ordnen, doch das Einzige, was ich sah, war mein Dad, wie er da saß, auf einem alten Holzstuhl, ein Bein über das andere geschlagen, den Gürtel in der Hand, ein schiefes Lächeln auf den Lippen.

Und kappte die Verbindung in meinem Kopf. Wie eben legte ich auf, schloss diese Tür, knallte sie zu. Diese Verbindung war unterbrochen! Sie war kaputt! Endgültig!

Meine Wahrheit ist die richtige. Und die einzige, die zählt.

»Dan?« Lucy trat zu mir und ich drehte mich herum. »Gott, wie siehst du denn aus?« Sofort begann sie das Hemd aufzuknöpfen.

»Ich schmeiße es weg, genauso wie ich diese schrumpelige Kastanie von der Kommode da drüben entsorgt habe.«

»Was?« Ich packte ihre Handgelenke, schob sie von mir. »Wo ist sie?«

Lucy blinzelte so oft, man könnte denken, jemand leuchtete in ihre Augen. »Wer?«

»Die Kastanie!« Meine Stimme klang lauter als beabsichtigt. »Der Otter!«

Mit dem Zeigefinger deutete sie auf den Mülleimer in der Küche. »Dort?«

Wie ein Verrückter auf LSD hechtete ich zu dem silbernen Eimer, riss den Deckel auf. Wo war sie? Müslipackung, Joghurtbecher, Bananenschalen … verdammt nochmal, wo war …? Da, der Otter!

Wie den Heiligen Gral höchstpersönlich packte ich das kleine Ding mit zwei Fingern, hob ihn aus seinem Grab heraus zu mir ans Tageslicht. Aber was …? Direkt neben der Kastanie lag meine Auszeichnung der kleinen Riesen, zerknüllt, ohne Rahmen, im Müll.

»Wusste nicht, dass er dir so viel bedeutet.« Lucy kam zu mir und diesen arroganten Tonfall konnte sie stecken lassen.

Ich holte auch die Urkunde heraus, überflog immer wieder die wenigen Zeilen, die da standen. Die sie für mich dort hingeschrieben hatte. Meine Eli.

Mein menschlicher Wirbelsturm.

»Es ist aus.« Ich schaute zu Lucy. »Aus und vorbei. Wenn ich heute Abend wieder hier bin, dann sind deine Sachen weg. Alle.«

»Was?« Ihr ganzes Botoxgesicht zwang sich zu ein paar Falten. »Daniel, ich wollte dir mit der Kastanie nicht wehtun oder …«

»Fick dich, Lucy.« Noch nie hatte ich etwas lächelnd gesagt. Hatte was Interessantes an sich. »Fickt euch alle.«

Ich ließ sie stehen, die Kastanie und die Auszeichnung fest in meiner Hand, das Hemd voller Kaffee und ihre Nummer auf meinem Ärmel. Ich wusste genau, wohin ich wollte.

Was ich tun *musste.*

Da saß ich nun in meinem Lamborghini, einen Pumpkin Spice Latte in der Hand und einen auf dem Hemd.

Komm schon, Daniel. Sei kein Feigling.

Mein Handy vibrierte im Sekundentakt. Meine Mum, mein Dad, Lucy. Sie konnten mich alle am Arsch lecken. Kreuzweise. Ich lebte dieses Leben. Ich allein. Niemand von ihnen würde am Ende eine Bilanz an meinem Grab ziehen, niemand würde dastehen und eine Strichliste meiner Errungenschaften herunterbeten. Niemand.

Also warum vergeudete ich all das, die Zeit, die ich hier hatte, damit, an andere zu denken und nicht an mich?

Ich ließ das Handy auf dem Beifahrersitz liegen, stieg aus und ging, ohne nach links und rechts zu schauen, auf das Mehrfamilienhaus zu. Es sah wie damals aus, irgendwie verdreckt, heruntergekommen. Doch heute strahlte es. Nur für mich.

Ich drückte die Tür unten auf, begann den Aufstieg. Elf Etagen, verdammt viele Treppen und ein Ziel, das sich mehr als lohnte.

Solange das Herz den Weg bestimmt, kann das Ziel niemals falsch sein.

Mein schwallartiger Atem, die Hitze dieses Kaffees in meiner Hand, nichts daran störte mich. Ich konnte nur an all die Stufen denken, die ich jeden Tag gehen würde. Dreimal, wenn es sein musste. Alles egal.

Mit Schweiß auf der Stirn kam ich endlich oben an, sah die Tür, hinter der sie saß. Und mich nicht kannte. Nichts von unseren gemeinsamen Momenten mehr wusste. Nichts.

Eine eisige Hand krallte sich um meine Kehle, drückte zu. Warum sollte sie mich kennenlernen wollen? Mich? Und wenn sie sich dann erinnern würde? Scheiße. Hier ging es immerhin um mich, einen Mann, der so tat, als wäre er perfekt.

Einmal hattest du Glück, mein Junge. Aber ein zweites Mal soll sie sich in dich verlieben? Jämmerlich und …

Möglich! Es war möglich!

Ich straffte die Schultern, atmete noch einmal tief durch und tat es. Ich klingelte an ihrer Tür.

Und wartete.

Drin rumpelte etwas, ein leiser spanischer Fluch schallte zu mir nach draußen. Eli.

»Bin gleich da.« Die Verriegelung von innen wurde gelöst. »Ich war nur … oh.«

Da stand sie. Die roten Locken in sämtlichen Himmelsrichtungen, die Bernsteinaugen auf mich gerichtet, welche noch immer einen blauen Schatten um sich hatten, und weiß Gott, warum sie Mehl an der Nase hatte. Ganz sicher dachte sie dabei nicht an die gleiche Erinnerung wie ich gerade.

»Was …?«

»Warte, bevor du mich rauswirfst.« Ich unterbrach sie sofort, hielt die Kastanie empor. »So haben wir beide uns kennengelernt.« Ihr Blick glitt zu dem braunen Ding. »Und so …« Ich deutete auf den riesigen Kaffeefleck auf meiner Brust. »… bist du endgültig in mein Leben gestolpert.« Ich streckte den Arm aus, offenbarte eine weitere gemeinsame Erinnerung. »So haben wir Nummern ausgetauscht.« Sie blinzelte mehrere Male, aber ich ließ mich nicht beirren. »Den hier …« Ich drückte ihr den Kaffee in die Hand, erzählte einfach weiter, achtete nicht mal darauf, dass sie ihn neben sich auf einem Schrank abstellte. »… habe ich dir nach unserem ersten Streit mitgebracht.«

Sie sagte immer noch nichts, beobachtete nur still die einzelnen Showeinlagen, die ich ihr lieferte.

Ich gab ihr jetzt auch noch die Kastanie in die Hand. »Das war dein Geburtstagsgeschenk an mich, ein Otter, denn die haben Lieblingskiesel.« Tief atmete ich durch. »Wir tranken Pflaumenschnaps, haben zusammen einen französischen Apfelkuchen gebacken und …« Es gab so viele Unds. So viele Momente, die ich nie wieder vergessen wollte. Und so viel Farbe, die auf meiner Seele landen sollte. Doch es war Zeit für die Gegenwart, für die Zukunft. Zeit fürs Finale.

»Hallo!« Ich reichte ihr meine Hand, die sie anstarrte wie ein Ufo, dann aber doch ergriff. »Mein Name ist Daniel und ich …« Es ging nicht anders. Ich musste dabei lächeln. »Ich liebe dich.«

Es war raus. Und, verdammt, es fühlte sich wundervoll an! Als würden die Worte aus mir herausfliegen wie tausend freie Vögel und mich einfach mit sich nehmen. Wohin auch immer. Es war egal, solange sie bei mir war und genauso lächelte wie jetzt und … Moment.

Sie lächelte! Zauberte die Grübchen in ihre Wangen. »Ich dich auch, Grumpy.«

»Was?« Meinte sie …? Bevor mein Hirn die Information verarbeiten konnte, sprang sie mich förmlich an.

Keine Sekunde zögerte ich, zog sie noch enger an mich, küsste sie, die Arme fest um sie geschlungen. Sie schmiegte sich an mich, stellte blind die Kastanie zur Seite, was den Kaffee zu Fall brachte und *uns* zum Lachen.

Mund an Mund.

Lächeln an Lächeln.

Das hier war keine Art von Glück. Es war die reinste Version davon.

UND DAS
ALLES NUR
WEGEN EINER
Kastanie.

35

Eli

Vier Jahre später …

Ich hievte den Korb voller bunter Bänder und Ballons höher. Dieser kleine Giftzwerg! »Benjamin, wenn du nicht gleich herkommst, dann … ja, dann …« Nein, mir fiel keine passende Konsequenz ein, außer ihn per One Way Ticket auf den Mond zu schießen. Doch das war gesellschaftlich nicht anerkannt, auch nicht für Kinder in der Trotzphase.

Laut lachend sprang er vom Klettergerüst und rannte auf mich zu. Endlich. »Was denn, Eli?«

»Geh zu Chloe rein, du siehst aus wie ein kleiner Müffelbüffel und gleich kommen alle für das Sommerfest.« Ich deutete mit dem Daumen hinter mich in Richtung der Villa. Und der Feuertreppe, die mir auch nach vier Jahren immer und immer wieder ein warmes Gefühl in den Bauch zauberte.

Benjamin verdrehte doch tatsächlich jetzt noch die Augen, bevor er laut stampfend an mir vorbeiging. Gott, wenn diese Trotzphase noch ein wenig so weiterging, dann … ja, genau. Dann ging sie wohl weiter.

Ich stellte den Korb ab, griff nach einem Ballon und blies ihn auf, nur um ihn kurz darauf an die Schaukel zu binden. Noch ein paar für die Rutsche, an die Bänke und Tische, die hier standen. Nach nur wenigen Minuten sah unser ganzer Spielplatz wie ein kleiner Regenbogen mitten auf einer Wiese aus. Zufrieden stemmte ich mir die Hände in die Hüfte. Irgendwie fehlte noch Glitzer, aber woher …?

»Eli!«

O mein Gott!

So schnell wie mein Gleichgewichtssinn es zuließ, drehte ich mich herum, kämpfte bereits jetzt mit den Tränen in den Augen. Der Kloß in meinem Hals wuchs und wuchs, doch drückte mir nicht einen Moment die Luft ab. Erst recht nicht, als ich Madison breit lächelnd an der Hand ihres Pflegevaters sah.

Okay, das Sommerfest würde eher einem Wein-Fest gleichen, nur ohne den Wein an sich, sondern eher mit dem Weinen. Wie auch immer.

»Hallo, meine Süße!« Ich breitete die Arme aus, damit Madi direkt darin landen konnte. Sie war so gewachsen, seit ich sie das letzte Mal gesehen hatte. Und so unheimlich voller Liebe. »Wie geht es dir?«

Ihren Kopf noch immer an mich geschmiegt grinste sie. »Die Schule ist doof.«

Ich lachte auf, schob sie wenige Zentimeter von mir. »Das Gleiche hat Luke auch gesagt.«

Ihr Vater trat zu uns und wir begrüßten uns kurz, doch noch bevor ich weiter mit ihm sprechen konnte, schrie uns Madison förmlich an.

»Luke ist auch da?« Das klang etwas sehr schrill.

»Natürlich!« Wenn man vom Teufel sprach. Luke kam aus der Villa gerannt, schmiss sich regelrecht auf Madison, bis beide in einem Knäuel aus Armen und Beinen auf dem Boden lagen und einfach nur laut lachten.

Das wiederum, diese fröhlichen Töne, ihre enge Freundschaft, all die Liebe, brachte mich mal wieder zum Weinen. Ich sagte doch, Wein-Fest.

»Sie müssen Phil sein.« Ich reichte Madisons Pflegevater die Hand.

Lächelnd umschloss er mit beiden Händen meine und drückte sie. »Und sie dann die bezaubernde Eli, von der Madi ununterbrochen spricht.«

»Boah, Dad!« Madison richtete sich auf, Luke ganz nah bei ihr.

Meine Wangen wurden heiß. Sie sprachen über mich? Oh, das rührte mich mal wieder – Achtung, total überraschend – zu Tränen.

»Noah ist auch da, komm!« Luke packte Madison und gemeinsam rannten sie in die Villa hinein. So, wie sie es sechs Jahre ihres Lebens getan hatten. Und so, wie sie es seit vier Jahren nicht mehr taten.

Genau, ich weinte wieder.

»Komm, Dad!«, rief Madi über ihre Schulter hinweg und Phil lief ihnen langsam nach.

Ich winkte ihnen allen drei hinterher und wandte mich wieder dem Spielplatz und dessen Glitzerproblematik zu. Aber nein, mir fiel beim besten Willen keine Möglichkeit ein.

»Worüber denkst du nach?« Seine Stimme war selbst nach all der Zeit wie ein lauer Sommerregen auf meiner erhitzten Haut, und als sich seine Arme von hinten um mich legten, tanzte auch der Glitzer direkt vor meinen Augen.

»Was machst du hier?« Ich schmiegte mich an ihn. »Ich dachte, du schaffst es nicht.«

Er küsste meine Schläfe. »Du wirst es nicht glauben, aber ich kann in *meinem* Restaurant die Schichten tauschen, wenn ich es will.«

Ja, darum ging es ja! Ich drehte mich in der Umarmung zu ihm herum. »Aber heute war doch dieser superwichtige Geburtstag von irgendjemand noch viel Superwichtigerem, der das ganze *petite bouchée* gebucht hatte.«

Ich erinnerte mich noch genau daran, wie sehr Daniel aus dem Häuschen gewesen war, da es sich wohl um einen Prominenten handelte, von dem ich allerdings noch nie gehört hatte. Schauspieler oder so? Jedenfalls hatte er sich so sehr gefreut, dass er ein Abendessen mit Liam und Claire gegeben hatte, nur um es uns allen *lächelnd* zu erzählen. Das war quasi gleichzusetzen mit einem Freudenschrei außerhalb jeglicher Dezibel-Messgeräte.

Daniels Stirn fiel gegen meine. »Die wichtigste Person steht direkt vor mir. Und Mason bekommt das schon hin.« Mir entging, trotz seiner sehr süßen Bemerkung nicht der leicht besorgte Unterton in seiner Stimme. Aber wenn er es so wollte, dann freute es mich nur umso mehr!

»Also, dann bringe ich dich mal auf den neusten Stand.« Ich löste mich aus der Umarmung, hakte mich bei ihm unter und führte ihn Richtung Haus. »Die Deko steht, Vince hat vorhin schon das Essen von dir abgeholt und …« Für einen Moment blieb ich stehen. »Du wirst es nicht glauben!«

»Abwarten.«

Ich schnalzte mit der Zunge. »Halt die Klappe. Jedenfalls, Madison, Luke *und* Noah sind da!«

Er seufzte auf, doch das Zucken seiner Wange verriet ihn.

»Alle drei Teufel auf einmal, nein, das möchte ich gar nicht glauben.«

Just in dem Moment flog die Terrassentür der kleinen Riesen auf und Madison stürmte gemeinsam mit den beiden Jungs auf uns zu. Chloe folgte ihnen, an der Hand Clara.

Sie war bereits fünf Jahre alt und zuckte dennoch bei jedem lauteren Geräusch immer wieder so stark zusammen, dass ich sie am liebsten die ganze Zeit fest an mich gedrückt hätte. Die Größeren hatten es nie leicht, wenn sie so spät zu uns kamen, bereits zu viele Jahre in ihren schlimmen Verhältnissen hatten leben müssen.

Im Falle von Clara unter einem Onkel, der ihr zu nahe gekommen war. Allein bei dem Gedanken daran überkam mich eine derartige Gänsehaut, dass es mir an diesem heißen Sommertag vorkam wie mitten in Sibirien.

Daniel umgriff meine Hand fester, als wüsste er genau, was in mir vorging, und vielleicht tat er das ja tatsächlich.

Die drei Räuber kamen vor uns zum Stehen, wobei Lukes Blick fest auf Daniel gerichtet blieb. »Der ist also immer noch aktuell, Eli?«

Daniel schnaubte. »Freundlich wie eh und je.«

»Nur ein Spaß, Kumpel.« Kumpel? Luke war zehn! Was sollte das werden, wenn er sechzehn wurde?

»Aktuell, aber immer noch ohne Ring am Finger.« Madison seufzte. »Bald sind wir zu groß, um Blumenkinder zu sein. Luke sieht ja jetzt schon nicht mehr niedlich aus.«

»Nicht mehr?« Chloe lachte, wuschelte mit ihrer freien Hand durch Lukes Haare. »Es gab eine Zeit, in der er niedlich war?«

»Also …« Madis Wangen färbten sich dunkelrot. »Ist ja auch egal! Thema war Elis Hochzeit.«

»O nein. Das ist absolut kein Thema.« Ich lachte auf, drückte eine Hand auf meine Brust. Das war einfach nur lustig. Heiraten? Wir? »Niemals!«

Daniel neigte den Kopf in meine Richtung. »Dann willst du mich nicht heiraten?«

»Was?« Mir entging nicht sein amüsierter Unterton, den er in den letzten Jahren öfter auspackte, aber trotzdem. »Nein.«

»Autsch.« Claire grinste, schob die drei weiter, ließ Clara jedoch nicht los. »Das nenne ich einen Korb.«

Einen Korb? Nein, das war …

»Daniel! Eli!« Claire kam Hand in Hand mit Liam auf den Spielplatz gelaufen. Ich wusste gar nicht, dass sie hatten kommen wollen. Wie toll!

Ich drückte Claire an mich und ihr einen Kuss auf die Wange. »Schön, dass ihr da seid.«

Liam umarmte kurz Daniel und dann mich. »Wir können doch nicht euer Sommerfest verpassen.«

Tief atmete ich durch, um nicht wieder zu weinen. Die Kinder waren da, Chloe, Vince, Phoebe und all die anderen Riesen, Liam, Claire und … Daniel. Mein Daniel.

»Alles gut?« Claire nahm meine Hand.

»Ja.« Ich zog dieses kleine Wort unnötig in die Länge. »Nur ein sehr emotionaler Tag für mich.«

»Vor allem nach dem abgelehnten Antrag eben.« Zwinkerte mir Daniel gerade zu? Dieser … ah!

»Wie bitte?« Claire verschluckte sich beinahe an ihrer eigenen Spucke.

»Nein.« Ich hob die Hände vor die Brust. »Daniel hat mir keinen Antrag gemacht, er … Gott, ich habe nur gesagt, dass wir nicht heiraten werden.«

»Oh, sie hat wirklich Nein gesagt?« Liam grinste, legte einen Arm um seine Frau.

»Habe ich nicht!« Hörte mir hier überhaupt wer zu?

»Hat sie.« Daniel! »Dann kein Für-immer-für-Uns.«

Ich wusste genau, was er da tat. Und er schaffte es immer und immer wieder. »Na, doch.« Tief atmete ich durch. »Es ist nicht so, dass ich dich nicht heiraten würde. Aber wer braucht das heutzutage noch? Und – also nichts gegen euch zwei jetzt – überhaupt, ich finde es wirklich toll, dass ihr den Bund der Ehe eingegangen seid, aber mal ehrlich. Wenn man nur für ein Stück Papier *für immer* sein kann, dann kann man es eigentlich nicht.« Ach, doof ausgedrückt. »Also nicht, dass ihr es nicht könntet. *Ihr* könnt.« Besser. Oder? »Aber eine Frau muss es auch nicht wollen.« Sexismus, toll, Eli! »Oder ein Mann. Der auch nicht. Gott, niemand muss irgendwas wollen! Oder nicht wollen.« Ich vergrub mein Gesicht in den Händen. »Verdammt, Daniel!

Ich hasse dich manchmal dafür.«

»Nein, tust du nicht.« Er umgriff eine meiner Locken, wickelte sie sich mehrere Male um den Finger. »Du liebst mich genauso sehr, wie ich es liebe, wenn du plapperst.«

Vielleicht. Aber wirklich nur vielleicht!

Doch so sehr ich ihn auch gerade ein klein wenig hasste, so dankbar war ich für diesen Moment. So oft dachte er noch an seinen Vater zurück, ließ manche Entscheidungen noch immer von ihm lenken, zweifelte an sich, an uns, an allem.

Es ist ein Prozess, ein Weg, den wir beide gemeinsam gehen. Manchmal gleicht es einem Marathonlauf, wenn Daniel in derart alte Muster verfällt, dass ich es kaum schaffe, mitzuhalten. Doch ganz oft gehen wir auch einfach nur spazieren. Selbst, wenn es immer und immer wieder die gleiche Strecke ist.

»Sag mal, Daniel, muss dein Essen so aussehen?« Liam presste die Lippen aufeinander, konnte sich ein Lachen aber kaum verkneifen.

Ich drehte mich vorsichtshalber erst gar nicht um, denn die Art und Weise, wie sich Daniel neben mir versteifte, genügte. Wie vom Blitz getroffen ließ er mich los, stürmte Richtung Spielplatz, auf dem Vince das Essen aufgestellt hatte. Pommes, Nuggets – ja, tatsächlich – und Pizza. Was konnte man da falsch machen?

»Komm, wir helfen ihm.« Claire zog Liam mit sich zu den anderen und nun traute auch ich mich, mich all dem zuzuwenden.

Die meisten von ihnen saßen schon auf den Bänken zwischen den Spielgeräten und unterhielten sich. Die Pflegeeltern, die Erzieher, die ehemaligen Kinder, die Neuen.

Mittendrin Daniel, der scheinbar die Situation gerettet hatte. Der uns gerettet hatte. Den ich vor seiner Familie gerettet hatte. Der, der absolut und überhaupt gar nicht zu meiner Bettwäsche passte, aber mitten in mein Herz.

Und das alles nur wegen einer Kastanie.

Ende

Epilog

Ich bin genug.
Ich strenge mich so sehr an, wie ich kann und will.
Ich mache Fehler, das ist okay.
Ich kann Verantwortung abgeben.
Ich muss nicht perfekt sein.
Ich bin so gut, wie ich sein kann.
Und bin damit mehr als genug.

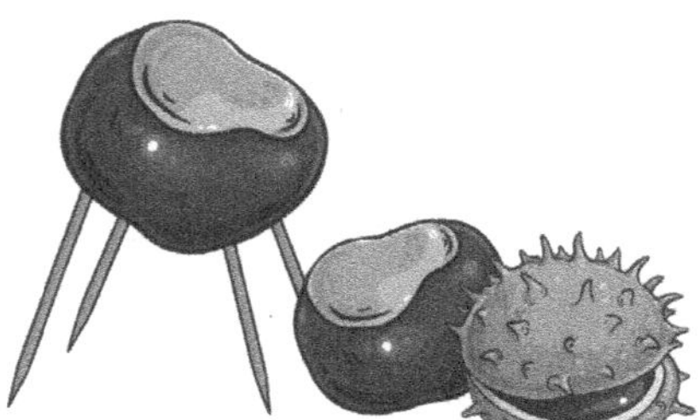

Nachwort

Egal, was du denkst, du hast jede Liebe dieser Welt verdient. Niemand hat das Recht, dir etwas anderes zu sagen, niemand hat das Recht, zu behaupten, du wärst nicht genug. Denn das bist du.

Dieses Buch zu schreiben, hat mich unheimlich bewegt und auch verändert. Solltest du es auch fühlen – und wenn es nur ein Funken ist –, dann greif danach. Nichts im Leben sollte dich aufhalten, glücklich zu sein oder zu dir selbst zu stehen. Irgendwann geht jeder den letzten Schritt auf der Erde und danach kommt niemand und zieht Bilanz. Niemand rechnet Erfolge oder Misserfolge gegeneinander auf, bespricht nochmal fix, ob du auch jedem Standard der Nachbarn entsprochen hast.

Da bist nur du und mehr braucht es nicht. Deine Meinung, deine Gefühle, deine Ansichten. Selbstliebe ist keine Arroganz. Also lass das Leben leicht sein und liebe dich. Und wenn auch nur Tag für Tag ein bisschen mehr.

Danksagung

Da sind wir mal wieder, am Ende einer Reise, die schneller vorbei war, als ich gedacht hatte. Und wie immer an diesem Punkt beginne ich zu weinen und vergesse panisch, wem ich unbedingt danken wollte. Klassiker mittlerweile.

Zuallererst möchte ich jedem Menschen auf dieser Erde danken, der Kindern dabei hilft, zu einem gesunden Erwachsenen heranzuwachsen. Egal wo, egal wie. Ob selbst als Mama oder Papa, als Betreuerin oder Betreuer wie Eli, als Erzieher oder Erzieherin. Solange es euch gibt, wird es immer Liebe geben.

Danke dir, liebe Vanessa. Ohne dich würde es das Projekt Kastanie vermutlich gar nicht geben. Du bist die Farbe, du bist meine Seelenverwandte, du bist alles. Egal wie es mir geht, du bist da. Du plottest mit mir, du lachst und zweifelst mit mir zusammen und tust noch so viel mehr, wofür Worte nicht ausreichen. Du sagst immer, dass Worte meine Sprache sind, aber du, meine Liebe, machst mich regelmäßig sprachlos. Danke, danke, danke!

Einen Riesendank möchte ich meinen Testlesemädels aussprechen. Noch nie war ich so aufgeregt gewesen, euch ein Projekt vorzulegen, und noch nie habe ich so sehr eure Kommentare genossen! Eine Mordsportion (haha, niemand ist gestorben! ;-)) Dankbarkeit an: Alicia, Anne, Cathleen, Daniela, Doris, Jenny, Marie, Melanie, Lisa, Nadine, Sarah, Saskia, Selina, Simge und Vanessa.

Weiter gehts mit Annys Anatomy – Jessy, Leni und Sarah. Ohne euch wäre Daniel im OP mit mir verzweifelt. Danke für all eure Recherche, eure Ratschläge und Tipps.

Einen weiteren besonderen Dank möchte ich der lieben Daniela widmen – meiner Rechtschreib-Grammatik-Dativ-Zeitformen-Queen. Das fünfte Projekt, welches du nun für mich testgelesen hast, und immer wieder liebe ich all deine Kommentare, die Art und

Weise, wie du auch zwischen den Zeilen liest und wie du selbst den letzten Logikfehler erkennst. Ich bin sehr froh, dass du für mich liest!

Danke, liebe Isabel, für den perfekten Namen der Bar – ich lad dich dort auf einen Drink ein, versprochen!

Ganz viel Danke geht raus an Sally Dark, Sam Woods und Sophie Moore. Für jedes Ausheulen bei euch, für stundenlange Telefonate und Sprachnachrichten, die Podcasts sein könnten. Fürs Aufbauen, fürs Dasein. Danke!

Ein weiteres riesengroßes Dankeschön geht an den Heartcraft Verlag! Danke für euer Vertrauen, für eure Arbeit und einfach alles was ihr tut. Ebenso an Falkenfeder Design - der Buchsatz ist der Wahnsinn!

Ohne euch geht gar nichts - meine Bloggermädels. Danke an meine Thornröschen Vanessa, Sabrina, Nadine, Fabsi, Sarah, Lisa, Alicia, Mareen und Isabel! So viel Liebe für euch!

Außerdem möchte ich meine Bat Girls ganz fest drücken - egal ob Rhysand oder Rowan, ihr seid für mich da. Liebe euch alle.

Und zu guter Letzt danke ich, wie immer, meinen allerliebsten Lieblingsmenschen. Danke Sascha, dass es dich gibt. Dass du in meinem Leben bist, ist das Beste, das mir jemals passieren konnte, und egal wie viele Danksagungen ich noch in meinem Leben schreiben darf, du wirst *immer* ein Teil davon sein. Du bist nicht nur mein liebster Kiesel, du bist mein liebster Otter.

Pancakes

Zutaten:
200g Mehl
1 Teelöffel Backpulver
1 Ei
1 Vanillezucker
eine Prise Salz
Milch (nach Bedarf)
Butter (für die Pfanne)

Zubereitung:
Das Ei trennen und das Eiweiß steif schlagen.

Mehl, Backpulver, Eigelb, Zucker und Salz verrühren und so viel Milch hinzugeben, bis eine cremige Masse entsteht. Ausgiebig mixen und danach das steife Eiweiß unter die Masse heben. Butter in die Pfanne, schmelzen lassen, Teig darauf und dann lecker backen lassen. Daniel empfiehlt dir Zucker und Zimt dazu.

Pumpkin Spice

Zutaten:
4 Telöffel Zimt gemahlen
2 Teelöffel Ingwer gemahlen
1 Teelöffel Gewürznelken gemahlen
½ Teelöffel Muskatnuss gemahlen

Zubereitung:
Alles in eine Schüssel geben und gut durchrühren. Danach das gemixte Pulver in ein gutverschließbares Gefäß geben.
Eli empfiehlt es für den perfekten Latte Macchiato!

Anny Thorn

Romance mit Herzras-Garantie und einer Menge
Badass-Women-Power

Anny ist 1993 in einer Kleinstadt in Thüringen geboren, lebt aber nun seit etlichen Jahren gemeinsam mit ihrem Mann und Sohn im nördlichen Baden-Württemberg. Das Schreiben hat sie schon sehr früh für sich entdeckt. Ihre Geschichten drehen sich rund um die Liebe. Mit einer Menge Spannung, heißen Momenten und ganz viel Gefühl verführt sie die Leserherzen und bringt jeden Puls zum Rasen.

Annys Bücher lassen dich mit offenen Augen träumen. Komm und träum mit ihr, wenn du dich traust!

Instagram: anny.thorn

Weiteres aus dem Verlag

Yule Tyren
Light Without Shadow - Captured

Klappentext:

Celia

Immer wieder hast du mich ins Licht gezerrt, um mich am Ende doch nur in eine noch tiefere Dunkelheit zu stürzen. Warum hast du mich verlassen? Ich kann den Weg zu dir nicht mehr finden. Er wird es nicht akzeptieren, dass ich mich ihm widersetze. Mein Verstand kämpft gegen mein Herz und langsam wandelt sich der Schmerz in Wut. Ich möchte nicht weiter zerbrechen, sondern aus dem Schatten treten. Kann ich mich ihm entgegenstellen?

Theo

Ein Tanz. Ein Blick. Und fuck – seit dem Tag, an dem ich deine Hand losgelassen hatte, redete ich mir ein, dass es nichts mehr zu verlieren gab, und belog mich damit selbst. Ich darf mich dir nicht nähern und mit Freude werde ich diese verdammte Regel brechen. Dem Monster aus der Hölle bin ich entkommen, doch zu welchem Preis? Ich bringe deine schön geordnete Welt durcheinander. Wollen wir den Fall in die Dunkelheit riskieren? Kämpfe mit mir, Babe. Es wird Zeit, dass wir nach meinen Regeln spielen.

Nena Muck
For that Moment - Falling feels like flying

Klappentext:
»Ich weiß nicht, ob er der Held oder der Schurke in meiner Geschichte ist, aber er ist derjenige, der die Bestie bezwingt!«

Die 20-jährige Emilia Glass war stolz, oberflächlich und hochmütig, bevor das Schicksal ihre perfekte kleine Welt zum Einsturz brachte. Als eine frühere und vor allem unwissende Freundin in ihre Nähe zieht, erkennt sie die Chance, noch einmal so zu leben wie zuvor. Der einzige Haken? Sie muss ihrer Freundin Hailee die Wahrheit verschweigen. Eine Lüge, die sie für ein Stück Normalität nur allzu gern in Kauf nimmt, die sich jedoch zu einem riesengroßen Netz aus Lügen entwickelt, als sie den gut aussehenden, arroganten und geradezu unverschämten Vincent trifft. Obwohl er ihr von Anfang an deutlich macht, dass er nichts als Verachtung für sie übrig hat, knistert es zwischen den beiden gewaltig und er beginnt Gefühle in ihr zu wecken, die sie eigentlich niemals zulassen dürfte ...

»Absolut erfrischender Stil! Dieses Werk bringt Emotionen hervor, mit denen man nicht rechnet! Darauf war ich nicht vorbereitet!« -Vanessas_Buchliebe